自初见那刻起
就注定今生不幸
有一种爱情
是一见倾心·辗转不眠

风雨磨难后
情意延绵更长久
有一种爱情
是患难与共，携手余生

恋恋江湖

LOVELY SWORDS GIRL

当初幼时相遇
从此心里只有你
有一种爱情
是竹马青梅，天涯相随

恋恋江湖
LOVELY SWORDS GIRL

于情窦中萌生
正韶韶的冠豆蔻
有一种爱情
是青春年少 时光正好

有爱的青春陪伴者

籽月

著

ZIYUE
ZHU

恋恋江湖

上

黑龙江美术出版社
Heilongjiang Fine Arts Publishing House
http://www.hljmscbs.com

图书在版编目（CIP）数据

恋恋江湖 / 籽月著 . -- 哈尔滨 : 黑龙江美术出版
社 , 2019.5

ISBN 978-7-5593-4580-6

Ⅰ . ①恋… Ⅱ . ①籽… Ⅲ . ①长篇小说－中国－当代

Ⅳ . ① I247.5

中国版本图书馆CIP数据核字(2019)第063449号

恋恋江湖
lianlian jianghu

出 品 人 / 周　巍

著　　　 / 籽　月

选题策划 / 伍　利

责任编辑 / 李　旭　张泽群

封面设计 / 刘　艳

内页设计 / 西　楼

封面绘制 / 龙轩静

出版发行 / 黑龙江美术出版社

地　　址 / 哈尔滨市道里区安定街 225 号

邮政编码 / 150016

发行电话 / （0451）84270524

网　　址 / www.hljmscbs.com

经　　销 / 全国新华书店

印　　刷 / 长沙鸿发印务实业有限公司（长沙黄花工业园三号 邮编 410137）

开　　本 / 880mm×1230mm　1/32

印　　张 / 15

版　　次 / 2019 年 7 月第 1 版

印　　次 / 2019 年 7 月第 1 次印刷

书　　号 / ISBN 978-7-5593-4580-6

定　　价 / 59.80 元（全二册）

目录

CONTENTS

目录

CONTENTS

第一章

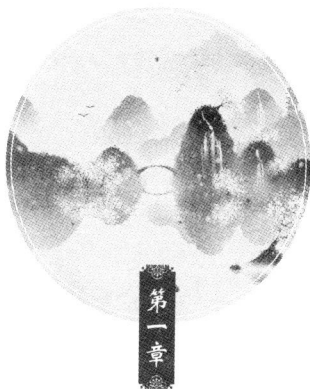

被月老抛弃了

LIANLIAN
JIANGHU

今天天气不错，阳光很柔和，风吹起来也很舒服。于盛优躺在山顶的岩石上有点儿昏昏欲睡，眯着眼睛看着头顶上大树的枝叶随着山风哗啦啦作响，随手拈起一片飘落的树叶放在手中来回地搓着。

"五师姐——五师姐——"远处传来一阵清脆的叫唤声。

于盛优闭着眼睛懒懒地应了一声，听声音应该是六师弟。

"嘿嘿，五师姐，我就知道你在这儿乘凉！师父正找你呢！"树林中飞出一个十四五岁的可爱少年，无声地落在她面前。

"哦。"于盛优睁着无神的眼睛看着上方，漆黑的眼珠中倒映出六师弟于小小那张可爱的小脸。

"五师姐，你怎么了？精神这么差？"于小小伸手推了推挺尸般的某人。

"唉——烦啊！"

"烦什么？"

"跟你说你也不懂。"

"你不说我当然不懂啰！"于小小抗议了，瘪瘪嘴使劲儿地推她，"你说嘛！你说嘛！说嘛！说啊……"

"好好好……"于盛优投降地坐起来，叹口气说，"我在烦我是不是被月老抛弃了。"

"啊？"

于盛优最近心情非常不好，其实她作为当朝最拉风的圣医派弟子，本来不该为嫁人这种小事发愁，好歹门派里还有五个和她一起长大，又对她很好的师兄弟呢。而她的几位师兄，个个又都是德才兼备、品貌双全的美男子，随便嫁一个，都是很好的选择啊。

她一直以为自己作为门派里唯一一个女弟子，注意，是唯一的一个，在这个狼多肉少，僧多粥少，母猪也能胜貂蝉的环境中，凭着自己的魅力在圣医派掀起一场腥风血雨，让她的各位师兄弟为了她打破头还是小菜一碟的！

可是，事实却残酷得让她睁不开眼睛！

月老彻底耍了她，在她喜滋滋地苦恼着选大师兄还是选二师兄，选三师兄还是选四师兄的时候，他们接二连三地都遇到了自己命中注定的那个人，娶妻的娶妻，生子的生子，一个也没剩下！

就这样，她成了山上唯一的剩女，随着年纪越来越大，她……有

点儿着急了!

拜托,远房表妹比自己还小四岁今年都怀孕了,眼见着自己过完年都二十二岁了,还没个人上门提亲呢!

天啊,她是被月老抛弃了吗?她上辈子还没来得及嫁出去就死了!眼见这辈子也是嫁人无望了,你说这叫她怎么能不烦呢?!

"哎哟——我说小六啊,慢点儿慢点儿!知道我轻功没你好还飞这么快,找揍啊!"

"嘿嘿!五师姐你打不过我的。"于小小望着于盛优憨憨地笑。

"即使是实话也不要说出来!我是你师姐,给我留点儿面子。"

"你要面子干什么,又不能吃,面条要吗?"

"小子!我看你真的是皮痒了!"于盛优火大地扑上去扯他的脸。

可恶啊!于盛优咬牙切齿地想,没错!六个弟子中就数她武功最烂,医术最菜!可是这能怪她吗?他们都是从三四岁就开始习武习医,她呢,有这个意识的时候已经十岁了!还能学啥?学武功,骨头都硬了;学医术,不识字。况且当时她也没想学习,就想着艳遇,想着几位师兄会如何如何追求自己,为了自己大打出手,然后自己哭得梨花带泪,惹人心疼地说:"你们我都喜欢,啊——我该怎么办?"

唉!就是这种不思进取的思想害死人啊!都怪自己从小到大不学习,只知道看一些言情小说!

对了,忘记给大家介绍一下于盛优所在的圣医派了。圣医派虽然说名字听着很唬人,但其实是个小门派,虽然曾经也辉煌过,但是经过几代败家子败下来已经没落了。

于盛优想啊,等老爹把圣医派传到她手里,她这一代过去,大概就没有下一代了吧!

没错!她老爹就是圣医派第二十三代传人。

不到一刻钟的工夫,两人就从山顶来到圣医派的大堂,只见大堂正中坐着一个四十多岁的男人。男人右手边站着一个二十五岁左右的英俊男子,是于盛优的大师兄,于盛世。

她小的时候最喜欢的就是大师兄,每天都想尽办法跟在他身边,哪怕他总是冷冰冰的,一天一句话也不说,对自己又很严厉也没有关系。可惜大师兄还没等她长大,在她十二岁的时候,下山给人治病,遇到一个女子便丢了心魂。

中年男子左手边站着一个一身青衫的俊美男子,是她的二师兄,于盛白。

虽然她不愿意承认,但是在从少年时对大师兄的崇拜中醒来后,少女时候的她最爱的还是自己的二师兄啊!

这个笑颜如花的美男,虽然总是喜欢捉弄她,又老是迷路,有时候精明得可怕,有时候又傻傻的,但却将她迷得如痴如醉!可惜……在她十六岁的时候,二师兄也下山给人治病,然后也遇到了心仪的女子……

好吧,先让她哭一会儿。

于盛优擦擦眼里的泪,再次看着两个美男,捂住心口想,天哪!为什么这么多年过去了,看见他们俩还是觉得这两人站一起会发光呢?会发光啊!

"师姐?你怎么了?"于小小推了下一到门口就眼睛亮亮却又在发呆的师姐问。

于盛优心酸地摇摇头:"没事。"

　　说完，她垂头丧气地走进去："爹、大师兄、二师兄你们找我？"

　　"你看你看！穿成什么样？你这样怎么能嫁得出去啊？唉！"于老爹指着她皱眉道。

　　于盛优看看自己的装扮，蓝色棉布长衫，黑色腰带，长发随便团了个道姑头，怎么了？很帅呀！自己天天这么穿。她无所谓地哼了一声，看着大师兄于盛世说："嫁不出去就嫁不出去呗，大不了给大师兄做小妾，有什么呀！"

　　于盛世瞟了她一眼，很酷很干脆地摇头："不要。"

　　于盛优嘴角抽搐了下，大师兄也太不给面子了！死面瘫脸！臭冰山！

　　于盛优在心里将大师兄诅咒了八百遍后又将眼神瞟向二师兄于盛白。

　　于盛白接触到她的目光，歪过头魅惑地对她一笑。

　　那一笑倾国倾城，笑得于盛优心里的那个血啊，哗啦啦地流。握拳！

　　于盛白望着她开口道："五妹，妻不如妾，妾不如偷，偷又不如偷不着，哥哥我就想这么看着你。"

　　于盛优对着他呸一声："我找嫂嫂告状去，说你心里惦记着我！"

　　"够了够了！"于老爹大手一挥，气得直哆嗦，"你这丫头大白天就要去当别人的妾室，我于豪强的女儿怎么能去给人家当小妾？你想把你爹的脸丢光啊？"

　　于盛优看着爹爹气得胡子都翘起来了，忙笑着安慰道："爹，您放心。我不会给他们两个当妾的。"

　　于老爹听了后稍微平静了下，于盛优灿烂一笑，继续道，"不如你让他们俩给我当妾吧！这样老爹你就有面子了吗？"

于老爹本来垂下去的胡子又气得翘了起来，他抄起手里的鞭子就挥过去："死丫头！我打死你！今天不把你灭了，以后也是给我们圣医派丢脸！"

"啊！大师兄救命啊！"于盛优一边满屋子乱窜一边求救。

于盛世远远地瞥她一眼。

"啊！二师兄救命啊！"

于盛白笑得云淡风轻："还是灭了你好，我可不想给人当妾。"

于盛优气愤地瞪着他们，一群没有兄妹爱的家伙，她前脚飞身跃到一张茶几上，于老爹的铁鞭后脚就将茶几抽成八瓣。

于盛优躲在房梁上不敢露头，知道老爹真的发火了："爹，爹——我错了，我错了还不行吗？爹，您别打我了！"

"你给我下来。"

"您不打我我就下来。"

"不打你？老子再不管教管教你，你都能上天了！"

于盛优露出半只眼睛望着她老爹开始转移话题："爹，您找我来到底干什么的呀，您别忘了正事。"

"我找你……我找她干什么来着？"于老爹被气得有些糊涂了，转头问他的大弟子。

大师兄简洁明了地回答："嫁掉她。"

二师兄点头笑。

"哦——"于盛优一听要嫁掉她，瞬间就来劲了，她从房梁上探个头出来问，"要嫁掉我？好哇！嫁给谁？有钱吗？有权吗？长得帅吗？"

站在下面的三个男人满头黑线地沉默啊沉默，在心里掐死她一万次啊一万次！

"盛世、盛白，把那个死丫头拉下来，丢给你们妻子好好教教她，三月初八花轿一来就打包送走！"

于盛世和于盛白同时施展轻功飞上房梁，一人一边就像抓小鸡一样把她抓下来，丢给门外的于小小："送到后屋教育去。"

"等下，你们还没回答我的问题呢！至少告诉我他的名字啊！反对包办婚姻，我要自由恋爱！"

屋里的三个男人同时用手掏掏耳朵，表情一模一样——反对无效，盖棺定论！

过了好一会儿，于盛优那恐怖的尖叫声才听不见了，于老爹仰头望天："老婆，我对不起你！我把女儿教成这样！你泉下有知千万不要怪我啊！"

于盛白嗤笑："师父，您这是干什么呀，师妹虽然口无遮拦了点儿，但本性纯良又活泼开朗，长相又讨喜乖巧，的确是个不可多得的好女孩儿啊。"

于老爹望着二徒弟："你真的这么认为？"

于盛白很肯定地点头，笑得一脸诚恳。

于老爹走上前拍拍于盛白的肩膀："不愧是江湖人称千千白，睁着眼睛说瞎话的功夫确实无人能比！"

"这都被您看出来了？不愧是我师父啊！"于盛白作揖恭维。

两人哈哈大笑地互相恭维着，于盛世非常淡定地瞥了他们一眼，眼里充满鄙视。

"唉……"于老爹摇头叹气，"你说你师妹小时候明明是一个很可爱的孩子啊，乖巧伶俐，聪明懂事，人见人爱。可自从她娘亲去世之后，她就性情大变，脑袋就像被驴踢了一样变得疯疯癫癫呆呆傻傻的！你说，我身为一代神医怎么就拿她没辙呢？"

"师父……师妹她傻人自有傻福。"于盛白安慰道。

"希望如此吧。盛世、盛白，小优出嫁之前切莫将我派接到鬼域门杀帖之事泄露出去。"于老爹望着窗外的落日，一脸严肃。鬼域门杀帖一出必招灭门，将小优嫁到宫家，也许能保她一命。就算她脑子不好使，却也是圣医派的一脉单传啊！

"是，师父。"

"你们的妻儿我已托人照顾，能不能躲过这次大劫就看各人造化了。"

"谢师父。"于盛世、于盛白感激地行了个大礼。

于老爹看着窗外有些疲倦地说："你们下去吧。"

两人对看一眼，慢慢地退到门口，恭敬地将门带上。

于老爹转身望着妻子的灵牌，表情慢慢变得温柔："云儿，我圣医派绝不能不战而降，要是打不过我就下去陪你，你说好不好？"

夕阳的最后一丝余光照在灵牌上，灵牌的边角闪过一道亮光，那道亮光像是在回应他一样。

而另一边。

"优儿，知道女儿家的三从四德吗？"大嫂问。

"我知道男人的'三从四得'。"于盛优晃悠着两条腿，嗑着瓜子奸诈地笑道。

"男人的三从四德？那是什么？"二嫂疑惑地问。

"娘子出门要跟从，娘子命令要服从，娘子说错要盲从；娘子梳妆要等得，娘子生日要记得，娘子打骂要忍得，娘子花钱要舍得。此

乃男人的'三从四得'。"于盛优摇头晃脑地说完，看着几位嫂嫂笑。自己这三位嫂子绝对是一等一的美人了，还美得各有不同，美得就像是春之女神、夏之女神、冬之女神，反正就是一屋子的神仙姐姐！

于盛优这孩子文学素养不高，她形容女人美丽只有一句：美得像女神一样。

于盛优认为：身为女人，输给她们三个不冤枉，所以和几位嫂嫂的关系还是很不错的！于是，她开始使劲儿给几位嫂嫂灌输"女性霸权主义"……

看着几个嫂嫂认真学习的表情，于盛优心里那个爽啊！呵呵，我整不到师兄们，我还不能教坏嫂嫂们吗？

叫你们不要我！叫你们不要我！我要你们后悔后悔后悔！后悔一辈子！

清晨，太阳刚刚升起，有丝丝凉意。

圣医派每月初的清晨都要开一次早会，集体讨论一些派里的事情，今天也依照惯例开早会。

只见圣医派大堂里美男如林，美女如云，那是个个美得冒泡，帅得掉渣。

于盛优站在大堂的右边，看着一屋子的帅哥美女心里既难过又开心，难过的是：嫁人以后再也看不到如此多的帅哥美女了；开心的是：以后不用受这种看得到摸不到，摸得到吃不到，吃得到活不了的煎熬了！她终于从这个噩梦里解脱出来了！

于盛优抬头望天，兴奋得使劲儿点点头，是啊！人家帅和自己一点儿关系也没有啊，现在她要关心的不是这些过去式，而是她的将来式。

听说她的未来老公是宫家的人，他老爹就是这届的武林盟主，他老娘就是皇帝的妹妹。他舅舅当然就是传说中的皇帝啦！他大伯二伯三伯四伯都是什么什么将军什么什么富豪，反正就是一句话：有权有势，"财貌"双全啊！咦嘻嘻！

看来老爹对自己还是很不错的，至少将自己许配了个不错的好人家！听大嫂说宫家愿意娶她还是因为宫家欠于老爹救命之恩哪！

话说十五年前，宫家夫人带着她三个儿子在探亲的路上，遭遇劫匪，随行护卫全部殉职。千钧一发之际，于老爹出现了，还出手救了她一家四口。宫家人承诺，为报救命之恩可以答应于老爹的任何要求。

于是，十五年后，于老爹的唯一要求就是将自己女儿嫁入宫家。宫家人果然信守承诺，二话不说，直接来媒下聘。

看！要把于盛优嫁出去多不容易啊！于老爹硬是把这么大一个恩情就这么白白浪费了！

晨会上要讨论的事情都被一一解决，于老爹坐在主位上略带威严地说："今天的会就到这里，最近派里的事盛世你多操点儿心。"

于盛世淡漠地点点头道："是，师父。"

"好，没什么事就散了吧。"于老爹挥挥手。

众人行礼鞠躬，一一退下。

于老爹的目光环视大堂一圈，最后落在于盛优的身上，眼里有着浓浓的担忧。他一想到宫家家规甚严，而自己的女儿对规矩又是一窍不通。如若自己在世，凭着圣医派的名头女儿在宫家倒不至于被人欺负。可万一，本门真的遭鬼域门灭门，优儿以后的日子真是让人担忧啊。

"优儿，你跟我过来。"于老爹叫住刚要走出门的于盛优，对她招

招手，领着她走到自己房里。

"爹，什么事啊？"于盛优跟在后面好奇地问。

于老爹走到房间的书柜前，挪动一个花瓶，"咔嗒"一声，书柜缓缓地向两边挪开，露出一条漆黑的密道。

于老爹拿着油灯，领着于盛优进入密道。

于盛优好奇地东看西看，原来自己家还有密室啊？哇，真酷！

于老爹领着于盛优走了五分钟左右，进到一个密室里，从密室的一条墙缝里拿出一本书和一卷布袋，他拿着书在手里珍惜地摩挲了几下，然后对于盛优说："优儿，你过来。"

于盛优走近几步，看着于老爹手里的书，书的封面上用草书写着"圣医宝典"四个大字。

"优儿，你看。"于老爹摊开书和布袋放在石桌上，"这是我们圣医派最高深的医书，是所有武林人士渴望得到的宝典，这本医书收集了世间所有疑难杂症和各种毒药的医治方法。而这卷银针，是我们圣医派的镇派之宝，现在我将这两样宝贝全部传给你，你好好收着，将来必有大用。"

于盛优接过书和布袋，仔细研究了下，最后抬头笑着说："这个貌似很不错！可是爹，您把它们给我，岂不是浪费？我的医术又不高明，传给大师兄或二师兄多好呀？"

于盛优说的倒是实话，她的医术不但不高明，反而菜得吓人，只要经她手的药不管是什么疗伤圣药都能变成吃死人的毒药。如果原本就是毒药在她手上转两圈立马可以变成升级版的毒药，让人求生不得求死不能！

所以圣医派的小孩儿如果敢不听话，大人都会用"你再不乖，我就让小优姐姐给你开药吃"这句话来吓唬小孩儿。

于老爹看着女儿，头疼得直皱眉："你也知道你的医术不好啊？优儿，以后爹和师兄们不在你身边，你自己要学会照顾自己，你要会一手绝活，这样在夫家才能受到尊重。过来，爹教你一套银针移毒十八式，这套针法不需用药调理，你且用心学。"

"知道了，爹！"于盛优点头。她觉得老爹说得对，她现在什么事情都要靠自己了！就算自己想去闯荡江湖好歹也要学点儿本事吧！

于是，整整三个月于老爹都在认真地教，而于盛优出奇用功地去学。

也不知道是因为于盛优用心的结果还是她本来就有这种天赋，一套针法只用了一个半月就学会了。

于老爹又花了一个半月的时间，将《圣医宝典》上的医术尽数用心教给于盛优，于盛优学不会的地方他就让她死记硬背下来。

待一本书于盛优全部背下后，于老爹就将宝典投入火炉，烧成了灰烬。

于老爹看着慢慢烧成灰的宝典想：圣医派的宝物即使烧成灰也不能落入魔教手中！

而于盛优看着变成灰的宝典，非常不靠谱地想：干吗烧了呀？！我现在是记得了，过个两三个月说不准就忘得差不多了！不行，为了保险起见，等下还是回房再默写一本出来吧！

父女俩同时为自己未雨绸缪的想法而满意地点点头，然后相视一笑。

俗话说光阴似箭，时光如水，一晃眼就到了三月初八。

于盛优穿着几位嫂嫂为她做的大红嫁衣，头戴凤冠身披霞帔，难

得安静地坐在闺房里。

几位嫂嫂带着满脸祝福的微笑看着于盛优，她们真心希望自己的小妹妹能过得幸福。

就在门外响起爆竹声夹杂着唢呐吹奏出迎亲音乐的时候，大嫂慌忙找出红盖头盖于于盛优的头上，二嫂拿起桌子上的玉如意递给她。

于盛优左手拿玉如意，右手拿代表平安的红苹果，在喜娘搀扶下走出房间。

房外一群男人望着穿着大红嫁衣的于盛优，脸上都带着淡淡的不舍之情，虽然她是有些脱线，但到底是自己疼爱了十几年的女孩儿啊，现在她马上就要嫁为他人妇了，怎么能舍得？

于盛优掀开盖头先走到几位师兄面前，望着他们轻轻一笑。

不得不说，今天的于盛优很美，火红色的嫁衣像是将她衬在璀璨的光芒里，照得她明媚动人。

她的脸上带着三分喜悦、三分娇羞、三分艳丽，还有一分离愁，和每一个女人一样，结婚那天是她最美的时刻。

于盛优盈盈地行了一个礼，低着头轻声说："各位师兄，优儿走了。"

大师兄面无表情地说："嗯。"

于盛优抽搐道："大师兄，我都要走了，你就不能多说两个字吗？非要这么酷？"

二师兄笑得像只狐狸："优儿，别欺负你相公，知道吗？"

于盛优开心道："二师兄，还是你了解我！"

三师兄于盛夏一脸忧伤："优儿……"

于盛优茫然："三师兄，你想说什么？"

四师兄一脸温柔的笑意："优儿，这是我给你酿制的蜜饯枣，你最爱吃了……来，给你做了一大罐，路上慢慢吃。"

于盛优感动："四师兄……"

六师弟于小小望着于盛优笑得一脸灿烂地说："师姐，你要幸福哟。"

"哼！当然要啦！"于盛优眼角有些湿润，"你和众位哥哥也是……"

气氛有一些忧伤，当吉时的唢呐吹响的时候，于盛优跪地给于老爹拜了三拜："爹，我走了。"

于老爹满眼通红地将她扶起来，点点头，什么话也没说。儿孙自有儿孙福，自己担心也没用。唉……舍不得啊！

第二章

选相公

LIANLIAN
JIANGHU

于盛优坐在花轿里摇摇晃晃地往自己的新生活走去，她对于要嫁给谁，嫁给什么样的男人，一点儿也不担心，一点儿也不抵抗！

唉！她这么不挑男人的女人，也是史无前例！

为什么？因为她听嫂子们说，宫家的男人全都是武艺高强，英俊潇洒，家财万贯，富甲天下。听听，听听，光听这些成语就够于盛优流口水的了。

啥？你说包办婚姻没有感情？

哎哟！没有感情有什么关系，可以婚后培养嘛！好多有感情的结婚了不也照样散！

啥？你说夫君对她不好怎么办？

哎哟！他敢吗？敢就给他一包砒霜吃了，砒霜毒不死他，她还有死啦死啦、死了又死、绝对会死、你不死我死等自制的一系列剧毒无比的毒药！

哼！敢对我不好，到时候可别怪我心狠手辣！

反正什么问题都不是问题，什么距离都不是距离！不管是任何人、任何事、任何情况，都别想阻止于盛优这颗恨嫁的心哪！

就这样，于盛优带着欢天喜地的笑容，一路从北边的雾山，来到了坐落在江南的宫家堡，一共走了二十三天。就在于盛优耐性全失的时候，轿子终于停了。鞭炮喜乐噼里啪啦地在耳边响着，于盛优头上蒙着喜帕，被喜娘从轿子里缓缓地扶了出来。于盛优一点儿也看不见前方的路，只能在喜娘的搀扶下跨过一个个门槛、火盆等等乱七八糟的东西。

在跨过最后一个门槛后，喜娘停住，于盛优也跟着停下。

耳边忽然安静了下来，于盛优睁大眼睛听着外面的动静，忍不住抱怨真无聊，为啥新娘子要把头蒙起来，啥也看不见，真是急人啊！好想看看自己老公长什么样子啊！

"优儿，你将喜帕先拿下来。"一个温柔的女声传进耳里。

"啊？"于盛优有些不明白，不过她还是很乖地将喜帕掀起来抬眼往声音处望去，只见一个雍容华贵的妇人坐在大厅的主位上望着她温柔地笑。那妇人穿着明黄色的宫装，乌黑的长发简单地用凤钗盘起，优雅又不失美丽，庄重却又带着风情。

"好标致的娃儿。"妇人看着于盛优满意地点头。

于盛优心里乐呵呵地想：这妇人一看就知道是自己将来的婆婆，婆婆都喜欢乖巧的媳妇，咱今天第一天进门就给她点儿面子装装乖好了！

于盛优打定主意后，侧身福了福，装着小家碧玉的样子红着脸甜甜地道："谢夫人夸奖。"

"呵呵，还叫我夫人？"宫夫人单手掩唇轻笑。

不叫夫人叫啥？婆婆？娘亲？于盛优用她那不是很聪明的脑袋考虑了一下还是不知道叫啥，没办法只有使出最绝的一招：害羞地低头脸红！

"呵呵，你看这孩子，还害羞呢。"宫夫人指着于盛优对坐在她右手边的中年男人调笑道。

那男人冷峻的眼里闪过一丝笑意，缓缓点头。

于盛优再一次害羞地低头脸红！

宫夫人端坐在主位上，满意地望着于盛优道："优儿，你父亲于神医曾经救过我们一家子的性命，这份恩情宫家无以为报，这次将你娶进门来自然不能亏待于你！可我宫家有三个儿子，真不知将你嫁给哪一个啊！"

于盛优羞答答地轻言道："一切还凭夫人做主。"

"这怎么行，优儿自己的夫君还得优儿自己选才好哇！"宫夫人哈哈笑着摆手，"来人，让三位少爷出来。"

于盛优一听这话就乐了！难道自己转运了，三个帅哥在这儿等着我呢！要是宫家这三兄弟全是一等一的极品，咱要不要学学那猪八戒选媳妇，咱一个人包圆了？咦嘻嘻……于盛优心里翻江倒海猥琐地想着，但是表面上还装得和大家闺秀一样红着脸静悄悄地等着。

没一会儿，宫家的下人传道："三少爷到！"

于盛优偷偷地回头一瞥，只见率先进来的是一个和她一般大小的少年，穿着黑色的劲装，高挑挺拔，黑色的头发又浓密又柔软，很帅，全身透着一种十八九岁的少年绝对没有的阳刚之气。

这个我喜欢！于盛优心里呼啦啦地狂叫道。

"这是我家老三，宫远夏。"宫夫人乐呵呵地给于盛优介绍。

只见那宫远夏转过身，对着于盛优作揖。于盛优这时才看清他的全貌，刚才的热情瞬间冷了下来！原来帅的只有一半脸啊！还有一半脸上全是可怕的刀疤，一条条的和虫子一样弯弯曲曲地爬在他的脸上，简直要多恶心有多恶心！要多丑陋有多丑陋！

于盛优立刻转开和他对视的眼睛，心里很无情地想：你别看我！再看我也不会要你的！我可不想晚上睡不着。

宫夫人了然地摆摆手，下人又传："二少爷到！"

于盛优又一次转头望去，只见那二少爷长得清俊绝伦，眼角带笑，温文尔雅，完全就是于盛优认为最萌的温柔型男人啊！这个好这个好！

于盛优又激动了！我就喜欢这种！

宫夫人又轻笑道："这是我们家老二，宫远涵。"

于盛优有些痴迷地看着宫家老二的笑脸，哦哦，好美啊！绝对不比二师兄差，不过——为什么这样的帅哥要坐着轮椅被下人推进来？

于盛优又慌忙别过眼神，躲开与宫家老二的对视！那啥，要是让我和他先来一场华丽丽的恋爱的话，也许我就不介意他残废了！不过，还是算了吧！相信二少爷会找到比我更好的女人的！

于盛优这时有些担心了，这老大该不会也有什么残缺吧？

就在她紧张万分的时候，宫家下人又传："大少爷到！"

一个男人走了进来，于盛优转头看了他一眼，顿时双目呆滞，口水乱流，小心肝扑腾扑腾地乱跳！只见来人一身华丽的宝蓝色长袍，身形挺拔修长，剑眉斜飞入鬓，鼻骨端正挺直，一双薄唇宛若刀削，剑眉下一双星眸，黑若幽泉深潭，阔如深邃夜空，其内波光潋滟，更胜夏夜星河。

于盛优看得直了眼，搜肠刮肚，终于在她没有多少文化的脑子里找到了一个可以形容他的成语：人中龙凤啊！

"优儿！优儿！"宫夫人唤回已经被迷得眼直口呆的于盛优道，"这是我家长子，宫远修。"

"哦哦。"于盛优被迷得傻傻地点头，两只眼睛早已变成粉红色的心形。

宫夫人掩唇轻笑："你倒是选中谁了？"

于盛优"嚯"地清醒了，转头满眼火花地看着宫夫人叫："娘亲！"

看来于盛优这丫头也不傻，看！已经开始叫娘亲了！

"自古以来，长幼有序，家里若有长子须长子先成婚，次子才能成婚，此乃祖上传下来的规矩，优儿当然不能坏了这千年来的规矩啊。"她的言下之意已经很明白了！快把你家老大给我吧！

宫夫人笑："可这规矩是规矩，我们宫家可不能因为规矩而委屈了你啊。"

"没有……没有委屈啊。"于盛优说完又偷瞧了一眼宫远修，心脏怦怦怦地狂跳起来，天哪，怎么有人能这么帅啊？

宫夫人的嘴角扬起一丝诡异的微笑："你确定选老大了？"

"确定！"

"自愿嫁于我宫家长子——宫远修？"

"太自愿了！"

"你若反悔？"

于盛优沉稳地接口："我若反悔，天打五雷轰！"

"如此，就这么定了吧！来人，为大少爷换上喜服，拜堂成亲！"随着宫夫人一声令下，宫家瞬间又热闹了起来，奏乐声、放喜炮声、热闹的恭喜声不绝于耳，随着一拜一拜再一拜！于盛优被欢欢喜喜地送入洞房啦！

喜房里，于盛优顶着红盖头规规矩矩地坐在床边。屋里的龙凤红烛噼里啪啦地烧得正旺，她睁着水灵灵的大眼，乌黑的眼珠骨碌碌地乱转，新郎怎么还不进来呢？一想到自己英俊非凡的丈夫，于盛优居然觉得自己脸上烧得发烫。哦呵呵——运气真是太好了——这么帅的男人哇！哦呵呵——走运了！不对，我天生就是好命哇！

又过了一会儿，门外传来一阵喧闹声。喜房的门被大力地推开，一群人簇拥着新郎走到门口，将新郎推进洞房，然后哈哈大笑着关上房门。

于盛优有些紧张了，她能感觉到有人正向她走来。她低着头，咬着嘴唇，拼命压抑着自己快要狂跳出来的心。那男人一步一步地慢慢走着，最后停在了于盛优的面前。

于盛优从盖头底下可以看见一双男人的脚，男人穿着大红色的靴子，他的脚很大，人家都说脚大的男人憨厚爱妻，不知道自己是否有这样的福气呢？嗯，肯定有的！

"唰"的一声，红色的盖头被人掀起，于盛优的世界一片清明。她缓缓抬头，望向将和自己相伴一生的男人，只见他俊俏非凡，齐腰的

黑色长发，仅仅挑起一小绺束在玉冠中，其他的如绸缎般披散在肩膀，一身大红色的喜服，更衬得他英气逼人，气质非凡！

这个男人就是她的丈夫——宫远修。

宫远修笑盈盈地看着于盛优，于盛优有些羞涩地回望他。宫远修弯下腰来，和她面对面，眼对眼，用低沉的声音轻唤："娘子。"

于盛优一听，脸"唰"地红了，忍不住低下头，羞涩地叫："相公！"她叫完以后虽然自己恶心了半天，但心里却觉得甜蜜得要死。

"娘子。"他又微笑地望着她叫。

"相公。"她迅速瞟他一眼，害羞地回应。

"娘子娘子娘子娘子。"宫远修一连欢快地叫了好几声。

于盛优好笑地看着他想："哎呀……虽然自己沉鱼落雁，闭月羞花，娶了自己是该如此高兴的，但是他表现得这么直白真是让人——很害羞！哎呀——我要不要表现一下自己嫁给他的兴奋呢？表现吧？不够矜持！不表现吧？又显得太过冷淡！"

"相公。"于盛优轻笑着，肉麻地又叫了一声，还对着望着她笑的宫远修抛了一个媚眼。这样就够啦！既够矜持又不够冷淡，哇咔咔，我太聪明了。

宫远修一听，俊脸上立刻露出一个灿烂得如同朝阳一般的笑容。于盛优看他笑得这么开心，再也无法假装矜持了，笑得和他一样灿烂。

宫远修一蹦而起，拍着手大声笑道："哇——可以吃饭喽！"说完他丢下于盛优就扑到放满食物的桌子上开始吃，狂吃起来！

"啊？吃饭？"于盛优一脸的柔情蜜意忽地消失，傻傻地看着在桌子边吃得欢快的宫远修。

"对啊！娘亲说等娘子叫我三声相公以后，我就能吃饭啦！娘子，你也过来吃啊！好好吃，好好吃呢！"宫远修用手抓了一个鸡头下来，放嘴巴里大嚼特嚼着。英俊的脸因为嘴里塞了过多的食物而变形，油乎乎的手还对着于盛优做着"来啊来啊你快来啊"的动作。

于盛优从震惊中回过神来，心里"噌"地生出一丝不安来。她小步地走过去，挑了一个离宫远修比较远的位置看着他小心翼翼地叫："宫远修？"

宫远修呼哧呼哧地继续啃着烧鸡。

"宫远修！"于盛优大声叫他名字。

宫远修停下来，用手背擦了擦嘴巴，然后用纯净而无辜的眼神看她："娘子你叫我？"

于盛优被他的眼神吓到了，这绝对不是一个二十四岁男人该有的眼神啊，这是怎么回事？

"啊！娘亲说过，娘子是拿来疼的，好东西都要先给她吃！远修忘记了！娘子，这个给你吃！"说完，他将烧鸡的屁股撕下来，面带笑容地递到于盛优眼前。

于盛优看看鸡屁股再看看满脸油的宫远修，再看看鸡屁股，再看看他，不敢相信地缓缓摇头笑："不会吧……"

宫远修看着呆住不动的于盛优小心地问："娘子，你不吃吗？不吃可不可以给我吃？我最喜欢吃鸡屁股了！"

于盛优猛地站起来，转身，打开房门大吼道："来人！来人啊！"

没一会儿，宫夫人就带着一大队家丁婢女打着大红色的灯笼过来了。

宫夫人笑意盈盈地看着于盛优问："优儿，何事喧哗？"

于盛优一甩衣袖，有些生气道："宫夫人，我父亲于豪强曾经救过

宫家一家四口人性命是也不是？"

宫夫人轻笑一声道："自然，此等大恩大德本宫自然铭记于心。"

"那你们……你们如何能让他……让他同我成亲呢？我要的是一个丈夫！不是一个……"于盛优瞪着房间中吃得正香，还不时望着她傻傻憨憨笑着的宫远修，老娘再饥渴也不能嫁一个傻子啊！

"优儿此言差矣。"宫夫人仪态万千地走进房间，拿出丝帕轻柔地将宫远修嘴边的油渍擦干净，"宫家的三个儿子各有毛病，你嫁过来的时候，本宫生怕委屈了你，所以打破成规，命宫家三子任你挑选，你既然选了我们家远修，怎么现下反倒怪起本宫来了？"

"可……可你没说他……他是一傻子！"

"住口！"宫夫人凤眼一瞪，皇家威严尽显，她可以容忍别人说她的不是，但却不能容忍任何人侮辱她的儿子。

于盛优被她的威严震得默默住口。

宫夫人严厉地望着于盛优道："相公是你自己选的，拜堂也拜过了，洞房也入了，你又亲口叫了远修三声相公，就算你父亲来了，这事也容不得任何人反悔。你从今天开始就是我们宫家的媳妇，宫远修的妻子。"

"不行！我不干！你们……你们陷害我！"

"优儿可别忘了今日在大堂之上许下的誓言。"

"不就是天打五雷轰嘛！你让雷来轰我啊！我……"

于盛优指着老天一通嚣张的厥词还没放完，一道闪电噼里啪啦地劈了下来，正好劈倒了门前的一棵桂花树。

宫夫人好笑地看着于盛优。

于盛优指着老天的手慌忙缩了回来，不敢相信地瞪着门外的桂花树。宫远修被雷声吓得"哇"的一声抱住于盛优，可怜兮兮地说："娘子，打雷了！好怕怕！"

于盛优全身僵硬地被抱着，额头上的青筋突起，强迫自己压抑住揍他的冲动。

"看来我们家远修很喜欢优儿你呢。那本宫就不打扰你们了。呵呵……"宫夫人笑意盈盈地走出房门，到了门口的时候忽然回过头来对着宫远修说，"远修，吃完饭应该干什么呀？"

宫远修歪歪脑袋想了下，忽然一把把于盛优抱起来开心地大叫："吃完饭，洞房啦！"

"啊——我不要！"于盛优吓得使劲儿扑腾。

宫夫人哈哈大笑着走出房间，两个青衣婢女轻柔地将房门关上。

房间里，宫远修抱着于盛优大步走向红色的喜床，于盛优出拳打，用腿踢，可一点儿作用也没有，最后还是被死死地压在柔软的床上。于盛优看着压在自己上方的宫远修，真觉得自己这辈子最危急的时刻到了！好吧！你小子敢碰我，我就和你同归于尽！

宫远修迅速扒了自己的衣服，只剩下一套白色的丝绸中衣穿在身上，他脱完了自己的又伸手去脱于盛优的。于盛优拼命抵抗着："你想怎么样？别脱了！啊！别脱啊！"

凤冠，他脱！霞帔，他脱！嫁衣，他脱！于盛优泪眼蒙眬地拼命抵抗，可她又怎么是宫远修的对手呢？

当于盛优被脱得只剩下一套白色的中衣的时候，她悲愤地想：老天啊！为什么你要这么对我？！我可不想有一个傻子相公后又有一个傻子儿子啊！

就在于盛优觉得自己这次肯定贞洁不保的时候，宫远修居然停手

了，他拉过被子盖在自己和于盛优身上，然后双手紧紧地抱着于盛优，躺下，闭眼，睡觉！

于盛优的双手还是挣扎的样子，她等了一会儿，宫远修却没有动静，又等了一会儿，他还是没有动静。于盛优眨眨眼，怎么回事？良心发现了？犯罪中止了？她奇怪地推他："喂！你怎么了？你……不是要那啥那啥的吗？"

宫远修睡眼蒙眬地眯着眼，表情性感迷人，晕，傻了还这么帅！不傻的时候该有多帅啊！

"什么那啥那啥？"宫远修问。

"就是那个……那个！"于盛优红着脸道。

"哪个？"宫远修歪头看，眼神好天真好纯洁。

"就是……就是……洞房啊。"于盛优再也憋不住地吼。

"哦……洞房啊！"宫远修可爱地点点头，打了个哈欠道，"不是在洞吗？娘亲说脱脱衣服，抱着睡觉，就是洞房啦。"

"……"无语！我是白痴吗？我居然跟傻子较真！

宫远修嘿嘿一笑，抱紧于盛优满足地说："娘子，我好喜欢和你洞房呢！娘子身上好香香！我们以后天天洞房好不好？"

"洞……洞你个头！"于盛优咬牙切齿。

天哪……救命啊啊啊！我不要嫁给傻子！

……

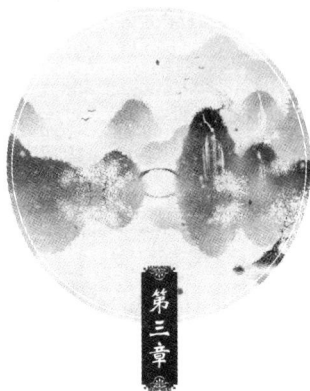

第三章

被 耍 了

LIANLIAN
JIANGHU

于盛优经过将近一个月的长途跋涉，早已经累得不堪重负，即使知道她身边睡着一个紧紧抱着她的傻大个儿，但是她还是在睡神的召唤下，睡得昏天暗地。

等她终于醒来，猛地睁眼一看，只见宫远修正捏着她的鼻子，撑着一张俊脸，扑在她面前笑得好不开心！于盛优叹了一口气，无力地拍开他的手说："干吗呀？"

宫远修笑笑，摇着于盛优说："娘子，天亮啦！起床练武啦！"

"现在才几点啊，不练不练。"于盛优翻了一个身继续闭着眼睛睡。

练武？疯了吧！自己在圣医派都是睡到日上三竿才起床，练武？那是心情好的时候的事吧？

"娘子，娘亲说，每天早上寅时就要起床练武啦，不可以偷懒的！"

于盛优睡意正浓，非常不满地嘟哝着："大半夜爬起来练什么武啊？不去，不去！你娘叫你练又没叫我练！乖！自己练去。"

"可是娘亲说，娘子会陪我练的。"

"娘亲说，娘亲说，你就知道娘亲说！"于盛优愤怒地一下子坐起来了，瞪着宫远修很认真地说，"你没听过男人的三从？"

"三从是什么？"宫远修一副很好学的样子。

"未娶从母、既娶从妻、妻死自杀！你现在娶了我，就得听我的！知道吗？"于盛优闭着眼睛瞎扯。

宫远修睁着眼想了半天，还是没想出来什么是三从，不过他好想娘子陪他一起练武哦！而且要是不练武会被娘亲罚的！所以……所以还是让娘子陪他练武吧！

"娘子，娘子，起来了。"

"求你了！让我再睡一下吧。"于盛优翻了一个身将被子捂在头上，整个人团得紧紧的，就是不起床。她闭着眼睛蒙在被子里听了一会儿，身边没有动静。哼！这个呆子，肯定放弃了！终于可以好好睡一觉了，昨天晚上被他抱得死死的，连翻身都不行，一个晚上都没睡好！于盛优打了个哈欠将头上的被子拿下来，裹好，准备好好睡一会儿。就在这时，一盆凉水从她头上浇下来。

于盛优被冻得一个哆嗦坐了起来。

"啊！你干什么？！"于盛优愤怒地推开宫远修手上的铁盆！

宫远修笑眯眯地望着于盛优道："娘子，这样你就不困啦！我以前赖床的时候，娘都是这样叫我起来的！"

于盛优摇着一头冰水怒吼："你以前是什么时候啊？"

"嗯。远修不记得了，不过远修起来看见池塘的荷花都开了呀。"

"那就是夏天啦！"于盛优咬牙切齿地说。

"啊！对！是夏天！"宫远修一副恍然大悟的样子。

"现、在、是、冬、天！"于盛优扯着被子，压抑住自己想揍他的心情。

"啊！我知道哇！娘子好笨哦，现在当然是冬天啦，前天还下雪了呢。"宫远修点头笑，笑得很可爱很可爱。

于盛优瞪着他，气极反笑，压抑了一下心里的怒火，对着宫远修微微一笑："不是要练武吗？走啊！"

"哦……哦！"宫远修望着她的笑容先是愣了下，然后笑着说，"娘子，你笑起来真漂亮。"

"嗯嗯。"于盛优皮笑肉不笑地点头。别以为你夸我一句我就会原谅你！今天我非要你好看不可！练武是吧？我就陪你好好练练！你可别怪我出、手、太、重！

一刻钟后，于盛优换上了一身劲装，头发还是很随意地扎了一个马尾，整个人显得利落干净，在宫远修的拉扯下来到了宫家的练武场。练武的地方在一片竹林之中，竹子之间的缝隙很密，层层叠叠的就像一道天然的屏障，只有一条小路通向竹林深处的空地。于盛优远远地就看见有一个黑衣男子已经在那里练剑了，走近一看，黑衣男子手中的剑耍得气势如虹，招招凌厉。男子听到他们的脚步声，手腕翻转，剑锋向下，剑套顺势而上，男子剑眉一凛，握紧手中宝剑，转身望着他俩道："大哥。"他看了一眼于盛优接着叫，"大嫂。"

宫远修拍手笑："三弟，你刚才的剑法好厉害呀。"

于盛优看着他英俊光滑的脸，气得窝心！可恶，他的脸上哪里有伤疤了？！

就在这时，身后传来一道温雅的声音："大哥、大嫂、三弟，你们来得真早啊。"

宫远修回头看着温雅俊美的男人笑："二弟，你也来了。"

于盛优也回头看着他修长的双腿，稳健的步伐，气得死死地闭了一下眼，姓宫的！你们一家都当老娘是白痴啊！

"大嫂，你的脸色为何如此之差呢？"宫家老二宫远涵有些担心地看着于盛优一时发青一时发紫的脸。

"娘子，你怎么了？要不要找大夫看看呢？"宫远修也凑过来关心地问。

于盛优气极反笑："确实要看看你们宫家的大夫，我一直以为天下最高明的医术就是我们圣医派了，可没想到你们宫家居然有医生能在一夜之间将一个双腿残废、一个毁容的病人治好！如此神医，盛优自当见见。"

宫远涵轻笑着听着于盛优的嘲讽，当她讲完时还很礼貌地点点头："大嫂可能是误会了！昨日我因天气寒冷，关节炎复发无法走路，所以坐了轮椅，而三弟，却是因为和人打赌输了，按赌约假装毁容三日，这一切只能说是机缘巧合啊。"

于盛优瞪了他一眼，看着他一副诚恳的样子，心里怒道：木已成舟，还不是你想如何说就如何说！想我于盛优吃哑巴亏？没门儿！对付不了你们，我还对付不了宫远修？于盛优的宗旨就是柿子我要找软的捏！使劲儿捏！我捏死你！

于盛优转头，对着宫远修笑："相公，不是要我陪你练武吗？开始吧。"哼，我在圣医派可不是白待的！说到武功，我可是排名第六呢！

（友情提示：圣医派总共六位入室弟子）

"嗯！好哇！"宫远修笑道，"那我们轻轻地打哦。"

于盛优一脸阴笑地走到武器架旁，挑了一根长棍，熟练地在手中旋转，她用得最顺手的武器就是长棍。于盛优转身望着宫远修道："怎么能轻轻打呢？你出去和人打架，人家会轻轻打吗？"

"可是可是……我怕……"

"怕什么怕？！"于盛优一声怒喝打断他，"要打就认真打，使劲儿打，不打我就回去睡觉！"

"打打，那开始吧。"宫远修慌忙点头，娘子生气好可怕哦。

于盛优将手里的长棍抛给宫远修，自己转身利落地又抓起一根，跟着抛出去的棍子飞跃而起。当宫远修接到棍子的那一秒，于盛优已攻到门前，宫远修放弃棍子，向后一退躲开一击。于盛优手里的棍子舞得虎虎生风煞是好看，只见她将长棍猛地往地上一插，身体在长棍的顶端借势飞踢了出去，宫远修矮身躲过。两人又对了几招，宫远修只是躲避并不出手攻击。

于盛优落地一个转身跳起，对着宫远修毫不留情地狠狠一棍子敲去。宫远修低着头站在原地动也不动，像是被吓呆了一样，于盛优有些犹豫地看着他，还是算了吧，何必和一个傻子生气呢。想到这儿，她手腕微动准备收式，就在那一刹那之间，诡异的事情发生了，宫远修忽然抬头，眼神犀利，右掌猛地向上推出。

"大哥，住手！"宫远涵飞身而出，出掌攻向宫远修。宫远修镇定地推出左掌挡住他的攻击，宫远夏也飞身而起，一把抓住于盛优的肩膀将她丢了出去，同时出掌，和宫远修的右掌相对，三人手掌一对，

瞬间狂风肆虐，整个竹林被震得发出刺耳的声音。于盛优尖叫着跌落在地上，还狼狈地滚了四五个圈。

等她灰头土脸地爬起来一看，只见竹林以他们为中心点，十米之内的竹子全部被震得拦腰折断，竹叶漫天乱飞，她张大嘴巴，不敢相信地看着。天哪，好强！这掌要是打在她身上，她不是瞬间挂定了？

这个傻子……这个傻子居然这么厉害！难道他也是假傻？

"你！"于盛优猛地从地上翻身而起，指着宫远修的鼻子问，"你是真傻还是假傻？"

宫远修一甩刚才的犀利眼神，又变得单纯无邪，呆呆傻傻地望着她笑："娘子，我不傻啊！呵呵，娘亲说我是最聪明的。"

于盛优转头，满脸黑线，无力叹："果然，很傻！"

"娘子，娘子，我们继续来练武嘛。"宫远修一把扑过来抱住于盛优欢快地叫。

"不练。我要回去睡觉。"于盛优斩钉截铁地拒绝。开玩笑，她的武功和他比，那就是唐三藏和孙猴子的差距！

"娘子，练嘛。"宫远修缠着她就是不让她走。

"我都说了不练！你听不懂是不是？"于盛优死命地挣扎着，就是挣扎不开，气得对着他的手狠狠地咬了下去。宫远修吃痛，尖叫一声，放开了手。于盛优立刻从他的怀里跑出来，狠狠地瞪着他。

宫远修委屈地看着她，左手搓着右手刚才被咬的地方，眼里的泪水一圈一圈地打着转儿，特可怜的样子，就像是被主人训斥的大型犬。

"你这个女人，怎么可以咬人？"宫远夏大步跨出来，拉起兄长的手一看，红红的一圈牙印，又大又深，某女下口可不是一般的狠啊！

宫远夏大怒："你……你是属狗的吗？你既嫁给了我兄长，就应该听他的话，他让你练武你就得练！"

于盛优不屑地冷哼："练武？真好笑，你哪只眼睛看见我有能力陪他练武啊？我啊！还想多活两年！不想不明不白地死在一个呆子手上！"

"你怎么能叫自己的相公呆子呢？"宫远夏狠狠地指责她。

"我只是在说事实。"于盛优摊手。

"你！你到底懂不懂什么是三从四德！"

"不懂！"于盛优翻白眼，一副你能奈我何的样子。

"你……"宫远夏气得指着她的脸就想教训她。

宫远修却跳到他们中间说："三弟！我知道什么是三从哦！"

"大哥知道？"宫远涵歪头问。

"对啊！"宫远修眯着眼睛笑，"三从就是：未娶从母、既娶从妻、妻死自杀！娘子今天早上才和我说的呢！娘子我说的对不对？"

所有人都愣住，整片竹林除了宫远修得意的笑嘻嘻声外，安静得诡异啊诡异。于盛优偷偷地望了眼宫家的另外两个兄弟，只见他们嘴角抽搐，满脸黑线地瞪着她。她与他们眼神一对上，就立刻逃开，望天啊望天，看地啊看地，就是不敢看他们。

"大嫂。"这两个字几乎是从宫远夏牙缝里蹦出来的。

于盛优看他，想怎样？

宫远夏做了一个请的动作："借一步说话。"

于盛优嚣张地摆手："不借，不借，叔嫂授受不亲。"

宫远夏怔了下，俊颜微微泛白："你……你……我宫远夏是这种人吗？况且我对你这样的姿色……哼。"后面的话不说也罢！

"我这样的姿色怎么了？况且，我有说你吗？我说我自己不行吗？"

看他那唇红齿白的俊俏模样，她于盛优可不保证光看不动手啊！反正她现在是破罐子破摔，见一个扑一个了。

宫远夏俊颜微微泛红："你个妇道人家居然说出这种不知羞耻的话。"

于盛优摊手："我只是说实话。"

"你……"在光天化日朗朗乾坤之下，这女人居然告诉他，她对他意图不轨。如果他一定要借一步说话的话，岂不是说明他想……他想被她调戏？宫远夏的脸从白到红，从红到紫，从紫到青，变化得好不迅速。他气得一甩衣袖转身怒道，"我不和你计较！"说完他"嗖"地消失在竹林里。

于盛优摆摆衣袖道："慢走，慢走。"

竹林里一下只余三人，微风吹过，竹子哗哗作响。

"大嫂。"一直沉默的宫远涵忽然出声，微微一笑，温润如玉的面容上像是有神圣的光芒一样照得人睁不开眼。

于盛优看着他，心里那个恨哪！就凭他的长相，即使是个残废当时也应该选他的呀！可恶！我后悔我后悔我后悔！

"大嫂？"宫远涵奇怪地看着忽然一脸狰狞的于盛优，又一次轻声唤道。

"干吗？"于盛优瞪他！他是美男没错！但却不是她的美男，就像圣医山上的那些男人一样，是看得到吃不到的折磨啊！对于这样的男人，于盛优是愤怒的！是那种带着想摧毁的愤怒！她宁愿二弟和三弟都长得丑一点儿！这样才能平衡她由天堂掉入地狱的巨大落差啊！

宫远涵正了正脸色说："大嫂，我大哥心智虽不成熟，却是一个好人，希望大嫂能好好待他。"

"我就不好好待他怎样？"

宫远涵歪头轻轻一笑，竹子都被他的美震撼得开花了！于盛优当然也看呆了。

宫远涵用浑厚的声音轻轻说："你待他好，是我大哥的福气；你待他不好，便是他没有这个福气。"

于盛优挑眉，居然说得这么委屈？

"只是，"宫远涵的俊颜上虽还带着笑，但眼神却十分冰冷，衬着柔和的音调，给人一种说不出的压迫感，"大哥若没有福气，身为他妻子的你，只怕是更没有福气了。"

威胁，赤裸裸的威胁！这家伙居然笑眯眯地威胁她：如果她不让他哥好过，他就让她更不好过的意思吧！于盛优眯着眼看他："你以为我会怕你们？"

"怕不怕到时候不就知道了。"说完，他微微一笑，转身离开。

"喂！"于盛优大声叫住他。

他回眸一望，于盛优问："我问你，如果昨天我选的是你，你真的会娶我吗？"

宫远涵笑："自然要娶。"

于盛优瞪他："真是讨厌的答案！"如果他说不娶，她还会好过一点儿。

宫远涵望着她轻轻一笑："嫂子你用点儿心，等你真正了解哥哥后，你就会知道，你昨天的选择是最正确的。"

说完这句话，宫远涵不再多言，转身消失在浓密的竹林里。

是吗？于盛优有些怀疑。

"娘子。"一个既熟悉又陌生的声音唤她。

于盛优回过头，对上一张剑眉飞鬓、朗眸如水的俊朗面容，他在不远处对着她，一副想过来又不敢过来的样子。

于盛优叹气，对他招招手。

宫远修灿烂一笑，一个飞奔扑过来抱住她。

于盛优嗤笑，这家伙虽然傻，但是却傻得怪可爱的。就当是养了只大型宠物狗吧！对他好点儿就对他好点儿吧！反正对人好又不花本钱。

"娘子。"宫远修睁着水灵灵的眼睛望着她。

"嗯？"于盛优心底有一丝丝柔软被他干净的眼神打动。

"我想大便便。"

于盛优再次爆粗口："滚！"

想对他好，真的很难啊！

第四章

鼻血根本停不下来

LIANLIAN
JIANGHU

　　这天吃完晚饭，于盛优带着宫远修无所事事地在宫家大院里散步。于盛优走一步宫远修也走一步，于盛优停宫远修也停，于盛优吃一粒瓜子，宫远修嚼一把瓜子！于盛优望着他皱眉，她烦，她非常烦！这家伙这几天天天黏着他，吃饭黏、睡觉黏、读书黏、练武也黏，就连走路也一直挂着白痴笑容走在她半步范围之内。

　　她要爆发了！她受不了了！她要把他丢掉，哪怕只丢掉一秒也好！

　　于盛优转头望了眼笑眯眯地吃着瓜子的宫远修，眼珠转了转，她对着他微微一笑叫："相公。"

宫远修看着她的笑容，也灿烂一笑，开心地叫："娘子。"

宫远修本就长得俊俏，一笑起来更是像天使一样纯净，于盛优被他的笑容迷得有一瞬间恍惚，过了几秒才回过神来说："相公，我刚才走路的时候，不小心把耳朵上的宝石耳环弄丢了，那可是我出嫁时爹爹送我的。"

于盛优低头装成很悲伤的样子，宫远修睁大眼睛，水灵灵地望着她说："那，远修去帮娘子找。"

于盛优轻轻点头，指着前面的荷花池说："就丢在那一带了，相公去帮我找找，要是找不到便算了吧。"

"放心吧，我一定能找到。"宫远修拍拍胸口保证，转身开心地跑去找耳环。

于盛优对着宫远修的背影做了个鬼脸，能找到啥，她今天根本没戴耳环。趁他不注意的时候，她悄然转身，偷偷甩下他，跑了。

甩开宫远修，她真觉得松了一口气，好像全身都舒服了一样，她一边嗑着瓜子一边逛着，忽然她非常想知道宫远修到底是天生傻还是后天才傻的。

经过一圈打听，于盛优终于在宫家的一个老园丁口中打听到宫远修原本不是傻子，不但不是傻子还是宫家三个儿子中最出色的一个，他十五岁的时候就打败了当年武林第一高手，并且在学识上也非常出色，反正就是啥都会啥都天下第一的那种。

可他为啥会变傻呢？这得从六年前说起。

六年前，宫远修十八岁，正是他名声大噪之时，那时的他，英俊潇洒、武艺高强，且家财万贯，这么好的条件，当然是个女人都想嫁给他。当年他家的门槛被求亲的人踏破了七八十个，整一个香得不能再香的香馍馍，谁都想上去啃一口。那时的宫夫人为难了，这宫远修只有一个呀，娶谁不娶谁好呢？真是为难啊！宫夫人想来想去，忽然想到自己兄长后宫选妃时的威风，开心了，得意了，决定了！咱也选一把妃！

于是，宫夫人的这一决定刚一贴出来，立刻引起了整个国家未婚少女的轰动与积极响应，不出一个月，前来参加选妃的女子至少有一万名。经过层层严格的筛选最终还留下了两百余人。宫夫人又为难了，为啥天下好女子这么多呢？这两百多名女子，全是要家世有家世，要相貌有相貌，要才情有才情，要啥有啥的好女子。

没办法，宫夫人最后出了一道题目，就是让她们一人做一个菜，并且给她们每人一个时辰和宫远修独处，于是这场明里品菜暗里品人的大会足足进行了七七四十九天！

宫夫人原本盘算，让宫远修自己选去，看中哪个就娶了那个就是。可宫远修当时并无成亲之意，只是孝敬母亲，顺着母亲的意思，有理而客气地整整吃了四十九天美食。

本来这品菜倒是没什么问题，可问题出在了那单独相处的一个时辰上！那些女子全都铆足了劲，想做出最好吃的菜，可是光菜好吃就够了吗？当然不够，暗地里的手段咱也不能落后啊！那是你下碧螺春，我下桃花春，你下一夜梦，我下梦三天，你下红棉欲，我下欲飞烟……各种药下得，只有你想不到的，没有她们买不到的！

可郁闷的是，宫远修武艺修为实在是太高了，这些药他吃了就和吃胡椒粉一样，一点儿效果也没有，可当他吃了四十九天各种不同的高效药后，药效互相排斥，互相摩擦，终于产生了奇妙的化学效果，变成了致命的毒药！

于是宫远修开始全身发烫，整个人就像是被煮熟了一样，本来小命都得被这些药烧掉了，幸亏宫夫人求来了圣医山于神医也就是于盛优她爸的解毒圣药，命是保住了，可当药力退去，宫远修的脑子也给烧傻了，智商只如同十岁小孩儿一般，宫家请了无数的名医也没能治好他。

唉！这事真是闻者流泪见者伤心啊！瞧瞧，一个大好青年就因为药吃多了，从此成了傻子！

于盛优叹了一口气，摇摇头，问："那后来那些喂宫远修吃药的女人呢？"

老园丁也叹了一口气说："她们啊，她们一听说大少爷傻了以后一个跑得比一个快。"

于盛优不敢相信地问："不是吧？宫家就这么放过她们了？"

老园丁摇头："哼，哪有这么简单，这两百余名女子没有一个嫁得好的，给人做第五十位小妾都是好的，倒霉的嫁了九十岁高龄的老翁，嫁了赌鬼，嫁了罪犯，嫁了杀猪的，都有！反正没一个有啥好下场的。"

"真……真狠！女子嫁得不好简直就是生不如死啊！"于盛优这时有些同情这些女人了。她想了想，好奇地问，"这么毒的报复方法是谁想出来的？"

老园丁四处瞟了一眼，神秘兮兮地小声说："是二少爷！"

于盛优手中瓜子撒了一地，真是人不可貌相啊！宫远涵长得这么无害善良，却没想到他的心肠这么歹毒啊！

于盛优和老园丁聊过，回到房间之后已经天黑了，皎洁的下玄月淡淡地照着小院。于盛优点亮房里的油灯，无聊地拿起一本小说翻了翻。看看小说，再这么闲下去，她怀疑她也会跑去绣花，太无聊了！

一本小说看完，已经很晚了，于盛优打了一个哈欠准备脱衣服睡觉，躺上床以后忽然想到，呃……是不是少了点儿什么？

于盛优猛地坐起来！不好，她把宫远修丢了还没去捡回来，就在她慌忙穿鞋准备去把荷花池边的宫远修捡回来的时候，房门被猛地推开！

宫远夏一脸怒气地瞪着于盛优，他全身透湿，头发和衣服上还不停地滴着水。他的手里死死拉着宫远修，宫远修一副不高兴的样子被他拉着，同样全身透湿。

"呃，你们怎么了，游泳去了？"于盛优奇怪地问。

宫远夏被她这句话一下激怒，他冲了过去，将于盛优从床上拉下来："你这女人，竟然还在这儿说风凉话，这么冷的天，你居然叫我哥哥跳到冰冷的池水里给你找耳环！你该不会以为我们宫家的人会放任大哥被你欺负吧？！"

于盛优一惊，她只是随便指指荷花池罢了，并没有让他跳下去找啊！

"你在胡说什么？我没有！"于盛优跌跪在地上，气得推开他。

宫远修急急地叫了声娘子，慌慌忙忙跑过去想将她扶起来，宫远夏拉开他的手道："大哥，你别帮她，这个女人就要好好收拾一下，不听话的妻子，不如休掉！"

于盛优怒了，猛地蹿起来："你休啊！我巴不得你们休了我！"

"你……"宫远夏气得抬起手来，却被宫远修一把抓住："你别打我娘子。"

于盛优抬头怒瞪宫远夏，一副你敢打我我就和你拼了的样子。

宫远夏看看大哥，又看看于盛优，猛地抽回手，无奈地说："我没

说要打她啊。我怎么会打女人呢？大哥……你……唉。"他只是想卷卷衣袖而已啊！他晚上刚从外面回来，就听下人说，大哥在荷花池里找东西找了一晚上，怎么劝也不上来！

等他过去一看，心疼得要死，大哥全身冻得发紫，却还是固执地在池水里找他娘子的耳环，这个该死的女人，居然敢这么欺负他家大哥！

他本想好好教育她一番，却没想到大哥这样护着她，这叫他如何帮他讨回公道呢！

宫远夏狠狠地瞪着于盛优道："你给我记住，你再敢欺负大哥，我一定不会放过你！"

"我好怕哦！"于盛优回瞪他！

宫远夏冷哼一声一甩衣袖，大步走出房间。

于盛优跟在后面，将门关得砰砰直响，气了一会儿后，望着一身透湿的宫远修问："你怎么跳下去找了，我不是说在池边吗？"

宫远修拉着袖子说："池边没有，我以为掉到池里了。"

"没有就算了，你回来说一声就是了。"于盛优有些内疚，这么冷的天，池水该多冷啊，他居然在里面找了一晚上。

宫远修低着头，有些委屈地说："娘子要我找，我就一定要找到嘛。"

于盛优微微叹气，走上前去握了下宫远修冰冷的手道："快去把湿衣服换了，别感冒了。"

宫远修笑笑，忽然将一直紧握的手打开，摊在于盛优眼前说："娘子，我今天没找到宝石耳环，但是我找到这两块小石头哦！看，很闪亮呢，暂时代替娘子的耳环好不好，我明天再去给娘子找。"

于盛优看着他手中指甲盖般大小的透明鹅卵石，低头一笑，心里有些暖暖的，像是释然一样，拿起，放在眼前看看，然后望着宫远修说："哇，真漂亮啊，谢谢你。"

宫远修看着她羞涩一笑，双手无措地在衣服的两侧摩擦着。

于盛优握紧手中的鹅卵石，暗暗下了一个决定。

天还蒙蒙亮的时候，于盛优就醒了，确切地说，她是一晚上没睡着，因为她下了个决定，那个决定就是用她自己的医术治好宫远修！

当窗外鸟儿开始叽叽喳喳叫的时候，于盛优动了动已经僵硬了的身体，可惜某个大块头还紧紧地抱住她不撒手。于盛优无奈地扭动了几下，结果某人继续纹丝不动地抱着她睡得香喷喷的。于盛优奋力地转过身，面对着宫远修，只见宫远修睡着的样子和正常人一样，不！比正常人帅很多很多很多倍！于盛优被迷惑了一下，擦擦流到下巴的口水，告诉自己，要淡定！

她伸出手，捏住他俊俏的鼻子，不让他呼吸。果然，没一会儿宫远修就放开紧紧抱着她的手，胡乱地在空中乱舞一通，于盛优趁机向右翻滚了两个圈，终于从他的魔掌中逃了出来。宫远修鼻子畅通后，嘟囔了几声，双手向于盛优的方向抱过来，于盛优立马拿着自己的枕头一把塞在他怀里，宫远修满意地死死抱着枕头，使劲儿地蹭了几下，又一脸幸福地睡了过去。

于盛优擦擦额角的汗，慢慢从床上爬起来，从宫远修身上跨了过去。她下床从柜子里拿了一条水蓝色的碎花长裙穿上，又披了一件白色的披风在身上，然后轻轻打开门偷溜了出去。

门外，天空还黑沉沉的，最远处的东边有一丝亮光，空气中还带着刺入骨髓的寒气。于盛优抬眼打量着四周，自己住的房间在一个院

子的正厅，东西两边各有一间厢房，院子两边种满了脆绿色的细竹，通向小院门口的道路用鹅卵石铺着。于盛优慢慢地走出院门，院子外面是一个大型的花园，中间有一个很大的荷花池子，因为天色的关系，池子里的水显得冰冷幽黑，看上去深不可测，昨晚宫远修就是在那里面捞的耳环。

于盛优抓住一个路过的青衣婢女问："这里可有药房？"

婢女恭敬地低着头道："回大少奶奶，宫家堡有六个药房，不知大少奶奶要去哪一个？"

"最近的。"

婢女想了想说："是。请随奴婢来。"

于盛优跟在婢女的身后走着，还别说宫家的人即使是个婢女也长得水灵灵的，就前面这个给自己带路的，都要比那些秀女漂亮个十几倍。

于盛优出声问："你叫什么名字？"

"奴婢名叫落燕。"

"哦，这名字倒是取得好，沉鱼落雁，闭月羞花，姑娘的容貌要落雁倒也不是难事。"于盛优摇头晃脑的一副风流样。

落燕脸上一红，低头微微羞涩地回道："大少奶奶谬赞了，奴婢可不敢当这落雁之名。"

"可你不就叫'落雁'吗？不叫你'落雁'叫什么？"

"大少奶奶……奴婢不敢当啊。"

于盛优看着急得满脸通红的落燕，哈哈一笑，不再逗弄她："那我叫你落落可好。"

落落低头，声音软软地道："落落见过大少奶奶。"

于盛优看着这个乖巧柔顺的漂亮女孩儿，心里痒痒的。她就喜欢这种类型的人，好欺负，动不动就脸红，看着又舒服。宫夫人派给她的几个丫头，都是一副老实中带着精明的模样，好像时时刻刻在监视她一样，搞得她根本就不敢使唤她们做事。

于盛优偷偷瞧了眼落落问："你是哪个房里做事的？"

落落乖巧地回答："回大少奶奶，奴婢在夫人房里帮佣。"

"哦，这样啊。"于盛优点点头，心里盘算着把她挖到手下来做事的可能性有多大。

"大少奶奶，前面就是药房。"落落指了指前面竹林中的一间屋子道，"奴婢只能送你到这儿了。"

于盛优点头，摆手："行，你回去吧。"

落落行礼，转身走了。

于盛优穿过竹林来到药房，推开门，一股药香扑鼻而来。于盛优吸着鼻子嗅了几下，嗯嗯，好久没闻到药香了，好怀念啊！

记得圣医山上，漫山遍野飘着的都是这种味道，于盛优点点头，拿出一张纸，上面用毛笔歪歪扭扭地写着很多药名，于盛优看了看她想了一个晚上才想出来的药方，满意地点点头。

寅时一到，宫远修脑子里的生物钟丁零零地作响。他轻轻地睁开眼睛，蒙眬的双眸像是带着一丝欲说还休的忧愁，俊美的脸上带着刚醒来时的困惑。他微微起身，宽大的衣袍从肩上滑落，露出紧致结实的胸膛。他觉得嘴唇很干，伸出舌头舔了舔有些干裂的嘴唇，性感的唇瓣因水的湿润，变得更加鲜艳欲滴，像是邀人品尝一样。

于盛优从药房拿完药进来的时候正好看见这一幕，她的小心肝猛地抽了下，呆愣地看着。

宫远修一见她进来，立刻露出比阳光还灿烂的笑容唤道："娘子。"

于盛优感觉鼻子里先是热热的，然后又是痒痒的……

宫远修抬手，指着于盛优担心地道："娘子，你流鼻血了！"

于盛优唰地回过神来，抬手使劲儿在鼻子上揉了两下，低头狡辩："没有，没有流鼻血！"

宫远修赤着脚走下床来，将于盛优的脸抬起来，看着她。只见他双眸明亮，嘴角含笑，丝绸般的长发调皮地滑过他的脸颊……某女的鼻血流得更加凶猛了！帅啊！太帅了！帅得没天理！为什么会这么帅啊？！为什么啊为什么？！

宫远修的脸慢慢在她面前放大，两人越靠越近，于盛优吞了下口水，紧张地望着他，他想干啥想干啥想干啥？！她不会让他亲她的！不会不会不会坚决不会！

宫远修捏住于盛优的鼻子说："娘子，娘亲说流鼻血是不能把头低下来的！要抬着，娘子，你为什么把嘴巴噘得这么高？"

她是什么时候噘嘴的！于盛优立刻红了脸，恶狠狠地拍开宫远修，退到离他很远的地方大声说："要你说，我当然知道啦！要抬头谁不知道啊，我噘着嘴巴，是要把流下来的鼻血吸进去！这样不浪费血，不浪费你懂不懂？"

宫远修似懂非懂地点点头。

就在这时，门口忽然发出"扑哧"的笑声。

于盛优慌忙回头，只见门口的奴仆一脸忍笑地扫着地。

于盛优脸色暴红，指着奴仆骂："谁让你在这儿扫地的？快滚快滚！"

奴仆拿着扫把头也不回地撒腿跑了！

宫远修每天早上都要于盛优陪着他练武，今天也不例外。两人一道往练武场走着，于盛优一路上都感觉奇怪，很奇怪，总觉得所有人看她的表情都是一副快要被笑憋死的样子。

疑惑，抓头！

远远地，宫远夏走过来，看见于盛优就笑问："听说嫂子今早流鼻血了？"

于盛优讷讷地回答："嗯……最近上火。"

宫远夏哈哈大笑着离开。

于盛优望着他的背影骂："有病。"

没走几步，又遇见宫远涵，宫远涵一脸笑意地问："听说嫂子今早流鼻血了？"

"最近上火。"

宫远涵也不再说话，哈哈大笑着离开。

"他们宫家兄弟什么毛病？"

于盛优继续往前走，又碰到了婢女落落，落落一脸羞红地拿了个小包裹递给于盛优道："少奶奶，这是夫人让我交给您的。"

于盛优接过包得严实的书，打开一看，脸"唰"地红了。宫远修也将头凑过来看，于盛优慌忙把书合上，瞪他一眼："你不许看。"

宫远修老实地站一边，眨巴着大眼望着她。

落落掩唇一笑："夫人说书里还有一封信，请大少奶奶过目。"

于盛优打开信一看，上面只有一行字：有些事，女人就得主动。

于盛优有些不明白了，婆婆这是啥意思？

挠头，不明白啊不明白！

清晨，宫家堡花园，两个小厮正窃窃私语：

小厮甲："知道吗？知道吗？大少奶奶今天早上流鼻血了！"

小厮乙："知道哇，知道哇！整个宫家堡谁不知道哇。"

小厮甲："咦嘻嘻！忍不住啦！"

小厮乙："肯定的哇！"

一双手慢慢地从后面的树林里伸出来，压着他们俩的脑袋，声音非常低沉、恐怖，且压抑："你们到底在笑什么？嗯？"

"大少奶奶！"两个小厮惊讶地回头。

原来于盛优在陪宫远修练武的时候，中途开溜，准备回房间里煎药，正好给她抓住了这两个家伙躲在这里说她坏话。

"哼哼，说，你们在笑什么？！"于盛优露出阴森森的虎牙。

"没有，没有，什么也没说啊。"两个小厮使劲儿摆手，一副打死不招的样子。

于盛优邪恶一笑，抬头，叹了一口气，轻声问道："不承认是吧？你们知道我家是干什么的吗？"

"大少奶奶家世代都是神医。"小厮甲低头，恭敬地说。

"呵呵，你们也知道啊。"于盛优忽然冷下脸道，"那你们也应该知道，如果你们不说，我有很多办法让你们这辈子都别想再说话！"

"大少奶奶饶命啊！"两个小厮吓得慌忙跪下求饶。

"快说！"于盛优喝道。

"是。"小厮甲如实禀报。原来于盛优今天早上的丑态早已被那个扫地的小厮传得整个宫家堡都知道，而且还越传越夸张，说什么大少奶奶早已压抑不住心中的欲望，看着大少爷早就想要扑上去，可是碍于面子，只敢流着鼻血看着。

经过这个小厮的大力宣传，于盛优欲求不满的形象，在宫家堡已是无人不知无人不晓了！

于盛优瞪大眼睛，眼里喷出的火焰简直能把后花园都烧了。怪不得！怪不得今天一早是个人都对自己笑得如此诡异！怪不得婆婆送这么奇怪的书和信给她，怪不得啊！可恶！那个小厮，那个浑蛋，她要把他毒死！毒死！毒死！毒死！

于盛优恼羞成怒暴走了！她马力全开奔回自己的小院里要去把那个扫地的小厮找出来毒死，可将院子翻了一圈也没找到那个罪魁祸首，气得她又跑回宫远修练武的竹林，只见练武场中间的宫远修把剑舞得虎虎生风。于盛优猛地冲进去，吓得宫远修急急收剑，这才避免了剑气误伤到她。

宫远修收了剑，歪着头看着气得七孔冒火的于盛优，偷偷地后退两步。宫远修虽然傻了点儿，但是他再傻也看得出来，这时候千万别去招惹他家娘子，就她家娘子现在这张后娘脸，这时是逮谁都能咬一口，他不想被咬，他怕怕地后退几步，乖乖地拿着剑，缩在角落里挖坑玩泥巴。

他挖一个坑偷偷瞄一眼于盛优，在生气。

他再挖一个坑再偷偷瞄一眼她，还在生气。

于盛优本来就怒火冲天的，嘴里骂骂咧咧的，转头扫一眼，正好看见宫远修受气包一样地蹲在角落挖了满地坑，怒火更是铺天盖地而来，她冲上前去指着满地的坑骂："谁让你挖坑的？"

宫远修被她的吼声吓得失手将手中的宝剑啪地掉在地上，完了！他家娘子还是咬过来了，宫远修无措又无辜地望着她不说话，嗯……娘子好像比刚才更生气了！

宫远修不敢搭话，可怜兮兮地低着头。

"问你话呢！"于盛优一副晚娘脸。

"娘子好凶。"某人一脸委屈,双眼含泪。

"……"好吧,她刚才是凶了一点儿。

"吓到远修了。"某人委屈地揉揉鼻子,偷偷看她。

"……"好吧,她错了,她不该欺负小朋友。

"下次不可以这样啦!三弟说相公是拿来伺候的!"某人小声说。

"嗯?你说什么?"于盛优微微眯眼,一脸你再说一遍试试的样子。

"相公是拿来……嗯嗯嗯……欺负的……"在她凶猛可怕的眼神下,某人只得委屈地改了最后几个字。

于盛优满意地点点头,看了眼一脸可怜的宫远修道:"放心,我不会欺负你的。"

"真的?"

于盛优特别诚恳地看着他点头,然后说:"来,趴下,背我去饭厅吃饭。"

宫远修嘟嘟嘴巴。

"不愿意?"瞪。

某人使劲儿摇头,转身,蹲好。

于盛优大爷一样地趴上去,宫远修一脸笑容地站起来道:"背娘子吃饭饭去喽!"

这时清晨的阳光刚从浓雾中露出头来,暖暖的金色阳光洒在他们身上,很温馨的感觉。

宫家的早饭是吃得最讲究的一顿,所有家庭成员都要到主厅来吃,小辈先要给长辈问安,人到齐了才能开饭。宫远修和于盛优到了大厅的时候,家里成员已经都到了。

"爹,娘,早上好。"宫远修笑得可爱。

"爹，娘，早上好。"于盛优也礼貌地请安。

宫夫人慈爱地望着宫远修道："好好，早上练武累不累啊？"

宫远修使劲儿地摇头："不累呢！"

于盛优使劲儿点头："累。"

"呵呵呵呵……"宫夫人笑得开心，别有深意地看了眼于盛优，对着宫老爷道："优儿这媳妇好，我看着越来越喜欢呢。"

宫老爷摸摸胡子，淡淡地点点头说："开饭吧。"

一家人坐下开始吃早饭，宫远修一边吃，一边将自己喜欢吃的菜夹给于盛优。于盛优看着那些菜郁闷啊，都是她不喜欢吃的！

宫夫人看了眼他们，调笑道："远修啊，你可真是有了媳妇忘了娘啊，也不见你给娘夹一口菜。"

宫远修眨眨眼，然后很认真地说："我是和爹爹学的啊，我也没见爹爹给奶奶夹一口菜啊。"

于盛优"扑哧"一笑，宫家另外两位少爷也盯着自己父母看着。宫老爷给妻子夹菜的手在空中顿了一秒，然后沉稳地夹进老婆的碗里，继续默默吃饭。

宫夫人有些羞涩地望了眼疼爱自己的丈夫，然后看了眼碗里的菜，笑得格外美丽道："呵呵，远修啊，回头到我书房来，娘亲有些事情要教教你。"

于盛优一听这话紧张了，她要教什么？不会丢奇怪的书给他吧？

这顿饭吃得极其别扭，于盛优总感觉婆婆用那若有似无的目光打量着自己，从上到下，由里而外，看得她瘆得慌。

宫远涵和宫远夏吃完，陆续起身告退，宫夫人也挽着老爷起身，顺便满怀深意地看了一眼还在扒饭的于盛优道："优儿你慢慢吃！远修

你随为娘进书房。"

宫远修放下碗筷答应一声，乖巧地跟着宫夫人走出饭厅。

当一群相干不相干的人走的走、散的散之后，于盛优慢慢地抬起头，将手里的碗筷一丢，嘴角露出一丝狡黠的笑意："哼，我倒要看看你们要搞什么名堂。"

于盛优一路小跑地来到书房的窗户下面蹲下，把手指放在嘴巴里嗫了嗫，往窗纸上捅了一下，没捅开。口水不够？她疑惑地看看手指，对着上面使劲儿吐了两口口水，又捅了下，还是没捅开。于盛优从头上拔下一支银簪，对着窗户猛地戳下去，开了，呵呵。是开了，不过是窗户被她用簪子推开的！

这层窗纸是什么做的啊，也太结实了！

于盛优推开窗户往里面看，只见宫夫人背对着她和宫远修说着什么。宫远修的眼睛直直地望着自己的方向，当看清楚来的人是他娘子的时候，立刻准备露出阳光般的笑容。于盛优比他更快速地抬起手，对着他做了一个噤声的凶狠的表情。

宫远修乖乖地闭上嘴，眼巴巴地看着她。

宫夫人奇怪，回头望去，窗外一片寂静。

"远修，你刚刚在看什么？"宫夫人回过头来温柔地问。

宫远修犹豫地看了眼宫夫人，又看了眼窗户，然后摇头："什么也没看。"

于盛优满意地点点头，不错，很乖。

宫夫人不满地微微眯眼，这么快就听媳妇的了。

就在于盛优趴在窗户下面偷听时，一个低沉淡雅的声音从她身后传来："大嫂……你这是？"

于盛优猛地回头看，只见一脸疑惑的宫远涵站在不远处望着她。于盛优尴尬地站起来，羞得满脸通红。

于盛优抓头，望着他不说话。宫远涵了然地笑笑道："大嫂，我觉得你应该上房顶，那里位置比较好，你在这儿趴着偷听，不太好吧。"

"谁说我要偷听了？！"打死也不承认。

"那你在干吗？"

"我就是在……在找东西。"

"哦。"宫远涵一副我相信你的样子，然后问，"需要我帮忙吗？"

于盛优很不客气地摇头。

宫远涵有礼地点头微笑，转身告辞，走了几步回头笑道："大嫂，书房重地，每隔一刻就会有小厮来打扫，每隔一盏茶的时间就有一队护卫巡逻，时刻都有仆人路过，每隔一会儿就有丫鬟进书房添茶。若是你找不到东西的话，任何时候都可以求助。"

"……"于盛优惊呆了！原来会有这么多人路过！

到底有多少人看见她的丑态了？天哪，好丢脸！于盛优低头猛地往自己的小院冲，丢脸啊，为什么一到宫家就这么丢脸呢？

另一边，宫远修听完宫夫人的教导后，从书房走了回来。

刚进院子：

"大少爷，您回来了！"

"哐当哐当……"

"扑哧——"

这是小厮见到宫远修说的第一句话，以及打翻水杯的声音，还夹杂着一些奇怪的声音。

走到花园：

"大少爷，您回来了！"

"哐当——"又一次。

"扑哧——"

这是园丁见到宫远修说的第一句话，以及丢掉手中锄头的声音，还伴随着诡异的扑哧声。

进客厅：

"大少爷，您回来了！"问候语。

"砰砰砰！"又是啥被打破了吧。

"扑哧——"扑哧声总是存在的！

进卧房。

"你怎么才回来？你娘和你说了啥？"凶恶的于盛优闭着眼睛回头。

她睁开眼睛后，"扑哧——扑哧——扑哧——"喷鼻血啦！

于盛优捂着鼻子，指着宫远修吼："谁让你穿成这样的？你脑残啊！"

"扑哧——扑哧——"吼叫声中夹杂着喷鼻血的声音。

宫远修无辜地看着自己的穿着，单纯地问："我怎么了？"

于盛优又看了他一眼，要淡定！不能看到美男就流鼻血，不能看到美男穿透明装就狂喷鼻血！

只见宫远修朗眸如水的俊朗面容上，带着疑惑和担忧，微微轻皱着眉头悄悄地望着她。他如墨的长发被全部放下，只在发尾用红绳松松地打了一个蝴蝶结，身上只披一件宽松的紫金色外袍一直垂到地下，结实精瘦的窄腰上系着大红色的龙凤腰带，腰带上镶着金玉，华贵得让人无法直视，胸口半遮半掩地露出了小半的古铜色胸膛，当他走路时，风微微吹动，袍子翻飞……

于盛优一手捂着鼻子一手推开要过来帮忙的宫远修："你……你……你别过来！"

"娘子，你怎么了？你流了好多血。"宫远修心疼啊，他家宝贝娘子流血了，一直流个不停。

于盛优仰着头，一脸的眼泪和鼻血："别过来了，你再过来……我就……我就会死的！"

"为什么会死？"宫远修猛地将于盛优抱在怀里，生气地喊，"为什么会死？为什么为什么为什么？！"

于盛优两眼一翻，晕了！

而另一边，书房内，两个人正在品着上好的铁观音，宫夫人看着南边的院子红色满天飞，非常满意地笑啊笑啊，得意地笑。

宫远涵看了眼母亲道："母亲何必将大哥打扮成这样。"

宫夫人瞟他一眼："这样才有效果。"

宫远涵沉默了下叹道："唉！有些事不可强求。"

"不行，我要孙子，我要孙子！你们长大了，不好玩，要不你给我生一个？"

宫远涵看了眼任性的母亲，转开视线，吹了吹茶水优雅地喝了一口。

"报告夫人！"一个小厮在门外道。

"怎么样怎么样？"

"报告夫人，大少奶奶因为鼻血流太多，晕过去了！"

"什么？"宫夫人皱眉，"这丫头，真没用！"

"母亲，我就说你这样做是不对的。"宫远涵一脸正义地说。

"什么我不对！那衣服造型还是你设计的呢！你别想抵赖。"

宫远涵摸摸鼻子笑得温柔："母亲，我的意思是光一个穿得少有什么用，我们要双管齐下，这样才能水到渠成。"

"你是说给优儿……"

宫远涵默默点头。

两人相视一笑……

第五章

她 也 是 高 手

LIANLIAN
JIANGHU

所谓，月黑风高夜，杀人放火时。

小婢女落落在美丽的下弦月中，端着一盅人参十全大补汤款款地向宫家堡南苑走去。

"落燕姑娘，你怎么来了？"负责南苑打扫的小厮两眼放着光，直直地看着她。要知道，落燕可是他们宫家堡最漂亮的婢女，所有小厮和守卫都想和她多说两句话，可是人家落燕姑娘总是满面羞涩地望着你，静静地瞅着你，等你回过神来，人家都走远了。

落燕走到南苑主卧房，敲了敲门，轻声唤道："少奶奶，我是落落，

夫人让我给您送些东西来。"

"进来吧。"房间里的声音听着很虚弱。

落落推开门，走了进去，只见房间里灯火通明，于盛优躺在靠椅上，一副很虚弱的样子。宫远修则坐在床上，裹着很厚的棉被，一脸委屈地望着靠椅上的人。

落落走到桌边，轻笑："少奶奶，夫人知道您最近身体不好，特意吩咐奴婢做了这人参十全大补汤给您喝。"

于盛优哼了一声道："谢谢。"

"大少奶奶不尝尝吗？"

"我懒得动。"

"……"落落手脚麻利地盛了一碗，端到于盛优面前，"少奶奶，请用。"又端了一碗到宫远修面前，"大少爷也喝些吧。"

宫远修伸手接过，很开心的样子，将碗刚放到嘴边，忽然一道银光闪过，瓷碗猛地裂开，汤洒了一床都是。宫远修委屈地望着靠椅方向："娘子……"

于盛优弹弹手指道："把我的簪子递过来。"

"哦。"宫远修乖巧地拿起于盛优的簪子掀开被子就要下床。

于盛优立刻撇开头去："行了，你别过来。"

他那一身行头还没换呢！宫远修拿着簪子捏在手里，巴巴地望着她，大大的眼里满是委屈，为什么娘子这么讨厌他……呜……

于盛优完全无视宫远修的眼神，她抬手，摇了摇碗里的汤，对着落落轻轻一笑："婆婆是不是忘了我们于家是干什么的，兰花草虽然无色无味，但是我一眼就能看出来。"歪嘴一笑问，"知道为什么吗？"

落落摇头。

"因为这款'药'是我配出来的。"于盛优笑，"你去告诉婆婆，像这样的'药'我有很多款，吃了强身又养颜，过几天我会给她回个礼，让她和老爷……呵呵。"

落落一听这话，脸唰地红了，端起汤碗走了。

于盛优看着她的背影不屑地想：哼，给我下药，也不想想她在圣医山那些年都干了些什么，啥也没研究，就研究"药"了。

哼哼，她得好好想想，要用哪款给宫夫人回礼呢？啊，春来春去貌似太烈了，她也许受不了；春风吹啊吹貌似又太淡，不够激情啊；哈哈，还是梦三生好，不多不少，哈哈哈！得罪我！暗算我！也不看看我是干什么的！我是要立志成为用药第一宗师的人！

宫远修怕怕地又往床角缩了缩，嗯……娘子的脸好可怕，好像要吃人一样，啊！她看我了，怎么办？远修会不会被吃掉！呜……呜……

"相公，快去把衣服换换，睡觉了。"

"啊？哦，娘子想洞房了啊！好耶。"

"……洞你个头！"

宫家北苑。

"她真这么说？"宫夫人皱着眉头问。

"是。奴婢不敢说一句假话。"落落低着头恭敬地回话。

"好了，你先下去吧。"

"是，夫人。"落落翩然告退。

宫夫人转头，望了一眼镇定地坐在一边品茶的宫远涵说："怎么办？"

宫远涵抿了口茶，然后起身道："娘亲，天色已晚，远涵告退。"

"喂喂！"死孩子，这么快就想撇清关系！

宫远涵低头，笑得温柔："娘亲，圣医山的人若是想下毒，那是谁也防不住的，娘亲就当是和爹爹增进感情好了。"

"喂喂！"下药这个方法是你想的吧！死孩子！

看着宫远涵的背影，宫夫人气得咬牙，自己的三个儿子，一个傻，一个坏，一个不理人，她咋就这么命苦呢！她就是想要个乖巧可爱、玲珑剔透的小孙子有什么错！

"夫人，这么晚了，你怎么还在书房？"宫老爷沉稳的声音从门口传进来。

"老爷。"宫夫人委屈地上去抱住他，"你家儿子和媳妇想欺负我。"

宫老爷冷峻的嘴角微微牵动，露出一丝笑容，抬手抱住爱妻道："这么大了，还和孩子们玩，羞也不羞。"

"哼。"

"小孩似的。"宫老爷抬手轻轻揉了揉她的发丝，柔声劝道，"回去休息吧。"

"嗯。"宫夫人柔顺地靠在丈夫的怀里想，下药就下药，就像远涵说的，就当增进感情吧。看了眼自己英俊的丈夫，她微微羞红了脸，为什么她还挺期待的呢？

宫远涵独自走在夜色中，晚风轻轻吹起他如墨的长发，衣尾飘飘，就像一个将要乘风归去的仙人。他微微歪头，忽然露出一抹笑容，于盛优，他这个嫂子还真有意思。

算一算，丁盛优嫁到宫家已经半个月了，她已经无聊得全身都快发霉长毛了，以前在圣医山没事还能满山遍野地抓抓猴子，打打老虎，欺负欺负六师弟，日子是过得苦了点儿，可还是蛮有乐趣的。可是现在呢，天天对着一个傻丈夫，陪玩陪乐陪练功，陪吃陪喝陪睡觉。

于盛优无聊地躺在花园的躺椅上，任宫远修将无数的梅花插在她头上，掏掏耳朵，抠抠鼻子，望着一脸笑容的宫远修打了个哈欠。其实傻子也好，你看人家多开心啊，自己虽然没傻，却一点儿也不开心，她无聊地站起来，摇了摇头，将头上的蜡梅全摇下来。

宫远修不满地嘟嘟嘴巴，又将一枝蜡梅插在她头上。于盛优抓住他的手，抬眼望着他说："呆子，梅花是不能随便戴在头上的。"

宫远修歪着头，一脸很傻很天真地问："为什么？梅花又香香，又漂亮，和娘子一样啊。"

"我说不能戴就不能戴。"于盛优懒得和他解释那么多，起身往园外走。

"哎，娘子，你去哪儿？"宫远修也爬起来，追着她问。

"无聊，上街转转。"

"上街！"宫远修的眼睛瞬间亮了起来，冲到于盛优的面前，用特别闪亮的眼睛望着她说，"带远修去吗？"

"不带你。"某人想都没想地拒绝。

"……"宫远修委屈地看她。

于盛优冷眼望他。

宫远修继续委屈地看着她，眼里雾蒙蒙的一片。

于盛优继续冷眼望他。

宫远修眼里泪光闪闪，眼泪像是随时都要掉出来一样。

某人的冷眼再也望不下去了，撇开眼神。

"娘子……"哽咽的声音，大大的手轻轻地拉着她的衣袖。

于盛优叹气，无奈道："知道了知道了，带你去。"唉，自己还是太善良了。

宫远修瞬间笑逐颜开，眼里的泪水像是被吸管吸进去的一样，"唰"地就不见了，他一把拉起于盛优欢快地往门口跑着："娘子，娘子，走吧，我们上街。"

"慢点儿慢点儿！跑什么。"于盛优无奈地被他拉着一路小跑。

花园里，嫩黄色的蜡梅花落了一地，散发着淡淡的耐人寻味的香气。

刚到街上，于盛优就为自己的一时善良后悔了。

"哇！哇！娘子！娘子，你看这个好可爱呢。"一张没有任何技术含量的面具。

"哇！哇！娘子！远修好想吃这个！"普通的糖葫芦。

"哇！哇！娘子，远修好喜欢这个！"不知道是干什么用的木头工具。

"哇！哇！娘子！娘子！"

"闭嘴！"在经过半个多小时的摧残后，于盛优再也受不了地呵斥他。天哪！他难道没看见街上的人都在看他们吗？宫远修本来就长得极其俊俏，一出现在人来人往的大街上，就吸引住了所有人的目光，大家眼里原先明明写着惊艳两个字，在他无数声"哇！哇！娘子！"之后变成惊愕。敢情这么俊的少爷是个傻子，唉！老天果然是公平的，人都长得这么帅了，脑子肯定要傻一点儿的。

"娘子……"呜……娘子又凶他，宫远修委屈地低下头，为什么娘子老是凶他，娘子是不是很讨厌他啊？

"回去吧。"于盛优低头，飞快地往前走，不想让人指指点点地看笑话。

宫远修愣愣地看着她的背影，过了好一会儿才快步跑上去追她，一边跑一边叫："娘子……娘子……呜……娘子，你别生我气……"

宫远修才跑了几步，忽然被一个人伸出的脚绊倒，他"砰"地跌在地上，俊俏的脸上跌得全是黄土。他摸了摸跌得有些疼的鼻子，抬头望着绊他的人。

"哇哈哈哈，这不是宫家大少爷吗？怎么跌了个狗吃屎啊？！"一个穿着华服的男人，打着折扇笑得一脸邪恶。

跟在他身边的数十个家丁都跟着哄笑了起来。

宫远修爬起来，不理他们，望了望于盛优走的方向，居然已经看不见她的身影了，他急得大叫："娘子，娘子。"眼里的泪水不争气地流了下来。

"哈哈，你家娘子不要你了，你叫也没用。"穿着华服的男人，笑得更畅快。

"哈哈哈，傻子也想娶媳妇，真是太好笑了。"

"远修不是傻子，娘亲说，远修是最聪明的！"

"哈哈哈哈，聪明，他聪明！"

"哈哈哈……"一群人哄笑出声。

宫远修站在人群里，抿着嘴唇，不知所措地看着他们丑恶的笑脸。

"你们是不是想死啊！"一声怒吼猛地打断众人的笑声。众人回头望去，只见于盛优两手叉腰，一副要吃人的样子瞪着他们，"你们以为，这是在欺负谁！"

"娘子……"宫远修看着去而复返的于盛优，原本快被欺负哭的脸上，露出笑容。

"想死的话就和我说！绝对成全你们！"于盛优一把拉过人群中的

宫远修，护在身后，柳眉微竖，凤眼狠狠地瞪着面前十几个男人，一个个地瞪过去，眼睛都能喷出火来！

"哟，躲在女人后面啊？哈哈哈，你就是宫家新娶的媳妇？哈哈哈……嫁了个傻子，也真够可怜的，怪不得这么大火气。"华服男子笑得猥琐。

华衣男子和他的家丁们笑成一团，嘴里全是污秽的语句。

"你们、你们不许欺负我家娘子！"一直站在于盛优身后的宫远修忽然站出来吼，虽然他不知道他们在笑什么，可是，他能感觉到，他们在欺负他家宝贝娘子。

"喂，宫大少爷，我们可没欺负你家娘子，我们只是帮你履行一下做相公的义务而已啊！"

"就是就是啊！哈哈哈！"

"不用你们帮忙，我自己会对我娘子好的。"宫远修气呼呼地说。

"你！你一个傻子，你行吗？你们洞房了没啊？哈哈哈！"

"哈哈哈，一个傻子，他会吗？！他会吗？！哈哈哈！"

"我会！我和我娘子，天天晚上洞房！"宫远修这话吼得很大声，整条街都听得到。

华服男子和他的家丁怔了下，过了好一会儿才反应过来。华服男子恶毒地望着于盛优道："真的吗？那我可得好好检查下。"

于盛优抬眼，伸出一只手，手握得很紧，见所有人都看着她的手，她微微一笑："要检查吗？好啊，你们看。"

她说完，将手打开，手中居然冒出紫色的气体，紫气在她的手中就像是一个妖娆的女子在炫目地飞舞。华服男子和他的家丁们都看呆了，一阵冷风吹过，空气中忽然有一种栀子花香，华衣男子忽然满脸僵硬，双眼暴睁，痛苦得全身扭曲，抽搐地倒了下来，双手不停地抓着自己的皮肤，痛苦地大叫："啊啊啊，好痒，好痒！"

家丁们刚想上前查看，还没走两步，十几个人一起出现了同样的症状，痒得满地打滚，一时间，整条大街上都充满他们痛苦的叫声。

于盛优冷冷地看他们一眼，然后望着街上其他的百姓说："你们听着，以后谁再敢欺负我相公，这就是下场！"

说完，她也不管大家恐慌的眼神，拉着宫远修就走。

于盛优拉着宫远修气呼呼地走在街道上，她走得很快，宫远修有些怕怕的，娘子现在的脸好可怕，远修不敢惹她，好像只要戳一下，就会爆炸一样。

于盛优走了半天，忽然疾停下来，瞪着宫远修大骂："你是笨蛋吗？人家欺负你你不会打他呀！学武功干吗的？长这么大块头干吗的？好看的吗？"

宫远修讷讷地说："爹说习武者应锄强扶弱，不可与小人计较，不可妄动干戈，应以武德高为上品，武技高为下品……"

于盛优死死地瞪着他，宫远修越说声音越小："反正爹说，不能随便打架……"

"我呸！爹说，娘说，弟弟说！你怎么总听他们的？！我告诉你，以后谁骂你你就打他，谁打你，你就告诉我，我毒死他全家！"于盛优气愤地说着。

"哦。"宫远修看着她气鼓鼓的样子，觉得他家娘子老可爱了。

就在两人对话的同时，街前忽然传出叫喊声，一大队官差冲过来，将两人团团围住。一个穿粗布衣服的伙计跑出来指认他们说："就是他

们两个,当街放毒毒伤了十三皇子!"

"十三皇子?"于盛优傻傻地问,"是谁啊?"

"你这毒妇,刚刚放完毒现下就不想承认了?"

啊……于盛优呆住了,原来她刚才毒倒的人,不是别人,正是当今圣上的第十三位皇子,这个、这个……她这是惹上大人物了!

于盛优被官差带走的时候,宫远修哭闹着也要跟着一起去坐牢。官差没办法,又不敢抓了宫远修,谁不知道他是湘云公主最疼的儿子啊,只好分了两个人,把大少爷送回家。

至于他老婆,那是不能放的,十三皇子指明了要弄死她呢。

于盛优被关进牢房的时候,还在用她不聪明的脑子想,这画风不对啊,从小看的武侠小说里面女侠行侠仗义的时候都杀人无数,她只是当街放了个毒,和别的女侠当街放了一个屁有什么区别?

为什么自己就被关进牢里了?为什么?

对了,得罪皇子会不会杀头啊!啊,杀头也就算了,据说一般女的都充为官妓,一辈子都不能翻身的啊!

呃,好可怕好可怕!她这是要玩完了吗?

于盛优在牢里待了一个晚上,第二天早上一睁眼,就见到宫远涵站在牢房外面,一身白衣洁白如雪,一双迷人的眸子似笑非笑地望着她,手里的扇子轻轻摇晃着,嘴角微微上扬,似乎在看她笑话一样。

于盛优撇过头不看他,这家伙一定是来嘲笑她的!哼!

"大嫂既然这么不想见到我,那我走好了。"宫远涵摇摇头,一脸遗憾地转身,举步想走。

"喂!"于盛优连忙从稻草堆里站起来,头上还插着两根稻草,"你回来。"

"喂？叫谁？"宫远涵站立，不回头，温柔地问。

"叫你啊。"

"在下不叫喂，看来大嫂不是在叫我了。"宫远涵又往前走了几步，眼看就要走出牢房。

"喂喂，宫远涵！远涵！远涵哎！"于盛优连连叫他的名字。

宫远涵回头道："大嫂叫小弟何事？"

于盛优使劲儿吸了口气，让自己不要生气，不要生气，假笑地望着他问："远涵你什么时候救我出去啊？"

"哦，这个嘛，有点儿难。你可能不知道，十三皇子不是一个好说话的主儿，他已经放话说一定要让你坐十年牢呢。"宫远涵走回来，特别怜悯地望着于盛优。

"你不会见死不救吧？"于盛优冷静的脸有些挂不住了。

"当然……"宫远涵顿了顿，然后毫不犹豫地点点头说，"会！"

"你去死！"于盛优气得拿起牢房里的破枕头就砸了过去。宫远涵躲也不躲地看着枕头打在围栏上，掉落。

"啊！这么快就生气了。"宫远涵歪歪头，一脸愉快，"你放心，即使我不救你，我大哥也会救你的。"

"靠他？"于盛优不屑地吼一声。

"呵呵，大嫂这可就错了，我们家大哥，那可是最得当今皇上宠爱之人，只要他去闹一会儿，你明儿个就能出来。"

"那我今天晚上怎么办？"

"睡这儿呗。"

"你没看见这一地耗子，你还要让我睡一晚啊？"于盛优大吼。

宫远涵摇摇手指："这是对嫂子的惩罚！"

"为什么要惩罚我？"

"嫂子，你啊，太冲动，今天的事本来你偷偷下毒便无人知晓，可你倒好，当街就打击报复人家，生怕别人不知道是你干的。"

"谁让那些人要欺负你哥？"于盛优吼。

"那你就不能忍一会儿？"宫远涵问。

"不能！"于盛优鼓着腮帮，气呼呼地回答。

"就这么生气？"

"对！"

"一刻都忍不了？"

"对！"

"恨不能当场就掐死他们？"

"对！"

"你就这么喜欢我哥？"

"对！啊？"呸呸！这家伙给她下套呢！

宫远涵看着使劲儿摇头的于盛优轻轻一笑，眼里尽是笑意地回头喊："大哥，我说得没错吧！你家娘子超喜欢你。"

"我没有！"于盛优这句话几乎是吼出来的！

"娘子！"宫远修将头从门口伸进来，委屈地望着她道，"娘子，对不起，都是远修害你的。"

"和你没关系啦，是那些人讨厌！"于盛优撇过脸，一脸别扭。

"好了，出来吧。"宫远涵打开牢门道。

"哎？不是要等明天吗？"于盛优一边问一边接住飞扑过来挂在她身上的宫远修。宫远修使劲儿地用头蹭着她的脖子撒娇道："娘子住哪里远修也住哪里。"

原来……是因为宫家大少爷吵了一晚上，要和她一起住牢房，宫远涵没办法，只能提早把她弄出来！

回家的路上，于盛优越想越委屈，自己明明是为了这个傻子才遭遇了牢狱之灾，可是宫家还一副施恩给她的态度，真是够了，想当初自己嫁过来，他们还设了陷阱害她，让她嫁给一个傻子。

结果呢，自己对这个傻子还这么好，百般呵护，自己真是比傻子还傻呢！

对，她就是傻，就是因为太傻了才落到今天这个地步！

于盛优越想越委屈，不知怎么的，眼泪居然掉了下来。

"娘子，你怎么哭了？"宫远修看于盛优哭得厉害，心疼得不知道怎么办才好，他无措地回头望着宫远涵，"二弟，娘子哭了。"

宫远涵早就退到离他们十几步远的地方，假装不认识他们，可看于盛优越哭越大声，越哭越伤心，眼瞧着宫远修也快跟着哭了，他不得不走上前去劝道："大嫂，有什么委屈你说出来。远涵定帮你出气。"

于盛优擦擦眼泪，不理他，继续哭，情绪崩溃到极点了，她自己也知道丢脸，可就是止不住地想哭。

"二弟，怎么办啦？"宫远修一脸焦急地望着宫远涵，在他眼里就没有自己这个二弟搞不定的事情，所以娘子哭的话，二弟也能哄好的吧。

宫远涵那副温文尔雅的贵公子模样有些保不住了，要知道宫远涵平时能文能武，自恃清高，对于一般女子那是表面温柔，内心里不屑一顾，别说哄女人别哭了，他是连句好话都没对任何女人说过，包括他娘亲。

"那个，大哥，你抱抱大嫂，就像娘抱你一样，抱着哄哄试试。"宫远涵指挥道。

"哦。"宫远修立刻将于盛优横抱起来，然后就地坐下，将于盛优横放在腿上，抱在怀里，大手拍着她的背轻声哄着，"不哭，不哭啊，娘子不哭，远修疼疼。"

于盛优上半身被他抱在怀里，下半身则坐在黄土地上，她使劲儿地推宫远修，干什么呀，哪有这么哄人的，地上这么脏，说放倒就放倒自己。于盛优使劲儿挣扎："你放开我，你放开我。"

"不放不放，娘子不哭。"

"呜……你放开我！"于盛优哭得更大声了。

宫远修抬眼望着宫远涵，宫远涵讷讷地抓头继续指挥道："那亲亲，亲亲就不哭了。"

宫远修转头看了眼自己可爱的娘子，他家娘子立刻对他拳打脚踢："不许亲！不许亲！"

"娘子，二弟说亲就不哭了，远修亲亲。"说完，他在于盛优脸上很用劲的、没有任何浪漫可言的，"吧嗒"一下，狠狠地亲了一口。他的口水和她的鼻涕眼泪粘在一起，闪闪发光的。

于盛优愣住，不哭了。

"看，不哭了吧！"宫远涵邀功地说。

"是我亲的！"宫远修笑得满足。

于盛优瘪瘪嘴巴，眼里雾蒙蒙的，张嘴发出史无前例的哭声："呜——我的脸会烂掉！我不要活了！呜……"

她的泪水犹如滔滔江水绵延不绝，黄河泛滥一发不可收拾啊！最后她哭得宫远涵夹着狐狸尾巴跑了，宫远修咬着手指眨巴眨巴地看着，最后终于抿着嘴，和她一起哭！

很久之后，于盛优哭累了，抹抹眼泪瞪着抽抽噎噎的宫远修问："你哭什么？"

宫远修抹抹眼泪："娘子不开心，远修也不开心。"

于盛优从地上站起来，拍拍身上的泥土道："起来吧。"

宫远修站起来，开心地问："娘子，你不哭了。"

于盛优叹了一口气："哭有什么用，都这样了，只能凑合着过呗。"

"什么叫凑合？"宫远修傻傻地问。

"和你过就叫凑合！"于盛优瞟他一眼，忽然问，"你会写字吗？"

宫远修点头："会呀。"

于盛优眼珠转了转，一把拉起他道："跟我来。"

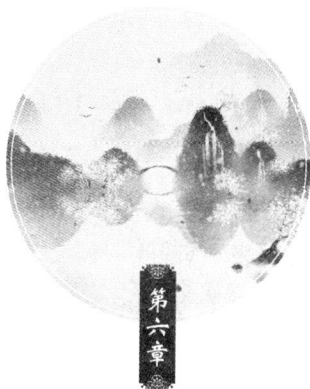

第六章

咱家的家规

LIANLIAN
JIANGHU

两人一起跑到一个小书店里，于盛优花了六个铜板买了一本很精致的本子丢给宫远修。

宫远修拿着本了翻了翻问："娘子，你给我本子干吗呀？"

于盛优撇嘴一笑，宫远修看她笑了，自己也跟着笑了。于盛优歪头说："你娘的话你总是记得清清楚楚，你弟弟说的话你也总是照做，从今往后我说的话你也要记得清清楚楚！我说的话，你也必须照做！从今天开始，这本本子里记的话就是我们的家规！"

宫远修睁着纯洁的大眼问："家规是什么？"

于盛优奸笑："家规就是违反了就得打屁股的东西！"

宫远修："那么家规谁定？"

于盛优两手叉腰一副悍妇的样子瞪他："当然是我！"

"哦。"宫远修了解地点点头。

于盛优看他这么乖巧，心情又瞬间好了起来，找老板要了笔墨，在本子的最外面，用她不太漂亮的书法写上两个字——家规！

写好后，她满意地看看这本本子，开心地笑了笑。她笑，宫远修当然也跟着笑。

于盛优打开本子，让宫远修写上：

家规第一条：和娘子上街，不许大吵大叫，不许与娘子规定之外的人说话，一切以娘子的话为准则！违反此规定，罚睡地板三天！

家规第二条：当娘子和宫远涵的意见发生冲突时，以娘子的意见为第一准则！

于盛优点点头，看了眼埋头苦记的宫远修问："记下了吗？"

宫远修写完最后一个字以后飞快地点点头："记下了！"

"好！再把男人三从写在这儿。"于盛优点点本子的首页，写着'家规'的下方。

宫远修又埋头写啊写。

写完，他献宝一般地拿给她看。

于盛优满意地点点头，笑："好啦，以后你随时带着家规知道吗？"

"知道。"

"乖啊，回家吧。"

两人手牵手走出小书店，夕阳下他们牵着手一步一步地走在橘色的光晕里，就像是一幅美丽的画卷。当然如果不看画卷右下角那个被

于盛优的家规震撼得连笔墨钱都忘记找他们收的小店老板就更好啦!

是夜,于盛优吃完晚饭和她家相公一起坐在荷花池边嗑瓜子。于盛优嗑着嗑着觉得很无聊,看着坐在边上的宫远修,此人正笑得很开心。他将瓜子扔得老高,然后用嘴接住嗑掉,每嗑掉一粒他就使劲儿地为自己鼓掌。

她丢了一粒瓜子到嘴巴里嘀咕:"这有什么好玩的?至于这么开心吗?"

"娘子,娘子,你丢给我吃。"宫远修自己丢给自己嗑还不够过瘾,还强烈要求她丢给他嗑。

于盛优瞟了他一眼,看着他那一副一脸期待的样子想:自己现在要是点头答应,他肯定能立刻笑得和天使一样纯洁灿烂。

于盛优现在已经差不多摸清了他的性格,他啊,就是一个非常可爱的孩子,看见耗子学狗叫,看见狗学猫叫,看见猫他就学耗子叫,每天一个人自娱自乐的也非常开心,当然自己要是陪他玩他就更开心了。

"娘子?"宫远修又拉了拉她的袖子。

于盛优笑笑,抓了一把瓜子道:"一粒一粒地丢有什么好玩的?我一把丢,你要是都能用嘴巴接到,这才算本事。"

"好,好,一把丢。"宫远修开心地点头。

"好,注意了哦。"于盛优将手里的一把瓜子,使劲儿往上一抛,瓜子飞得老高,在黑漆漆的夜里基本看不见。

只见宫远修唰地飞起来,身影晃动了几下,然后停下来对着于盛优张着嘴,嘴巴里满满的都是瓜子:"纳子,偶且倒鸟(娘子,我接到了)。"

于盛优笑着点头："接到了啊？再来啊。"说完又丢了一把瓜子，这次她不是往一个方向丢，她是东边丢几粒，西边丢几粒，只见宫远修围着她满场翻飞，没有一粒遗漏地全部接下。于盛优使坏，对着西边嚷，"这边，这边。"然后她又把瓜子丢往东边。

宫远修被骗，飞到西边反应过来的时候，瓜子已经快要落地了，于盛优以为他这次肯定接不到的时候，宫远修居然仰着面紧贴着地面滑过去，张大嘴，把将要落地的瓜子一粒粒全接进嘴里。

厉害，这样也能接到！就算是于盛优也忍不住惊叹。

宫远修一脸得意地从地上起来，张着一嘴巴的瓜子说："纳字，撞八吓鸟（娘子，装不下鸟）。"

"装不下就吐掉。"

宫远修把嘴里的瓜子全吐了出来，吐完后很开心地拍拍手："娘子，你再丢再丢哪。"

"好，注意了哦。"于盛优拿好瓜子，开始了又一轮的你丢我接的游戏，就在两人玩得正开心的时候，忽然一声严厉的声音闯进来："你在干什么？"

于盛优被声音吓得一抖，手中的一把瓜子不小心撒了两粒。宫远修迅速地飘过来跪倒，抬头，接住，吃掉！

"大哥！"宫远夏一个跨步奔过来，将他一把拉起来瞪着于盛优道，"你当我哥哥是什么？"

"什么是什么？"于盛优抓头不解。

"你居然这么对他，你不知道男儿膝下有黄金吗？"

于盛优"喊"了一声："别人的膝下也许是黄金，他的，也许只是狗屎吧。"

"你！你这女人实在是不知好歹！"

"你！哼！"于盛优瞪了他一眼，这个老三每次出来不是打她就是骂她，他以为他是谁啊？管这么多，"相公接着！"

说完，她又将手里的瓜子一扔，宫远修正要飞身去接，被宫远夏一把拉住："大哥别去！"

宫远修却玩得正高兴，一把甩开宫远夏，飞身过去接住瓜子，然后很开心地跳回来说："娘子娘子，我又接到了。"

于盛优抬手拍拍宫远修的头以示表扬，她得意地回头望了眼宫远夏。可宫远夏居然低着头，墨黑的长发在晚风中被吹起，他缓缓抬眼，一脸悲伤地望着宫远修："大哥……为何你会变成这样？"

宫远修见自己弟弟一副伤心难受的样子，慌忙跑到他面前，低下头问："三弟，你怎么了？"

宫远夏缓缓抬手，轻轻抚上宫远修的眉眼，深邃的目光定定地望着他，他微微一笑，很苦涩的那种，笑得于盛优不知道为什么鸡皮疙瘩起一身。

"大哥，你知道吗？我小的时候就特别崇拜你，总觉得你是世界上最棒最厉害的人，我总是刻意模仿你，模仿你的穿着，模仿你说话的样子，模仿你走路的样子，我希望我长大后能和大哥一样成为一个顶天立地的男子汉。大哥，我现在已经成为一个真正的男子汉了，可是你呢？你怎么能被一个女人这样使唤来使唤去的呢？大哥，我太伤心了，我的大哥……怎么能被这样对待呢……我的大哥……"

"对不起，我打断一下。"于盛优忽然插了进来，将宫远夏的手从宫远修脸上拿下来，然后将宫远修往后拉了一步，"真是的，说话就好好说嘛。干吗靠这么近，靠这么近也就算了，干吗摸来摸去的？"于盛优看了看两个人的位置，满意地点点头，"好了，你继续吧。"

宫远夏狠狠地瞪了一眼于盛优，扶上额头，一脸无力地说："好吧，大哥，你记住，你是男人，是男人，男人不能被女人当狗使唤，你懂吗？知道吗？"

宫远修单纯地睁着大眼睛，有些迷茫地望着他。

"大哥！"宫远夏一个大步跨上前，又一次缩短了两人的距离，可惜于盛优比他快一步，硬是插在两个人中间站着，三个人像是贴饼一样站着，连一丝空隙都没有。

于盛优淡淡地抬头，望着宫远夏说："喂，你别教坏我相公。"

宫远夏反问："你有把他当相公吗？"

于盛优哼笑："我啊，有一个理论倒是和你一样。"

"什么？"

"我不能让男人把我当狗使唤。"说完，她打了个响指对着身后的宫远修道，"相公，家规。"

宫远修乖乖地拿出家规，一副待命的样子。

"家规第三条：当宫远夏的话和娘子的话产生矛盾的时候，以娘子的话为准，违反的话罚跪地板三天！"

宫远修写写写！

宫远夏气气气！

于盛优很得意，看着气得脸都变形的宫远夏，呵呵，小样儿，和我斗！你的大哥现在是我的啦！

"哟，怎么都在这儿呢？"宫夫人款款走来。

"娘亲！"宫远夏看见宫夫人，立刻扯了宫远修手里的家规告状，"娘亲，你看这女人，居然让大哥写这样的家规！"

宫夫人瞅了一眼家规，掩唇一笑："这是人家的闺房之乐，你这小娃娃掺和什么，等你以后找了娘子，说不定也得写。"

"我才不找娘子！哼！"宫远夏气得将家规丢在地上，转身跑了。

"这孩子，唉……什么时候才能正常点儿。"宫夫人摇摇头。

"我看是正常不了了！"于盛优也摇摇头。

宫夫人呵呵一笑，看了看她，然后对她招招手，于盛优走过去。宫夫人拉着她走到一边，然后悄悄问："上次你给我下的药……还有吗？"

于盛优纳闷地抬头，看着一脸羞红的宫夫人道："我没给你下过药啊。"

"你那天不是说要给我下的吗？难道那晚你没下？"

"我只是说说，我怎么可能给婆婆你下药呢？"

"你真没下？"

"我发誓。"

宫夫人的脸唰地红了，自言自语道："那为何那晚……"

"那晚怎么了？"于盛优凑耳过去问。

"咳，没事！"宫夫人甩了甩云袖，留下一句"你们早点儿休息"后就跑了。

于盛优看着她落荒而逃的背影摇摇头："都说女人四十如虎，果然不假啊。"

"娘子，你说什么如虎？"

"你娘。"

"我娘怎么了？"

"如虎。"

"为什么如虎？"

"饿。"

"那远修给她送些吃的？"

"不用，你爹爹不是在嘛……"于盛优说着说着忽然拿出一颗药丸出来，丢给宫远修，"吃了。"

"哦。"宫远修看了看手上黑乎乎的拇指般大小的药丸，抓抓头道，"娘子，远修还不饿。"

"……"于盛优眯着眼默默看他。

宫远修撇撇嘴，张嘴，把药丢进嘴里，吞下："吃完了！"

于盛优问："什么感觉？"

"感觉……好晕。"宫远修说完，就直直地倒下！

于盛优看着躺在地上挺尸一般的某人，蹲下身来，从怀里掏出一卷布袋，将布袋摊开，里面数百根银针闪闪发亮，在月光的反射下，发出清寒幽紫的光芒。

于盛优拿起一根银针，放在眼前认真地看了会儿，她学了三个月的银针啊！终于有用武之地了。转眼看了看沉睡着的宫远修，她扯扯嘴角，微微一笑，笑容在幽深的夜里显得有些诡异："相公，别怕，我现在就来治你。"

宫远修紧闭着双眼，长长的睫毛如扇子一般地盖住他清明透亮的双眸。于盛优放下银针，解开他的衣服，他胸前的肌肤裸露了出来，她找到一个穴位，按住，准备下针。忽然肩膀被拍了一下，她转头去看，只见去而复返的宫远夏正一脸不爽地站在她身后，于盛优皱着眉头问："干吗？"

宫远夏同皱眉："应该是我问你在干吗吧？"

"我？我在做事啊。"于盛优肩膀一耸，甩开他的手。

宫远夏看着被迷晕的宫远修，不爽地皱眉："什么事情非得把我大哥迷晕不可？"

"我不是怕他反抗吗！"他要是看见银针哇哇大叫怎么办，她的手艺本来就不好，他叫的话，她会出错的，她出错就会扎错穴位，扎错穴位他也许就会挂掉！

"反抗？"宫远夏看着躺在地上衣衫不整的宫远修，有些想歪，不过他还是努力地相信于盛优的清白，"天色也不早了，什么事等天亮再做吧。"

"白天没有感觉，就得晚上做。"她一到晚上就思维敏捷，特有灵感。

"晚上？"宫远夏咳了一声，有些不自然地说，"那就多叫些人来帮忙吧。"

"不行不行，这事谁也帮不了，再说有人看着，我会不好意思。"

"不好意思……"他又一次想歪了，"那……那你可以回房间里做啊。"

"你不觉得野外更刺激吗？"

"刺激……"

"而且我刚好来了兴致！"

"兴致……"

"所以你快走开，我要做了！"

"要做了……"

于盛优俯下身去，将宫远修的衣服猛地解开，他古铜色的肤色刺激着宫远夏的视觉，一双白皙小巧的手正在上面摸来摸去。

宫远夏猛地出手一把推开正在认真找穴位的于盛优，大吼："不行！"

于盛优被他推了一个狗吃屎，啃得一嘴泥。

宫远夏震惊地看着于盛优，又心疼地看着宫远修，他没想到啊，没想到，他这个嫂子，除了性格残暴之外，还是一个好色之徒，爱在哪里开荤就在哪里开荤，也不想想时间、地点、人物，自己的大哥到底遭受了怎样非人的虐待啊！不行！不行！绝对不行！他的大哥，他最爱的哥哥，居然沦落到被一个女人使唤来使唤去，还得随时随地承受她的兽欲！哦不！

宫远夏猛地弯腰，用他强而有力的胳膊抱起他最爱最爱的哥哥，怒视着跌在地上还没爬起来的于盛优吼道："我绝对不会再让你欺负我哥了！绝对不会！从现在开始我会好好保护他的！绝不会让你这个无耻的女人再碰他一下！"说完他潇洒地转身走了，手中还抱着他最爱最爱的哥哥。

一阵冷风吹过，于盛优打了一个寒战，默默地回神，瞪大眼睛，爆发一样用手擦了一把脸，仰天长啸："宫远夏！我和你没完！我一定要毒死你毒死你毒死你！"

宫远夏有多爱他哥，于盛优就有多想毒死他。

于盛优气得蹦起来满地打转，他不知道，她做成那颗药丸花了多长时间，她在配药上精心研究，她调出宫远修吃过的三百余种秘药一个个地研究，最后配成了这颗超级秘药无敌霹雳大解丸，只要吃下，再配以银针治疗，也许宫远修的病就会痊愈了！可是这下倒好，药吃了银针没扎，不但不能发挥药效，还可能造成腹泻！可恶，都是宫远夏不好，他没事抽什么风啊，干吗忽然抢走她家相公？！

于盛优从地上爬起来，一路施展轻功飞到宫远夏住的北苑，一脚端开房门，踢馆一样地跳进去喊："宫远夏，你给我滚出来！"

房间的格局和自己院子里差不多，没有什么特别，即使有于盛优也不会特别去注意的，只见她吼的这一声，除了正主宫远夏，其他房里的仆人婢女一个不落地全跑了出来，瑟瑟发抖地在于盛优面前站了一排，大家都说这位新娶的大少奶奶脾气不好，发起火来敢在大街上放毒，毒死一片，他们这些小人物哪敢得罪她呀，万一她一个不爽把他们都毒死怎么办啊。

一想到这些，仆人们更是大气也不敢出地低着头。

"三少爷呢？"于盛优歪头问。

"回大少奶奶，三少爷没回来。"一个书童模样的仆人答道。

"没回来？"于盛优微微眯眼，有些发怒。

"小的不敢骗大少奶奶，确实没回来。"书童慌忙说。

"他去哪儿了？"

"小的不知道。"

"嗯？"于盛优又眯眼瞪！

"小的真不知道啊。"小书童被于盛优一瞪，吓得都快哭了。

于盛优撇撇嘴巴，不屑地道："不知道就不知道，哭什么？"

于盛优转身走出房间，众奴仆们看她走了出去，齐齐地松了一口气。但这口气还没吐出来，大少奶奶又折回来，对着小书童凶巴巴地道："等宫远夏回来了，你让他马上把我家相公还我，不然我就毒死他，毒死他全家！哼！"

放完狠话，于盛优很爽地转身走了。

小书童抽抽噎噎地彻底被吓哭了，他就不明白了，毒死三少爷全家，不也包括她家相公吗？这女人为何如此凶悍？

东院，宫远涵不紧不慢地轻抿一口香茗，淡淡的笑容在唇边荡开，温雅中带着一丝神秘，亲和中却又带着一丝疏离，若是寻常人看了他这副模样定要痴迷一阵才能回神，可不巧的是他面前坐的是他家三弟，于盛优满院子翻找的宫远夏。

"二哥，你还有心思喝茶，你也不来看看大哥。"宫远夏担心地坐在床边，看着还在昏迷中的宫远修。

宫远涵笑笑，给了他一个安抚的笑容道："不急，不急，嫂子应该不会害大哥的。"

"不会？二哥，你是没看到，那个女人是怎么欺负大哥的，她啊，把大哥当狗一样，让他接瓜子，还有……"宫远夏翻出宫远修随身携带的家规扔给宫远涵，"你看看，他都叫大哥写了些什么？大哥要是真听她的，以后便再也不会理我们了。"

宫远涵翻看家规，一面看一面笑，看到关于自己的那条时竟然笑出声来。

"你还笑，你还笑，你都不知道，她啊，居然在湖边就想迷奸大哥，真是不知羞耻！怎么会有这样的女人？！怎么会有？！"宫远夏恨恨地捶床，"二哥，我们不能让大哥落在她手里，我们得保护大哥，你不会忘了小时候，大哥是怎么保护我们不被别人欺负的吧？"

"嗯？有吗？"宫远涵一副思考的样子。

"二哥！你居然忘了大哥对我们的好？"宫远夏气啊！他这个二哥真是没心没肺的。

"我只是不记得有谁欺负过我啊，你和我说说，我最近正好无聊得很。"即使是小时候欺负他的人，他也可以好好地想个好方法报复报复

人家，他这不无聊吗。

　　宫远夏被他一问，忽然静了下来，歪头，他还真想不起来哪个不要命的敢欺负宫家老二，那可是比欺负了世界上任何一个人还惨的事啊。

　　"那个……二哥，反正我们得把那女人赶走！"

　　"赶走谁？"

　　"于盛优！"

　　"哼哼……"于盛优已经化身为性格扭曲的变态，面部阴森恐怖地站在他身后。

　　"你怎么在这里？"宫远夏吓得往后一跳，他躲在宫远涵这里的事情只有一个人知道啊！宫远夏猛地回头，"二哥！你出卖我！"

　　宫远涵继续品着香茗，唉，当两个实力悬殊的人敌对的时候，他，当然选择站在强者这边啦！

　　"宫远夏，今天我就让你知道，什么叫作发飙了！"于盛优笑得十分阴险。

　　她一步一步上前……

　　他一步一步后退……

　　"二哥，救我。"他惨叫！

　　"叫吧！你就是叫破喉咙也没用！"她阴狠地放话。

　　另一边，宫远涵吹吹茶水，轻抿一口，歪着头，笑得愉快。

　　于盛优对着宫远夏一顿又掐又打，又抽又咬后，满足地双手叉腰，得意地仰头哈哈大笑。

　　宫远夏不疼不痒地拍拍身上的灰尘不爽地嘀咕："君子不和女人

斗。"他瞟了眼看戏看得一脸满足的宫远涵又加了一句,"君子也不和小人斗。"

两人同时沉下脸来,瞪他。

"呃……"好吧,他承认他斗不过,只得移开眼神,指着宫远修转移话题,"大哥究竟怎么了?"

"啊!"于盛优立刻跑到床边,抬起宫远修的手,把住他的脉搏,一脸严肃与认真。过了一会儿,她说,"还好,药力还没过,现在下针来得及。"

"你给他吃了什么药啊?你给他下针?你说清楚!"宫远夏不依不饶地问。

于盛优转头看他,一脸严肃:"我知道他是你哥哥,但他也是我相公,难道我不希望他好吗?"

说完,她拿出银针卷,摊开,解开宫远修的衣服,抽出一根,按住一个穴位,手起针落,手法干净利落。

她一连下了十几针,她的额头渗出细细密密的汗珠,她的眼神执着而认真,她的动作轻盈而熟练,她全身就像是闪着圣洁的光芒一样耀眼。这时的于盛优是宫家两兄弟没见过的于盛优,安静、沉稳、认真、干练,就像是一个值得信赖的大夫,宫家两兄弟对看一眼,赞许地点头:不愧是圣医山下来的,除了放毒还是有两手的。

七十二针后,于盛优停手,长长地舒了一口气,擦擦额头的汗,欣慰地笑笑。

"怎么样怎么样?大哥能好吗?"宫远夏紧张地追问着。

于盛优点点头道:"放心,很成功。"

"大哥真的能好起来吗?"

"如果我的想法没错的话，当他醒来的时候，他就能恢复智力了。"于盛优充满信心地点头。

"真的吗？"两兄弟充满希望地看着她！

"嗯！"于盛优使劲儿地点头！在这一刻于盛优确定了自己的人生目标，那就是当一个神医！

于是……他们等着，他们充满希望地等着，他们激动地等着！

一个小时后……他没醒。

两个小时后……他没醒。

三个小时后……他没醒。

十个小时后……床边的人越来越多，宫堡主和夫人也焦急地等待着。

十五个小时后……大家不安地来回走动，时间在沉默中流逝。

二十个小时后……他还是没醒！

三十个小时后……于盛优意识到……事态有些严重了。

她小声地、谦虚地、没有底气地绞着手指说："那啥……要不……要不再找个大夫来看看？"

整个世界崩溃了……所有人默默无语地望着她，眼里充满了比鄙视强一些，比仇恨少一些，比愤怒又多一些的复杂神色。

"来人，快去请赵太医过来！"宫堡主大手一挥，门外的奴才飞奔而去。

不到半个时辰，老太医匆匆而来，对着宫堡主宫夫人行礼："老臣参见公主、驸马爷。"

"不必多礼，赵太医快看看我儿，为何昏迷不醒？"宫夫人一脸焦急。她的远修啊，她可爱的儿子，千万不能有什么事啊。

"公主莫慌，待老臣看看。"老太医摸上宫远修的脉搏，皱着眉，沉吟了一会儿，问，"大少爷可曾吃过什么不妥的东西。"

"你给大哥吃了什么，还不快对赵太医说。"宫远夏推了推愣在一边的于盛优。

"哦。"于盛优抓抓脑袋说，"我给他吃了昆布、知母、乳香，各三钱。

"佩兰、狗脊、泽兰、泽泻，各二钱。

"降香、细辛、玳瑁、荆芥，各五钱。

"茜草、筚拨、草果、茵陈、枯矾、枳壳，各一钱。嗯，就这些。"

于盛优皱眉回忆，娓娓道来。

老太医摸着胡须皱眉听着，一边听一边点头，然后奇怪地啧啧："这药方倒是没有问题，还算得上是一服上好的药。"

"那我家修儿为何……"宫夫人焦急地问。

老太爷摸着胡子道："少夫人，您煎完药的药渣可还在？"

"在在。"于盛优慌忙点头。她昨天早上才煎的药，药渣在药罐里还没倒呢，"我去拿来。"

不一会儿，于盛优将药罐端了过来，老太医倒出药渣，眼睛忽然瞪大几分，他捏起一块药渣问："少夫人，这是何物？"

"泽兰吧。"

"这个呢？"

"荆芥吧。"

"如此，这又是什么？"

"昆布啊！"于盛优有些不耐烦。

老太医打开药箱，道："请少奶奶抓出三钱昆布。"

于盛优拿起称药的小秤，称了三钱昆布，放在他眼前："好了。"

老太医望着于盛优，有些感叹地问："请问少奶奶师承何处？"

"圣医派。"

"圣医派果然是没落了吗？此等弟子也放出山来。"

"喂喂，你说什么呢？"于盛优咬牙，死老头儿，说自己不行也就算了，干吗连她全家一起说？！

老太医摇摇头，对着宫夫人道："公主，微臣已经知道大少爷的病症所在了。"

"哦？快说。"

"大少奶奶的药方固然是好药方，可少奶奶不识泽兰不识荆芥不识昆布，还不识斤两，完全糟蹋了一服上好的药，十几种药材中她放错三味药，并且将三钱的药称了五钱，五钱的药称了十钱，因下药混乱，导致大少爷昏迷至今。"

"那太医……我家修儿……可如何是好？"宫夫人一脸焦急与担心，忍不住狠狠瞪了一眼于盛优。

于盛优心虚地低头，一副我错了的样子。

宫远夏和宫远涵默默无语地望着她，然后对看一眼：为什么之前会觉得她值得信任呢？他们俩和大哥一样变傻了吗？

老太医安抚地笑笑："公主莫急，待微臣开服药来，必能药到病除。"

"有劳赵太医。"

"公主客气了。"老太医笑笑，站起身来，将写好的药方交给宫夫人身边的婢女落落。落落拿了药方匆匆退下去煎药。

老太医临走之前，语重心长地对于盛优说："少夫人，您的药理知识倒是不错，针法也够火候，可你天生的色弱，无法辨别药材，老生劝您，还是别贸然行医为好。"

"我……我色弱？"于盛优不敢相信地看着他。

老太医点头："少夫人也不必介怀，您的症状并不影响生活。"

于盛优默默地看着他渐行渐远的背影，郁闷了、伤心了、绝望了，她……色弱。她想当神医的梦想就此破灭了吗？！怪不得在圣医山的时候，除了毒药自己什么药也配不出来，因为毒药就是毒，她加得多是毒，加得少也是毒！怪不得爹爹传自己银针移毒法，因为这套针法解毒是不需要用药的。

呜呜……自己的神医梦啊！为何破灭得这么快啊？！要破灭吗？真的要破灭？当然不！即使色弱她也要当神医，她的梦想，她伟大的梦想——一定要实现！

而这时，喝完老太医开的药后，病床上的宫远修缓缓地睁开眼睛，眼里有一丝清明……

第七章

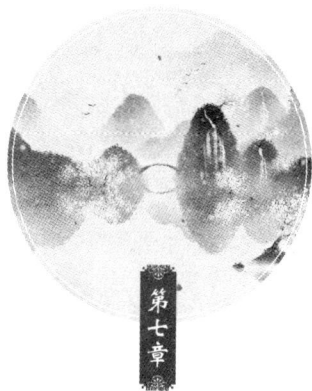

其实他真的很可爱

LIANLIAN
JIANGHU

"修儿。"

"大哥。"

"你醒了？"床头的人都围了上去。

宫夫人紧张地看着宫远修问："身体有没有不舒服啊？"

宫远修缓缓地摇了摇头。

床边的人对看一眼，这宫远修为何如此安静？难道他恢复神智了？

"大哥，知道我是谁不？"宫远夏沉不住气地问。

宫远修抬眼望他，老实地回答："三弟。"

"那她呢？"宫远夏拉过躲在一边的于盛优问。

于盛优瞟了一眼宫远修，有些内疚地对他笑笑。

宫远修看着于盛优对他笑，愣了一下，瞬间露出纯洁灿烂的笑容，他这一笑，大家就知道，于盛优的药根本没起作用。

想想也是，宫远修的病是请过天下所有名医瞧过的，就连于盛优的父亲于豪强也束手无策，她一个小菜鸟配的药，能治得好这病那不是见鬼了吗？

"娘子，娘子，我饿了。"宫远修对着于盛优伸手道。

于盛优抓住他伸出的手，柔声道："饿啦？我去给你找吃的好不好？"

宫远修乖巧地点点头。

宫夫人有些好笑地看着他们俩，自己的儿子真是长进了，饿了不找为娘要吃的，反倒找起媳妇，这媳妇也是有意思，身在宫家堡，还用她去找吃的吗？

"来人，去把大少爷的膳食端上来。"宫夫人一声令下，几个婢女端着饭菜穿梭着放在房间的桌子上。

宫夫人笑得慈爱："娘就知道你起来会饿，早就吩咐下人做了你爱吃的菜了，想吃什么叫优儿给你夹哦。"

"好。谢谢娘亲。"

"乖。"宫夫人欣慰地点点头。自己的这个儿子，她是如何宠都不够的——当年若非她一念之差，他又如何会变成现今这样？她欠他的，只怕今生都还不完。

看了一眼轻手轻脚地将宫远修扶起来的于盛优，宫夫人微微一笑，随即脸色又有些黯然。

自己现在唯一能做的，就是给他找一个善良的媳妇。优儿这孩子，

虽然凶恶了点儿，可也护短得很。当她知道优儿当街为了人家几句话就怒而下毒，她就知道，这个媳妇她是选对了，优儿不会让远修被人欺负。何况修儿又如此喜欢她，这多少能弥补一下自己的愧疚吧。

"好了，大家都出去吧，让修儿再休息一会儿。"宫夫人对着众人挥手，然后转头望着于盛优嘱咐道，"优儿，你好好照顾远修，可不准再给他吃什么乱七八糟的东西了，若下次再发生这种状况……"她说到这里，眼神一冷。

于盛优浑身一哆嗦，只觉得皮肤被刺得生疼。

瞧见于盛优的模样，宫夫人微微一笑，依旧是轻言细语的，但于盛优却只觉得那叫一个由心里冷到心外。

"家法也不是摆在那里好看的。"宫夫人淡淡地说，"优儿，你也算是小姐出身，该是知道这个道理的，是吗？"

"嗯，嗯。"于盛优胡乱地点点头，心里却不以为然，她算什么小姐，明明就是一个满山跑的野丫头啊。不过，婆婆生气起来的样子还真是蛮可怕的，和平时的她差得也太远了吧。

其实每个人都有自己的底线，没触犯到底线之前你满屋子蹦跶也随你，可你若是触犯到了底线，便不是说说笑笑就能糊弄过去的，对于于盛优的婆婆湘云公主来说，宫远修的健康与快乐就是底线，是谁也不能破坏的，即使是于盛优也一样。

"娘子，你发什么呆啊？"宫远修扯了扯愣神的于盛优。

于盛优看着宫夫人渐渐走远的背影说："你娘亲真的很爱你呢。"

"那当然啦，娘亲不爱远修谁爱呢？"宫远修一脸得意，然后看了看有些黯然的于盛优道，"啊，还有娘子也爱远修。"

"谁爱你啊？我差点儿没毒死你。"于盛优撇过头不看他纯真的笑容。

　　"爱啊。当然爱啊，和'娘'字沾上边的人都会爱远修呢。"宫远修拉起了盛优的手，在她的手心里写下一个"娘"，"你看'娘'字是一个'女'一个'良'组成的哦，就是很好很好的女人的意思呢！很好很好的女人怎么会不爱远修呢？"

　　于盛优看着手心，心里不知道为什么有些痒痒的。

　　"娘子，娘子，你说对不对？"宫远修为自己这个论调求证着问。

　　"对什么对啊。"于盛优握紧手心，嗤笑一声问，"那大街上的小姑'娘'也爱你？"

　　"呃……"好像不是。

　　"厨房里烧饭的厨'娘'也爱你？"于盛优又问。

　　"呃……"好像也不是。

　　"菜市场里卖猪肉的大'娘'也爱你？"

　　"呃……"菜市场卖猪肉的是女人吗？远修不知道啊。

　　"万一你家爹爹娶了小老婆，你家小'娘'也爱你？"

　　"……"爹爹不会娶小老婆的。

　　"皇宫里的各位'娘娘'也爱你？都爱你？嗯？"于盛优步步紧逼。

　　"……"宫远修摇头，摇头，使劲儿摇头。

　　"想得美。"于盛优点了点他的额头，忍着笑下结论。

　　宫远修撇撇嘴，特可怜地望着她，呜呜……娘子好过分……娘子好坏……为什么远修没想起来有这么多女人都得用到"娘"字呢？

　　于盛优看着他那委屈的可怜相，有些自责地想，自己是不是过分啦？她掩饰地咳了咳，然后说："不过……如果你是指亲人中带'娘'字的人都爱你的话，这还差不多。"

宫远修一听这话，又开心了起来，抓起于盛优的手撒娇地喊："娘子，娘子，娘子。"

"干吗？"于盛优粗声粗气，有些不耐烦的样子。但若是你仔细看她的话，便会发现她弯弯的眉眼里全是满满的笑容。

"嘿嘿。"宫远修即使被凶了，也望着她笑得开心，他完全忽视于盛优凶恶的表情。

于盛优有些宠爱地问："不是饿了吗？我给你端饭来吃？"

"好。"欢快的声音。

"终于要吃饭了吗？给我加双筷子。"一个温和却戏谑的声音在外厅响起来。

"宫远涵，你怎么还没走？"

"大嫂此言差矣。"宫远涵打开折扇，笑得一脸温雅，歪头，轻笑道，"大嫂似乎忘了，这是在下的房间。"

"啊！对啊。"于盛优拍拍脑袋想起来了，这里确实是宫远涵的房间，"呵呵，那一起吃饭吧。"

她起身，走到外厅的餐桌上，餐桌上光菜就有四十多碟，还有八种羹汤，这种场面于盛优倒也见惯了，他们宫家哪天吃饭不像吃满汉全席一样的？她拿起空碗，给宫远修盛了一大碗燕窝粥，然后夹了一大块肉松和一些精致的小菜在里面，端起来走回床边对着宫远修笑："来来，吃饭。"

"娘子会喂我吗？"宫远修有些期待地望着她。

"喂喂。"前世欠他的吧？欠了吧？肯定的！

一碗燕窝粥在于盛优连塞带喂之下很快就解决了，她拿着空碗问：

"还要吗？"

宫远修鼓着一嘴食物摇头，于盛优也不强迫他，起身道："你再睡一会儿，我去吃个饭，饿死了。"宫远修昏迷的这段时间，于盛优也是一点儿东西都没吃。

宫远修躺在床上，大大的眼睛眨巴眨巴地望着她，嘴巴里还塞着一嘴食物。于盛优用右手，盖在他明亮的双眸上："闭上眼睛。"

感觉手心被他长长的睫毛滑过，一阵痒痒的感觉，再抬手，他的眼睛已经闭上，很用力地闭着的那种，于盛优笑笑，端着空碗走到外厅。在桌子上瞧了一圈也没见有干净的碗，她也没多想，直接拿宫远修吃过的那个碗盛了一碗粥，坐在宫远涵的对面，呼哧呼哧吃起来。于盛优平时的吃相本来就不怎么雅观，这一饿起来更是狼吞虎咽，宫家的菜色虽然多，但是每种菜的分量并不多，离于盛优最近的几样菜没一会儿就全被她吃完了。

宫远涵撑着头，微笑地望着她吃。于盛优抽空从碗里抬起头瞟他一眼道："你看着我干吗？看着我能饱吗？"

宫远涵笑："看着你是挺饱的。"

"你什么意思？看着我吃不下去？"于盛优瞪他。

"啊，原来你知道啊。"宫远涵一副惊讶的样子。

"那你就别吃！"于盛优恨恨地说完，站起身来，把宫远涵那边的菜全收罗进盛燕窝粥的大碗里，将空碟子重新丢回他面前，自己端着脸盆大的碗，将里面的稀饭和菜搅拌在一起，那稀饭看着……嗯，真是饱了……

宫远涵先是一愣，然后忽然失笑出声："大嫂，你吃得了这么多吗？"

"你管我。"于盛优凶巴巴地说。吃不掉就倒呗，就是不给你吃。

　　宫远涵歪歪嘴角，露出惯有的温柔笑颜："大嫂，你知道吗？爹爹小的时候正好遭遇家庭变故，一家四口流落街头，爹爹是家中长子，自然要担负起赡养弟妹的重担，可是当年爹爹年幼，又如何能找到食物？唉，经常是饥一顿饱一顿，我家三姨便是那时饿死的。"

　　于盛优又往嘴里送了一口饭，含在嘴里，不解地望着他，他干吗？他以为和自己说这段血泪史，自己就会把饭全吃了，宁愿撑死自己也不浪费？

　　宫远涵淡笑着望着她继续道："这些都不是重点。"

　　于盛优嘴里的一口稀饭没含着，喷了出来，谁也没看清宫远涵的动作，他已轻巧地飘到她隔壁座位上，白色的衣袍上连一滴汤汁也没溅到，淡定温和的笑颜从没变过。

　　而一直站在他身边服侍他的小厮，被喷了一脸饭粒，眼神幽怨地望着盛优。

　　于盛优抱歉地望着小厮，拿出一方手帕，先擦擦自己的嘴巴，然后赔着笑脸递过去道："擦擦，擦擦，哈哈，我不是故意的。"

　　小厮接过手帕，郁闷地看着手帕上的口水，擦也不是，不擦也不是。大少奶奶……果然如传言中一样——遇见她就没好事！

　　于盛优故意忽视小厮哀怨的目光，转头望着宫远涵道："那重点是啥？"

　　宫远涵笑："重点啊，就是……我家爹爹最厌恶的事情就是——浪费食物。在我们宫家，谁都知道，让我大哥不开心了，那便是得罪了娘亲，若是浪费了食物，嘿嘿，你说是得罪了谁？"

　　"你……你爹爹？"

　　宫远涵淡定点头，笑："记得小时候，有一次三弟只是剩了那么一小口饭没吃，就这么一小口。"宫远涵用手指比画了一个铜钱大小的圈，

"被我爹发现了，你猜我爹怎么罚他？"

于盛优摇头。

"呵呵，你可以去问问三弟，我想他的身体和心灵上现在还有创伤呢。"宫远涵眯着眼睛笑得温柔。

于盛优捧着碗，小声说："那个……我倒了不让你爹知道就是了。"

宫远涵右手托着腮帮，歪头，如墨的长发在阳光下散发着金色的柔光，他微笑道："爹爹一定会知道的。"

"怎么会？"

宫远涵笑："因为……我会告密。"

"……"

于盛优瞪大眼，使劲儿地瞪他："你……你……你个小人！"

宫远涵起身，抖开折扇，对着小厮说："小六儿，你在这儿看着，要是少奶奶吃不完这碗饭就来告诉我。"

小六儿恭敬地点头答应。

"大嫂，您慢用，远涵先走了。"宫远涵潇洒地转身，消失在门口。

"……宫远涵！"这个名字几乎是从牙缝里蹦出来的。

"大少奶奶，请用膳。"

于盛优看着能喂饱四个大汉分量的燕窝粥，现在已经不能叫燕窝粥了，叫大杂烩，看着那一盆大杂烩，从胃里冒出一阵阵的酸水，勉强将酸水咽下去，又望着看守自己的小六，她装了装气势道："小六儿，你知道我家干什么的吗？"

小六儿："小的知道少奶奶家世代神医，用毒功夫也超强，但是，小六儿宁愿被少奶奶毒死，也不愿意被二少爷整死。"一边要死死一个，一边要死死全家，傻子也知道往哪边靠啊。

比起宫远涵在宫家的恐怖力，于盛优还差那么好大一截儿！

于盛优捧着盆，吃了两口，实在是吃不下去了，忽然灵光一闪，端着盆跑回房间，望着自己家相公笑得可爱。

宫远修像是听到于盛优的脚步声，睁开眼睛也对着她笑。

于盛优捧着盆，坐在床边，温柔细语地道："相公，没吃饱吗？再来吃一点儿。"

宫远修看着那么大一盆不知道是什么东西的饭抓头："这么多，吃不完。"

"吃得完，吃得完，娘子陪你一起吃。"于盛优舀了一勺塞进他嘴里，然后自己吃一勺，两人对看一眼，宫远修笑得开心，于盛优笑得僵硬。

然后……

他两勺，她一勺。

他四勺，她一勺。

他八勺，她一勺。

他……全吃了……

于盛优看着空碗满意地笑，哇咔咔，吃完喽！她将大碗丢给小六儿道："拿给你家主子看！你告诉他，下次走夜路小心点儿。"

落在她手里，她一定要他好看，比起宫远夏，于盛优现在更想收拾的是宫远涵。

"娘子……好撑撑……"宫远修打了一个超级大的饱嗝，躺在床上摸肚子。

"撑吗？我给你揉揉。"于盛优脱了鞋，爬上床，盖好被子，侧躺在宫远修身边，伸出小巧的手，在宫远修的肚子上轻轻地揉着。

宫远修哼哼了两下，忽然抱住她，将脸埋在她的脖子旁，闷声道："娘子……好舒服。"

于盛优的脸"唰"地红了，她推开他，红着脸凶巴巴地道："躺好，不然不给你揉了。"

"哦……"宫远修放开她，又笔直地躺好，于盛优又一次轻巧地揉着他的肚子。他侧着头望着她，她闭着眼睛靠在他的肩头，打了一个哈欠，她的动作慢慢地缓慢了下来，慢慢停住，呼吸也均匀了下来。

他笑了笑，很开心的那种，轻手轻脚地将她抱在怀里，闭上眼睛，和她一起睡。远修好喜欢娘子呢……

另一边，宫远涵在宫远夏房里吃着饭，吃了两口，便饱了，桌上一桌的菜有的连动也没动。他挥挥手吩咐："来人，撤下去。"

宫远夏有些看不惯地说："二哥，即使我们家世袭爵位，你也不能这么浪费啊。"

"吃不下了，又何必勉强自己？"宫远涵笑得温柔。

"喊……你真是！"宫远夏摇摇头。

"三弟……"

"干吗？"

"你不觉得大嫂很有意思吗？"

"那个凶巴巴的女人？二哥，你脑子坏了？"

"哎，没意思吗？我倒总想欺负她。"

"……"

宫远夏默默地看着他，望天，大嫂，你要倒霉了！当宫家二少爷对什么人或物感兴趣的时候，如果那个人或物不够坚强，就会被他毁掉啊！

比如：宫家大少爷，傻了。

比如：隔壁三王爷府上的小郡主，见了女人就喊相公，见了男人就喊爹。

再比如：厨房的大黑狗阿黄，再也不与狗交配，而爱上了耗子。

所以……他宫远夏从小到大最庆幸的就是——他家二哥对他不感兴趣！

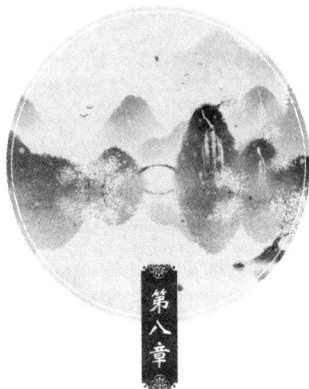

第八章

人生就是这么跌宕起伏

LIANLIAN
JIANGHU

这一天，于盛优又带着她家相公上街溜达了。

"娘子，你怎么不说话？"宫远修低头，问着沉默的于盛优。

"我在想一件事情。"于盛优皱着弯弯的柳叶眉，瞅着他问，"我以后要是抛弃你，你会怎么办？"

宫远修愣住，先是呆呆地望她，然后清朗的眉眼皱在了一起，双眸里开始聚集着雾气，嘴唇微微抿起，又是一副快哭出来的样子。

于盛优慌忙摇摇他的手道："我开玩笑的啦，开玩笑的。"

"开玩笑也不行，不行，娘子别离开我。呜呜……"宫远修还是哭

出来了，他即使只是想想自己家娘子会不要他，他就觉得心里难受得要死，比娘亲骂他，爹爹打他还难受。

"好了，我发誓我绝不离开你，嗯？别哭了，再哭我不带你去吃好吃的啦。"于盛优连哄带骗终于止住了宫家大少爷的眼泪。

"那我想吃腾云客栈的红烧猪蹄。"宫远修吸吸鼻子，水水的眼睛期待地望着她。

"好，带你去吃。"

宫远修擦擦眼泪又笑了出来，于盛优看着他兴奋的侧脸无奈地摇头。唉，看样子，自己是要陪着傻子过一辈子了。

可是她又哪知道，人有旦夕祸福，天有不测风云，命运这种东西，不是你想过一辈子就能过一辈子的。

记得那一天，宫远修一直死死地牵着于盛优的手，就像怕她会跑掉一样，就连上酒楼吃饭，他也一直牵着她的手。于盛优皱眉，不爽地让他放开，宫远修眨巴眨巴眼说："人好多，放开手远修会丢掉……"

"不会的啦。"

宫远修很坚持地说："不行，娘亲说，出门一定要紧紧抓住带你出门人的手！"

于盛优好笑地问："要是你弟带你出门呢？"

"他们从来不带我出门！"

"你不放开我……你怎么吃饭？"

宫远修原本一脸严肃的表情，立刻变成一片灿烂的笑容："你喂我啊。"

"……好，喂。"于盛优一脸黑线，这家伙，自从上次生病喂过他吃饭以后，他就顿顿饭吵着要她喂，于盛优简直要怀疑，自己的药是不是把他变得更傻了？

于盛优瞪了他一眼，无奈地只能用一只手喂他吃饭，另一只手被他紧紧抓着。

宫远修开心开心开心……

隔壁座的三个青年男子，其中两个貌似江湖人士，穿着一身短衫，另一个是穿着书生装的秀才。三个人一面交头接耳，窃窃私语，一面不停地偷偷转头看他们。他们的目光像是打量，又像是怜悯，不停地瞟过于盛优。

一个穿短衫的男人压低声音说："看，她就是圣医派的于盛优。"

"你怎么知道的？"

"她喂的男人，就是宫家大少爷宫远修。"秀才悄声说。

"哦，他就是那个傻了的天下第一？"

"就是他，当年也是一个威风八面的人物。可现在……"秀才的语气里带着惋惜，但眼神里却带着嘲弄。

两个穿短衫的青年男子也纷纷看向张大嘴巴等肉吃的宫远修，明明是上天精心雕刻的玉一般的男子，现在却变成这傻样。

于盛优夹了一块肉喂到宫远修嘴里，做了个凶悍的表情瞪着他们，用眼神表达：你们当老娘是聋子啊？看什么看！再看小心我毒死你们哦。

三个男人被她一瞪，纷纷转过头来，继续假装吃菜。

"娘子，我要吃那个。"

于盛优回过头来继续瞪：还有你，再使唤我照样毒死！

可惜宫远修却没看懂她的眼神，很单纯地歪头问："娘子，你怎么了？"

"没。"于盛优认命地夹起菜，塞进他张得很大很大，还发出"啊啊"声的嘴巴里。

好吧，我再忍你一次。

就在这时，从楼下走上来一位白衣公子，那公子步伐飘逸，衣尾带风，唇边挂着让人如沐春风的笑容，他直直地走到盛优那桌坐下，轻笑，温声道："大哥大嫂原来在这儿啊，真让远涵好找。"

"你找我们干吗？"于盛优眯着眼警惕地看着笑得一脸无害的宫远涵。这家伙，笑得越温柔的时候就越是在打坏主意，你看他今天，闪光度高了平时好几倍，定是又在使什么坏点子了。

宫远涵歪头轻笑，一脸无辜："不是我找你，是娘亲找你。"

"真的？"于盛优不信。

"嗯。"宫远涵很诚恳地点头。

于盛优抓抓头，在相信与不相信之间挣扎。

相信吧？这家伙不良记录太多。

不相信吧？貌似又没什么理由。

就在她犹豫不决的时候，宫远修说："娘子，我吃饱了，回家吧。"

"好。"于盛优牵着宫远修站起来，反正都要回家，早回也是回，晚回也是回。

三人走了很远以后，隔壁桌的三个男人又开始热烈地交谈起来：

"你说于盛优怎么还有心思在这里喂相公吃饭？"

"也许还不知道吧。"

"也怪可怜的。"

"是啊……"

于盛优被宫远涵骗回家后，她的世界就不停地被颠覆。

从前对她能躲多远躲多远的奴仆们，忽然都主动出现在她面前，任她使唤，一副你使唤我啊使唤我，你不使唤我我全身不快活的样子。奇迹吧？

从前就和她不对盘，见面就吵架的宫远夏，居然对自己温和起来了？诡异吧？

从前每天会捉弄下自己的宫远涵，居然连续好几天对她笑得温柔，笑这不奇怪，奇怪的是笑过后没骗她，没捉弄她，没耍她。恐怖吧？！

嗯……他们都怎么了？为什么忽然变得这么不正常？

问用人："为什么忽然对我这么好？"

答曰："这是奴才应该做的。"

好吧，这个答案我接受。

问宫远夏："为什么不和我吵架了？"

答曰："好男不和女斗。"

好吧，这个答案她也接受。

最后问宫远涵："为什么你最近不骗我，不耍我，不捉弄我了？"

答曰："怎么？你很希望我骗你、耍你、捉弄你吗？"

"……不希望。"谁会希望啊？

"其实，你若是希望我是可以满足你的。"某涵很诚恳地瞅她。

"求你了，算我没问吧。"某优掩面，迅速奔走。

问了一圈也没有得到答案，于盛优虽然疑惑，却也不能阻止大家对她越来越好的举动。

她叹气，低着头走出后花园，忽然她头上的银簪掉落在地上，她弯腰捡起簪子，蹲着，将头发盘好，插上银簪，刚准备站起来，忽然

听到有人说话的声音。

"听说昨天你们又打退一批鬼域门的杀手？"一个职位比较低的小厮，崇拜地望着面前的侍卫。

"是啊。最近一批越来越厉害了，要不是二少爷早有防备，我们昨晚定要吃亏。"侍卫接过小厮递过的食物，咬了一口。

鬼域门？于盛优眨眨眼，蹲在灌木丛后面偷听着八卦。

"那当然，二少爷是当世第一聪明的人，即使是鬼域门，也别想从我们宫家堡抓走大少奶奶。"小厮说到宫远涵的时候，语气里的崇拜和引以为荣简直遮掩不住。

抓我？于盛优听到这里紧紧皱眉。为什么？

侍卫憨厚地笑笑，焉有荣兮："有二少爷坐镇，我们宫家堡那是固若金汤啊。"

"哪天二少爷带着我们一起把鬼域门灭了才好，这样就能为大少奶奶一家报仇了。"小厮有些愤怒地咬牙切齿。

为我家报仇？于盛优眼神严肃起来，心里一阵慌乱，她捏紧双手，莫名的恐惧越来越浓烈。

侍卫摇头，一脸不赞成："哪有这么容易，鬼域门地处西漠，行踪飘忽不定，里面高手众多，门主的武功更是天下无敌。若是六年前，大少爷的武功倒是可以与那门主抗衡，现在……唉。"

"唉，可惜了圣医派满门被灭，却无人能为其报仇啊。"小厮一脸沉痛地摇头，"可怜大少奶奶，还被蒙在鼓里，爹爹兄弟死了，不能为其披麻戴孝，日后知道了，可不得伤心死。"

于盛优的眼睛猛然睁大，被这句话惊呆了，愣怔地跌坐在地上，全身寒冷如冰，一句话也说不出来，她睁大眼睛，眼泪无声地滑过脸颊。

"大少奶奶真可怜。"

"是啊，唉。"

两人渐行渐远，直到她什么声音也听不见，什么也看不见，空寂无人的后花园里，只剩下她一个人，愣怔地坐在那里，任由眼泪疯狂地掉落。

她无法相信……

她的父亲，她风华绝代的五个师兄弟……全死了……不能相信，不能！可是为什么她还是止不住地哭泣呢，那种疼痛的感觉，简直快要将她撕成一片一片的了！

爹……你就是因为这样，才把我嫁掉的吗？你怎么能这样？怎么能这样？我不会感激你的！不会！

大师兄、二师兄你们两个浑蛋，欺负了我这么多年，就这么死了吗？你们好过分，我不会为你们报仇的，不会！

三师兄……四师兄……小小……

我不难过，我真的不难过，我只是……我只是……

于盛优再也忍不住，全身颤抖地大声哭起来，眼泪像是流不尽一样大滴大滴地往下落着，打在干燥的土壤上，润湿一片……

鬼域门！鬼域门！

她抬起眼，眼里仇恨的火焰疯狂地燃烧着！

我于盛优不报此仇，誓不为人！

夜色朦胧，冬天的夜空星星总是显得冷冷清清、稀稀落落的，宫家南苑厚实的雕花双扇门被打开，宫远修小步跑了出来，东张西望了一会儿，叫住一个仆人问："小赵，你看见我娘子了吗？"

小赵摇摇头回道："回大少爷，小的没看见啊。"

宫远修有些不高兴地嘟着嘴："去哪儿了呢？从下午就没见到她了。"

"大少爷，大少奶奶说不定去了主屋，要不小的去给您找找？"小赵有些好笑地望着他，他们家大少爷简直是一分钟都离不开大少奶奶。

"还是我自己去吧。这样可以早点儿见到娘子。"宫远修点点头，抬脚就往主屋走。

小赵慌忙拦住他："大少爷，去主屋的路有好几条呢，您别和少奶奶走岔了，还是我去，您在家等着哦。"

"那你快点儿快点儿哦！"

就在这时，远处走来一个身影，步伐很慢，像是失去所有力气一样，缓慢地向前移动着。宫远修先是盯着看了一会儿，然后露出笑脸，以迅雷不及掩耳的速度扑了上去。她没站稳，直直地向后倒，两人一起跌入草丛里，扬起一阵干涩的青草香。宫远修有些哀怨地蹭着于盛优："娘子，娘子，你去哪儿玩了？都不带着远修。"

于盛优抬手，拍拍他的脑袋，用有些嘶哑的声音道："起来，好重。"

"不嘛不嘛。"宫远修撒娇地继续蹭着她。

"叫你起来你听到没有？"于盛优有些暴躁地推着他，她的语气很重。

宫远修被她凶得一愣，脸上的笑容挂不住了，有些委屈地爬起来，静静地瞅着她，娘子今天好凶，虽然她平时也经常凶巴巴的，可是从来没有像今天这样凶过他。

于盛优也从地上站起来，看也没看他一眼，低头，转身，进屋。

宫远修站在原地，像一个被抛弃的孩子，不知所措地盯着她的背影，不知道是该跟上去，还是等着她回过头来找他。

当于盛优的身影完全消失在眼前的时候，他的鼻子开始发酸，眼睛开始泛红，嘴唇颤抖着，豆大的泪水就要滚落下来。

"大少爷莫哭。"一直站在一边的仆人小赵慌忙出声。

宫远修垂着泪眼看他，小赵被他如此轻轻一看，心脏猛然抽动一下，都说宫家二少爷长得美，可又有几人知道当宫家大少爷这双像极了湘云公主凤眸的眼睛，双目含泪之时是多么的撩人心弦啊！

小赵单手压着心脏，不敢再多看眼前的美色，他低着头道："大少爷，少奶奶兴许是刚才被您压疼了，所以才和您发火呢。"

"呃……是这样吗？"宫远修恍然大悟起来，是啊，远修这么重，压在娘子身上，一定把她弄疼了，怪不得娘子生气了。

这样一想，宫远修慌忙跑进房间，匆匆找到安静地坐在房间里的于盛优，房间里没有点灯，她坐在靠近窗边的椅子上，头垂得低低的，看不见表情。

宫远修靠近她，蹲下身来，仰着头，凑近她小心地问："娘子，刚才把你压疼了是吗？"

于盛优没回话，低着头沉默地坐着。

"娘子，你在生远修的气吗？"

于盛优摇摇头，只是轻微的动作，她眼里一直未断的泪水又滑落了下来，在银色的月光下闪着微弱的光芒。

这微弱的光芒很快被宫远修捕捉到，他的眼瞳一紧，慌张地看着她："娘子，你哭了？是摔疼了吗？摔到哪里了？我看看。"他慌忙站起身来，对着于盛优的衣领一阵拉扯。

于盛优慌忙护住衣服瞪他："干吗？"

"我看看你的伤啊。"宫远修抓住她的手，继续解着她的衣服，眼

看外袍就要被他解下来，露出白色的丝绸中衣。

于盛优慌忙大叫："好了好了，没跌到啦，我没生气。"晕，这家伙真是的，他要是没傻自己一定揍他，这不要流氓吗！

"那你为什么哭？"宫远修认真地望着她。他认真的时候特别迷人，没有人会以为这样的他是一个智商不到十岁的大小孩儿。

于盛优擦了一把眼泪道："刚才跌的时候有一点点的疼。"

"那还是远修的错。"宫远修难受地说，"远修以后再也不那样了。"

于盛优笑笑："没事啦，我不怕疼，你继续扑吧！我蛮喜欢你这么扑过来的，感觉特充实。"

"真的吗？"宫远修听她一哄又开心起来，"娘子，天好黑，我们把灯点上吧。"

说完，他站起来，走了两步，忽然被她拉住。她轻声说："别点灯。"

"娘子？"他疑惑地看着她，她拉起他的手，将他拉到面前，她坐着，他站着。她垂下眼，倾身抱住他结实的腰部，将脸靠在他的腹部上。宫远修站得笔直的，脸有些红红的，心扑通扑通乱跳着，这是娘子第一次抱着自己呢，第一次主动和自己靠得这么近呢，简直让他有些不敢相信了。

"娘子……"他红着脸，轻声呢喃着，声音里带着连他自己都不懂的情。

"远修……喜欢我这么抱着你吗？"于盛优轻声问。

"喜……欢……"宫远揉了揉鼻子，傻笑地答，嘿嘿，当然喜欢。

"那我多抱一会儿好吗？"她又问。这次她的声音里带着一丝颤音，可他却沉浸在幸福里，没有听出来，只是很开心地回手，也抱住了她。

于盛优默默地睁着眼，就这么抱着他，很紧，很温暖，眼泪忍不住又流了出来。她知道……她舍不得离开他。

可是……

远修……我要离开你了……

于盛优在心里默念着这句话，心狠狠地抽痛起来，眼泪不停地掉落，她压抑着自己细碎的哭泣声，将脸完全埋在他的腹部，手臂抱得更紧了……

深夜，复古的雕花大木床上，相拥而眠的两个人，睡得那么熟，男子紧紧地抱着自己的妻子，嘴角带着幸福的笑容，像是在梦中都遇见了她，醒着，梦着，想的……都是她，也许这就是他小小的世界里的大大的幸福吧。

他怀里的女人，在漆黑的夜里缓缓睁开眼睛，看着与她近在咫尺的男人，她抬手轻轻地抚摩他清朗的眉眼、挺俊的鼻梁、性感的嘴唇，她的手指在他的脸颊上来回地摩挲着，不带一丝情欲，却带着无限的留恋。

她就这样睁着眼睛看了他好久，她知道，宫家不让她知道圣医派被灭的事，是怕她去报仇，去送死；她也知道，她一个人去确实是去送死，呵呵，她有自知之明，可是……因为怕死便缩在宫家堡躲一辈子吗？当然不可以！

哪怕她就是一只蚊子，也要飞去鬼域门吸一口血！

想到这儿，她终于下定决心，扳开宫远修的手臂，从他温暖的怀抱里离开，穿上一套男装，拿起昨天晚上就偷偷整理的包袱，放下一封信，轻轻走到门边。寂静的夜晚，木门打开的声音显得格外刺耳，她一只脚跨出门外，另一只脚却怎么也抬不起来。

她轻轻回头，看着在床上睡得正香的宫远修，轻声说："对不起，

如果我能活着回来，还给你当娘子……"

说完，她不再留恋，匆匆消失在夜色之中。

第二天清晨，宫家南苑忽然传出惊天动地的哭泣声，声声力竭，催人泪下。

城外山道上，一名瘦小的少年骑在马上，马跑得不快，像是随时在等主人回头。寒风吹动着少年的衣尾与碎发，带着干涩的青草香。

少年忽然转头，望向城内，死死地盯着看，看着看着，忽然泪如雨下。

第九章

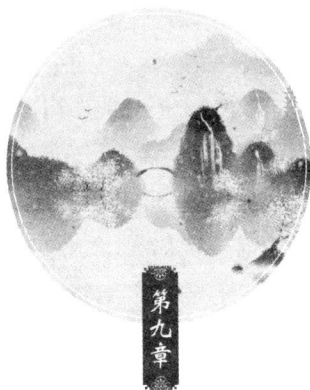

原来她这么菜鸟

LIANLIAN
JIANGHU

北方的初春，还有些冷意，加上下雨，更是冻人。

崎岖的山路上，一匹棕黄色的瘦马飞速地在雨中奔跑着，马上匍
匐着一个瘦弱的身影，他没带任何雨具，任由雨点疯狂地砸在他身上。
他的手紧紧地抓住缰绳，咬牙抬头望去，山路的尽头，远远地能看见
一面鲜红的旗帜在风雨中飘扬，旗帜上写着大大的"雾山云来客栈"。
客栈坐落在通往雾山的必经之路上。

马匹终于到达客栈，从马上下来一个瘦弱的少年，他全身颤抖地
蜷缩着，低着头，刘海儿遮住大半面容，只能看见冻得发青的嘴唇和

惨白的下巴。他哆哆嗦嗦地走到柜台："老板，给我一个房间，还有一桶热水。"

客栈老板看着眼前狼狈的少年道："哟，这位爷，您咋淋成这样啊，快上楼，可别冻着了。小二，快带这位小爷上楼去。"

"来喽！客官，楼上请。"小二热情地在前方带路。

少年颤抖着身子跟了上去。

老板摇摇头道："定是没有出过门的少爷，这种初春季节居然连把伞都不带在身上。"

下雨天留客，今日，客栈的生意特别好，到了晚上，店里的房间基本已经住满了。天色也渐渐地暗了下来，晚饭时间，各路的江湖好汉，商人路人，纷纷下楼就餐，楼下热闹得座无虚席。

就在这时，楼上走下来一个布衣少年，正是刚才那个被雨淋成落汤鸡的人。少年个子不高，身材瘦弱，长得清灵俊秀，一张小脸只有手掌那么大，大大的水眸闪着点点星光。

少年的眼神瞟了瞟坐满人的大厅，抓住从他身边路过的小二问："没位置了吗？"

"有啊，有啊！客官，要不你坐那里。"

顺着小二的手指望去，最右边的一张桌子上，坐着六个人，六人都带着刀剑，一看就是江湖人。

除了那张桌子有空位之外，其他桌子上都满满地坐了八个人以上。

少年眨了下眼，点头："就坐那儿吧。"

"好嘞！客官这边请。"小二领着他到了右边的桌子，将板凳、桌子擦了擦，请他坐下问，"客官要吃些什么？"

"嗯……"少年摸摸下巴，不知道吃什么，眼尖地瞟见桌子上别人点的玉米炒松子、冬菇炖腊肉，于是照样点了一份。

小二记下了菜名，又去招呼其他客人了。

少年这才抬头望向拼桌吃饭的那些男人，长相都很一般，没啥惊喜的。

没一会儿，饭菜上来了，金黄色的玉米粒搭配松子，颜色鲜艳，看着就很可口。少年拿着筷子，夹了好几次，总是夹不起玉米粒，他端起碟子拨了一些在碗里，拌了拌，低着头大口大口地吃着。

同桌的几个江湖人士一直在聊天，从江湖四大美女聊到青楼第一歌姬，从青楼歌姬聊到皇帝的三宫六院，从三宫六院聊到当世第一家族宫家，从宫家聊到宫家大少爷，最后终于聊到了——于盛优！

"那个于盛优就是圣医派的唯一活口？"一个脸上有刀疤的江湖汉子问。

"是啦！那嘞色鬼绿民来，抄了圣医拜咯，死滴一娃子都不升呐（是啦！那鬼域门一来，就把圣医派灭了，死得一个都不剩了）！"另一个操着一口不知道什么地方方言的汉子怒气冲冲地说。

一个长得还算白净的男子不敢相信地问："不会吧，圣医派不是有一个千千白吗？那是多厉害的人物啊，他也死了？"

"哦，你说的是二弟子于盛白吧！死了，厉害什么啊！碰到鬼域门那就是不堪一击！那个大弟子于盛世在江湖上不也赫赫有名吗，还不是死了！听说鬼域门一把火烧了圣医派，连一根毛都没剩下。圣医派，已经成为历史了！"一个拿刀的男人吃着花生米，一副不屑的表情道。

"话不能这么说，这圣医派历代以来出过多少名人名医，救活过多少人啊，就这么被毁了，唉……可惜，可惜啊。"一个男人喝了一口酒惋惜地摇头。

在座的几位好汉无不惋惜纷纷摇头，一副唏嘘哀哉的样子。坐在角落里的少年，还将头埋在碗里，用力地将嘴巴里塞满饭，腮帮子鼓鼓的，瞪大着眼睛用力地嚼着，就像嘴里的饭和他有深仇大恨一样！

"也没什么好可惜的，若不是毁了圣医派，也不会发现一个天大的秘密。你们可知道，为何鬼域门要痛下杀手吗？"带刀的男人神秘兮兮地问。

"不知道。"另外几个人纷纷摇头。

带刀男人眼珠转了转卖关子地说："我倒是知道。"

"快说，快说。"几个人催促着他说出真相。

一直沉默着吃饭的少年也抬起眼来，定定地望着他。

带刀男人慢悠悠地喝了一口酒，看够了众人焦急的眼神后，终于开口："听说很久以前，有一本秘籍，上面有一药方可让人长生不老，功力猛增，那可是天下至宝。当时这本秘籍引起武林宫廷的抢夺，那可是人人都想得到的东西啊。可秘籍经过多次明抢暗夺，早已不知所终，谁也不知这本秘籍究竟落入何人之手。可前一段时间，鬼域门的人到处收集医学宝典，像是在寻找什么！最后确定了一件事……"男人说到这里便住口了。

"什么事？可是圣医派有那长生不老的秘籍？"一个大汉焦急地问。

"没错，鬼域门查出圣医派有一本祖传秘籍——《圣医宝典》，正是这本长生不老秘籍！"

"胡说！"一直很安静的少年忽然出声反驳。

大汉被少年的突然反驳怔了下，微怔之后有些恼怒："你个小鬼懂什么，你怎么知道我胡说？"

少年哼了一声，凤眼瞪他，有些不屑地说："圣医派若是有长生不老的方子，为何自己不用？十年前圣医派帮主于豪强的妻子去世的时候不用？什么长生不老药，想想都知道没有！"

"你！"大汉被顶撞得有些恼怒，可在这么多人的场合也不好发火，于是干笑了下说，"小兄弟，这你就不懂了吧，长生不老药是长生的，不能治病，于豪强的妻子是病死的不是老死的！"

"那上一任帮主于昀成总是老死的吧！"少年又问。

"……"大汉被少年堵得无话可说，只得气哼哼地丢了一句，"江湖上都是这么传的！"

少年冷冷地看着他："谣言止于智者，你不止也就算了，还到处传播！真可笑。"

"你！"大汉气得拍桌而起，握着刀的手紧了紧。隔壁座位的汉子见他生气，拉着他坐下来："算了，算了，你和小孩子计较什么？"

男子握刀的手紧着，又松开，紧着又松开，来回两次后忽然出刀，刀锋冰冷的寒气猛地向少年逼去。少年眼神一闪，身形未动，刀锋擦过他的发带，如墨的长发披散下来，几缕黑发被锋利的刀刃割下，悠悠地落在地下。

男子扬扬得意地收刀："哈哈哈，原来是个女娃娃，老子不和你计较！老子就算打赢了，也像是鬼域门灭了圣医派一样容易，无聊得紧啊！罢了罢了！"

女孩儿的眼睛徒然瞪大，眼里火光一片！

桌上别的客人打着圆场："就是就是，和小孩子计较什么？来喝酒喝酒。"

酒桌上的人又热闹了起来，互相敬着酒，好像刚才的不愉快根本没发生一样。

女孩儿冷着脸，捏紧拳头，站起身来，转身离开。只是她转身的那一刹那，那使刀的男子忽然闻到一阵诡异的花香，像是年幼时经常采摘的那种野花香……

隔日清晨，雨停日出。

客栈的人纷纷离开赶路，只有一个房间的客人没有离开，小二等到中午，忍不住上楼敲门，敲了许久并无人应答，推开门一看，客人正全身僵硬地躺在床上，表情痛苦而诡异……

"老板，出人命了！"小二飞奔下楼找到老板。

那富态如球的客栈老板跑上楼来，查看了下客人，只见客人呼吸心跳都没问题，只是全身僵硬麻痹了。

"他没死，只是中毒了。"

"什么毒如此诡异？"这毒确实诡异，中毒的男子全身僵硬，可眼睛却是睁着的，还很清醒，眼里透着强烈的求生欲望。

"哼……这种僵尸草，中毒之人会全身僵硬三天，三天内全身奇痒难当却无法动弹言语，是非常折磨人的毒药。"

"是谁下的呢？"小二眼珠转转回忆昨天晚上的事情。

"哼……当世能下这种毒的只余一人！"富态憨厚的老板眼里忽然出现一抹阴狠的表情，"飞鸽传书回鬼域门，通知门主，于盛优回雾山了。在宫家堡的兄弟继续待在那里，别让宫家知道，我们已经……找到她了！"

"是！老板。"

老板歪头笑笑，脸上的表情和他憨厚的样子形成诡异的画面，他从袖口里拔出一把匕首，阴狠地看着床上瞪大眼的男人，男人的眼里都是惊恐，他终于知道自己昨夜得罪的那个女孩儿就是于盛优。

老板弯下腰来，笑道："我真得谢谢你，要不是你，我们还得在宫远涵的障眼法里转悠半天呢。来！让我好好谢谢你！"

语毕刀落，鲜红的血喷溅而出……

……

于盛优经过半个月的路程，终于回到了她魂牵梦萦的雾山，山上的风景依旧如她离开时一样，柳竹林茂，云雾飘绕，美不胜收。

她无心看景，将马拴在山下，提气用上轻功在熟悉的山林间飞跃着。

她还没有到达山顶的时候，就已经看见了那一片废墟。

她站在树枝上，手扶着树干，呆呆地眺望着不远处的那片废墟，心生胆怯……不敢靠近，也无力靠近，山风吹得她的衣摆翩翩飞舞，脸颊边的碎发被吹得挡住眼睛，她在树枝上站了好久，久到她的双腿都有些麻木的感觉。

她终于鼓起勇气，跃下树枝，翻飞到那片废墟前面，蹲下身，捡起一片烧黑的瓦片，紧紧地握在手里，瓦片承受不住她的力气，悄然而碎。

摊手，碎成粉末的瓦砾随风飘散……

于盛优抬头望着眼前，原本人声鼎沸，热闹非凡的圣医派，只剩下了几片被烧焦的瓦，熏黑的梁，山风吹过还隐约闻见炭火的味道。

就在这时，身后忽然出现一张渔网向她撒来。于盛优眼神一紧，就地一滚，躲过，右手在腰间一抽，再站起身来之时手中已经多了一把匕首，匕首通身漆黑，闪着青色的寒光，一看就知其刀身上涂满剧毒！

她也是有备而来的！

四周安静得只听见风声，于盛优站在空旷的废墟之上，双腿微屈，右手握紧匕首，晶亮的眼睛闪着警惕的光芒。

风忽然刮起，废墟上的尘土被吹得飞扬了起来。于盛优微微眯眼，忽然左手方向一个蒙面人向她扑来。

来了！于盛优双眉紧蹙，握刀反手挡去，金属的碰撞声刺得人耳膜微微轰鸣。于盛优右手一阵酥麻，她咬着牙，抽身后退，身后又一个蒙面人扑来，她向左侧身，身体擦着剑锋而过，匕首反扣一刀攻去，"叮"的一声，被挡了回来。

两个蒙面人左右夹攻，步步紧逼，手中的招数更是招招直逼要害，于盛优勉强接招，不到一刻，胳膊和腰侧、脸颊均有划伤。

这是她第一次实战，她武艺不好，不管是在圣医山还是在宫家堡，她从来就没有好好练过武。现在她有些后悔，早知今日，当初应该和大师兄好好学武的！可恶！抬手，架住一把长剑，另一把又从右边刺来，手中钩着一把长剑，借力用力，又挡住另外一把，两把剑、一把匕首交缠在一起。

她知道，这样下去自己撑不了多久，在这块空地之上，无处可躲，定是讨不了便宜，瞥了一眼茂密的树林，心里已有了主意。她挡开一剑，左手入袋，掏出一包粉末，对着两个蒙面人撒了过去，蒙面人闭气迅速后退。于盛优抓住这一瞬间机会，飞身进入树林。

两个蒙面人待空气中的粉末被吹散，立刻追进树林，可茂密的树林里早已看不见于盛优的踪影，蒙面人停了下来，放轻呼吸，警惕地看着四周，他们能感觉到，她就在这里。

一棵枝叶茂密的大树上，于盛优潜伏在上面，看着树下全身紧绷的蒙面人，歪歪嘴角，邪恶地一笑："哼，进了我的地盘，看我怎么弄死你们！"

树林中一群鸟拍扇着翅膀飞过，山风温和地吹着，山林间飘着淡淡的青草香，猫抓老鼠的游戏还在继续，就不知，到底谁是猫，谁是老鼠。

半个时辰后，于盛优从树上跳下来，望着被她毒得全身瘫软的两个蒙面人，得意道："就你们这两个臭番薯烂鸟蛋还想抓我？也不看看自己几斤几两重，老娘我挥一挥衣袖你们就得挂！哇哈哈哈哈哈！哎哟疼。"

于盛优捂着因为嘴巴笑得太大而牵动的伤口，揉了两下，摊手一看，手掌上都是血……嗯……于盛优原本很得意的脸忽然变得非常阴沉……阴沉……

"居然……你们居然划花我的脸！"于盛优暴怒地冲上去对着两个人拳打脚踢了一番。这两个垃圾杀手，居然不懂得江湖上最基本的规矩——打人不打脸！我抽死你们！让你们毁我容，我抽！我抽！！

就在于盛优抽得正爽的时候，身后忽然出现一个黑影，于盛优猛地转身，却来不及躲避，敌人的一个手刀很快，正中她的天仁穴……

于盛优的身体直直地向后倒去，落在地上的时候发出沉闷的响声，她抬眼看着偷袭她的蒙面人，原来树林里一直还藏了一个！可恶……

湛蓝的天空下，于盛优清明的眼神慢慢迷离……她缓缓地闭上眼，失去意识的最后一刻，她忽然轻声念道："远修……"

远修……你好吗？

想我吗？

我貌似……玩完了……

"大少爷还不吃饭吗？"仆人小赵关心地问着刚从南苑主卧出来的落落。

　　落落垂下头，无奈地摇摇："还不吃呢，一直吵着要找大少奶奶。"

　　小赵急得直搓手："哎哟，这可怎么办啊，大少奶奶这次出去可不知还有没有命回来。大少爷这样一直不吃饭，可不得饿出病来。"

　　"大少爷……"落落说着说着居然急哭了，"大少爷都瘦得不成样子了，落落看着真是心疼死了，这狠心的大少奶奶，怎么能说走就走呢？"

　　小赵啧了一声，公正地说道："唉……这事，也不能怪大少奶奶，唉……大少奶奶也可怜，这老天怎么不开眼呢，怎么会发生这种事呢？"

　　唉……两个人同时垂下头来叹气。

　　就在这时，主卧里又传出哭闹声："我要娘子，我要娘子！我要娘子！哇呜呜……我要娘子！啊呜呜，远修要娘子！呜呜！"

　　这哭声对于宫家人来说……已经熟悉了，这半个月来这样的哭闹，每天至少上演十几次，宫家大少爷睡醒就哭，哭累了就睡，睡醒了再哭，简直让宫家上下心疼得要死，可谁也没办法啊，谁也变不出一个于盛优出来啊。

　　"不好，大少爷又闹起来了，快去请二少爷来。"落落慌忙推了下小赵，然后转身匆匆忙忙奔进主卧。

　　主卧里，宫远修坐在床上，双手抱着膝盖，将头靠在膝盖上，哭得伤心欲绝。他家娘子不见了，不见好久了，不见好久了……不要远修了吗？呜呜……不要了吗……

　　落落进来的时候看见的就是这幅景象，她有些不忍心看，每看一次便心疼一次，她……开始有些怨恨那个叫于盛优的人了，都是因为她的离开，宫家最快乐的王子才会变得这么悲伤……

　　"大少爷……"落落上前一步，想说什么却不知该如何安慰，只能静静地站一旁，用自己微薄的力量陪着他，他伤心，她陪他伤心……

一只手从身后拍拍她的肩膀，她含泪望去，只见一脸温笑的宫远涵站在她身后道："你下去吧。"

"是。"落落行礼告退……眼神不舍地望了眼宫远修。

落落走后，宫远涵望着床上哭得可怜兮兮的宫远修叹气，沉默了一会儿，忽然道："哥，别哭了，我带你去找她。"

第十章

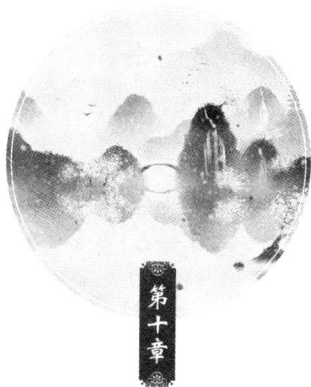

她的第二朵桃花

LIANLIAN
JIANGHU

"你要……带我去找她？"宫远修抬起哭得和花猫一样的脸蛋儿，眼里充满喜悦地瞅着宫远涵。

宫远涵微微失笑，轻轻点头，自家大哥的这个眼神，真是销魂得很啊。

宫远修瘪瘪嘴巴，然后大哭："你骗人，你骗人，你都说过好多次了。你每次都骗我。远涵是个大骗子！"

宫远涵嘴角的笑容僵住了，慢慢不高兴地弯下嘴唇，像是很生气的样子说："你不相信就算了。"

宫远涵转身要走，没走两步，便被一个巨大黑影从身后扑住。宫远涵身形未动，稳稳地接住扑过来的黑影。

"这次不骗我吗？"宫远修抱着宫远涵的腰，头抵在他的肩膀上，小心翼翼地问着。

宫远涵眼珠微转，嘴角温柔的笑容又回来了，他拉开宫远修抱着他的手，回身温柔地望着宫远修，一脸真诚地道："自然不会骗你，哥要相信远涵，知道吗？"

宫远修吸吸哭得通红的鼻子，犹豫了一下，点点头。

宫远涵笑容灿烂，抬手，用衣袖轻柔地擦去他脸颊上的泪水，温声道："哥，先吃饭好不好？吃完了有力气了我们就去找。"

"远修不吃也有力气。"宫远修害怕他又像以前一样，骗自己吃完饭就走了，根本不带他去找娘子。

"嗯？不乖不带你去哦。"宫远涵笑得眼角弯弯的，嘴里说着威胁的话。

宫远修犹豫了半晌，还是决定听他的。宫远涵挥挥衣袖，仆人们端着各色食物鱼贯而入，半个时辰后，宫远修吃完了所有的东西，再回头去找宫远涵的时候……

身后那个笑得一脸真诚的弟弟早已失去踪影，宫远修知道他又上当了，怒而掀桌，哭喊："臭远涵，臭远涵，你又骗我！我再也不相信你了！哇呜呜……我要找娘子哇……呜呜……"

宫远涵站在屋外，无辜地摸摸鼻子笑："下次你还是会相信的。"

一阵微风拂过，他仰头望天，微微抬手，一只雪白的信鸽从天空滑翔而下，扑扇着翅膀，柔顺地落在他的手臂上。他拿起鸽子爪子下系着的信，看一眼，笑："这么快就被抓了……还真是没用啊……"

他将信纸握在手里，再摊开，已变成粉末，随着春风飘散。他歪歪头，温柔的眼里闪过一丝精明……

而另一边，于盛优全身被人绑得像粽子一样，丢在棺材里，被三个蒙面人扛在肩上急速飞奔着。

不知道这三个蒙面人是不是因为在她手上吃过亏，所以故意虐待她，好几天里除了给她喝点儿水，便什么吃的也没给过她，而且为了防止她用毒，身上的绳子从来都不曾解开过，于盛优从来都没吃过这么大的苦，简直快疯了。

她饿啊，怒啊，憋屈啊。想叫叫不出来，想尿尿不出来，饿得头晕眼花，晕过去好几次，整个人昏昏沉沉，于是她开始做梦，不停地做梦。

她做的第一个梦，梦见了鬼域派的大老板，大老板是个帅得不能再帅的"帅锅"。

这个"帅锅"老板对她一见钟情，看着倒在地上的她，楚楚可怜、柔柔弱弱的样子，他的心猛然一抽！大老板想：啊！这个世界怎么会有如此美丽而柔弱的女子，为什么我一看见她就莫名地心跳不止，血液沸腾呢？

大老板再看看她身上的伤，瞪着抓住她的三个人想：这些没用的东西居然把这么柔弱美丽的女子伤成这样？

大老板一怒之下把他们三人狠狠地毒打一顿，然后杀了！

大老板将她纳入后宫，表白无数次，却遭到她坚定的拒绝。老板怒，非常怒，大老板问：为什么，为什么你不能爱我？为什么？

她正义凛然一脸悲愤地回答：我和你有灭族之仇，我永远也不会爱你的！你死心吧死心吧！

大老板怒啊！将她软禁之，抽打之！

如此反复之后，她终于忍受不了老板的摧残，自杀之，这场爱并恨着的虐爱，终于华丽丽地落幕了！

这个梦做完后，于盛优全身冰冷，眉头紧皱，在颠簸的摇晃中清醒了，她强烈地鄙视自己，自己怎么会做这么无聊的梦。她相信，自己这个长相和人品是不会让人一见钟情的，除非那人是傻子，所以说自家相公除外嘛！

不过……万一老板真的爱上自己可怎么办？应该不会吧？

嗯嗯，如此安慰自己后，于盛优又开始昏睡起来。

第二个梦，她梦见宫家堡，在那片熟悉翠绿的竹林，还是清晨，一个英俊的男子，站得比竹子还清俊挺拔，晨光从竹子的缝隙中洒下，一缕缕地洒在他身上，男子站在离她不远的地方望着她，静静地望着她，眼神幽怨而悲伤。

她看着他，轻声说："对不起。"

终于，她在酸楚的心情中醒来，脸上湿湿的一片。

就在这时，三个蒙面人终于停了下来，棺材落地，棺材板被打开，强烈的阳光射进来。于盛优使劲儿地闭着眼，还是能感觉到阳光的刺眼。

"起来！"一个蒙面人冷冷地命令。

于盛优稍微睁开眼睛，有气无力地看着他，怒火冲天地想：几天不给你吃不让你动，让你躺在棺材里，我看你起不得来！

另外一个蒙面人倒是比较聪明，直接把她从棺材里拉出来，粗鲁地将她丢在地上。

于盛优跌在地上不觉得疼，身体早已疼到麻木，她微微睁开眼睛，

看着四周，居然是一片看不见尽头的沙漠？

于盛优奇怪地望着，她不懂他们为啥带她来这里。

当夕阳的最后一缕阳光照射在沙漠上的时候，于盛优只是眨了下眼睛，真的只是眨了一下眼睛哦，眼前忽然拔地而起一座巍峨高耸的古堡，暗灰色的古城墙在晚霞的笼罩下散发出一种晕染的红光，那景色……美得妖艳，却诡异得让人心惊。

于盛优愣愣地看着眼前的景象……海市蜃楼吗？三个蒙面人中的一个，拉起于盛优就往里面走，四人一到门口，古堡的门自动打开，于盛优被拖拽着拉了进去，古堡的门缓缓关上，发出沉闷的轰隆声。谁也没注意，当铁门最后关上的那一刹那，一道黑影跟着他们身后，飞身入内……

当天边的晚霞完全退去的时候，这座古堡也像是随着天上的彩霞飞走了一样……风沙吹过，一片平地，哪里还有古堡的踪影？

于盛优被拖拽着，一路跟跟跄跄地走着，她随意地看了眼四周的景物，这里的建筑风格是老旧古堡的样子，阴沉、暗淡，像是随时都能飞出一只吸血鬼一样。

直到现在，于盛优才开始为自己的未来担心……她该怎么办？等下见到大老板她是应该充满仇恨地和他拼命，还是忍辱负重地和他套近乎？

选择前者吧，貌似有些傻，这不找虐吗？不行不行；选择后者吧，貌似有些太没尊严，若是被他人知道，定要鄙视她一辈子。

这该怎么办？人生最大的选择摆在了面前——卑微地活着或者高傲地死去？

那啥，真够难选的，咱一会儿再选，先看看大老板长得如何。

于盛优被猛地一推，跌倒在大厅里，她趴在地上偷窥着，身上的绳子就从来没解开过。她像一只虫宝宝一样蠕动着看了看四周，这里好像是古堡的中心，非常空旷，大概有一千平方米那么大，这个大厅的最里面，有一个大帐子，帐子很密实，看不见里面。

三个蒙面人站得笔直，纹丝不动，于盛优五体投地地在地上蠕动着……蠕动着……一直蠕动着。

一个蒙面人，再也受不了地抬脚，将她踩住！

于盛优不动了，愤愤地翻着白眼，将他全家轮流问候一遍。就在这时，一个中气十足的声音传来："门主到——"

于盛优又开始蠕动起来了，奋力地蠕动着，死也要死在帅哥手上，让咱看一眼帅哥！蒙面人的脚踩得更紧了，他不知道脚下的那个女人为啥又激动了。

"于盛优抓到了吗？"内殿传来了一个声音，低哑魅惑，偏又带着漫不经心似的慵懒味道。

"启禀门主，于盛优在此。"踩着于盛优的蒙面人恭敬地回道。

"我看看。"门主的语气里带着一丝惊喜。

于盛优使劲儿蠕动着，看看我？也让我看看你，看看你吧！

蠕动蠕动蠕动！

终于——看见了！

天啦！于盛优眼睛徒然睁大，晕了！

"你就是于盛优？"老板大人蹲下身来戳戳于盛优的脸。

于盛优使劲儿闭着眼装晕倒，就是不看他，我不看他我不看他我不看他！看他伤眼啊！

"于盛优，优优？优儿？小优优？"老板大人用手指不停地戳着她的脸就想把她弄醒！

于盛优继续装死中。

"她怎么了？"老板大人问三个抓她回来的杀手。

刚才用脚踩着于盛优的杀手漠然看了眼于盛优，抬脚，用力踩在某人的手臂上，某人疼得叫起来，为了逃避疼痛蠕动蠕动……

"啊！小优优！你醒了？"老板惊喜地走上前去，一把抓起在地上蠕动的某人，手指一挑，身上的绳子像是粉丝一样轻易地被挑断。

于盛优见装死不成，只得勇敢地面对惨淡的人生，眼前的男子……姑且称为男子……此男子他、他……究竟该如何形容呢？于盛优搜肠刮肚地想了半天，终于想到一词可表：不堪入目！

扶着于盛优的老板大人，是一个比正常的胖子还要胖个四五倍，整个人走起路来就像一个穿着衣服在跑的肉球。他那被满脸肥肉挤得只剩绿豆那么大的三角眼下方有一颗风情万种的美人痣，只是美人痣上还有一根很黑很粗的毛！于盛优看着在她面前不停晃动的黑毛，强忍着上去拔掉它的冲动。

于盛优平静了一下情绪，告诉自己千万不能冲动，就是有二十个于盛优也一定没他重，所以，咱好汉不吃眼前亏，先看看状况。

"门主大人，您好。"于盛优礼貌地点头，干笑。

肉球老板点点头，对着于盛优自认为妖媚地笑着："你好啊，小优儿。"打完招呼，他又急切地问，"你觉得我帅吗，你可见过比我更帅的人？"

于盛优愣："……"

三分钟后，在一片寂静的大厅里，于盛优硬是憋出一个字："帅！"

肉球老板满意地点点头，继续开口："我可有钱了，你可见过比我更有钱的人？"

于盛优昧着良心开口："没见过。"（这次很流利。）

肉球老板很开心地站起来，滚来滚去："我可是英明神武，我可是独霸一方，我可是世界上最强的男人？"

于盛优带着比哭还难看的笑脸，使劲儿鼓掌："好强啊好强啊，没见过比你更强的。"虚伪啊！虚伪！虚伪会不会遭雷劈啊？！

"太好了！你终于承认我是最优秀的男人了！"肉球老板很激动地拉起她的手，深情款款地道，"小优儿，现在我有资格说我爱你了吧！"

"啊？！"于盛优恍如被雷劈中一样，瞪大眼，脑子里乱哄哄地想起《大话西游》里紫霞仙子说的一句话：我猜中了开头，却猜不中这结局……

他说……他爱我……于盛优激起满身鸡皮疙瘩，仰头望天，满面泪。神啦，救救我吧！难道我命里的两朵桃花一朵是个傻子，一朵就是这个胖子吗？

"优儿，你受苦了。"老板抬起他又粗又胖的手指，温柔地将于盛优乱糟糟的头发理了理，然后用好听的声音说，"以后，你嫁给我便再也不用吃苦了。"

嫁给他？！于盛优忽然想起自己做的第一个梦，狠狠地咽了下口水，狠狈地推开满眼深情的老板道："别这样！我知道你想要什么，我给你！这是《圣医宝典》给你给你！拿走！快拿走！"我只求他千万别看上我！神啊！求求你，把他变消失吧！

老板瞅都没瞅一眼《圣医宝典》，只是固执地拉起于盛优的手，继续深情地表白："小优优，为何你这么说？你明明知道，我要的从来就

不是这本书。我要的是……"

"停！不要搞得和我很熟一样。"于盛优大吼，阻止他说出恶心的话，"你不要这本书，干吗灭我们圣医派？"

"我没有啊。"老板无辜地皱眉。

"啊？"

"我没有啊。"老板继续无辜地眨着绿豆眼道。

"放屁！你说没有就没有！我为什么要相信你？！为什么？！你杀我全家，我要毒死你毒死你毒死你！毒死你全家。"于盛优用尽吃奶的力气吼，口水喷得老板一脸都是。

可是，老板不但不介意，反而激动了，兴奋了，开心地用自己粗壮的手臂一把抱住于盛优道："小优优还是和小时候一样可爱。我太喜欢了！你凶起来的时候好可爱，我好喜欢，好可爱！"

"放……开……我……"于盛优使劲儿地挣扎，无奈他的力气太大，他的肥肉太多，怎么推也推不开。

老板继续堆着一脸的肥肉笑道："小优优，我们约好的，等我成为世界上最有钱、最帅、最出色的男人的时候，你就会嫁给我的！你刚刚也承认我又帅又有钱又出色了！所以我们成亲吧！"

于盛优："我没说过啊……"她已经被他满身的肥肉勒得喘不过气来，只得使劲儿地摇头抗议，她不要嫁给胖子！还是好大一个胖子！好大好大的胖子！

"噢噢小优优，你想抵赖吗？"胖子老板用他肥肥的手，从怀里拿出一封信，递到她面前，深情款款地说，"你看，你写的保证书还在这里呢。"

于盛优接过信，有些呆呆的，信上写着：

我于盛优自愿嫁给爱德御书为妻。立此为据，凭据娶人！

于盛优（名字上面还有小小的拇指印）

她已经记不起自己什么时候给他写过这个东西了，爱德御书就是这个胖子的名字？胖子就是胖子，名字都比别人多一个字！不过……不管怎么样，于盛优的眼珠转了转，瞟了一眼一脸激动的胖子，然后动作迅速地将信纸揉成一团，丢到嘴里，使劲儿地嚼啊嚼！吃掉，她要把信纸吃掉！吃掉！吃掉！吃掉你就没有定情信物了！

爱德御书大惊，想抓住于盛优，于盛优像是泥鳅一样滑溜地滚到地上，打个滚。爱德御书又扑过去抓，于盛优迅速滑开，爱德御书怒："你们都是死人啊！抓住她。"

三个蒙面人一起上，围、追、堵、扑、逮，终于抓住了于盛优。

于盛优气喘吁吁地张开嘴，得意地笑："哇咔咔，吃掉了。"

"你！你为何要如此？"爱德御书气愤地甩了甩衣袖。

"我已经嫁过人了，不能再嫁。"于盛优拍拍胸口，有些噎着了。

"哼，我知道你的相公，不就是一个傻子吗？！"爱德御书瞪着她，有些不相信，这个女人居然宁愿选择一个傻子也不要英明神武、英俊潇洒的自己！

"错！"于盛优摇摇手指道，"是一个很帅的傻子。"

"优儿，"爱德御书上前一步。于盛优后退一步，制止他的动作，然后严肃地问："你刚才说你没有灭圣医派，此话当真？"

"自然是真的，我骗我老婆干吗？"

"我不是你老婆。你快和我说说究竟是怎么回事？"

"嗯，这个事情是这样的。"

爱德御书陷入深深的回忆，四个月前，他在吃饭，忽然接到老哥的来信，信是这么写的："你这个臭小鬼，你不想好了，要死吗？居然给老子的圣医派发杀帖，你敢来试试，老子扒了你十层皮，割你十斤肉，下油锅炸炸，然后塞给你吃！给老子滚！没事找事的家伙。"

"那个，举手提问！"于盛优满头黑线地问，"请问您的大哥是……"

爱德御书笑："啊，我大哥啊，就是千千白于盛白呀。"

于盛优抽搐，她不管怎么想象，都无法将一个像是世外仙人一样出尘脱俗的二师兄和一个满口脏话的流氓联系在一起。

她又问："然后呢？"

"然后？我很无辜啊，我又没发什么杀帖去你家，我就回了一封信，信是这么写的：哥，我知道你日夜思念你玉树临风潇洒不凡的弟弟，我也知道我好久没给你写信了，我知道我忽略了你，是我不对，但是你也不需要用这种理由引起我的注意，你要是太想我就回家看看，我知道你方向感不好，一定找不到家，明天我派人去接你。就这样吧。"

爱德御书说到这儿的时候，于盛优有些相信了，别看二师兄一脸狐狸样，其实是个超级路痴，就连在雾山那么小的地方，他也经常迷路，没事去个后院都会被困在林子里，走不出去。然后他就非常淡定地躺在林子里睡觉，等着她发现去把他捡回来。

每次找到在树林里沉睡的二师兄的时候，她都舍不得叫醒他，因为那是一幅非常美丽的画面。

每次她都蹲在他旁边，等他睡到自然醒。每次他睁开眼，笑得一脸慵懒迷人地唤她小师妹。

后来，他娶了妻，这找人的差事自然就交接给了嫂子。

爱德御书继续回忆道："信发出没多久，大哥又来信了，信是这么说的：

字嘱弟御书：近日门内多有事端，风雨日骤，为兄恐大事将至，若吾有何不测，则汝定保'优'安，慎之、慎之！宫家虽势大，终非武林中人，内有忧患，不宜久留，弟速将其接出。吾知汝自幼爱其，定能竭尽心力，保其周全。兄：御寒字。"

"那啥……二师兄写信的风格变得也太快了吧。"于盛优一边吃着刚从桌上顺来的苹果，一边感叹。

"我哥本来就是这样，一会儿流氓，一会儿文雅，有时候还来悲情的。不过虽然如此，但是我还是看出了事态的严重性，我立刻就带了一个门的高手，去圣医派助阵，可是当我赶到那里的时候，却满天大火，那火烧得半边天都红了。"

"那……那我爹爹和师兄弟们……"于盛优有些艰难地问。

"老婆大人，我想他们应该没事，火灭了之后，我曾经检查过圣医派的废墟，连一具尸体都没有。"

"我不是你老婆，我爹爹和师兄们，究竟怎么样了？是死是活，被谁所害？"

"这个，我也正在查，当今世上有实力能将圣医派一夜灭门的，也只有五个门派，老婆大人放心，我定会救出岳父大人！"

"我不是你老婆……最后三个问题：一、为什么你哥要拜在我们圣医门下；二、为什么你老说小时候、小时候，我小时候认识你吗？三、为什么你和二师兄长相差这么多？"

"这三个问题，我可以慢慢回答，老婆大人，不如我们先吃饭如何？"

"我不是你老婆……别总让我重复同样的话！"

"哦！老婆大人，凶起来还是这么可爱！"

"滚！"终于明白为啥二师兄会对他爆粗口了。

自古鬼域门便有一门高深的武学，此功名为魔球功，共有八重，每突破一重练功者就会增胖一倍，功夫越高人就越胖，所以在鬼域门从不以胖为丑，反以胖为荣、为美、为强。

可在这种环境下偏生异类。鬼域门第六代门主的大公子爱德御寒，自小便容貌俊美、天资聪颖，是个不可多得的学武奇才，鬼域门主对其寄予厚望，可爱德御寒却与众不同，他生长在以胖为美的地方却偏偏想当一个瘦人。

按鬼域门的规矩男孩儿十岁就必须发胖，哦不，是十岁就必须练魔球功，可爱德御寒不愿意啊，便拖着、耍着、赖着就是不学。就在他拖不下去的时候，鬼域门突发瘟疫，一夜之间病死十余门众，随后半个月里又有三十多人被传染，危在旦夕，门里的大夫束手无策！无法，门主为了保全大局只得忍痛下令将这三十余名传染了瘟疫的病人赶出鬼域门，鬼域门的古堡外便是沙漠，出去了就只能等死。这三十余人中也包括不幸被传染上的爱德御寒，就在众人受尽病痛折磨，躺在沙漠里等着死神来临的时候，一位神医路过此地，他只看一眼，便知其病，对其症，下其药，随手便救活了他们。

那时的爱德御寒被震撼了，小小年纪的他，忽然找到了人生目标。

爱德御寒虚弱地伸出手，紧紧抓着神医的衣摆，用渴望的眼神望着他。

神医蹲下身来，轻声问："怎么了？还是不舒服吗？"

爱德御寒无力地摇头，天空中明晃晃的太阳照得他眼前发黑，可他还是用晶亮的眼神死死地望着他，虚弱的小手还是紧紧地抓住他的衣摆。

神医用厚实的大手抓住他的小手，轻轻地握了握，用让人安心的语调道："别怕，我会救你的。"

在烈日下，爱德御寒用比天上烈日还灼热的眼神望着他，用干涩到嘶哑的声音说："你能教我治病吗？"

神医微微一怔，笑着点头："可以啊。"

于是爱德御寒便改名叫于盛白，自此成为于豪强的第二位弟子，爱德御寒没有告诉任何人他是鬼域门的长子，而于豪强也一直以为那个孩子，只是他在沙漠里捡到的无父无母，连自己的性命都将要失去的可怜人罢了。

随后，于盛白便跟着师父学医习武，他本就聪慧学得又用心，不到五年便名震江湖，成为圣医派的一大招牌。

"以上的故事就能回答你第一个和第三个问题。"爱德御书一边往嘴里塞着肉，一边说，嘴边油光闪闪的，脸上的肥肉因为他的咀嚼不停地抖动。

"你是说，二师兄拜到我爹门下全是机缘巧合？而你和他长得如此不同就是因为你练了魔球功他没练？"于盛优抬起一直低着的头，看他一眼，瞬间又移开眼神，不看他，看着他会吃不下去。

爱德御书一手拿一块大肉，塞得嘴里满满的，嚼嚼轻松地咽下去，然后说："是啊，我哥真傻，魔球功这么好，干吗不练呢？你看我现在多帅，多英武，多强壮，你再看他，瘦得和猴精一样，丑死了。老婆，等我们成亲后，我也把魔球功传给你，这样你就能变得和我一样漂亮了。"

于盛优"啪"的一声折断一根筷子，用阴森的眼神瞪着他重复："我

不是你老婆，我更不想和你一样'漂亮'。"

"老婆，漂亮一点儿有什么不好？虽然我也不嫌弃你瘦啦，但是人总要往好的方面发展对吧。你看你，瘦得除了我也就一个傻子肯要你，你说你胖点儿有什么不好，快点儿增肥吧，来，多吃点儿肥肉。"爱德御书很体贴地将一块肥肉夹到于盛优的碗里，用一种"你快吃啊快吃啊"的眼神看着她。

于盛优看了看眼前的肥肉，油光滑腻，这一块肥肉吃下去那得长多少肉啊，她深吸一口气，将肉夹了回去，假笑道："你吃，你多吃点儿。"

爱德御书也不客气，一口就将她夹回来的肥肉给吃掉了，然后将一盆肥肉推到于盛优面前："老婆，吃！家里有的是肥肉！"

于盛优嘴角抽搐了下，转移话题道："第二个问题你还没回答我呢。"

爱德御书嘿嘿一笑，脸上的肥肉使劲儿抖动了下，他转头，用他小小的三角眼望着她道："第二个问题，我不回答你。"

"为什么？"于盛优不满地皱眉。

爱德御书放下手中的两块肉，牵起于盛优的双手，于盛优双眼猛然睁大，身体往后退。爱德御书深情款款地凝视着她："我啊，我要你自己想起来，想起来我们的约定，我们的爱。"

他的话语是那么饱含爱意，他的双手是那么油腻而温暖，他的眼神是那么热切而深情，他的眼角还有一根毛，他的那根毛上还黏着一粒饭……

于盛优死死地闭了下眼，她忍，她忍！她还是忍不住地吐了……

"老婆，你怎么了？"爱德御书担心地拍着她的背。

于盛优直起身来，像是做梦一样地说："我有了。"

"有啥？"爱德御书诧异地问。

　　"我有了宫远修的孩子，所以，算我求求你了，放过我吧！别再叫我老婆了。"于盛优一脸悲愤地望着他说。

　　爱德御书挑挑眉毛，很淡定地抬手，抓住于盛优的袖子微微用力，"嘶"的一声，袖子就被扯开了。

　　"啊！你干吗？你干吗？"于盛优抱着双臂猛地往后退。

　　爱德御书歪唇一笑，虽然是个胖子，却还是有些邪魅的味道，他指着于盛优的手臂道："老婆，你的守宫砂好红啊。"

　　"我不是你老婆！"于盛优咬牙切齿，满脸通红地看着他，这个不要脸的！

　　"老婆，我希望你记住一件事。"爱德御书微微眯起本来就很小的眼睛，眼里一片痴迷早已散去，剩下的只是阴森，"你可以打我、骂我、欺负我，让我为你做任何事，但是你不能骗我，任何时候都不能，就算是善意的谎言也不行！你懂吗？"

　　"我杀你、砍你、毒死你可以吗？"于盛优放下双臂，瞪着他问。

　　爱德御书笑了，他虽然是个胖子，却还是看得出自信狂傲的味道，他起身望着她道："可以啊，如果你办得到的话。"

　　这个胖子很难缠，这个胖子很变态，这个胖子很讨厌！这个胖子癞蛤蟆想吃天鹅肉！

　　这是于盛优和爱德御书第一次交锋时的感觉，多年后，当她再想起那个叫她永远也不要骗他的胖子，她又是怎样的心情呢？

　　若是知道后事……她会不会对他好一点儿，哪怕只是一点点儿……

　　夜晚，于盛优被爱德御书安排在他隔壁的房间里，两个房间只有一墙之隔，墙壁薄得好像一拳就能打碎一样。于盛优非常担心地看着

这堵不算很厚的墙壁，上前东摸摸西摸摸，然后回头看着爱德御书问："我能换一个房间吗？"

爱德御书点点他的肥头大耳道："可以啊。"

于盛优撑开笑脸，一脸欢喜。他眯着小眼睛，接着道："住我屋里啊。"

笑容在脸上僵住了，于盛优瞪他一眼，甩甩手："你出去吧，我累死了，要休息了。"

"好。"爱德御书也不为难她，挥手，几个婢女鱼贯而入，分别放下了装有洗澡水的木桶、干净的衣服、药品等物。

爱德御书誓言旦旦地拍着胸脯道："老婆，你休息吧，有什么危险，你只要吼一声，我马上就到！"

"我不是你老婆。你快出去。"于盛优叹气，不厌其烦地纠正他，摆手，眼也不抬地赶他出去。

爱德御书也不恼，喜气洋洋地转身出门，对于他来说，自己长得这么英俊潇洒威武不凡，又是鬼域门的门主，门里的女人们，没一个不对自己抛媚眼，没一个不暗恋自己的。像他这样出色的男人，怎么会有女子不喜欢他？不会的！所以老婆只是暂时抗拒，等过两天，看着看着习惯了，就会发现，其实——胖才是一种美。

于盛优脱了衣服，懒洋洋地泡在温热的水桶里，舒服地眯上眼，嗯，多久没有这么舒舒服服泡一个澡了？也许是精神放松了，她开始动起她好久没有用过的脑子。

眼下摆在她面前的有三个谜团，是谁抓了爹爹和师兄他们，为什么抓，为什么要制造他们已经死了的假象，为什么嫁祸给鬼域门，幕后黑手是否知道二师兄和鬼域门的这层关系，知道又如何，不知道又如何？

嗯……好烦……想不明白，这幕后黑手到底是谁？他到底想干什么？自己又能为爹爹和师兄弟们干些什么？

于盛优将头潜进水里，闭着气，在水底吐着泡泡，她憋到无法再憋的时候，闭着眼，猛地钻出水面，大口大口地呼吸，摸了一把脸上的水，睁开眼睛，眼里一片明朗，她想不明白，这些疑点她一个也想不明白。

她承认她笨，这么蠢的自己……真的能救得了爹爹和师兄弟们吗？

还是说，自己的举动，早已在幕后黑手的掌控之下了呢？

她……究竟可以做什么？

她起身，跨出木桶，拿起浴巾，将身子整个包裹住，如果……什么也做不了……那么什么地方才是安全的呢？

嗯……嗯……皱眉！使劲儿皱眉！拿起桌子上的茶杯喝了一口茶水，然后猛地往地上一摔，她掀桌！

她砸着东西大吼："啊啊啊！好烦啦！什么东西嘛！躲躲藏藏搞什么！要杀就站出来杀，要什么就直接说出来！搞这么多屁事！搞得老娘找人报个仇都找不到主！啊啊啊啊啊！气死我了！到底是谁？到底是谁抓走我家爹爹和师兄弟们？到底是谁？"

"老婆！你在呼唤我吗？"爱德御书英勇地推开房门，冲了进来！他家的小优优，忽然在房间里惨叫不止，一定是发生什么危险了！身为正在追求她的男人，当然得第一时间赶到！

于盛优愣住，抓狂的动作戛然而止，头僵硬地转过去看他，不幸的事发生了，她裹着的浴巾因为她刚才一系列抓狂、掀桌、砸东西的动作，早已松动，浴巾它……它……滑落了……

于盛优曾经幻想过多少次，当自己贵妃出浴，美得冒泡，一不小

心走光的时候，也许会被一个从天而降、英俊不凡的杀手看见，也许会被不小心闯入的美男看见，也许……也许……不管怎么也许，也不会给他——一个胖子！一个眼角长毛的胖子！一个眼角长毛还笑得很猥琐的胖子看见！

我到底做错了什么？为什么会被他看光光呢？

某胖子摸摸下巴，很淡定很认真地打量了下于盛优道："老婆，你确实太瘦，该养胖些才好。"

于盛优再也憋不住了，猛地爆发出惊人的力气，只见她一边大哭着一边抱起洗澡的大木桶丢过去："你给我滚！"

胖子无辜地闪身，很轻松地单手接住于盛优扔过来的木桶，木桶里的水连一滴也没漏出来，他单手托着木桶，用语重心长的语调说："老婆，你看你，傻傻的，这么大一桶水，砸不到我，砸坏门怎么办啦，砸坏门给外面的人看光了怎么办啦？虽然你瘦，但是……"

于盛优再也听不下去了，光着身子，扑上床，盖着被子大哭："我恨你！我恨你！我恨你！你快滚！快滚！哇呜呜！"

胖子摸摸鼻子，无辜地嘀咕："啊，哭了……我惹的吗？"

抓头，挠腮，转身出门，右手上还托着于盛优用过的木桶和洗澡水……

就在于盛优被人看光光的那一刹那，宫远修又在干什么呢？

是夜，宫家南苑主屋的大门悄悄打开，一个高大的身影偷偷摸摸地从里面溜出来，他的身上背着小小的一个包袱，只见他弓着身体，身形迅速地穿过中庭，来到墙边，飞身跃过。

一路狂奔出了城门，当他站在城门外的时候，下玄月正当空而照，月光打在他挺俊的脸上，他瘪瘪嘴，纯净的眼里满是坚定，他正了正包袱，一脸认真地看着未知的路途道："远修要去找娘子！谁也别拦着我，远修不怕黑，不怕一个人，不怕！远修要去找娘子！"他很用力地点点头，又说了一句，"找娘子！"

优儿啊，你家远修来找你了，等着吧！

第十一章

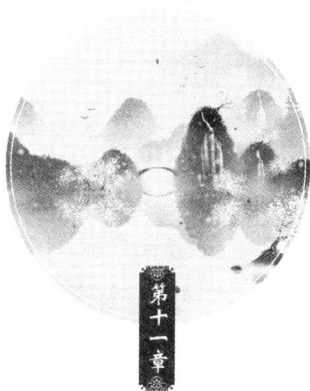

找呀找呀找娘子

LIANLIAN
JIANGHU

　　深夜，于盛优正蜷曲在床上睡得正香，她微微地打着鼾，嘴巴微张，口水顺着嘴角流了下来，枕头湿了一片。一个黑影推开她的窗户，迅速地闪身进入，黑影手中握着长剑，一步步向床边靠近，于盛优睡得深沉，浑然未觉。

　　黑影用剑轻轻挑起床帘，还未看清什么，一团棉被迎面袭来，他挥手拦开。于盛优出右拳攻到门面，黑影抬手挡开，于盛优单手撑床一个凌厉的扫堂腿踢去，黑影后退一步。于盛优乘此机会想叫想跑，刚张嘴，就被他单手拦腰抱住，用力捂住嘴巴，于盛优双手掰着他的大手，全身使劲儿地挣扎。

"是我！"黑影低声轻喝，"安静点儿。"

他的声音如此熟悉，于盛优放松身体，停止挣扎，身后的人放开她。她睁大眼，回头望去，面前站着的男人只几个月不见，越发英俊了，他的轮廓越长越像宫堡主，他应该是三个兄弟中长得最男子气的人。

于盛优有些微怔地看着他，不相信地叫了声："远夏。"

"嗯，还认识我。"宫远夏瞪她一眼，将刚才捂着她嘴巴的手放在被子上擦了擦，把沾在他手上的口水擦掉。

"你怎么在这儿？"于盛优毫不介意宫远夏嫌弃她的举动，满脸笑容地拉着他问，这是于盛优第一次如此开心地见到宫远夏。

宫远夏丝毫没有被她的开心传染，眯眼瞪她，有些怨气地说："我怎么会在这儿？还不是因为你！你个烦人精，没事乱跑什么？出了天大的事有我们宫家的男人顶着，你说你一个女人，跑出来找死啊？安安全全的地方不待，净瞎折腾！自己折腾也就算了，还要劳烦本少爷陪你吃苦。"

"喂喂……"于盛优瞪着他，这家伙的大男子主义真是让人受不了，刚才那一点点儿激动之情瞬间蒸发了。

"喂什么喂！要不是二哥下了死命令，我才懒得管你！你就留在这里给那胖子当媳妇吧！"宫远夏走到桌边，端起一杯喝剩下的冷茶，仰头一饮而尽。渴死他了，一直潜伏在鬼域门里，偷偷摸摸的，连口水都没得喝。

"你什么时候找到我的？"于盛优坐在床上，盘起两条腿，歪着头问。

宫远夏仰头想了想："嗯……在雾山客栈的时候。"

"雾山客栈……那么久以前！"于盛优大惊，非常不爽地问，"那

鬼域门杀手抓我的时候，你为什么不出来救我？"

宫远夏拿起一块桌子上的糕点，丢进嘴里，慢悠悠地说："二哥只是让我保证你别死掉，你只是被抓，又没死，我干吗要救你？！"

原来，于盛优离家出走的第一天，宫远涵就叫来了宫远夏，威逼利诱他去保护于盛优。本来宫家除了宫远修，武艺修为最高的人，便是宫远夏，而他自己，自然得坐镇宫家堡迷惑敌人，让人以为于盛优还在宫家。

若不是于盛优自己暴露身份，鬼域门也不会这么容易找到她。不过即使她被找到，身边还有宫远夏护航，安全问题自用不担心，可让宫远涵万万没料到的是，宫远夏他不喜欢于盛优，甚至可以说讨厌她。所以对保护她的任务，只建立在她不死就行，至于被抓被砍被强奸，那都不是他管辖的范围。

"那你现在出来干吗？"她现在也没有性命之忧啊。

宫远夏又丢了一块糕点进嘴里，嚼嚼，淡定道："我饿了。"

于盛优忍着气又问："你什么时候救我出去？"

"我为什么要救你出去？"

"……"

"你又不会死。"

"是啊……我又不会死……"于盛优阴狠地瞪着他，忽然道，"但是你会死！"

"嗯……"宫远夏不解地望着她。

只见于盛优抬起双手，圈起嘴巴大吼："胖子！救命！有……"

于盛优还没叫完，窗户和门同时被推开，两个身影同时以诡异的速度一个飞出，一个滚进。胖子滚到于盛优面前问："老婆怎么了？"

于盛优开口第一句话自然是："我不是你老婆。"后面一句话是，"房间里有老鼠！"

"有老鼠吗？"胖子趴下巨大的身体，在床底看看，桌底看看，然后道，"没有啊。"

于盛优瞪着窗户，恨恨地道："老鼠跑了！下次再来，你就给我打死他！"

"交给我好了！"胖子拍拍胸脯保证道。

宫远夏满鼻子泥土地趴在花丛里，望着于盛优的房间恨恨地咒骂："死女人！"

于盛优像是知道他在骂她一样，也盯着窗户恨恨地骂："活该！"

于是，随后的几天，鬼域门的人都知道，自己家门主喜欢的女人极度害怕老鼠，每次见到老鼠定会用非常愤怒的声音吼："胖子——老鼠！"

自己家门主不管身在何处，都会挪动他巨大的身体，以诡异的速度滚到案发现场，为某人驱打老鼠。

可是……沙漠里面有老鼠吗？有吗？没有吗？有吗？为啥鬼域门的人从来没见过自己家有老鼠呢？

香和镇。

香和镇是离宫家堡不远的一个小城镇，从宫家堡到这儿只需要两天路程，可宫远修却硬生生走了七天。经过这七天，宫远修的形象早已和刚出来的时候天差地别，身下的骏马早已不知所终，装着大量黄金的小包裹早已不翼而飞，就连绣着金线的华贵外衣、佩戴的玉石挂件也全都丢失。

　　这些东西，是什么时候不见的，他不记得了，也许是他看见可怜人，主动施舍给了别人，也许是他懵懵懂懂住店的时候被骗了，也许是他在街头行走的时候被偷了。

　　现在的宫远修，穿着单薄的白亵衣，亵衣上早已染上各种污渍，看不出原来的颜色，他头发散乱着披下来，束发的金冠不知被何人偷走，他的身上早已散发出异味，脸上也是脏脏的，可他的眼睛依然明朗干净，不染一丝尘埃。

　　他睁着清澈的双眼，迷茫地站在人来人往的闹市街头，彷徨得不知何去何从……

　　可即使没有华服，没有骏马，没有金钱，没有人愿意帮他，他也没有放弃，一个人一个人地问，一家店一家店地瞅，一条街一条街地找。

　　宫远修固执地用他自己的方法，问着，瞅着，找着。

　　"你见过我家娘子吗？"

　　"去去去，要饭的！"

　　"你见过我家娘子吗？很漂亮的。"

　　"滚滚滚，叫花子！"

　　"见过我家娘子吗？"

　　"滚开，疯子，别妨碍老子做生意！"

　　"见过吗？"

　　"滚！"

　　"娘子……我家娘子叫于盛优。"

　　一开始还有人不耐烦地呵斥他两声，到最后，所有人都绕开他，不让他有开口发问的机会，没有一个人愿意帮帮他，问问他，哪怕是因为好奇而为他停下一秒，来看一眼他手中的画像，看一眼他心心念念要找的人儿，哪怕……只看一眼。

　　若是有人愿意看一眼……说不定真的有人能认出她来，毕竟，三个月前画像中的人确实从这条街、这家店走过，三个月前，画像中的人确实与他们擦肩而过。

　　宫远修含着泪水，靠着街头的牌坊，慢慢蹲下身来，眼神渐渐变暗，他并不觉得累，只是……很冷。

　　娘子……娘子……你在哪儿？好多人欺负远修，娘子……娘子……你快回来吧，你从来不会让人笑话远修，你从来不会让人欺负远修的。娘子……娘子……远修饿了，远修好饿……远修……好想你。

　　太阳渐渐西沉，就像宫远修的心，越来越冷，他很怕……他找不回娘子，也找不到回去的路。他什么也没有了……一个人，一无所有……

　　明月当空。

　　他已经在那儿蹲了好久，一个人蜷曲着身体，将头埋在膝盖上，就这样蹲着，一动不动，像是一个迷路的孩子，等待着他最亲最爱的人，回来接他，过来找他。

　　一个身影忽然罩在他的上方："小哥，听说你在找娘子啊？我知道哟。"

　　宫远修微微一怔，动了动有些僵硬的脖子抬头望去，夜色中，一个中年男子正望着他和善地笑。

　　"你知道？"宫远修蹲在地上，仰着头，渴望地、小心地问着。

　　"自然知道。"中年男子一副什么都知道的样子点点头。

　　宫远修清澈的眼神闪过流彩的光芒，他像是看见希望一样，激动地抓住他的手臂，哽咽着道："你快带我去找她。"

他跟着那人走了三天，那人说，娘子去了赵峪庄；那人说，赵峪庄离这里只要三天路程；那人说，他明天就能见到娘子；那人说，今天晚上先在山洞里休息。那人给了他一个馒头一件衣服。那人……是好人吧，是这些天里他遇见的最好的人。

一天，只要一天就能见到娘子了……

宫远修靠在石壁上，蜷曲着身体，脸上露出久违的笑颜。他笑眯了眼，想着，明天见到娘子他就可以扑过去，像以前一样，扑过去，把她抱在怀里大声地哭，她一定会一边轻轻地拍着他的背一边凶恶地骂他笨。可，当他哭得狠了，她一定又手足无措地哄着他，等他不哭了，她就会露出他最喜欢的笑容，牵起他的手，带着他回家……回到那个属于他们的院子里，像从前一样，她陪他练武，陪他吃饭，陪他干许许多多开心的事，她会经常凶他，也会经常对他笑，她笑起来，自己也会跟着笑，到那时……就会变得温暖，就不会……再这么冷了。

宫远修带着依稀的期望，在冰冷的山洞里缓缓睡去，他的嘴角，带着浅浅的笑容。就像从前，他拥着她入眠时的笑容一样……

第二天清晨，他睁开眼时，看见的不是娘子，不是中年男人，而是他的弟弟——宫远涵。

宫远涵坐在他身边，晨光从洞外照进来，洒在他身上，说不出的柔和。他摇摇头，温柔的笑容还是千年不变地挂在他的唇边，抬手，轻轻拭去兄长脸上的污渍，忍不住在心中长叹：他，还是不忍，不忍他受到一丝伤害。哪怕这次想静观其变，看他吃些苦头，得些教训，也许会有些成长。可到最后，他还是无法眼睁睁地看着一些垃圾伤害他。

"二弟，你怎么会在这儿？"奇怪的问题。

"因为你在这儿。"理所当然的回答。

"你要抓我回去吗？"

"不，我带你去找大嫂。"

"不会又骗我吧？"宫远修轻轻皱眉。

宫远涵轻笑："这次是真的。"

宫远修长久地看着他，他，被这个人骗过千万次，可那又怎样，即使他这次还是骗他，他也会继续无条件地相信他。

宫远修展开笑容道："有个大叔说，娘子在赵峪庄，我们快去吧！今天就能见到娘子了！"

宫远涵站起身，摇头："大嫂昨天离开赵峪庄了。"

"啊？"宫远修垮下脸。

"放心好了，我知道她的去向。"

两人一边说，一边来到山洞外面，山洞外面有两匹马，一匹白色，一匹黑色，两匹马一看便是千里良驹。

宫远修惊喜地睁大眼，看着那匹白色的骏马："呀！这不是我的马吗？"

他又看到马上的东西。

"呀！这不是我的衣服，我的包袱吗？啊哈哈，我的东西，我的东西全在呢。二弟，是你帮我找回来的吗？"宫远修开心地问。

宫远涵眯着眼笑："我只是顺路捡的。"

原来，在发生于盛优逃家事件之后，宫远涵早就加强防范，宫远修一出宫家他就知道了，他看着兄长一脸坚定地往前走，忽然来了恶趣味，想看看让他一个人出去闯江湖会发生什么事，说不定，能让他成长起来。

于是，他不但没阻止，反而一路上看着兄长的东西，一件一件被偷被抢被骗，看着他忍饥挨饿被欺负，看着他伤心难过掉眼泪，看得他是直摇头。终于，在昨天晚上，那个中年男人想将自己样貌不俗的哥哥拐卖给一个爱好男色的老头儿后，他终于坐不住了。

好吧，他的哥哥笨了点儿；好吧，他的哥哥单纯了点儿；好吧，他的哥哥确实麻烦了点儿。可是，是谁说，他宫远涵的哥哥是可以被这样对待的呢？就算他笨、他单纯、他麻烦，不是还有他在吗，只要他没死，就见不得别人欺负他，就算他比他先死了，也会给他安排好一生。

不成长又怎样？

治不好又怎样？

傻子，又怎样？

他不会因为这样而舍弃他，不爱他……

清晨的山路上，晨光有着暖暖的金色，空气中有丝清冷，两匹马并肩行来，马上的两名男子，有着相似的容颜，同样俊美，却各有风味，白色马上的男子有着一双清澈如山泉的眼睛，黑色马上的男子，微微上扬的薄唇上，带着天使般的温和笑容。

他们如同画卷里的人一样，那么美好，让人不由得神往……

"胖子！胖子——老鼠！"

随着一声大吼，新的一天又开始了！

"来了！"隔壁房间发出气势充沛的吼声。

"老鼠"瞪了一眼于盛优，抓了一把桌子上的糕点转身就从窗户逃走。

"啪"的一声，门打开了。身材肥硕的爱德御书，拿着扫把滚进来：

"老鼠，老鼠呢？"

于盛优靠在床上，打了一个哈欠，懒懒地道："你一来，他就吓跑了。"

"是吗？！哇咔咔！"爱德御书挺起像是怀孕了十一个月的肚子，神气万分地说，"果然，还是我最厉害！"

于盛优挖挖耳朵装作没听见，嘁！一只老鼠而已，吓跑了有啥了不起的。

"老婆，你有没有觉得我今天更帅了？"爱德御书摊开双臂，像男模一样地在她面前转了一圈。

"我不是你老婆。"

"我今天穿的这件衣服，是不是显得更潇洒了？"他又转了一圈，眨眨眼瞅她。

"……"于盛优眼角抽搐地望着他。他今天穿着一身紫金色的丝绸长衫，为了显出飘逸感，连腰带也没系，这样的他，活像一个蒙着衣服的木桶……

"我今天是不是更……"

"更胖了！"于盛优打断他，插嘴鄙视道。

哪知，胖子不但不生气，反而开心地蹦跶了几下："啊！你看出来了？哈哈，我今天又胖了十斤哦。我的魔球功越来越厉害了，你一定没见过比我更帅更厉害更有钱的男人吧？"

"你少自恋一点儿会死啊？"于盛优叹气，皱着眉对他吼，"快滚，快滚，我要睡觉。"

"嗯，为啥呢？为啥呢？"胖子在于盛优床边滚来滚去，"为啥你凶起来的样子这么可爱呢？老婆你多骂骂我吧！你再骂我再骂我啊！"

"我不是你老婆！"于盛优咬牙切齿，握拳，瞪眼，凶神恶煞地道，"滚！别逼我出手揍你。"

胖子兴奋了，激动了，双眼冒心道："天哪！好可爱！"

于盛优扶额，沉默，天哪，谁来把这家伙拖走？！

在这一刻，于盛优强烈地思念宫远修，啊，她家相公多可爱啊，从来不吵不闹，她说什么就是什么，长得又帅，笑起来又好看，抱起来又舒服，虽然傻了一点儿，可是这有什么关系呢？！比这个自恋的胖子好哇！好一百倍呀！一千倍呀！如果她命中注定真的只有这两朵桃花的话，她当然坚贞不移地跟着自家相公！

哦，相公……

哦，远修……

我从来没像现在这么想你！

我错了，我不应该丢下你一个人走的！我应该带着你，到哪儿都带着你！这样，你就能帮我打死这个胖子，打死这个自恋的胖子！

"你干吗一副死样子？"胖子刚走，"老鼠"又回来了……

"宫远夏，你难道不知道我是女的吗？这是我的闺房，你一个男人，怎么能随随便便地进来？"于盛优瞪着他，"你就不怕坏了我名声吗？"

"刚才那个胖子……貌似进来的时候，也蛮随便的啊。"他的潜台词就是，你真的还有所谓的名声吗？

于盛优气鼓鼓地看着他。

宫远夏摊摊手，坐到桌边又开始吃起糕点来。嗯，好饿。

"吃吃吃，就知道吃！这么大的鬼域门，你除了在我这儿混点儿吃的，你就连一粒米也找不到了？"

某人摊手："我也没办法啊。"

原来，鬼域门地处沙漠之中，在沙漠中食物和水是最珍贵的东西，在这里，食物和水，是由重兵把守的东西，别说是人，就连老鼠都别想从这里偷走一粒粮食一滴水。

"没用的东西！"于盛优鄙视地看着他。

宫远夏也不恼，反而一脸正经地看着她说："喂，于盛优，我看那个胖子对你蛮好的。"

"你想干吗？"为啥觉得他下句没好话。

"不如，你改嫁吧！"果然！

于盛优瞪他："我毒死你！"

"我知道，你是嫌那胖子长得丑，可是于盛优啊，你忘记教训了吗？"宫远夏好笑地提醒她，"别被表面现象迷惑了，那胖子，减减肥，说不定也是帅哥一个噢！"

"那就等他减了肥再说吧。"于盛优流利地接口。

"你这女人！"宫远夏直摇头，本以为她会很坚定地回答，减了肥她也不要呢，结果……嗯！这女人，怎么能配得上大哥呢？！

"你什么时候救我出去啊？"于盛优焦急地催问。

她实在不想待在这里了，她想回宫家堡了，回去看看远修，父亲和师兄弟们的事，她会求远涵帮忙查一下，毕竟她一个人，确实做不了什么。她想通了，这件事这么复杂，她肯定搞不定，宫远涵这么聪明，就让他能者多劳吧。

宫远夏将桌子上的食物全装在怀里，看都没看她一眼，慢悠悠地丢下一句："我要是能出去，我还在这儿偷你的食吃？"

"你……什么意思？你该不会……"

宫远夏翻窗而走，完全不理于盛优的叫骂声。唉，真是丢人啊！

来救人的人，居然因为找不到出口，连自己都被困在这里，宫远夏郁闷地皱眉，这该死的鬼域门，没事设这么多奇门遁甲五行八卦干什么，搞得自己如此狼狈。

早知道就不该存着教训教训于盛优的心，早点儿将她救下来就好了。

现在也只能期望二哥过来救他们了。

嗯……他会被鄙视吧？他一定会被二哥鄙视的！一想到二哥摇扇轻笑地瞅着他，他就郁闷地扶额。

于盛优望着空荡的房间，焦躁地在床上打滚，她过得太痛苦了！这样的日子简直不是人过的，她每天必须面对一个自恋的胖子。

除了这个胖子，还得面对一只脾气不好、时不时就偷偷潜进她房间偷食的"老鼠"，这只"笨老鼠"不说话还好，一说话就气死人！

啊！再这么下去，总有一天，她会活活被他两个折磨死，不行，她不能再坐以待毙，她得主动出击，她要逃出鬼域门回宫家去！

自己动手丰衣足食！指望宫远夏，人都老死了，还不一定能逃出去呢！

首先，她得了解鬼域门的环境。

于是，她准备抓一个人来问问，走出房门没几步，迎面碰上一个黑衣护卫，护卫的个子很高，长得还不错，算是那种冰山级的酷哥，他冷着颜和于盛优擦肩而过。

于盛优回头，看了眼他的背影，忽然出声道："站住！"

护卫停住，淡漠地站直身体。

于盛优绕到他面前，仔细地瞅着他，忽然坏坏地一笑道："原来是你。"

护卫直视前方，面不改色，既不回答，也不发出疑问。

于盛优仰着头看他，仔细地看他的眼睛，黑如墨石，暗淡空洞，没有一点儿感情和温度的眼神。他就是那个隐藏在树林，给她最后一击，抓她来鬼域门还毫不怜香惜玉地扔她、甩她、推她、踩她的人。于盛优微微眯着眼瞅他，别以为你当时蒙个面我就认不出你了，你就是化成灰我也认得！

要知道，她于盛优就是一个超级小肚鸡肠，爱记仇，爱事后打击报复的恶女！

"你这家伙，踩我踩得爽吗？"于盛优歪头瞅着他问，被他踩过的地方，现在还青着呢。

护卫僵硬的眼神微微动了一下，却还是面无表情。

"哼哼哼哼。"于盛优也不管他什么反应，冷笑几声，问，"你叫什么名字？"

护卫默然地看着她，冷淡地答："末一。"

"末一啊……"于盛优意味深长地长叹，"名字不错。"说完她望着他灿烂一笑，转身走了。

末一垂下眼，有些莫名其妙，却无意深思，在她转身离开时，他也大步离去。

于盛优走了几步，转头，看着他的背影，揪了绺头发在手指上绕着，眼珠滴溜溜儿地乱转。

从于盛优的房间出来，转过长廊就是爱德御书的房间，这是她第一次看到他的房间，平时只要她吼一声，这家伙就以飞快的速度出现在她面前。他的房间门窗紧闭，看不见里面。

于盛优本想就此路过，可忽然想到末一，扬唇一笑，转身，一脚

踹开爱德御书的房门，只见房间里居然没有人，于盛优抓抓头发，有些不解，不在房间？

眨眨眼，她对着空中大吼一声："胖子——"

不到三秒，就见门口飞速地闪过一道球影，速度快得就像是高速飞行的高尔夫球一样，球的形体庞大，连旋转也看得一清二楚，只见球影闪过房门口，又闪回来，停住："老婆，叫我？"

"我不是你老婆。"这句话已经成了于盛优和胖子的开头语，就像别人互相说"你好"一样。于盛优说完了招呼用语后问，"你刚才在干吗？"

"我？我在处理门里的一些事情。"胖子指指自己，然后老实回答。

"原来你也要做事啊？"于盛优难以置信地看他。

胖子神气活现道："当然啦，鬼域门大大小小的事情，都由我这个天才门主处理，鬼域门之所以变得像今天一样繁荣昌盛……"

"好了好了！"于盛优摆摆手打断他的自吹自擂，"哪，我问你，我爹和师兄弟们的事情你可找到线索了？"

胖子点点他的大头，眼角的黑毛随风飘了几下，看得于盛优一阵恶心。

"江湖上能有本事将圣医派一夜之间铲平的只有五处势力：鬼域门，这个排除。宫家堡，这个嘛……"

"废话！肯定排除啊！"于盛优瞪他，宫家堡不排除谁排除。

胖子摸摸他的双层下巴道："你说排除就排除呗，反正我得说一句人心险恶，知人知面不知心，说不定啊……"

"对啊，知人知面不知心，我凭什么相信你？你说，你把我爹爹和师兄弟们抓到哪儿去了？"

"好好，排除排除。"胖子摊手，"成玉剑庄，现任的门主成华卿和你爹爹有深厚的交情，你四师兄还是成玉剑庄的八公子，圣医派出事后，成华卿曾在武林上公开宣布要为圣医派报仇，还组织了一个反鬼联盟，专门讨伐我。"

"你咋不去解释呢？我家的事又不是你干的。"于盛优问。

"傻瓜，谁会相信我？"

"我不就相信你了吗？"

"对啊，所以我爱你啊！"

"喂喂！"别一抓住机会就用你那张长着毛的肥脸一脸深情地和我表白好不好？

胖子笑，双下巴一抖一抖地说道："所以呢，我觉得吧，成华卿从表面上来看，不像凶手，然后剩下的就是当今朝廷和当今第一神秘门派寒雪天城。这两个呢，都有可能。"

于盛优皱眉看他："喂，你说了半天，谁都像凶手，可谁又都不是。你这不等于没说吗？"

"呵呵，你发现了？其实人家就想和你多说说话。"胖子挤着小眼，一眨一眨地对于盛优放电。

于盛优抬手，毫不留情地挡住电源体："对了，和你要个人。"

"什么人？"

"末一。"

"你要他干什么？"

"哼哼。"于盛优歪头笑，"我就是想要啊。"哼，按胖子现在这么迷恋她的程度，别说是一个小末一，就是她要那天去抓她的三个杀手，还不都是一句话的事情！

"哦！这样啊！"胖子了然地点点头，然后眯着眼道，"不给。"

"为什么？"于盛优得意的表情僵在脸上，她没想到他会拒绝。

"看你那一脸坏样，我怎么放心把他交给你？"胖子好笑地瞅着她，于盛优那点儿花花肠子他还看不出来吗？

"你……你还说喜欢我喜欢我，你连个下人都不肯赏给我，你喜欢我什么啊你！"于盛优怒，开始飙脏话了。可恶啊，难道她太高估自己的魅力了？

胖子摇头："我是喜欢你，可是我不会把我的手下、我的兄弟送给你折腾，你要折腾就折腾我吧，要报复就报复我吧，来吧来吧，折磨我吧！"

于盛优默默看着他一副大义凛然的样子，无语。

"你生气了？"胖子看于盛优不说话，有些担心地问。

"如果我说我生气了，你会把他给我吗？"于盛优问。

胖子很用力地想了下，用于盛优从没见过的认真表情道："末一他是我的下属，我可以命令他去死，但我不能命令他将尊严给你踩在脚下。所以……你还是折磨我吧！"

于盛优喊了一声，瞪了他一眼，转身走出房门。到门口的时候，她歪歪头忽然笑了下回头道："胖子，你人还蛮不错的。"

胖子望着她的笑颜，愣住，肥肥的双颊慢慢地染上一丝红晕……她说我蛮不错的！蛮不错蛮不错蛮不错的！啊啊啊啊，她终于终于被我打动了吗？！她终于要做我老婆了吗？！啊啊啊！

胖子激动地在房里滚来滚去，嗯嗯……小优优真可爱啊，真可爱啊！

于盛优一边走，一边摇头笑，呵呵，她啊，一直以为爱德御书只是个色欲熏心的胖子，可是，剥去表面看内在的话，其实他也是有闪光点的。

　　于盛优一边想着一边往前走，忽然斜里伸出一只修长的手，猛地捂住她的嘴巴，将她拖进暗处。

　　于盛优睁大眼，心猛地向下沉，是谁？

第十二章

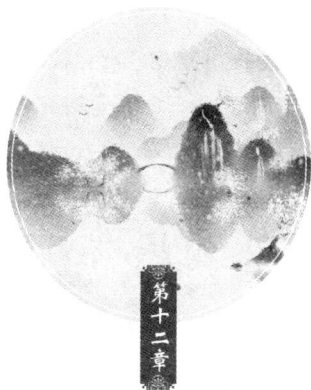

原来他才是她的男主

LIANLIAN
JIANGHU

　　于盛优被神秘人拖向暗处，那人手上涂着迷香，当他捂住她口鼻的一瞬间她便闻了出来，屏住呼吸，手肘向后捣去，可她方才吸入少量迷香，手软无力，攻击根本造不成伤害。在她以为自己要挂的时候，一道寒光掠过，白晃晃的剑刃斜斜地避过于盛优直刺她身后的黑影。黑影情急之下将于盛优推出去挡，长剑回转收势避过于盛优，伸手一捞，将她拽过来，丢到身后。

　　于盛优闻了迷香全身虚软，只能被施救者扔飞出去，跌进一旁的树丛里。她虚弱地爬起来，只见前方正在上演两大剑术高手的对决，救她的人居然是末一。只见末一穿着一身黑衣，冷着脸，身形如电，衣尾飘飘，手里的剑舞得煞是好看，偷袭于盛优的神秘人武艺也是不俗，两人连对几十招，兵器碰撞的声音尖锐地激荡在空气中，刺、劈、挂、点、崩、抹、穿、压这些基本的剑术套路在他们手上使用得如此熟练，带着凌厉冰冷的杀气气势汹汹地攻向敌人！

就在于盛优看戏看得正爽的时候，天上忽然掉下来一个"大球"，"砰"的一声压在黑影身上，黑影连反应的时间都没有，被"大球"压在身下，腿脚抽搐了几下便没动静了……

于盛优愣住……难道传说中的魔球功就是把自己吃得胖胖的，然后整个儿地压下来，将对手压死的武功吗？

"大球"压晕了神秘人后，滚了几圈，滚到于盛优面前，肥肥的脸上堆满笑容："老婆，没事吧？"

于盛优软着身体，弱弱地说："我不是你老婆。"她真是受够这样的对话了。于盛优动动指头，指指腰间的香囊，胖子会意地将香囊解下来，放到于盛优的鼻子上，于盛优嗅了嗅，感觉力气慢慢回来。这个香囊是自己出嫁前三师兄送的，此香囊，说是一般的毒药闻一闻就能解，厉害的毒药，将其泡泡水，喝掉就没事了，见血封喉类型的毒药……你都死了，就放弃吧。

想到平时寡言少语，一脸忧郁安静的三师兄，于盛优就怒，猛地站起身来，走到神秘人面前，一脚踹过去，恶狠狠地问："说！是谁要抓我？"

神秘人被踢得翻了一个身，脸暴露在阳光下，是一个长相极其平凡的男人，他被胖子压得口吐白沫，哪里还有知觉。

"喂！胖子，你不会把他压死了吧？"于盛优瞪着胖子问。

胖子走过来，摇头："不会不会，我只是压断他全身的骨头而已，死不了，末一，带进地牢好好拷问。"

"遵命，门主。"末一恭敬地点头，单手抓起地上瘫软的男人就要走。

"等等，我也要去。"于盛优面部表情极其扭曲地说，"我也要去拷问他。"

"……这个，拷问很血腥的耶。"胖子有些小心地说。

"哦，血腥啊。"于盛优捂脸，血腥啊……嘿嘿……

"我不怕。我一定要找出抓我爹爹的凶手。"于盛优一脸的正义凛然！

"那好吧，我们一起去。"胖子点头同意。

三人转弯，直走，下楼，来到地牢。牢房里阴森，昏暗，阴风阵阵，充满寒意，满墙挂的都是刑具。

当末一把神秘人用铁链挂在墙上，用水泼醒后，刚回头就见于盛优站在满是刑具的墙壁前，一脸激动兴奋的样子，一会儿摸摸带刺的鞭子，一会儿摸摸铁烙，一会儿看看带着倒刺的铁棒。她兴奋得双手捂着脸颊，一脸激动地扭动了好几下，然后转过身来，两眼冒着诡异的光芒望着神秘人道："开始吧！"严刑逼供啊严刑逼供！是先用鞭子好呢还是先用铁烙好呢？咦嘻嘻！

纵使是专业杀手，或是职业间谍，在看到于盛优那眼神后，都忍不住打了一个寒战。

末一冷酷地问："名字。"

得到的是沉默，末一眼也没抬，抬手，手指微动，身边的狱卒递上鞭子，末一冷着眼手腕微动，鞭子"唰"的一声抽过去，在神秘人古铜色的胸膛上留下一道血痕。

末一也不急，不缓不慢地抽着他，气氛低沉压抑得吓人，这是地牢里常有的气氛。可是，今天，却有一个人，一个女人，捂着双颊站在角落里两眼闪着光亮看着这一切，好萌啊，好萌啊！

冷酷的末一，铁血的末一，挥舞着鞭子的末一，面无表情的末一，好酷！好酷啊！

"老婆……老婆……你怎么了？"胖子伸出胖胖的指头捣了捣一脸陶醉地看着末一的某人。

而那人居然没在第一时间反驳那句"我不是你老婆"。

胖子顺着于盛优的眼神看去……末一，他的手下末一，没有他一个小指头帅的末一，老婆应该不会看他看得入迷的。

不是末一，不是神秘人，那么……重点是末一手上的鞭子吗？

"叮"的一声，胖子脑子里灵光一闪，一举手："末一。"

末一停手，淡淡回望："门主。"

"鞭子给我。"

末一将鞭子递过去，胖子接过，走到神秘人面前，也学着末一的样子抽起鞭子，一边抽一边还偷瞅于盛优，只见于盛优从一脸迷醉的眼神，忽然变成一脸崩溃！

于盛优转过身不看胖子，为啥，为啥胖子抽起人来就像是一个陀螺在抽人，呃……看不下去了，太没美感了！

于盛优摇摇头，叹气道："胖子，你歇歇吧，让末一抽。"

胖子皱眉，原来她迷的不是鞭子，他只好将鞭子递给末一。

末一继续抽，某人迷！胖子抽，某人崩溃！

末一抽！迷！

胖子抽！崩溃！

抽！迷！

抽！崩溃！

胖子怒了！为啥为啥为啥？她到底在迷啥？为啥末一一抽人她就迷呢？为啥女人的心思这么难猜呢？他不干了啦！他握拳，丢下鞭子吼："末一！"

"门主。"末一垂着眼，语气毫无起伏。

"给我狠狠地抽！"

"是。"

既然她喜欢看末一抽，那就让她看个够吧，唉……

于盛优又一次着迷地看着末一，哇，太铁血了，太虐了，吼吼，好萌！

一直到晚上睡觉，于盛优脑海里还全部都是末一抽人的样子，那帅气的挥腕，冰冷的眼神，面瘫而英俊的脸庞，高大而强壮的体格，一切的一切都是这么的完美啊！

她于盛优……貌似红杏出墙了……

此后的几天，于盛优深深地迷上了末一，每天都准时去地牢看末一抽人。诡异的是，于盛优只迷挥舞鞭子的末一，当他停下手中的鞭子，干别的事的时候，她满脸的痴迷又迅速消失不见了。

那神秘人也是一个硬汉，不管末一怎么鞭打他，他都一声不吭，他全身上下全是鞭痕，衣服衣衫褴褛地挂在身上。

于盛优抓头，打算劝劝神秘人："你要死，还是要活，决定权在你自己手上，只要你说出你的主子是谁，我们就放了你。"

神秘人眼光闪了闪，又暗了下去，垂着头一副任人鱼肉的样子。看样子他是打死也不招了。

末一眼神暗沉，英俊的脸上不起一丝波澜："小姐，请您出去。"

于盛优摇摇头，道："算了吧，放他走吧。"她不是圣母，他要抓她，她让末一抽他个死去活来，可真叫一人因为她被折磨至死，她还是有些……呃，下不去手。好吧，她承认她圣母了！鄙视自己。

末一挥挥手，两名狱卒一左一右夹着于盛优走出地牢。于盛优一脚踏在阳光普照的门口，转头回望阴森黑暗的地牢，末一冷酷笔直地站在那里，黑衣，黑发，没有一丝光亮的黑眸。末一，他如此适合黑暗，就像是天生要待在那里一样，于盛优忽然有一种把他叫出来的冲动。

最后，于盛优望了一眼神秘人，他的眼里满是木讷的绝望，她和他都知道，等待他的将是残酷的刑罚，一直到死都是无尽的折磨……

可是，她不会救他，就如他不会救自己一样。于盛优转头，走了出去，走在炙热的阳光中，却一点儿也不觉得温暖。

于盛优回到房间，桌子上的食物和她走的时候一样，一点儿未动。于盛优皱眉，已经五天了，五天都没有见到远夏，从抓到神秘人的那天开始，宫远夏就再也没出现过，于盛优甚至怀疑抓到的神秘人就是他，可她在神秘人的脸上使劲儿扯了两把，也没见易容术啥的。

宫远夏究竟去了哪儿？是出事了，还是自己一个人先走了？

于盛优坐下来，右手托着下巴，咬着手关节，他不会一个人先走的，那么，只有一个可能了。

于盛优放下手，大吼一声："胖子——"

不出五秒，一个大球滚了进来，于盛优在他开口前说："我不是你老婆。"这句话，不管怎么样都是要说的，不如改变下顺序，让她先说吧。

爱德御书皱眉看她，有些不高兴，唯一的乐趣被她剥夺了。即使

她不承认，可是他也过了过口瘾啊。

"喂，胖子。"于盛优指了指对面的座位，示意他坐下。爱德御书又笑眯眯地坐下。

于盛优眼珠转了转，试探地问："你最近……有没有看见我房间里的老鼠啊？"

爱德御书拿起桌子上的一碟糕点，一块接一块地吃着，一边吃一边摇头，嘴里喷着糕点的粉末道："老鼠？没有啊，我从来没见过老鼠。要是见着了，一定帮你打死它。"

于盛优眯着眼看他，试图在他脸上找出一丝丝破绽，可胖子那肥大的脸上，除了对食物的贪婪就什么也没有了。

难道，真不是他抓的？于盛优有些忧心地垂下头，宫远夏那个家伙，不会不小心困在哪个机关里了吧。要不要求胖子救一救，找一找？

爱德御书看了眼烦躁地抓头的于盛优，眼里闪过一丝怒意与阴狠。可当于盛优再次抬头看他的时候，他又变成一个一脸贪婪地吃着食物的胖子。

"那个……胖子啊。"于盛优小心地问，"我听说，鬼域门机关狂多，为什么神秘人能这么容易混进来啊？"

爱德御书笑："我故意的。"

"呃？"

"故意撤了多处机关，放些意图不轨的人进来，等该进来的人都进来以后，在关上门一只老鼠一只老鼠地抓。"胖子笑得很妖娆，"看，现在不就抓到一只。"

于盛优忽然觉得自己在刚才那一刹那看见了二师兄，那个长相俊美，却又带着邪气，每次使坏的时候，脸上便会出现和胖子刚才一样邪恶、幸灾乐祸，又志在必得的表情。

"你抓了宫远夏。"于盛优冷着脸。她说的不是疑问句，而是肯定句。

"宫家三少爷。"爱德御书嗤笑，"只一盘糕点便放倒了，不知道是他太信任你，还是太看不起我。"

于盛优急得拍着桌子站起来："你抓他干什么？！快把他放了。"

爱德御书摇头："我不相信宫家，不相信任何人，我要保护你，任何接近你企图带你走的人，都是敌人。"

"远夏不是敌人。"于盛优瞪着他。

"优，你只要相信我就好了，只相信我一个人。"

这是爱德御书第一次认真地、仔细地叫她的名字，叫她优，只一个字，却带着无限的亲密和疼爱。

可于盛优并不领情："我为什么要相信你，远夏是我小叔子，是我亲人，你快放了他。"

"你放心，我不会难为他。我只是不喜欢他总是三更半夜到你房里而已。"

"你早就知道他来了。"

"呵呵，在我的地盘，即使一只苍蝇飞进来我也知道，所以优，没有人能在这里伤害你。"爱德御书说完站起身来，走到窗边，仰天望着蓝天，又加了一句，"当然，也没有人能从这里把你带出去。"他明明白白地告诉她，这里是最安全的地方，他也并不打算放她走，他让她看见自己的手段，是想让她知道，自己不是宫远修那个傻子，她别想轻易甩开他逃走。

于盛优瞪着他，不明白他为什么忽然变了这么多，就像一个对你言听计从的人，忽然抓着你、捆着你、扇着你巴掌说：从现在开始老

子做主了。你给我老实点儿!

爱德御书看着一脸凝重、深受打击的于盛优,忽然扑哧一笑:"你在害怕什么?"

"放屁!老娘会怕你?"

爱德御书看她,眼神很认真:"我不会伤害你的。"

"你先把宫远夏放了再说。"

"等等吧,等他走了,我就放。"在爱德御书眼里,宫远夏不是敌人,也不配当对手,只是一个筹码。

"等谁走了?"于盛优问。

爱德御书摇摇手指,自认为潇洒地笑着:"不告诉你。"

"死胖子!"于盛优瞪着他离开的背影低咒道。

爱德御书走出房间,体贴地为她关上门,向前走了几步,布满笑容的脸上忽然凝重了起来。

即使爱德御书没说,于盛优也在当天晚上得到了答案。

晚上她睡得正熟,身上忽然一重,蒙眬地睁开眼,只见一张俊脸和自己的脸贴在一起,那是一张自己日思夜想的脸,俊脸的主人正抱着她,死死地,不撒手。

"你……你怎么来了?"于盛优几乎激动得说不出话来。

"好想你。"来人死死地抱住她,将脸放在她的脖肩,来回地蹭着,贪婪地呼吸着她的味道,呢喃着,"远修好想你。"

于盛优瞬间感动地哭了,吸吸有些微微发酸的鼻子,抬手回抱他:"傻子,我也很想你。"

"娘子……"

"就你一个人来的?"于盛优抱着宫远修轻声问。

"二弟也来了。"

"人呢？"

"不知道，他把我送到门口就走了。"

"走了？"于盛优皱眉，这家伙到底在想什么。

"娘子，我困了。"宫远修蹭蹭她的脖子，细长的双眸里流转着迷迷雾气。

于盛优心底一片柔软，女人本能的母爱瞬间爆发，摸摸他柔顺的头发，轻拍着他的背，柔声道："困了，那就睡吧。"

"我不敢睡。"宫远修将脸埋在她的秀发中闷闷地道，"我怕我睡着了，娘子又不见了。"

"傻子。"于盛优连心尖尖都软了，她用力地抱紧他，像是发誓一样地说，"我会一直陪着你。"

"娘子，娘子，远修找你好久了，一直找一直找都找不到……"宫远修一边说一边沉沉睡去。他终于找到他家娘子了，终于找到他的宝贝了，像是放下全部心思一样，紧紧地抱着于盛优缓缓睡去，只是他的手臂，像是钳子一样，紧紧地抱着她，不让她有一丝离开的可能。

"对不起。"于盛优轻声道歉，吸吸鼻子，小声地嘀咕，"即使我错了，你也别这样压着我啊，重死了……"

原来宫远修还保持着一开始的姿势，整个人压在她身上，双手穿过她的背，将她紧紧环住，两人的身体毫无一丝缝隙。

于盛优看着紧紧地贴在她身上熟睡的宫远修，英俊的鼻眼虽然有些憔悴，但还是帅得让人心跳加速、鼻血横流，他的眼底有很深的黑眼圈，看样子，很久不曾安睡过。于盛优想抬手触摸他的脸颊和眼睛，可惜她的双手都被他紧紧环在怀抱里，她微微一动，他就不安稳地皱

起俊眉，像一只小狗一样用脸颊在她脸上轻轻蹭了蹭，抱着她的身体也不安地扭动了几下，于盛优羞得满脸通红全身僵硬。

她默默地抬头望着天花板，好吧，我也是一个正常的女人！

可是！我要是男人多好，我要是男人现在就把他打醒，然后反压过去，扒着他的衣服……扶额，摇头，唉，我真是太禽兽了！

身上的人，又无意中扭动了几下，喷！你别再挑战我的极限了啊！

这厢狼血沸腾，热浪滚滚，那厢犹如掉入冰窖，杀气腾腾。

"你凭什么和我谈？"爱德御书冷冷地看着眼前这个笑意温柔清俊绝伦的男子，在明月的光华下，散发着让人着迷的味道。晚风轻柔吹起，园里的长春花开到极致，被沙漠里的晚风一吹，随着轻风在他身边飞舞着。

"就凭我的名字。"男子轻笑，"宫远涵。"

"你未免自视甚高了吧。"爱德御书冷笑一声望着他，他知道他是宫远涵，他早就知道他会来，他也做好十全的准备接招，可没想到他居然独自一个人，悠闲得犹如散步一样走在他家花园里赏花赏月赏风景。看着听到消息赶来的他和释放着冰冷杀气、剑已出鞘的末一，宫远涵只是淡然地回头，笑得云淡风轻，脸上毫无一丝畏惧。

只见宫远涵微微抬手捏住一片在他眼前飘过的花瓣，微笑地用小指甲在上面轻按了几下，弹指，花瓣像是一片飞刀一样飞向爱德御书。爱德御书眼也没眨地抬手夹住花瓣，疑惑地看他一眼，垂眸看了眼花瓣，紧紧皱眉，捏紧花瓣，再摊开手，手中已空无一物。

他抬手做了个全都退下的手势，末一长剑入鞘，转身消失在黑暗里，一直隐藏在暗处的护卫们也全部撤离。

爱德御书做了一个请的手势："宫二少爷请里屋详谈。"

"多谢。"宫远涵歪头笑得温柔，摊开折扇，扇啊扇啊，心情很好。

清晨，阳光懒懒地洒入房里，宫远修迷迷瞪瞪地睁开眼，感觉着怀抱里的充实，满足地又将脸埋下去蹭蹭，全身欢快地抱着她扭动着，嗯……娘子娘子，可爱的娘子，嘻嘻。

忽然，一只双手颤抖地用力地从他的怀抱里抽出来，猛地捧起他的脸。宫远修睁开蒙眬的眼看着眼前的娘子，满眼血丝，满脸憔悴与哀怨，她的眼里放着一种绿色的光芒！对！是绿色！就像是狼看见羊，兔子看见乌龟，癞蛤蟆看见天鹅一样，闪着充满野性的、让人不寒而栗的绿光！

宫远修吓得松开抱着于盛优的双手，想坐起来，没想，一阵天旋地转居然被她一个翻滚，反压了过去！

于盛优，她终于爆发了！

她已理智全无，死孩子死孩子，大清早动什么动？啊嗷嗷嗷嗷！

"娘子娘子，你干什么？你干什么扒我衣服啊？"

啊嗷嗷嗷嗷！

"娘……娘子？"

啊嗷嗷嗷嗷！

于盛优化身为狼的最后一刻，房门被踢开了，一个肥大的球滚了进来……

"你们在干什么？""大球"吼。

"呵呵，大嫂，大清早就这么好的精力啊？"一声轻笑，一句调笑，瞬间把于盛优烧断的理智给接上了。

　　某人全身僵硬地低头看，身下是被她扒得只剩亵裤的宫远修，他满眼迷惑的光芒，脸颊通红，乌黑的长发散乱地铺散开来，有些白皙却绝对结实的肌肉，宽肩窄腰，身材爆好。咽了下口水，好吧，她想流鼻血。

　　她再转头，看着一脸愤怒的胖子和笑得一脸温柔的宫远涵……

　　好吧！她想死！

　　呜呜呜呜！

　　大灰狼瞬间变成小乌龟，只见她动作迅速地抽起被子将整个人蒙上！缩起来缩起来，越缩越小越缩越小……

　　天啊！求你了，让我消失吧！

　　等宫远涵取笑够了，胖子发完火了，世界终于又安静了。

　　啊！于盛优的饥渴之名继宫家堡之后，又沸沸扬扬地在鬼域门传得无人不知无人不晓。

　　原来杀手也八卦！

　　"娘子，娘子。"宫远修戳戳床上裹成一团的虫子优。

　　虫子优没动。

　　"娘子，你怎么了？"宫远修继续戳着她。已经三天了，自从三天前的早晨，娘子扒他衣服被二弟和一个胖子撞见后，娘子就一直蒙在被子里，像一个蚕宝宝一样，不下床，不吃饭也不说话。

　　"娘子？"宫远修使劲儿扯了扯被子。

　　被子里的人将自己裹得更紧了。

　　"娘子？你干吗不理远修？"宫远修特别委屈地瞅着虫子优，不甘心地扑上去扯被子。

虫子优死死地裹住被子，蠕动蠕动，向床角更深处蠕去。

宫远修扯不开被子，将她连人带被子一起翻过来，抱在怀里，不满地摇晃着："你不理我不理我。"

于盛优掀开被子的一角，偷偷地往外瞧，小声说："我饿了。"

"饿了？"宫远修眨眨眼，将虫宝宝放下，跑到桌边端了一盘糕点过来，放在床上，笑容灿烂地道，"娘子，有糕点哦。"

一只白嫩的小手从被子里伸出来，迅速地拿了一块糕点，被子里传出咀嚼的声音，过了一会儿，小手又伸了出来，在同样的地方摸啊摸，什么也没摸着。虫子优小心翼翼地把被子打开一条缝，向外看去。

只见宫远修端着碟子笑得很可爱地看她，他拿了一块糕点，放在被子外面，使劲儿摇晃着，像是唤小鸡一样地唤："喽喽喽喽来吃哦。娘子来吃哦。"

于盛优："……"想抽他。

可看着宫远修眼里的期盼和欢快的笑颜，她又舍不得，皱眉，整个身体往前蠕动了一点儿，将他的手压在被子里面，一口将他手上的糕点吃掉。

宫远修开心地拍着手掌，吃了吃了，娘子吃了。

"喽喽喽喽娘子来吃哦。"宫远修继续喂啊继续喂。

于盛优继续吃啊继续吃。

两个人一个喂得欢快，一个吃得欢乐。

"娘子，吃饱了吧？吃饱可以出来了。"

"不要。"

"你为什么不出来呢？远修好想和娘子玩哦。"宫远修趴在床头，眨巴着纯洁的大眼，忽闪忽闪地望着裹着被子的于盛优。

于盛优拉开一个被角，往外瞅他，为难地说："不是我不出来，我的脸都丢光了，没脸见人。"

宫远修的额头靠过去，眼睛对着于盛优打开的那条缝，很认真地看了看，然后说："娘子，你的脸还在啊，我看见了。"

于盛优扑哧一笑，轻声骂道："傻子。"

"哈哈，娘子笑了，娘子笑了就可以出来了吧？"宫远修的额头顶着她的额头，两个人隔着一床薄薄的棉被，像两只可爱的小狗一样，顶来顶去。

"出来吧出来吧。"

"不出来不出来。"

"嘻嘻……"

门外的宫远涵，面带微笑地听着房里傻傻的甜言蜜语，仰头望着天空，嘴角的弧度又上扬了几分，垂下眼，抬脚离开房间。他的右手轻轻握住，拇指不自觉地搓揉食指，搓了一会儿，他忽然抬手看看食指，歪头笑骂了一句："小狗。"

鬼域门正厅，爱德御书烦躁地滚来滚去，滚来滚去，可恶，他看见了什么，他的老婆，他最喜欢的小优优，居然骑在一个男人身上做一件禽兽不如的事，他想爆发，想打人！可是他没理由啊！他现在和宫远涵算是合作伙伴，打他老哥总要有理由吧，不能因为这样，他就揍人吧！而且揍的还是受害者！

不行，不行，不行！不能这样，小优优是我的！我这么玉树临风、英俊潇洒、武艺高强、智慧超群、家财万贯，又对她一心一意的男人她不喜欢，会去强奸一个傻子？要强奸也是强奸我啊！我的长相是多么的、多么的引人犯罪啊！

可她为什么不对我那啥那啥呢？难道她不喜欢我胖，可是胖是美啊！胖是美的最高象征，越胖才越美啊，为什么世人就是不明白呢？瘦巴巴的有什么好，宫家三兄弟，长得都不错，可就是太瘦，男人瘦成那样，也好意思出门！

啊！对了！她一定是还不了解我的好！

爱德御书眼前一亮，终于找到病症所在之处了。

末一淡定地看着自己家主子一下苦恼一下伤心一下开心的样子，当爱德御书眼睛一亮的时候，末一就已经做好了接任务的准备。

"末一，你去请路家小姐来一趟。"

"是，门主。"

第十三章

娘 子 你 爬 墙

LIANLIAN
JIANGHU

这天，于盛优还蒙在被子里不肯出来，只是肚子饿得难受，她刚才让宫远修去拿吃的，可去了很久也不见回来，不会迷路了吧？

于盛优有些不放心地裹着被子，从床上下来，走到窗户边张望着，长长的走廊上空无一人，她又等了一会儿，终于憋不住出门寻找。

于盛优走出房间，靠着墙根，裹着被子偷偷摸摸地前进着，拐过走廊就是胖子的房间，她屏息一会儿确定胖子不在房内后，裹着被子动作麻利地从他门口跑过。

"站住。"一声娇喝从胖子房间里传来。

于盛优停下脚步转身看去，只见一个小女孩儿，正坐在胖子房间里的桌子上，两条细长的小腿来回地荡悠着，小女孩儿长得非常精致可爱，粉嫩的苹果脸，齐刘海儿下面是一双乌黑闪亮的圆眼，一身粉红色的轻纱裙迎风飘舞，长到脚跟的长发扎成无数根小辫子在尾部用一个巨大的紫金色蝴蝶结扎起来，头顶上戴着一个金色的小皇冠，皇冠上闪着三颗耀眼的红色宝石。

于盛优忍不住赞叹道：哇！好可爱的小萝莉。

小萝莉望着于盛优露出甜蜜可爱的笑容，轻巧地跳下桌子，裙子和长发在空中漾出一个好看的弧度，她踩着柔软的小皮靴，一步一步向于盛优走来，走到窗前抬起眼，用软软的声音，纯净的眼神瞅着于盛优问："你是于盛优吗？"

"呃……你知道我？"于盛优有些诧异地看着她，嗯，自己全身都裹着被子，就露出一只眼睛在外面，这样她也认得出来？

小萝莉脸上可爱的笑容忽然消失了，换上仇恨的表情："哼，果然是你。"

说完，也不知道她从哪里变出一条金丝鞭，对着于盛优就抽了过去，一边抽一边叫："讨厌的人，消失吧消失吧。"

于盛优裹着棉被，行动不便，被抽中好几下，不过有棉被挡着倒也不是很疼，于盛优有些生气地躲避着："喂，小鬼，住手哦。"

"再不住手我还手了哦。

"你还抽！

"我真揍你了！"

于盛优被她追着抽了一刻钟以后终于爆发了，一把掀掉被子，抓住抽人的鞭子，恶狠狠地道："臭丫头，找打！"

于盛优抬起手掌，还没挥动，小萝莉瞬间露出楚楚可怜的表情，两只乌黑圆溜的大眼里满是泪水。于盛优的手，僵硬地停在半空中，不忍挥下去，这么可爱的女孩儿，打她简直就是犯罪啊。

算了算了，叹气，对于可爱和美好的事物，于盛优总是心软的，放开抓住她的手，教育的话还没说出口，小萝莉收回眼泪，又一次举起鞭子使劲儿地抽她："讨厌鬼，讨厌鬼！"

这次于盛优没有被子挡着，又没注意，被抽了个正着，疼得她倒吸一口凉气。于盛优气得咬牙切齿地扯过鞭子，就想揍她，小萝莉又一次变得楚楚可怜。

于盛优不理，现在的小鬼不打不成才，不打不知道天高地厚！她狠下心来举着鞭子挥下去。

手腕被一只大手牢牢抓住，于盛优转头望去，大手的主人有一张很是冷酷的脸。

"末一。"小萝莉两眼含泪地扑过去抱住末一的腰，非常委屈地指着于盛优向他告状，"末一，她要打我。"

末一面无表情道："于小姐，路小姐是鬼域门重要的客人。您不能打她。"

"是她先打我的！你看你看，还有鞭痕呢！"于盛优也一脸委屈地拉开胳膊给末一看，手臂上果然有被抽出来的鞭痕。

末一眼也没眨，淡漠地说："路小姐，于小姐是鬼域门重要的客人。您也不能打她。"

"哼。"姓路的小姐骄纵地转过头，不高兴地嘟着嘴道，"谁让她要抢我心上人，我就是要打她！"

于盛优不解地看着她问："哎，小丫头，你心上人是谁啊？"

路小姐双手叉腰，可爱的小脸上满是严肃："我的心上人，是这个世界上最英俊、最潇洒、最强壮、最伟大、最善良、最可爱、最厉害、最最最无敌的人。"

于盛优眨巴眨巴眼看她，这么多最？啊！难道她在说远修，对啊，以远修现在的心理年龄，是该找一个十来岁的小女孩儿当女朋友。

于盛优想到这里，心里涌上一阵气闷，什么嘛，这年头连傻子都外遇！可恶！还诱拐这么讨人厌的小萝莉！

"我告诉你，我长大以后要当哥哥的新娘，到时候你就老了丑了，哥哥这么帅，肯定不要你了，你还是现在识趣点儿，赶快滚吧。"

"臭丫头，这么小就开始当小三？长大了也是为祸人间。我现在就灭了你！"

"大妈，你长成这样就别缠着哥哥了。他不会要你的！"

"你叫谁大妈？"

"你啊。"

"叫谁？"

"就是你啊，大妈！"

"大……妈？我掐死你！"于盛优双手握拳，瞬间爆发了，扑过去收拾她。她最讨厌这种小孩儿，明明长得漂亮让人想抱抱亲亲好好疼疼，可偏偏一开口说的都是让人恨不得掐死她的话！

末一单手拎着路仁依，站在原地，很轻松地躲过于盛优一次又一次的攻击。路仁依在末一的手上对着于盛优一边做鬼脸吐着舌头，一边叫："大妈，慢点儿，别闪着腰！大妈大妈！于大妈！"

于盛优抓来抓去抓不到她，气得直跳脚："末一！把她交出来！"

末一机械性地回答："路小姐是鬼域门……"

"好！她是客人是吧！"于盛优气得瞪大眼，仰头对着天空大吼一声，"胖子——"

不远处的草丛里，一直躲在一边的胖子一蹦而起！哈哈哈哈！他就知道，世界上没有女人会不拜倒在他的水桶腰之下，老婆大人虽然一直不承认自己喜欢他，可是，你看！你看！我随便找个倾慕我的女孩儿，她马上就生气了，抓狂了！你看！你看！她脸上的夺爱之恨多么明显！你看你看！她凶恶的表情多么迷人啊！

"老婆，什么事？"

"胖子你要她还是要我？"于盛优气得话都说不完整。

"哦！"胖子一脸的幸福陶醉，肯定地说，"我这一辈子都只要你！"

"好！"于盛优得意地看着末一说，"你看，你们门主都说，只要我当客人，快点儿把那个死丫头……"

于盛优的话还没说完，就被惊天动地的哭声打断。

"哇呜呜呜呜呜！"末一手上的萝莉大哭起来，一边哭一边蹬着腿踢于盛优，"胖哥哥，胖哥哥坏！胖哥哥说了要娶依依的，哇呜呜呜！坏人！坏人，你是狐狸精！坏人！哇呜呜！"

胖子蹲下身来，一脸又温柔又得意又甜蜜又诚恳地说："对不起啊，小依依，哥哥不能娶你哦。哥哥只爱你大妈一个人！"

于盛优嘴角抽搐地看着眼前的两个人，自己好像误会了什么！哈哈！原来萝莉的心上人是胖子啊……真是诡异的品位！

呼，还好不是远修的桃花！嘿嘿。于盛优放心地转身，准备离开，定眼一看，只见不远处站着两眼通红的宫远修和笑意温柔的宫远涵。

宫远修泪眼婆娑地望着于盛优，瘪瘪嘴控诉道："娘子……娘子你爬墙。"

宫远涵一边摇扇一边摇头叹："大嫂，你怎么能这样呢。"

"啊？"于盛优愣愣地站着，眨眨眼想，他是不是误会了什么？

"那个……听我解释。"

"老婆，你不必解释了！你刚才让我在依依和你中间选择一个，我，选择了你！选择了爱你一生！"胖子深情地走过来，拉起于盛优的手，绿豆眼里满是希望的光芒，"现在，轮到你选择了，我和这个傻子！你要谁？"

"要傻子。"

这三个字化成利剑直刺胖子的心脏，他捂着胸口，深受打击地退后两步，痛苦地摇着脑袋，一脸伤心地问："你居然连一秒也没有犹豫？"

于盛优耸肩，摊手道："为什么要犹豫？"

"我有什么不好！我这么英俊潇洒风流倜傥，富有成熟强壮，我这么的充满智慧又武艺高强，为什么你要傻子不要我？"胖子怒了，他终于憋不住地吼出他心底的疑问。

"因为你太胖。"

"胖有什么不好？胖是美是美！"

"还有你脸上这根黑毛。"每次和他说话的时候，眼睛的焦点都忍不住集中在他那根飘来飘去的毛上，每次她都必须双拳紧握，才能控制住冲上去拔掉它的冲动。

"这根？"胖子眨眨眼，抬手扯了扯自己眼角上的黑毛。

于盛优使劲儿地点头，就是这根！

"这根毛有什么不好！多性感！而且这是智慧的源泉！"这根黑毛对于胖子来说意义非凡，他每次想事情的时候总会去摸摸它，一摸就思如泉涌，诡计多端。

于盛优摊手："看吧，我们的观念根本不一样，胖子，你人不错，不过，我已经有相公了，所以我最后警告你一遍，不许再叫我老婆。"

胖子："老婆。"

于盛优双拳握紧，继续咬牙道："你再叫我老婆，我就……"

胖子："老婆。"

于盛优扶额："为什么你一定要逼我呢？"于盛优抬手，手上居然握着一个很大的石头，她对着胖子的头就不停地敲下去，"我让你叫我让你叫！你非逼我！"

"老婆老婆老婆老婆！"胖子的额头被敲得鲜血直流，却还是不停地叫她老婆，他就是喜欢她，就是要叫，即使被她打死，他也要叫。

"别打了。"

于盛优的手被抓住，她以为是末一，可回头一看，居然是宫远修。

宫远修的手紧紧地抓住她的手腕，用很纯净的眼神看着她说："娘子，打人是不对的。"

于盛优怔住，有些呆地望着他英俊的脸庞。

"滚！我不要你帮忙！"胖子一把推开宫远修，然后指着于盛优道，"你今天有种打死我！你打不死我，我就叫你老婆！叫一辈子！"

于盛优低头看着手上的石头，石头上还有血迹，她缓缓抬头望着宫远修清澈明亮的眼睛轻声问："他要叫我一辈子老婆，我打他还是不对吗？"

宫远修想了一会儿，很认真地点了点头。

于盛优微微一笑，有些涩涩的，然后她问："我当他老婆，就不能当你娘子了，这样也可以吗？"

"不行不行，你要当我娘子的。"宫远修使劲儿地摆摆手。

"那我现在打死他好不好？"

宫远修的脸上出现了一丝困惑，他微微歪头，皱眉想了半天，然后豁然开朗道："啊。你可以又当我娘子又当他老婆嘛，这样就不用打人啦。"

当他这句话说出来的时候，现场的人一片寂静，于盛优看着他的眼睛，很干净，很清澈，没有一丝牵强。

她忽然明白了什么，狠狠地咬住嘴唇，双手紧紧地握拳，心像是被什么揪住了一样，特难受。她有些呼吸不过来，她想大叫，想打人，她转身对着胖子吼："我不会当你老婆！我最讨厌你肥胖的体形，讨厌你眼角的这根毛！讨厌你自大自傲！你就是我最讨厌的那种人！"

于盛优一边吼一边哭了出来，然后她猛地转身，将石头砸到宫远修头上，对着他骂："你个白痴！白痴！"

骂完，她头也不回地跑了，一边跑一边哭得比谁都委屈。

宫远修捂着额头，额头上的血缓缓流下，他看着手掌中鲜红的血，非常迷茫地转头看着宫远涵问："二弟，明明是娘子打我们，为什么她要哭呢？"

宫远涵摇摇头，叹气道："等你明白了，她就不会哭了。"

"可是我不明白。"宫远修清澈的俊眸里都是困惑。

宫远涵望着于盛优消失的地方，清俊的脸上有一丝担心，可只一瞬间，却又放心了下来。

夜已深沉，下午热闹的花园里只剩下一个体形硕大的胖子，他全身僵硬地坐在花丛中，脑子里回想的都是于盛优那些讨厌讨厌最讨厌你，一想到这些，他绿豆一般的小眼里，居然挤出一滴眼泪，他像是发现了一样，使劲儿用手背擦掉。

"胖哥哥，你在哭吗？"路仁依踩着小碎步，一蹦一跳地走过来。她走到胖子身边，一屁股坐在他边上，及地的长发，披散在翠绿的草地上，她歪着头瞅着胖子。

胖子垂着头，有气无力地说："我不够帅。"

路仁依鼓着小脸，使劲儿地摇头："胡说，胖哥哥最帅了。"

胖子："我不够有钱有势。"

路仁依："有啊有啊！胖哥哥家有好多金子呢。"

胖子："可是我很胖。"

路仁依："胖才是美啊！小依最喜欢胖了！"

"我有黑毛。"胖子委屈地揪了下眼角的黑毛。

"哇——真是好性感的毛！"路仁依眯着漂亮的大眼，拍手笑。

胖子瞅着她，绿豆眼里又流出一滴泪水，抬手擦去，那样子特别像一只受了委屈的大熊猫："那为什么她不喜欢我？"

"我喜欢你呀。"路仁依很认真地反问，"胖哥哥，我不够可爱吗？"

"可爱啊。"

"我不够有钱有势吗？"

"够啊。"

"那为什么你不喜欢我？"路仁依也很委屈很伤心地吸吸鼻子，"人家很用力地喜欢胖哥哥呢。"

胖子和萝莉对看一眼，两个人都明白，这事不能勉强，可是……他们好难受啊，心好疼，好想哭。哇啊啊啊，他们失恋了，月光下，一个可爱的小女孩儿，抱着一只胖胖的"熊猫"，两人埋头一起哭泣着祭奠他们的初恋。

可是……今天失恋的，真的只有他们两个人吗？

鬼域门的城墙上，一个女孩儿迎风坐着，狂风吹动她的发丝，风沙迷住她的眼，她一动不动地坐在上面，怔怔地发呆。

身后的脚边声慢慢靠近她，她没回头，身后的人也没说话。

过了很久，她忽然说："你骗人。"

"你以前说，等我了解他以后，我就会知道，我的选择是最正确的。"

"可是……他还是个孩子。"她将头埋进膝盖，小声说，"他根本不懂爱。"

身后的人一直没说话，只有她，抱着自己的膝盖，默默地哭着，有些事，也许不去看清楚，才是幸福的吧。

"总有一天，他会懂的。"身后的人，忽然轻声道，"这次，不骗你。"

"娘子，你还在生气吗？"宫远修小心翼翼地瞅着床上，背对着他躺着的人。

于盛优哼都不哼一声，宫远修轻手轻脚地爬上床来，撑着头到她面前好地笑："娘子，我能上床吗？"

于盛优一把把他推下床，凶巴巴地说："睡地板去！"

宫远修坐在地上，抱着被子，俊眼水灵灵地望着她，嘴巴委屈地撇着。可于盛优连头也不回，不去看他的可怜相。

宫远修看她不理自己，只能可怜巴巴地抱着被子，躺在地铺上，闭起眼睛，努力地睡觉。

房间里，昏暗的烛火轻轻地跳动着，床上的人背着身子，毫无动静。床下的人睡一会儿，睁一会儿，瞅着床上的人。

过了一会儿，床下的人确定床上的人睡得很熟了，偷偷爬起来，轻轻上床，钻进温暖的被窝，抱住一旁香软的身体，眯着眼，露出开

心的笑容，嘻嘻，不抱着娘子他睡不着。他将下巴在她软软的头发上蹭蹭，心满意足地闭上眼睛，睡觉。

于盛优缓缓地睁开眼睛，她的双眸十分平静，抬手，将自己的手放在搂在她腰上的大手上，紧紧地握着，静静地睁着眼。

远修，你真是个幸福的人，你爱的人都爱着你、守护你，舍不得你受哪怕一丝一毫的伤害，我也一样，可这么幸福的你什么时候才能明白，我要的幸福是什么呢？我不是你最喜欢的宠物，不是你能拿去与他人分享的玩具。你天天叫我娘子，可你真的懂娘子是什么意思吗？

我不该奢求的，是我想要的太多了吧？这样过一生也很好。

可是……为什么我如此不甘心呢？！

于盛优闭上眼睛，睫毛轻轻扇动，在幽暗的烛光下，映出一片美丽的阴影。她咬着嘴唇，紧紧地皱眉，心里一阵阵地抽痛，她真的很想摇醒他，然后狠狠揍他一顿出气，可是，即使自己把他打死，他不明白的还是不明白啊。

远涵说他总有一天会懂。这总有一天是多久，一个月，一年，还是一辈子？

这一夜，宫远修睡得和平时一样的安心幸福。

这一夜，于盛优睁着眼睛想到天亮。

第二日清晨，三人一起坐在餐桌上吃早饭，宫远涵看到于盛优硕大的黑眼圈，忍不住调侃道："你怎么每天早上都一副欲求不满的样子？"

于盛优默默地瞥他，很淡定地道："没有欲，怎么满？"

宫远涵微微一怔，忽然笑了起来，然后一脸同情地说："大嫂，委屈你了。"

于盛优冷哼一声，不理他。

宫远修睁着无辜的俊眼，偷瞄一下宫远涵，又偷瞄一下于盛优，偷偷地从桌子底下伸出手，左手偷偷牵起宫远涵，右手牵起于盛优，然后非常满足地笑着，嗯……远修好幸福！

宫远涵像是什么也没发生一样，淡笑着摇着纸扇，俊雅的脸上带着惯有的温笑，映着窗外洒下的晨光，仿佛有玉般的光蕴。

这时，末一敲门而入，冷酷的俊脸上，一如既往没有任何表情。他望着宫远涵道："宫二少，您要的行装已经备好，门主命我送你们出堡。"

"呃？我们可以走了？"于盛优有些不敢相信，她居然这么容易就离开鬼域门了。

末一淡淡地看着她，冷酷的眼里带着一丝厌恶的情绪。对于这个女人，他是讨厌的，他末一尊敬的主人居然被她这么侮辱。

于盛优像是感觉到了他的厌恶，有些不安地低下头。

"那走吧。"宫远涵站起身来，他的身体无意地挡住末一厌恶的视线，转头轻声对于盛优道，"大嫂，收拾一下行李，就走吧。"

"哦。"于盛优点头，转身回房间将自己的东西全部放在包裹里。她来的时候，几乎是空手来的，可是现在，衣柜里满是胖子送她的华服，梳妆柜里满是珠宝首饰，床边的柜子里满是胖子拿给她的古玩玉器、珍贵药材。

于盛优在这儿只住了一个多月，可她的房间，已经在她不知不觉中变成了鬼域门的小宝库，她看看这个，看看那个，满屋子都是奇珍异宝。于盛优扒开一堆华服，只拿出一套自己来的时候穿的男装，从

武器柜里拿出自己的小匕首，然后望着满屋子宝贝恨恨地咬牙，这些！我不能要！转头，走出房间。

宫远涵笑眯眯地打开折扇，对着末一说："末一兄，我嫂子的东西太多，难以拿动啊，麻烦末一兄，帮忙全部堆上我们的行李车吧。"

于盛优猛地转头看他，不满地叫："喂，这些东西又不是我的。"

宫远涵笑得温柔，可语气却异常强硬地道："爱德门主既然送给了嫂子，自然是嫂子的。"

于盛优拉拉他的衣袖，小声说："不能要啊，这么贵重的东西……"

"嗯？要的要的，越贵重越得要啊。"

于盛优眨眨眼，抬头看他，只见宫远涵清俊的眼里居然闪着金元宝金元宝啊！

于盛优嘴角抽搐，原来……这家伙还是一个财迷！于盛优颓废地扶额，她本来就欠了胖子很多情，现在又欠他很多财，这叫她情何以堪啊！

末一倒是淡定，很有老大风范地一挥手，成群的奴仆进进出出地开始往外搬东西，金银珠宝，古玩玉器，就连窗台的盆栽都给搬走了，本来很充实的房间被搬得空空荡荡。

"如此，二少爷满意否？"末一指着空荡荡的房间问宫远涵。

"末一兄客气了！呵呵呵呵，若是能把床上的那床天蚕玉被也装上车就更好了。"

"喂喂。"于盛优郁闷地看他，你连人家被子也要啊！

宫远涵笑："大嫂，你可知这天蚕玉被是由天雪山的天蚕丝织成，盖在身上冬暖夏凉，强身健体，此宝世上只有三床，一床在这儿，一床在宫家主屋，一床在当今龙床之上，在这个房间里，最大的宝贝莫过于这床被子了。"宫远涵摇着扇子，头头是道地解释。这是宝贝啊宝贝，最大的宝贝啊！

末一的脸上，还是一丝表情都没变，挥手，一个仆人上前抱起天蚕玉被就往外搬。

"等下。"一直沉默的于盛优忽然说，"我不要，全部放回去。"

末一斜眼看她，没说话，继续挥手，仆人将被子抱了出去。

于盛优着急地叫："哎，你怎么还搬啊，我说了不要了。"

宫远涵一把抓住于盛优道："嫂子，你要是想让爱德门主心里好受点儿，就拿走吧。"

于盛优回头望他。

"骄傲的男人是不愿意自己送出去的东西被退回来的。"

"其实是你想要吧。"

"嗯……也是原因之一。"宫远涵合扇定论，"既然一个想给，一个想要，大嫂就成全我们吧。"

"……"于盛优叹气，反正她是说不过他的。

鬼域门古堡外面，满眼沙丘，风沙飞扬，谁也想象不出只一墙之隔的鬼域门古堡，是一个四季如春的地方。沙漠的狂风带着干燥的热气，混合着戈壁的风沙，令人不住皱眉。

末一像是习惯了这样的环境，连眼都没眨地说："宫二少爷，剩下的路，无须我领，少爷慢走，末一就此别过。"

宫远涵颔首点头，满意地看着他身后两辆骆驼马车，马车上装的都是爱德御书送给于盛优的财宝。

"走吧。"宫远涵骑上一匹骆驼对着一直心不在焉的于盛优说。

于盛优垂下眼，转身向宫远修骑着的骆驼走去，走了两步，忽然

回头问末一："胖子……呃，我是说你们门主，不来送我吗？"

末一淡淡地看着她，不说话也不回答。

于盛优低下头，有些无措地绞着手又问："他头上的伤没事吧？"

末一还是不搭理她。

于盛优抿抿嘴，自知无趣地转身，又向骆驼走了几步，然后又停住，然后像是下了决心一般地仰头大叫："胖子！"

就像她每次叫他那样，对着天空大叫，然后他会在五秒内出现在她面前。可是……这次，她等了好一会儿，他也没出现。

于盛优咬唇，低头，小声说："胖子……对不起。"

对不起，胖子，其实我不讨厌你；对不起，胖子，如果你不喜欢我，我想我能和你做非常好的朋友……

她走向宫远修，宫远修笑着伸出手，将她拉上骆驼，她靠坐在他的怀抱里，伸手环住他的腰，将脸埋在他的胸膛，垂下眼，默默地想，这是我选择的男人，即使他傻，可是他有一个温暖的胸膛，一双干净的眼睛，也许……将来，还有一颗爱我的心……

鬼域门的城墙上，一个肥肥的身影，站在那里，看着渐渐远去的一行人。

一直坐在他边上的小女孩儿轻声问："为什么你不下去呢？"

肥肥身体的主人居然有一副很好听的嗓音，他用低沉又带着一丝沙哑的声音说："我若下去……她便走不了。"

小女孩儿抬手，抓住他的衣袖，用软软的声音安慰道："胖哥哥，不难受，依依给哥哥当老婆。"

男人被她的童言逗笑，抬手，揉揉她柔软的头发，两人沉默着不再说话。城墙外的车队渐渐变成一个小点，风沙一吹，迷了眼，便再也看不见了……

【小剧场】

宫远夏:"为什么没人来救我?"

于盛优:"咦?远涵你没有救远夏吗?"

宫远涵:"……我以为你救了。"

于盛优:"……我以为你救了。"

宫远夏:"你们……太过分了!"

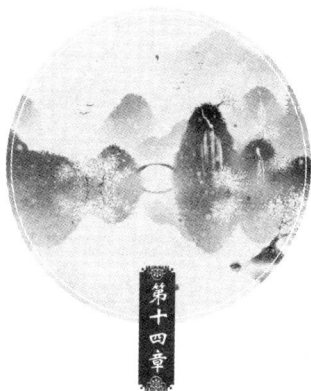

第十四章

黑店历险记

LIANLIAN
JIANGHU

夏日阳光炽热，到了晌午太阳更是毒辣。

沙丘上的杂草都垂头丧气地耷拉着脑袋，像无法再承受更多的暴晒。

就连偶尔的微风里，都带着燥热和无尽的沙尘。

车队走过，扬起阵阵尘土。

于盛优有些昏昏沉沉地睁开眼，看着眼前一片白晃晃的阳光，热得直皱眉，她忽然有些怀恋末一的棺材，至少被放在棺材里抬着一点儿也不会热。

"好热。"她拉拉领口，扇一些风进去，可毫无效果，身上的汗浸湿衣襟，黏糊糊的让人十分难受。

"热吗？"一直抱着她坐在骆驼上的宫远修，凑过头去关心地问。

于盛优瞥了他一眼，宫远修全身清爽，像是感觉不到丝毫炎热一样。于盛优指着脑门儿上的汗说："看这儿看这儿看这儿，都是汗啦。"

宫远修露齿一笑，明晃晃的八颗白牙在阳光的照耀下更加刺眼。

不得不说，他的笑容比七月天的阳光还要灿烂明艳，远而望之，皎若太阳升朝霞；迫而察之，灼若芙蕖出渌波。

"二弟，扇子给我用用。"他高声叫喊前面一匹骆驼上的白衣男子。

白衣男子回过头来，轻风带笑的容颜煞是俊美。仿佛兮若轻云之蔽月，飘飘兮若流风之回雪。

于盛优趴在骆驼上来回望着宫家的两个兄弟，脑子稀里哗啦地开始背诵起了《洛神赋》。

汗，她一定是中暑了，她居然会背诗！

扶额，好热啊，难道只有她一个人觉得热吗？

一阵凉风在脸侧缓缓扇动，碎发呼呼地往脸颊上飘，于盛优抬眼望去，只见宫远修一脸笑容地拿着宫远涵的纸扇，给她扇着风。

宫远修见她瞅着他，立刻笑得更开心，也更卖力地扇着。

于盛优心安理得地享受着他的服务，将身体向后靠，整个人陷在他的怀抱里，眯着眼，露出开心又得意的微笑。

又行了半日，太阳微落，只在地平线那一角露出火烧般的夕阳红。

宫远涵抬手，挡在眉间，眺望着远方，不远处居然有一家客栈，客栈上的招牌在风沙中摇摇欲坠。

宫远涵指着前面的客栈说："今天晚上就在前面落脚吧。明日再走

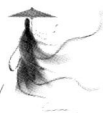

一日，便能出了大漠。"

"终于快出去了。"于盛优忍不住松了一口气。

啊！走了三天啊，再不出去，她就要成人干了。

三匹骆驼依次走入客栈大院时天已漆黑，客栈在夜色之下显得格外破旧，用篱笆做成的墙，在风沙中颤颤巍巍地矗立着，风吹过木板门发出如鬼哭一般的呜呜声。

于盛优硬着头皮跳下骆驼，打量着客栈，第一感觉就是——黑店！她捣捣身边拴骆驼的宫远涵道："我觉得这个店不安全。"

宫远涵笑着看她胆小的样子："天色渐晚，这地方里有块瓦遮头就不错了，至于安全不安全……"他瞟她一眼，自信地道，"有我在，又有何惧。"说完，他率先走进客栈。

宫远修拉拉她。于盛优想了想，也对，即使是黑店，要劫财，必定先劫他，要劫色，怎么也轮不到我。

于盛优安心地拉着宫远修走进去，可当她跨进门口后，忽然想到，等下！像我这种一点儿利用价值都没有的路人甲，岂不是只有被做成人肉包子的命？

想到这儿，她忍不住打了一个寒战，就在这时，身后响起一个苍老的声音："客官，住店还是打尖啊？"

于盛优回过头去，赫然看见一个长得和僵尸一样的老翁，她和宫远修一起惊叫起来："啊——僵尸啊！"

这里不是黑店，是鬼屋！

"你才是僵尸，你全家都是僵尸！"僵尸老翁很愤怒地指着他们骂，他动作流畅，中气十足。

于盛优和宫远修颤抖地抱在一起，躲在宫远涵的后面偷看着长得像僵尸一样的老翁，老翁双手叉腰，像泼妇一样喷着口水。

宫远涵淡定地从怀里掏出一个小金元宝，丢过去。

老翁接过元宝，立刻笑得和花儿一样，脸上皱巴巴的老皮开得和菊花一样灿烂，忙殷勤地给宫远涵掸着身上的灰："客官，您要什么只管吩咐啊，老朽什么都依您！"

宫远涵不着痕迹地躲开他苍老的手，笑得云淡风轻："老伯，给我们两间客房，一些吃食和水。"

"好好，客官随老朽来。"僵尸老翁拄着拐杖一瘸一拐地领着一行人上楼。

楼上一共只有八间房，老翁打开其中的两间房道，"客官看看，这房间可满意？"

"可以。"宫远涵稍微瞟了眼房间，房间里只有一张桌子和一张床，简单得一目了然，"将吃的端上来吧。"

"好，客官好生休息吧。"

"等等。"宫远涵转身问，"老伯，今天除了我们，可还有其他人投宿？"

老翁木讷地摇头："没有了。"

宫远涵点头，示意他可以下去了。

于盛优扯着宫家两兄弟进房，激动地嚷嚷："黑店吧黑店吧，肯定是黑店。"

看，这么大一间客栈怎么可能就一个行动不便的老头儿看着，他们刚才进马圈的时候明明看见了新鲜的马粪，还有刚才上楼的时候明显感觉到了阵阵阴风和冷冷的杀气啊！

好像在暗处有无数只眼睛盯着你变态地舔着舌头等着吃掉你啊！

啊啊啊！好可怕！

宫远涵扑哧一笑："你很怕吗？"

于盛优恶狠狠地说："废话！我不想被做成人肉包子啊！不如，我们现在跑吧。"

"哎，好困。大嫂，不送了。"宫远涵笔直地走到床边，往床上一躺，很明确地表示，要跑你跑，我睡了。

于盛优冲过去，拎起他的衣领使劲儿摇晃："啊啊啊！你怎么可以这样，这么危险的时刻你怎么可以睡觉。"

"呼呼——呼呼——"手上的人居然发出舒适的打鼾声。

于盛优握拳，颤抖！颤抖！她可不可以揍他！

"不可以打二弟哦。"宫远修一脸认真地握住她颤抖的拳头，笑眯眯地说，"娘子不怕，远修保护你。"

于盛优挑眉看他："哈，靠你？"

"靠我吧。"宫远修使劲儿地拍拍胸膛。

"啊，我也困了。"于盛优眯着眼，梦游一般地直直跑向另外一个房间，上床，睡觉！

宫远修揉着被自己敲打得有些发疼的胸膛，委屈地撇嘴，嗯——娘子不相信他。

宫远修握着拳头，跑进于盛优的房间，抱住在床上闭着眼睛装睡的她，心里暗暗发誓，这次一定一定保护娘子。

夜渐渐深沉……

那些罪恶的影子开始浮动……

客房里烛火未灭，微小的火星映着房里忽明忽暗，闪烁不定。

于盛优侧着身子睡在外面，宫远修的手紧紧地搂住她的腰，身子贴着她的背睡在里面。

烛火猛烈地跳动两下，忽然熄灭。

于盛优在黑暗里睁开眼睛，左手握着匕首，右手捏着药粉，不管是什么人，胆敢靠近她三步之内，必叫他死无全尸。

半晌之后，黑暗里除了宫远修安稳的呼吸声之外，一丝动静也没有。于盛优的警惕心有些松懈下来，难道，是自己多虑了？

又过了半个时辰，还是毫无动静，于盛优渐渐地有一丝困意，温暖的被窝，早已疲倦的身体，没有一样不在召唤她赶快进入梦乡。

她的眼睛渐渐地……渐渐地……眯了起来，紧握武器的手，也渐渐松动。

可不知为什么她忽然睁大眼睛，转头看着天花板，一个黑色的影子，愣愣地贴在天花板上望着她，黑影就像是剪好的纸片人一样贴在天花板上，只是和纸片人不同的是，它会动！那个黑影纸片人慢慢地，慢慢地从天花板上飘下来，向她伸出手，于盛优"啊"地大叫一声，挣开宫远修的怀抱滚下床。

"远修！远修快起来！"于盛优一脚踹醒宫远修，当宫远修睁开眼睛的时候，黑影纸片人的手已经摸上了他英俊的脸。

"啊！"于盛优又是尖叫一声，抬手，匕首挥去。纸片人的手被削掉，失去手的纸片人缓慢地转动它的脑袋，望向于盛优。

于盛优咽了口口水，被它看得一身鸡皮疙瘩乱起。于盛优看着还慢慢吞吞爬起来的宫远修吼："快点儿！快点儿！鬼来抓你了。"

宫远修揉揉眼睛，看着眼前的纸片人，单纯清澈的眼睛里出现一丝疑惑，他不知道为什么纸片人会动了，不过娘子好像很害怕的样子。

他抬手，就像孩子抓住蝴蝶的翅膀一样，小心地抓住纸片人的脖子，然后笑得很开心地望着于盛优道："娘子，我抓住它了。"

纸片人在宫远修的手中扭动挣扎着，于盛优松了一口气，没想到这么容易就抓住了。刚想着，忽然看到纸片人高抬一手，五指并拢呈手刃状，对着宫远修的心脏捅去！

"小心！"于盛优惊叫。

宫远修眨眨眼睛，抬手，很轻易地就化解了偷袭，然后两手微微用力，"唰"的一声，纸片人就被撕成了两半。

分成两半的纸片人，就像是被分开的蚯蚓一样，扭动着。于盛优摸出包袱里的火折子，对着纸片人烧去，房间被忽然而来的光明照亮，纸片人在火中扭曲着变成灰烬。

于盛优拉过宫远修，一刻也不想停留地往宫远涵的屋子走，这个客栈有古怪啊有古怪！

到了门口，这该死的房门居然怎么拉也拉不开？宫远修也着急地上前来拉门，两人一起用力，却还是怎么也打不开。

"有没有搞错！连扇小破门都打不开！"于盛优气得用脚使劲儿踹！

"打不开啊打不开啊！"

身后，如此让人毛骨悚然的声音，像是刮着人骨头一样地响起。于盛优也不敢回头看，只是疯狂地拉门："快点儿开啊！快开呀！"

"娘子，好可怕！"站在一边的宫远修一边回头看一边惊叫着。

"啊啊啊我不看我不看！我不看！"于盛优疯狂地拉着房门吼，"快开门啊！"

一只手搭上她的肩膀，冰冷刺骨，瘆人的声音在她耳边响起："开、开、开、开不开啊！"

于盛优背脊发凉，缓缓地转头，一看，立刻吓得哭叫起来："妈呀！救命啊！"

于盛优身后，一个满脸惨白、浑身腐烂的女子，满脸怪笑地握着她的肩膀。那女鬼低着头，腐烂流脓的嘴角一咧，鬼哭一样地叫："开、开、开、开不开啊！"

女鬼舔舔舌头，腐烂的口中发出刺鼻的尸臭味。于盛优被吓得崩溃，宫远修冲上前来一脚踹开女鬼，女鬼在地上滚了一个圈，又一次扭动着向他们爬来，一边爬还一边冲着于盛优舔着舌头还咧嘴一笑，这一笑，嘴角竟咧到后脑勺儿。

吓得于盛优又是一声凄厉惨叫："啊鬼啊！"

她算是明白了，这里不是黑店！是鬼屋啊！

就在这时，门外传来敲门的声音，只听宫远涵在外面叫："让开。"

于盛优和宫远修同时退到门的两边，一声长剑出鞘的轻响，木门瞬间被分成十几块等边等宽的小木块掉落在地上，宫远涵还是一身白衣，手中拿着宝剑，俊雅中带着平日看不见的英气。

"没事吧。"他的声音平稳显然没有受到太多惊吓。

宫远修和于盛优见到他，就像两个迷路很久的孩子见到家长一样，猛地扑过去哭喊："啊！有鬼啊！好可怕！"

同时扑过来的还有女鬼，女鬼速度加快，对着抱在一起的三个人扑了过来。宫远涵推开两人，手中长剑对着女鬼一划，女鬼分成两半，却没死，反而变成两个女鬼一起向宫远涵扑去，宫远涵又一次切开女鬼的身体，女鬼变成四个，宫远涵知道利器不能使用，只用剑柄、剑鞘击打女鬼。

　　于盛优看情况不对，也消除心中恐惧，拿着匕首上去，她的匕首极其锋利，一刀下去就切掉了一个女鬼伸过来的魔爪，爪子掉在地上，又变成一个女鬼！

　　宫远修忽然惊叫道："娘子，小心！"

　　话声未落，他已经冲到她的前面，挡住一个女鬼的进攻，徒手将女鬼的手臂折断，当然，手臂落地又变成一个女鬼。

　　随着打斗，女鬼越来越多，她们伸着刺骨的白爪向他们攻来。

　　于盛优三人渐渐力竭，宫远涵一把抓过奋战中的于盛优，丢出女鬼的包围圈，又劈开一条血路，将宫远修送了出去，他一身白衣早已被染得鲜红。他架起数十个女鬼攻击而来的魔爪，对着包围圈外面的两人吼："你们先走！"

　　一批女鬼已经追着于盛优所在的地方而去，宫远修挡在于盛优的前面，将一批一批的女鬼丢开。可女鬼的数量越来越多，已经从一个房间发展到走廊上都满是女鬼！

　　于盛优看了看淹没在鬼海中的男子，男子已白衣染血，有女鬼的，也有他自己的。然而，他手中的剑，却依旧稳健；腾挪折转的步伐，也依旧灵巧；而那张清俊的脸上，甚至没有半分紧张，只见一如既往的淡笑。

　　双手握拳，她咬咬牙一把拉住宫远修道："我们走！"

　　宫远修使劲儿摇头："不行，不能丢下二弟。"

　　于盛优拉着他，使劲儿往外面冲："走！再不走都得死在这里！"

　　"不要！我不走！我不走！二弟！"宫远修哭闹着不肯走。

　　于盛优拉不住他，气得使劲儿地捶打他："你不是说要保护我吗？你就这样保护我？就这样保护我？"

"娘子……"宫远修满眼泪水地瞅着她。

于盛优狠下心来,一把抓住他的手使劲儿往外拖:"走!不要在这儿拖后腿。"

于盛优握紧宫远修的手,拼命地往外冲,一路上匕首舞得飞快,他们的脚踩在地板上,可地板却凹凸不平,又有像是丝绸一样的东西绊住他们的脚,越往前走就越艰难,眼见已经到达门口,只要迈出门槛就能离开这个鬼屋,可两人的步子居然再也迈不动了。

于盛优低头一看,赫然惊吓得差点儿晕过去,两人脚上都缠着女鬼长长的黑发,光是黑发倒并不可怕,可怕的是黑发后面连着四五个女鬼的头颅!

一线生机就在眼前,身后的女鬼又扭曲着一点一点地向他们逼近,女鬼离他们只有十米的距离了!

于盛优当机立断,弯下腰来,用匕首将宫远修脚下的黑发和四五个头颅全部割开!然后,她用尽全身力气将宫远修推出客栈,吼:"你先走!"

"不要!"宫远修回过头来就要往里冲。于盛优死死地抵住客栈的门,不让他进来,身后的女鬼,伸着腐烂恶臭的手,集体地疯狂地向她扑来!

于盛优抵着房门,死死地、绝望地闭上眼睛……

北漠乃荒蛮之地,人烟绝迹,在这个几乎没有边际的沙漠里,有一间小小的客栈在风沙中若隐若现。

客栈惨白破旧,没有人能够想象,这样的屋子,能在这片沙漠之上耸立不倒,那是所有途经沙漠之人都想要歇脚的地方,可进去的人,

却再也没有走出来过。

客栈的床上，躺着一个昏迷了一天一夜的人，脸庞消瘦，嘴角苍白。

屋里的桌上正放着饭菜，徐徐地冒着热气，诱人的饭香传得老远。

忽然，床上的人肚子发出"咕噜咕噜"的响声，她的手指微微地动了动，睫毛轻轻扇动，眼睛吃力地睁开，眼神迷茫毫无焦点，她愣愣地看着房顶，脑中一片空白。

"娘子？"

转头望去，一个人影映入她的瞳孔，阳光自窗子透进，淡金色的光芒照在那人身上，他仿佛会发光一样，闪耀得让人睁不开眼。

那人上前一步，面容渐渐清晰，俊俏的脸，带着雾气的眼痴痴地望着她，他看见她的目光固定在他身上，那一瞬间，他忽然笑了，那笑容清澈纯净，犹如在黑夜里忽然绽放的昙花。

于盛优经常会想，也许就是这样一双干净得不带一丝尘埃的眼睛和这像是能够照亮黑夜的绝美笑容，便是自己迷上他的原因吧，对着这样的眼睛、这样的笑容看得久了，心都会变得柔软。

宫远修双眼含泪地走上前，狠狠地抱住于盛优，将头埋在她的发丝间，呜咽道："娘子，娘子，你终于醒了。"

于盛优有些疲惫地拍拍他的肩膀，柔声哄道："没事了，没事了。"

"大嫂醒了？"房门被推开，宫远涵走进来，一身白衣干净而耀眼。

"你没事？"于盛优指着他问，忽然左看右看不敢相信地道："我们怎么还在客栈啊？昨天晚上好多女鬼！好多女鬼，她们怎么砍也砍不死，还越砍越多。"

"大嫂，冷静点儿。"宫远涵温温的声音安抚道："哪有什么鬼，你前天夜里只是吸了'行梦草'的香味，做了一场梦而已。"

"行梦草？"于盛优疑惑地问，"那是什么东西？"

"那是一种长在北漠的野草，一种珍贵的稀有药材。这个大嫂应该比我清楚吧。"宫远涵轻笑地看她，她好歹也是圣医派的掌门之女啊！

"我不明白。"某人理所当然地回答。

是了，她除了那种"药"和毒药，其他药基本都不清楚！

宫远涵摸摸鼻子继续道："反正就是一种不小心闻了让人神志丧失，让人误以为梦是真的一样的迷幻药。"

"啊！就是说，我只是做了一个噩梦而已！大家都没事对吧！"于盛优开心地问。

"我们确实都没事，只不过……"

"不过什么？"

"客栈的老板被你打成重伤。"

"呃……我不是做梦吗？"

宫远涵摇头轻笑："可不止做梦这么简单。"

宫远修撑过头来说："娘子，你前天晚上，吓死人呢。"

"我……怎么了？"于盛优有些不安地问。

宫远修站起身来，一骨碌躺到床上，和于盛优一起并排躺着，开始了情景模仿！

当天晚上，他在床上睡得正熟，只听于盛优一声惨叫把他吓了起来，惨叫过后的某人忽然抬起脚对着他不停地踹不停地踹不停地踹！

"远修远修！快起来！"踹啊踹！

"娘子，娘子，我起来了！"被踹啊被踹！

"快点儿！快点儿！鬼来抓你了。"继续踹啊继续踹。

"鬼？哪里有鬼？"宫远修也吓得四处乱看。

只见于盛优忽然从地上一跃而起，飞快地用匕首将蚊帐斩成两节，然后一手拉起他就跑："走啊！"

可怜的宫远修只能光着脚被她拉着跑到房间门口。

到了房间门口，本来是向里面轻轻一拉就开的房门，她非要拼死命往外推，她推啊推死命推，推不开啊还不让他推，她一边推一边看着身后凄厉惨叫："啊鬼啊！"

就在这时，隔壁的宫远涵推开房门问："发生什么事了？"

只见于盛优飞速地扑入他的怀抱，哭喊着："哇——有鬼啊！好可怕。"

等等——

于盛优不敢相信地问："我扑过去抱他？"

"嗯！还抱得很用力很用力呢！二弟甩都甩不开！"宫远修有些不高兴地嘟着嘴巴说。

于盛优偷偷看某人，某人轻摇纸扇一脸忧伤地控诉："大嫂，你……唉……"

于盛优撇过脸，对着宫远修说："好了，你继续说。"

"然后呢！你就开始打打打，使劲儿打，见什么打什么，见门打门，你看看你看看，这门被你捅了多少窟窿啊！然后你就打了两个多时辰门。忽然不打了，拉着我就跑了。二弟说你是坏人，在梦中，最危急的关头你丢下他逃跑了。"

"胡说！是他自己要我们先跑的。"于盛优慌忙反驳。

宫远涵笑："大嫂，你把我想得太好了，我只会拉着你们一道死，我可不像大嫂，为了大哥，会做这种舍生取义的事。大嫂，你最后一下，表现得真英勇呢！啧啧，最后在客栈门口那时，大嫂那句'你先走'，然后再是那个绝望的眼神，真的是很不错，不错。"宫远涵笑眯了眼，连续用了两个不错。

"那个你们也看见了……"于盛优脸颊爆红，简直羞到不知道怎么办才好了。

"当然，我和二弟吃着瓜子看你对着空气打了五个时辰呢，你把客栈能砸的东西都砸了，连客栈老板也没放过，你逮着老板非说他是女鬼，对着老人家捅了好几刀子。"

"不……不是吧……捅死了没？"

"没有，全被我挡住了。嘿嘿。"宫远修邀功地望着于盛优笑。

"干得好。"于盛优也丝毫不吝啬地给予表扬！

"可是，为什么只有我一个人中毒了？你们为什么没事？"

"那种小草药对武艺高强的人来说，即使当菜吃也没关系的。"宫远涵轻笑道，"我倒是奇怪，大嫂前天怎么会做这么诡异的梦呢？"

于盛优捂着脸，叹气，从行囊里掏出一本恐怖小说，昨天晚上做的梦正是这本小说里所有的恐怖桥段。

于盛优闷闷地想，还好我昨天看的是恐怖小说，若我昨天不小心看婆婆送我的那本书，啊……那现在又是一个什么状况呢？于盛优瞟了眼宫远修，又瞟了眼宫远涵，啊啊啊！真是不敢想象啊！先擦擦口水！

"娘子，还好二弟知道解毒的方法，不然你就惨了。"

"解毒方法？是什么？"

"就是拿冷水泼在脸上就可以从梦里醒过来。"

"这么简单？那你们还让我折腾一晚上？"于盛优愤怒地瞪着宫

远涵。

宫远涵一脸语重心长地道："大嫂，你绝对要相信我，我是真心想救你的，只是晚了一点点儿。"

"我信！我信你就有鬼了！"于盛优怒得掀桌！这家伙就是想看她笑话！就是想整她，说不定那个狗屁行梦草就是他下的！

"唉，沙漠里的水资源是多么的珍贵啊，我只是舍不得浪费而已。"

"你别解释了，你越解释我越想揍你。"

"大嫂，你打不过我的。休息休息吧。"

于盛优怒啊！冲上去就想打他，可因为身体太过虚弱，只走了一步就软了下来，差点儿跌倒在地上，被宫远修一把扶住，抱在怀里。

"娘子，小心。"

"大嫂，你多休息吧，远涵告退。"宫远涵笑得一脸温柔地走出房间。

于盛优恨恨地盯着他的背影发誓，你等着，别给我逮到机会！不然我会让你死得很惨很惨！

宫远修看了眼气呼呼的于盛优，有些不开心地用力将她抱住。

娘子昨天最后的眼神，让他好心疼哦，二弟说，娘子为了他是拼了性命了。他才不要这样，要拼性命也是他拼，他真的想好好保护娘子啊。

可是……娘子根本不相信他，一点儿也不相信他，远修好难过哦，娘子在梦中看到远涵的时候，吓得哭着飞扑过去，寻求保护，可是对着自己的时候，总是把他掩在身后。

他不要这样，不要！他好难受哦……不能被她依靠……好难受。

三人又在客栈休息了一日，第二天一早行了半日便出了北漠。

　　于盛优站在沙丘上向后望，就这么出来了？鬼域门的生活就像是一场闹剧一样，鬼域门的那些人、那些事，想想还真觉得蛮好玩的。

　　胖子……

　　一想到他，她的心里总有淡淡的内疚感。

　　以后……也许不会再见了吧。

第十五章

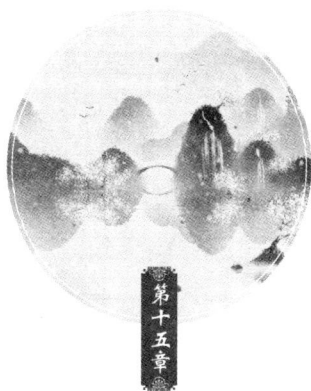

杀手杀手有杀手

LIANLIAN
JIANGHU

幽暗的密室中，只有墙头的几盏油灯闪烁星点光辉。

密室上首，一个男人正沉思着。他的容貌隐没在黑暗之中，只能看出尖锐的轮廓。

"于盛优还没抓到？"

跪在男人下首的是一个穿黑衣人的人。黑衣人身子有些微微颤抖："于盛优前阵子一直受到鬼域门的庇护，属下派人多次出手，但都被鬼域门发现，属下……"

"不必解释，于盛优离开鬼域门已经三天，为什么还没抓到？"男人开口打断他，声音不疾不徐。

黑衣人额上顿时冒出了细汗："于盛优离开鬼域门后，途经客栈休息了一日，属下本已准备出手，可她身边宫家兄弟的身手确实高强，属下想找一个万全之机……"

"好了。"男人开口，声音还是和之前一样平淡。

但黑衣人却顿时噤了声，像是畏惧不已。

密室一下子沉寂下来，只余火光的噼啪声和着那一下一下指尖敲打桌面的响动。

"一个月。"男人突然开了口，这时，他的声音较之前更加柔和了。而那跪于底下的黑衣人，却汗湿了背脊。

"最迟一个月，"男人隐在黑暗中的轮廓一动，似微微笑了，"一个月之后，我还没有见到于盛优的话，你便……"

"……自行谢罪吧。"声音方落，一阵风倏忽而至。等黑衣人再抬头，已经不见男人的身影了！

"于盛优！"黑衣人咬牙切齿地念出这个名字，他一定要抓住她抓住她！

可是，于盛优身边的宫家兄弟武艺如此高强，实在不易强攻，最好智取。

对！智取！于盛优是个女人，听说她头脑简单、智商低下，不如，他就先试试——苦肉计。

地点：边城N镇

时间：巳时

出动杀手：甲

计划实施：

杀手甲：卖身葬父

只见杀手甲跪在街头，柔弱的身子摇摇欲坠，眼睛饱含泪水，身前的地上写了长长一篇感人肺腑的文章，引得路人争相观看。

"娘子，你看前面。卖身葬父，好可怜，我们去帮帮他吧。"

"可怜什么！我还见过卖身葬全家的。走走。"

杀手甲："报告，计划失败，目标说我不够可怜。下次我卖身葬全家吧。"

领导：批准！

"娘子！娘子！你看！前面有人卖身葬全家！好可怜好可怜，我们去帮帮他吧。"

"卖身葬全家有什么可怜的，我还见过卖身葬全家，还加一只宠物狗的！走走。"

杀手甲："报告，计划又失败了！"

领导："废物！你怎么这么没用！收摊回来！"

"是。"杀手甲准备收摊回家。

忽然，一只肥手伸过来："小公子，长得不错，大爷我买了你吧，咦嘻嘻……"

一听就是淫贼恶霸的笑声。

杀手甲："……我不卖了。"

恶霸："你说不卖就不卖，大爷我就要买了你！来人，给我抢！"

于是，美少年杀手与恶霸，谁赢谁输，下回分解。

第二日：

出动杀手：杀手乙、杀手丙、杀手丁

（你问我杀手甲去哪儿了？嗯……那个……嘿嘿。）

计划内容:杀手们装扮成可怜的乞丐,接近于盛优乞讨,乘其不备,拿下!

"看见没?那就是于盛优!"

"看见了!"

"我们分布在一条街上,总有一个能接近她!"

"对!"

众杀手装成老弱病残的乞丐,爬着,走着,拐着,瞎着,在街上乞讨。

可每一个,都无法接近于盛优五米之内!

随后众杀手使出的各种惨绝人寰的苦肉计,可无奈的是,目标总是一脸肯定地说:这有啥可怜的!我见过更可怜的!

如此这般,这般如此,整整三日,毫无收获!

毫无收获也就算了,他们还被官府的人因为影响市容给赶出城去!

夜晚,众杀手总结:于盛优完全是个冷血动物!毫无同情心之说!

"老大,杀手甲呢?"

"哼,没用的属下,不用管他!我们赶快实行第二个计划——离间计!"

"是!"

抓捕第二招:离间计

实施对象:宫远修

实施内容:离间他和宫远涵的关系,造成内部混乱,兄弟相残!

出动杀手:杀手乙、杀手丙、杀手丁

实施过程:

杀手乙:"公子,买朵花给您娘子吧,您娘子长得多漂亮啊。"

宫远涵："花可以买，但是，话不可以乱说。"

于盛优："就是，我可不是他娘子。"

宫远涵："她长得只是一般而已。"

于盛优："喂！"

宫远修："娘子，不能打二弟。"

杀手乙："报告领导，我挑拨成功了！"

领导："哦，他们打起来了！太好了！"

杀手乙："那个，打起来的是盛优和宫远涵。"

领导："可恶！对他们就是不能来软的！给老子硬上！把所有杀手都叫来！"

杀手乙："是。"

这一日，于盛优一行，走到一个林子，天色已晚，无法再行，只能在河边扎营，晚上露宿于此。

潺潺的河流，柔和的轻风，河中的两个人正玩得欢快。

"喂！那边那边！游过去了！快叉它！"于盛优指着一条肥肥的大鲢鱼对着宫远修叫嚷着。

宫远修一听到命令，举起宫远涵的宝剑，对准小河里的鲢鱼，"唰"地叉了下去。

鱼儿被宫远修一叉，出水之前就死得透透的，连传说中的摆摆尾巴都没有。

"娘子，我叉到了。"宫远修笑眯了眼举着宝剑，晃动着宝剑上的鱼，单纯的脸上带着阳光般的笑容。

"好好。"于盛优欢快地拍拍手，哇！这里的鱼好多啊，水也好清澈，

"丢给二弟烤。"

宫远修笑眯眯地从宝剑上拔下鱼，对着岸边的宫远涵丢去。

"啪"的一声，鱼落在地上，弹跳了两下落在宫远涵的脚边。宫远涵轻笑地拎起鱼尾巴，将鱼架在树枝上烤，河里传来阵阵笑声，不时地有鱼丢到他的脚边。

宫远涵转头望去，河里的两人，带着同样欢乐无邪的笑容，在河里跑来跑去。看着自己的兄长忙活认真的模样，他淡笑地摇摇头，曾经的武林第一高手和天下第一宝剑，居然在一个女人的使唤下用绝世武功叉鱼，真是浪费啊。

宫远涵抬手，甩开纸扇，对着不够旺的火使劲儿扇了扇，火苗蹿起，烤得鱼皮嗞嗞作响，鱼香阵阵。嗯，火还是不够大，再加一点儿柴，宫远涵拿起柴火丢进火堆里。

远处忽然传来于盛优的叫声："远涵，你要转着鱼烤，别不动啊，反面，反面，别烤煳了。"

"哦。"宫远涵抬手，将所有的鱼都转了转，翻了一个面，又加了一些柴，扇了扇风之后，忽然反应过来，自己居然也在一个女人的使唤下——烤鱼！他抬手扶额，摇头。

当夕阳染透天边的时候，小河里的两个人，才在宫远涵的叫唤下上了岸。

于盛优跑在前面，一脸兴奋地问："烤好了吗？"

"应该烤好了吧。"宫远涵清俊的面容沾了一些炭灰，不似平日那般绝尘淡雅、犹如仙人。现在的他，更像人间的男子。

他将烤好的第一串鱼递给于盛优，有些期待地说："尝尝。"

于盛优眯着眼笑，搓搓手，开心地接过烤鱼。金黄的表面，散发

着诱人的香味，她流着口水忍不住夸赞道："哇！看上去就很好吃。"

宫远修歪着头，眼馋地看着她手上的烤鱼，嗯……远修也想吃，二弟好偏心，给娘子先吃，委屈地瞅了眼宫远涵。

宫远涵像是没看见一样，继续轻笑地瞅着于盛优。

于盛优吹吹烤鱼，确定不烫了之后，一口咬下去！眯着的眼睛，猛然睁大，丢开鱼呸了好几口："好腥啊！你连鱼鳞都没去！怎么吃啊？！"

"嗯，果然不好吃吗？"宫远涵像是早就预料到一般，抬头望着宫远修道，"哥，我们吃干粮。"

于盛优怒："你不会自己都没尝就叫我吃。"

"大嫂，我生平第一次下厨，就让你先尝，是我对你的尊重……"

于盛优丢掉手中的鱼怒，她可不可以揍他！她最近一直一直好想揍他！

森林密处，一群杀手站成一排，眼神带着冷冷的寒意，杀气四起。

站在最前面的黑衣杀手挥手道："出发！"

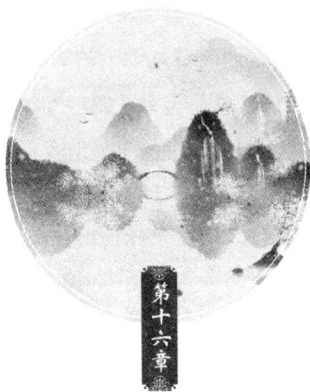

第十六章

两个傻子的恋爱

LIANLIAN
JIANGHU

夏夜，月色皎洁。

繁星点点的夜空下，于盛优枕着双臂，躺在青色的草地上，她静静地睁着眼，看着天上的银河点点闪烁，夜风吹来，带着微微的青草香。

一直躺在她身边的宫远修，直起上身，趴在她脑袋上方挡住她的视线，小声地问："娘子，你在看什么呢？"

"看星星。"于盛优懒懒地回答，她方才是看星星，现在，看的却是他。夜晚的宫远修俊得就像夜里的精灵，全身散发着淡淡的光华，他的眼睛在夜色中闪亮，犹如天上的星辰，他的发间有顽皮的草屑。于盛优

抬手，轻轻地、仔细地将他发间的草屑一点一点地拣出来。

宫远修一动不动地任她挑拣着，他像一只被主人挠痒的小狗一样，舒服地微眯着眼睛，身子也渐渐放软，整个人有一半压在于盛优身上。他轻轻地蹭了蹭身下的人，嗯……娘子好温柔，这样的娘子，远修好喜欢。

于盛优的手僵了一下，有些郁闷地看着在她身上乱蹭的人，揉揉鼻子，尴尬地咳一声，然后拍了拍他的肩膀说："好了好了，睡觉吧。明天还要赶路呢。"

"远修不想睡觉，远修想和娘子一起看星星。"

"不管看什么，你总得先从我身上起来吧。"

宫远修有些不舍地又在她的颈处蹭了两下，才翻身下去，和她并排躺着。

两人安静无语地枕着双臂，望着星空。

"娘子，你在看哪颗星星？"

"那颗！"

"那颗是哪颗？"

"就是那颗嘛。"于盛优抬手指着天上的一颗星星。

宫远修使劲儿瞧也瞧不见她指的是哪颗。

"算了，我们自己看自己的星星。"于盛优放弃地收回手。

"不要，我想和娘子看同一颗星星。"宫远修固执地说。

"好好，怕了你了，你找一颗星星，我和你一起看。"

"好，我们看紫微星吧。"宫远修开心地指着天空说。

"嗯！紫微星真漂亮。"明显敷衍的语气。

"再看天枢星。"喜滋滋的。

"嗯，天枢星好看。"抬头望天，完全不知道满天繁星中哪颗是天枢。这孩子也是吃了没文化的苦！

"看玉衡星。"

"嗯，好看。"

"嘻嘻！"宫远修开心地指了一颗又一颗的星星。

不远处，一直闭着眼睛的宫远涵也轻轻睁开眼睛，抬头，顺着宫远修说的星星看去。

同一片繁华的星空下，三人的目光，望着同一个方向，嘴角上带着相同的笑容……

今夜的星空如此美妙……

美妙！美妙！美妙！可如此美妙的时刻，却总是有些不相识的人要蹦出来破坏！

黑暗中，突然冒出十几个黑衣人，个个蒙面持刀，杀气溢面，朝着他们直杀过来，身如飞箭，无声无息。

宫远修抬手指着星星的手忽然放下，翻身一滚，单手一卷，抱着于盛优就地打了两个滚，他们原来躺的位置，已有三把钢刀落下！

宫远涵歪过身体，徒手挡下两个黑衣人的攻击。

黑衣人的偷袭又快又狠，身形动作犹如鬼魅。宫远修一手拉着于盛优，一手拿着宝剑，剑气如虹，一边护着身边的人，一边还能自如地在黑衣人中间穿梭劈砍。

宫远涵从腰间抽出一把软剑，白色的剑刃，潇洒地在月色中起舞，连续击退两个黑衣人后，便和宫远修会合在一起，两人默契十足，一攻一守，攻守相承，剑招干净利落，剑光扫过，黑衣人无不翻倒。

于盛优被二人夹在中央，匕首紧紧捏在手里，每次有人对她出手，

她都紧张地挥着匕首砍去，可是每次还没等到她砍，砍她的人不是被宫远修打倒，就是被宫远涵踹飞。于盛优拿着匕首比画来比画去，硬是没能和一个杀手碰上招，她也从最开始的紧张到安心，到无聊，到埋怨！

喂喂，这些黑衣人武功貌似不怎么样啊，你看看那四个，远修一剑过去砍翻四个，再看这两个，远涵一掌推过击飞两个。由此可见！这些杀手真是弱啊！也就和她一个水平，抓一个出来和她单练，说不定她还能赢，让我也砍两刀，于盛优只见眼前剑光四射，人影飞闪，不消片刻，那队黑衣人便被尽数击倒在地，无法再动弹。

战斗，毫无悬念的以于盛优这方取胜！

于盛优一脸无奈地指着地上的杀手道："什么玩意儿，就这水平还出来当杀手？拜托，再回去操练个十年吧。"

看着收起宝剑的宫家两兄弟，于盛优又感叹地摇头，唉，连一次出手的机会都不给我！真是没意思，不过……他们可不可以不要这么帅啊！

就在这时，说时迟那时快，一个装晕的杀手忽然向于盛优扑杀过来。于盛优瞪大眼，眼见黑衣人已攻到面前，她却完全来不及反应，一个蓝色身影奇快地挡在她面前，徒手接住钢刃，一个白色的身影飞至，一掌将黑衣人打飞出去。黑衣人颤抖地抽搐两下，就再也没有声息了。

"远修，你的手！"于盛优心疼地拉过宫远修的手，他的手被钢刃割破，血液快速往外流出，于盛优仔细地检查了伤口。

"怎么样？"宫远涵问。

"有毒。"于盛优皱着眉头回答。

"那你……能治好吗？"语气里带着明显的不信任。

"放心，交给我吧。"说完，她慌忙拉着宫远修来到小河边，先用水冲洗了他的伤口，然后拿出随身的银针，对着他手腕上的几个穴位扎下。

这套银针移毒之术，是她学得最认真最用心的一门手艺，她对这套针法还是很有信心的。

半刻之后，黑色的血液顺着宫远修的伤口流出，当血变得鲜红的时候，她狠狠地松了一口气。

拿了一颗大师兄特制的清毒丸给他服下，她才彻底放心，拿出刀伤药，撒在他手心中，掏出手绢，将他的伤口紧紧包住。她抬眼，心疼又带着一丝责备地望着他道："傻瓜，怎么用手接呢？"

整个过程都很乖巧的宫远修，眨了眨眼，想到刚才那一幕，那黑衣人的刀锋离娘子只有门缝一般的距离，一想到这儿，他还很是后怕，他诚实地回答："我看到那人用刀砍娘子，一紧张就什么也忘记了，只想把刀接住，不能让它伤害到娘子。"

于盛优停住包扎的动作，有些出神地望着他。看到她有危险，就本能地冲过来，不管不顾自己会不会受伤，连一丝犹豫都没有，他……他怎么可以这么傻，怎么可以傻得这么可爱。于盛优感动地低下头，捧着他的手，望着他手心的伤口，简直感动得快哭了，心里有一种情绪波涛汹涌地激荡着。将手绢打了一个漂亮的蝴蝶结，她低下头，抬起他的手，毫无杂念地、不带一丝情欲地，隔着手绢，在他伤口上落下一个最真挚的吻。

"娘子，你在干什么？"宫远修有些脸红地望着她。他隔着手绢都能感觉到她温热的嘴唇，她低头闭眼那一瞬间，他的心猛然急速跳动着，就连呼吸都变得小心了。

"娘子，远修今天算不算保护你了呢？"宫远修在月色下低着头轻声问。他的声音很轻，带着三分小心，三分期待。

"算！"于盛优抬头，眼睛湿润，快乐的笑容在嘴角跳跃，用很骄傲的声音说，"我的相公今天很英勇地保护了我呢。"

宫远修就像得到最大奖赏的孩子一般，灿烂的笑容里带着纯真透明的快乐。

山风吹过，她的长发轻轻在夜色中轻舞，有些调皮地飞扑在她的脸上。他抬手，将她的长发轻轻理到耳后，她心念一动，忽然抬手，对他钩钩手指。

他身子前倾，微微靠近她。她的眼里有一丝紧张，却异常闪亮，她缓慢地凑了过去，在他的嘴角边落下一个吻，很轻柔的，他们的双唇相碰，柔柔的、温温的，他们只是这么靠着，并没有多余的动作。

月色下，小河边，两人都被这轻柔甜蜜的吻，迷醉得轻轻眯着眼睛。过了一会儿，她轻轻推开身体，转过脸，面容有一丝红晕，在月色下更显娇羞。

"娘子……"宫远修慢慢地睁开眼睛，有些微愣地抬手，摸摸嘴角，心怦怦怦地乱跳，他有些紧张地问，"这是什么？"

于盛优抿抿嘴，轻笑："这是奖励。"

"奖励？"

"嗯！你保护了我，所以给你的奖励。"于盛优不爽地皱眉，几乎有些凶恶蛮横地问，"怎么，不喜欢吗？"

她紧紧地盯着他，好像他要是说不喜欢，她就立刻能吃了他。

宫远修眨了下眼，很用力地点了点头："喜欢！远修很喜欢呢。"

"这还差不多。"于盛优使劲儿忍着嘴角的笑容，可是忍着忍着还是忍不住地和宫远修露出同样的笑容,甜甜的,像是喝了蜜一样的笑容。

第二日清晨,宫远修拉过宫远涵小声问:"二弟,黑衣人还会来吗?"

"应该还会来,他们不达目的不会罢休的,大哥你不用担心。"宫远涵刚准备宽慰几句,却见宫远修一脸兴奋,还带着期待地问:"会来吗?什么时候来?"

"这个,我就不知道了。"

"今天会来吗?"

"呃……"看着他这么期待的眼神,宫远涵只能点头说,"应该会来吧。"

一天过去了,黑衣人没来。

第三日:

"二弟,黑衣人今天来吗?"

"……应该会吧。"

一天过去了,黑衣人还是没来。

第四日,第五日,第六日……

黑衣人还是没来,宫远修沮丧地望着山路,唉!黑衣人怎么还不来?

来了,他就可以保护娘子了,就可以……想到这儿,他的脸"唰"地微微红了起来!

嘿嘿……黑衣人快来吧!

这一日清晨,宫远修骑骆驼的时候,不小心被缰绳勒到伤口。

"啊,疼。"他疼得轻叫一声。

和他共骑一匹骆驼的于盛优，一把拉过他的手，解开手绢一边检查一边忍不住地责骂道："怎么这么不小心？"

"疼。"宫远修委屈地抿嘴。

"真是的。"于盛优看着他的手，结痂的地方只破了一点点，流出一点儿血丝。她拿起他的手，对着他的伤口舔了舔。灵巧的舌头在他的伤口处舔了一下，宫远修的心脏先是一阵紧缩，然后心脏扑通扑通跳个不停，简直有些晕晕乎乎的了。

"呼呼，不疼了啊。"于盛优又对着伤口吹了两下，得意地举起他的手指给他看，一副我很厉害的样子道："伤口裂开得不大，用口水舔舔就好了。看，不流血了。"

宫远修红着脸晕晕乎乎地点头，完全没听见她在讲什么。

三人又行一日，已到繁华的康城，风餐露宿的日子终于告一段落，他们入住了康城最好的客栈，终于能吃到美食，盖到被褥了！于盛优感动得简直要流泪了，虽然以天为被，以地为床，感觉确实不错，但是，终究还是有瓦遮头好啊，何况，这个瓦还是如此豪华的瓦啊，真丝的被子啊，晚上能睡个好觉了！

傍晚，一声长叹从宫远修的房中悠悠传出，透着三分忧愁、三分烦闷，还有四分苦恼。

宫远涵路过的时候，正好听见这一声长叹，他几乎不相信自己的耳朵，大哥居然会叹气？自从傻了以后，他每天都快乐得像小鸟一样，现在居然会叹气？

宫远涵轻轻推开房门，往里面看去，只见宫远修趴在桌子上，呆呆地看着捆在手上的白绢手帕，用手摸摸手绢，鼻子凑过去闻闻手绢，傻傻地笑了一会儿，又摸摸，又闻闻，烦恼地抓抓头发，最后又是一声长叹。

呃——这是什么情况？

他大哥不开心了会哭，会叫，会吵闹，可什么时候学会躲在屋子里烦恼了？

宫远涵轻轻敲门进去，走到他身边唤道："大哥。"

宫远修诧异地抬头："二弟？你什么时候进来的？"

"方才。"居然连他进来都没发现，看样子是烦恼得不轻。

"哦。"宫远修点点头，又趴回桌子上。

宫远涵也不急，坐到他身边的座椅上，拿起杯子，为自己倒了一杯花茶。他轻轻地抿了一口，茶水有些微凉，放下茶杯轻笑着问："大哥可是有什么烦恼？"

宫远修撇撇嘴，不知道从何说起，想了半天才问了一句："二弟，那些黑衣人为什么不来了？"远修等了好多天，盼了好多天，可是他们就是不来。

宫远涵淡淡挑眉，有些奇怪地问："大哥为何希望他们来呢？"

"因为……因为……"宫远修红了双颊。

宫远涵挑眉看他，他这样子，不用说他也明白了，一路上故意弄破伤口，故意找机会和大嫂亲近，呵呵，看来是少年的烦恼，情窦初开啊。

他的哥哥，长大了啊！

宫远涵潇洒地展开折扇，扇了扇风，轻笑着说："大哥，你不说明白，做弟弟的，可没办法帮你哦。"

"嗯……"宫远修的脸更红了，犹豫地看着他，要说吗？可是，人

家很不好意思啊！

"不说算了。"宫远涵无所谓地站起身，转身要走。

"我想亲亲我娘子啦。"宫远修抓住远涵的衣袖，红着脸，急声道。

宫远涵背对着宫远修，失笑出声："就这么简单？"

"很简单吗？"可远修烦恼了很久呢，远修好想像娘子亲他一样亲亲娘子。

宫远涵笑："自然简单，她是你娘子，你想亲就直接亲啊。"

"呃？可以想亲就亲吗？"宫远修睁大眼睛问。

"当然可以啊，娘子就是拿来亲的。"

"真的吗？"远修几乎惊喜了！

"嗯。"某涵深深地点了一下头！

就在这时，门被从外面推开，于盛优抱着一个大西瓜进来："嘿嘿，远修，吃西瓜喽。远修远修，快拿刀来切。"

"哦。"宫远修慌乱地四处找刀。

等他找到了，于盛优早已等不及，用蛮力"啪"地拍开西瓜，西瓜汁乱溅。于盛优开心地挑了片大的津津有味地吃起来，一边吃还一边招呼宫远涵："远涵，吃啊，别客气。"

宫远涵瞥了一眼，动也不动，谁要吃你用手拍开的西瓜啊！

宫远修拿了一片小的西瓜，一边小口小口地吃着，一边偷偷地瞅着自己的娘子，晶亮的眼睛，原本白皙的皮肤因为天气渐热，被晒得有些黑，可是，这样的她，更显得活力四射，特别漂亮。

想亲就亲吗？宫远修望向宫远涵，宫远涵鼓励地望着他点头！

宫远修像是被注入了强心剂一样，一把拉住于盛优，很严肃地叫："娘子！"

"嗯？"于盛优停住咀嚼的动作，嘴巴鼓鼓的。

宫远修对准她的嘴唇，猛地俯冲过去！

"揪——"嘴唇相碰的声音。

"砰！"西瓜掉下地的声音。

一阵诡异的沉默后，"哈哈哈哈哈！"是某涵无良的笑声。

宫远修红着脸，有些满足，又有些羞涩，最多的还是开心的笑，呵呵，终于亲回来了！亲回来亲回来了耶！

于盛优睁大眼，傻了，几乎不敢相信，刚一进门就收到这么香艳的礼物，当她听到宫远涵爽朗的笑声的时候，红着脸捂着嘴巴，娇嗔地瞪着宫远修："你干吗啦？！"

"二弟说娘子是拿来亲的，远修想亲亲娘子，想好久好久了，非常想亲亲。"宫远修绞着手指，红着脸看她，乌黑的眼睛瞅着她，小声地问，"难道……不行吗？"

"咳，也不是不行……"脸红，扭捏。

"可以吗？"脸红，眼神期待。

"讨厌。"脸红，"干吗问这么直接呀。"

"讨厌吗？"脸红，无措地看着。

"不讨厌。"脸红，嘻嘻。

坐在桌边的宫远涵笑着看着眼前两个脸都红得和番茄一样的人，啊，真是太有趣了，如果说哥哥的智商只有十岁，那么于盛优的智商最多也就只有八岁，这两个人，怎么可爱成这样呢？哈哈。

轻摇纸扇，看着在他庇护下如此幸福的两人，心里满满的都是幸福的感觉。

但在这天夜里，宫远修突然发烧，整个身子就像火炉一样，硬是

把在他怀里睡得香甜的于盛优烫醒了。

于盛优迷迷糊糊醒来，只见身边的宫远修双颊通红，她抬手在他额头上一摸，好烫！她拉起他的右手，凝神切脉！

天哪！他应该是因为伤口发炎引起的高烧，可是……为什么他的心率这么快？

不管怎么样，先退烧！

于盛优慌忙起身，穿上衣服，在自己的包袱里乱翻着，药药药！退烧药！

药、药、药，那种"药"、这种"药"、毒药……她的包袱里居然连一瓶正经的药都没有。

可恶，于盛优冲出房间，使劲儿地拍打着宫远涵的房门："远涵，远涵！快出来！远修病了。"

没一会儿，宫远涵就冲了出来，头发披散着，有种迷人乱醉的美，可是于盛优根本无心欣赏美色，只是无措地拉着他的衣领，急得带着哭意地说："怎么办？远修病了，烧得好厉害！"

宫远涵眉头轻皱，拉着于盛优回到宫远修的房间，探手一摸他的额头，果然烫得厉害！

"大夫大夫，快找大夫啊！"于盛优急得在床边乱转。

"镇定点儿！你不就是大夫吗？"

"我？我就是世界上最大的庸医啊！"

某人终于承认了自己是庸医！

深夜，一个头发花白的老大夫，安静地把着脉，过了一会儿，又看了看宫远修手上的伤口，然后起身道："这位公子手上的刀伤，是否伴有毒物？"

"对！受伤的时候伤口确实有毒。"于盛优点头。

"嗯。"老大夫摸摸花白的胡子，沉思了一会儿，又摇了摇头，"难，难，难。"

"张大夫，此话怎讲？"宫远涵的面色有些凝重。

于盛优瞪着老大夫，什么难难难？这臭老头儿该不会因为我半夜把他挖来看病，让他抱不到自己的第十七房小妾，所以故意吓唬我吧！

老大夫缓缓道："这位公子中毒之初，曾经有人将他伤口的毒逼出，可此人功力不够，公子伤口中还有微量余毒，本对身体无碍，只是，公子伤口恶化发炎，导致余毒全部侵入体内，高烧加上毒物，所以他现在高烧不退，全身无力，意识不清。"

简而言之，就是一个简单的毒物，经过于盛优之手，发生了质与量的突变。

宫远涵淡定地瞥了于盛优一眼，暗暗发誓，以后除非害人杀人折磨人，否则绝不用她的医术，啊！不对，她的不叫医术，叫毒术！

于盛优被宫远涵一看，惭愧地低下头，有些可怜兮兮地望着大夫道："那、那现在怎么办？"

老大夫一边摸着胡子一边摇头："难，难，难。"

难你个头啊！他该不会和自己一样是庸医吧！于盛优一肚子火，却又不好发出来，只得眼巴巴地望着他。

宫远涵皱眉问："张大夫可有办法？"

"老夫先开三服药剂，公子用一日，若还是高烧不退，便另请高明吧。"

"有劳张大夫了。"宫远涵作揖。

老大夫打开药箱，抓了三服药，交给宫远涵，拿了诊金便走了。

于盛优自觉地抱起药包道："我去煎药。"

宫远涵拉住她，叹了一口气道："这种事叫小二做就是了，你好生照顾大哥，我去隔壁赵城走一趟。"

于盛优皱眉问："你去赵城干什么？"

"赵成有一个衣锦还乡的老太医，他医术高明，曾经是我们宫家的御用太医，我去将他请来，大哥的病情不容乐观。"宫远涵看了眼躺在床上紧闭双眼的宫远修，眼里满是担忧，当年就是这样一场高烧，烧得一代少年英雄变成如此模样。

"不能……不能派人去请吗？"

宫远涵摇摇头："那老太医脾气古怪倔强，若不是我亲自去请，定不会来。"

"那你走了我怎么办？"这句话几乎是脱口而出的，说完后，两个人都愣了一下，于盛优自己都没发现，她对宫远涵的依赖已经到了这种程度。

于盛优有些慌张地掩饰着说："我是说……那个老太医好大的架子，还要你亲自去请，真是讨厌！"

宫远涵只是淡淡地看着她，像是没发觉一样轻笑着说："有本事的人自然架子要大些的。"

"哼。我爹爹和师兄弟们本事也很大，却从来不摆架子。"于盛优不满地嘟着嘴巴说。可一想到他们，她的眼神便暗了下来，脸上尽是忧心之色。

"别担心，宫家已经出面找他们了。"宫远涵柔声宽慰她，看她低着头点了点，像幼小的狗狗一样可爱，忍不住抬手在她头顶上拍了拍，微笑道："我两日便能来回，好好照顾大哥。知道吗？"

于盛优又点了点头，过了好一会儿，才讷讷地、不情愿地说："你早点儿回来。"

宫远涵笑，很温柔的那种："好。"

宫远涵走了，那时天未明，月偏西。

于盛优站在客栈二楼的窗口上安静地看着他翻身上马，动作一如既往的优雅，一身白衣在夜色中缓缓飘起，他抬起头，准确无误地望向楼上的于盛优，她和平时一样，一身淡蓝色的男装，头发也是随意盘起，不貌美却绝对的清秀可爱，她趴在窗栏上，对他展颜一笑，不如平日那么灿烂，像是想让他放心一样笑着。

他垂眸，转头，举鞭，策马而去，清俊的面容上带着惯有的笑容，温柔的，浅浅的，迷人乱醉。

于盛优一直等到他白色的背影完全消失了，才走回房间，看着床上昏睡的宫远修，抬手将他头上已经被焐热的湿毛巾拿掉，放进凉水里，换上一块冰凉的湿毛巾。

然后，她拉起他的手，放在手心中，紧紧握着。他的手很大，根根手指修长笔直，他的手心有长年握剑留下的老茧，于盛优将头蹭在他手上，轻声道："远修，对不起。每次给你治病，你的下场都这样，我应该好好学医的。我真是废材，爹爹教了我那么久，我却什么也没学会。你会不会生我气？"

她幽幽地说完，沉默了一会儿，又凶巴巴地说："你不许生我的气！不许。"

"不会……"一直昏迷的人，有些弱弱地说。

"远修！你醒了？"于盛优惊喜地看着他。

宫远修虚弱地握紧她的手，轻声说："远修……不会生娘子的气，永远也不会哦。"

"真的？"于盛优抬眼轻问。

"嗯。"他用力点头，笑容阳光而透明。

于盛优微笑地看着他，他真好，他真的很好。

对，他是傻子，可是他对她言听计从。

对，他是傻子，可是他比任何人都疼爱她。

对，他是傻子，可是他比谁都懂得让她开心。

对，他是傻子，可是他有一颗水晶般透明的心。

对，他是傻子，可那又怎样？

他有爱他的家人，他有她，所以，他是傻子就是傻子呗！所以，即使以后他一辈子也不好，那也没什么！

她一开始的愿望，不就是找个人嫁了吗，钱够用就好，样子不难看就行，家里没有负担最好，最重要的是，品性要好。

这最重要的一点，远修比世上任何人都做得好。所以……

"远修……你觉得……和我在一起……幸福吗？"

"嗯！很幸福……远修超喜欢娘子哦。"

"那么以后，一直一直在一起好不好？"

"好！"

"那……拉钩。"

"拉钩。"

所以……就这么约定吧！这次，我真心地想成为你的妻子，成为……陪伴你一生的人。

人来人往的客栈里，一个清秀的少年小心翼翼地端着一碗漆黑的药向前走着。

一个大汉，迎面走来，步子很快，少年端着药，小心地看着碗，并没有注意前方的大汉。

就在两人要相撞的时候，少年就像头顶长了眼睛一样，双脚在地上微微一旋，便躲过了，药碗里的药汁一滴也没漏。

大汉说了一声抱歉，少年点了下头，没理他，端着药碗一直消失在客栈二楼的长廊上。

一直到少年走进一个房间，那大汉才露出阴毒的笑容。

哼！找到了！

宫远涵已经走了一天，今天是第二天，宫远修的病，在于盛优的照顾下，并没有好起来，他迷迷糊糊的，有的时候昏睡着，有的时候又忽然醒过来。

宫远修每天都觉得全身冒火，简直被烧熟一样难受。

"远修，起来吃药了。"

耳边有一个温柔又熟悉的声音响起来，他努力地睁开眼，对着床边的人笑，用干涩的嗓音喊她："娘子。"

"很难受吗？"于盛优抬手，用帕子轻轻擦拭他额头上的汗。

"嗯，难受。"宫远修皱着脸诉苦，孩子气地撒娇。

于盛优一脸心疼地把他扶起来："乖，把药吃了就好了。"

宫远修皱了皱眉头，闻着甘苦的中药味深深地皱眉，他不想喝，药好苦。

可是，看了眼一脸担忧的于盛优，不喝的话，娘子会很担心吧。想到这里，他只得就着她的手仰头一口喝下。

"嗯！远修，真乖。"于盛优笑着将他放下来，摸摸他的脑袋，在他的额头上用力地亲了一下，"乖，再睡一会儿，等你一觉醒了，远涵就回来了，到时候，病好了，你又可以活蹦乱跳的了。"

"嗯。"宫远修也觉得有些疲倦，可他看见于盛优起身要走，立刻伸手拉住她的衣角，"娘子，别走。"

于盛优笑："我不走呢，我去给你取些水来。"

"哦。"宫远修松开手，眼巴巴地看着她将碗放回桌子上，又端了温水过来，他的眼神一直盯着她，一刻也没离开过。

于盛优又喂他喝了些温水，然后为他理了理枕边的长发，握住他伸过来的手，轻声道："我不走，你安心睡吧，我在这儿看着你。"

"娘子，上来陪我一起睡觉吗？"他的眼睛被烧得有些微微发红，脸色很是苍白。

于盛优当然无法拒绝这样的宫远修，利索地脱了鞋子和外衫爬上床。刚躺下，宫远修就抱了过来，像平时一样紧紧地将她抱在怀里，他的身子火热的，直烫得她微微颤抖了一下。

"啊……娘子的手好凉。"他拿起她的手，放在自己脸上使劲儿蹭着。

"嗯。"于盛优浅笑地看着他，她喜欢他这样的表情，单纯的，带着满足。

他蹭着蹭着，她白嫩的手指无意间划过他的嘴唇，他的唇柔软而性感，她的手指忍不住轻轻触碰了下，他伸出舌头，在她的指头上轻舔一下。她心一紧，像是被电到一样慌忙地想把手往回缩，可却被他紧紧抓住，放到唇边，轻轻吻着，不，那不叫吻，他像是得到好吃的糖果一样，时而轻舔时而吮吸。

于盛优的脸早已通红，心跳漏了好几拍，她几乎全身僵硬地任由他把玩着她的手指。

"娘子的手，甜甜的，好好吃。"宫远修抬眼，望着她开心地说。

屋外，鸟鸣声响起，于盛优向窗外望去，天已微微亮了起来……

今天，远涵就会回来了吧。

才两天，为啥感觉他去了好久一样？

"老大！于盛优在娄云客栈。而宫远涵不在，听小二说，宫远修病重，现在正是抓她的最好机会。"此时说话的人正是在客栈里差点儿撞到端着药的于盛优的那个大汉。

"终于找到了！"被称为老大的男人咬牙切齿，"来人！给我去抓！这次再抓不到，你们就全去死吧！"

"是！"黑暗中，十几个声音同时响起。

籽月 〔著〕

ZIYUE
ZHU

恋恋江湖

下

黑龙江美术出版社
Heilongjiang Fine Arts Publishing House
http://www.hljmscbs.com

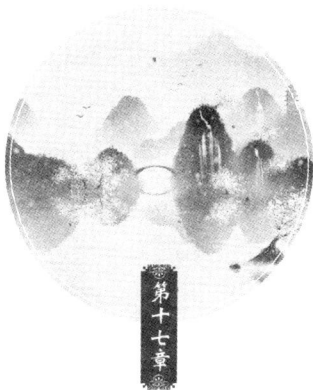

哎！又遇杀手！

LIANLIAN
JIANGHU

清晨，一辆马车在山道上疾驰着，驾着马车的汉子不停地挥舞着皮鞭，三匹骏马奔腾如风，车轮咕噜咕噜作响。

一个白衣公子撩开车帘，对驾车的老汉道："麻烦你再快一些。"

"是，公子。"驾车老汉用力挥出鞭子，吆喝着马匹跑得更快。

白衣公子坐回车内，他的面容俊雅如玉，他的嘴角带着轻轻的笑容，只是他的身体却有些僵直，好像随时都会变成箭一样飞出。

车里还坐着一位老人，头发花白，就连眉毛胡子都是白的，用"道骨仙风"四个字形容他并不为过。

老人看了一眼身边的白衣公子，轻声安抚道："二公子不必着急，老夫凭您对病情的形容来看，大公子现在并无大碍，待老夫前去，一服药下去，定能药到病除。"

"有劳胡太医了。"宫远涵抱拳，微笑着道谢。

"二公子客气了。"胡太医微笑。

宫远涵转头，望向车外倒退的风景，脸色稍显平静，可绷直的身体并没放松下来。

胡太医望着眼前相貌出色气质清雅的男子，忍不住点头想：宫家的三个兄弟都是他看着长大的，三兄弟从小感情就很好，自从大公子傻了之后，二公子对大公子的照顾几乎到了无微不至的地步。

可想当初，这两兄弟的感情……

"胡太医。"宫远涵忽然出声打断胡太医的思绪，轻皱眉头道："远涵要先行一步，望您见谅。"

"去吧。"胡太医摸摸胡子，笑得慈祥。

宫远涵拉开车帘，早已蓄势待发的身体如箭一般飞了出去，他的轻功比马车快上十倍还不止，几个跳跃，便已失去了踪影。

而另一边，于盛优还在睡梦之中，忽然觉得脸颊有些痒痒的，然后是鼻尖、嘴唇……最后痒痒的感觉停在了……胸部？！

"啊！"她轻叫一声，猛地睁开眼睛，只见宫远修正凑着一张俊脸埋在她的胸前，像昨夜那样吻着她……

于盛优抬手，抓起他的头，瞪着他问："大清早的你干吗？"

"娘子，娘子，我看到你就想亲亲。"宫远修撑着头颅，笑得一脸纯真。

于盛优嘴角抽搐了一下，亲亲！这家伙真的知道什么叫亲亲吗？！

啊啊啊！大清早就挑战我的极限！

她要吃掉他吃掉他！谁都别拦着她！谁都别！

"娘子……你干什么？"某无辜的人一脸奇怪地看着压在他身上的人！

"干什么？你亲亲我，还不让我亲亲你吗？！"某禽兽手脚并用一把脱了宫远修的衣服！

某男全身赤裸地躺着。他那干净清澈的眼神，是那么纯洁！

她要破坏！她受不了了！她要破坏他的纯洁！某女满眼通红地对着他就咬了下去！叫你舔我！叫你咬我！叫你亲我！

宫远修哪里被如此对待过，只觉得她那样亲吻他，他真的很痒，很舒服，心里麻麻的感觉让他忍不住连脚指头都蜷缩起来，他的眼神迷离，嘴里诚实地发出呻吟声！

那声音，更是鼓舞了某女的激情……

就在这时，一群黑衣人破窗而进，另一群黑衣人破门而进！

双方人马通通愣住！

黑衣杀手们没想到会看见这幕！他们在犹豫是不是该先出去，等他们办完事再来？

于盛优没想到会被看见这幕！她在犹豫是不是要先杀死他们灭口，然后再自杀！

宫远修看着期盼已久的黑衣人，忽然想到有谁和他说过，什么事情越是等着盼着越是不来，等你不想了不盼了，就来了！

啊……这人的话真是经典啊！

一秒后。

黑衣杀手决定：趁她弱要她命！

于盛优决定：要毒死他们，毒死他们全家！

宫远修决定：以后再也不期盼他们来了！

就在双方一触即发的时候，窗户外又飘来一人，宫远涵站落后，看着一屋子的杀手，冲向床前，紧张地问："大哥，大嫂，你们没事吧？"

于盛优僵硬地压在宫远修身上看他："……"

宫远修无辜地被反压在于盛优身下看他："……"

宫远涵僵硬地维持问话的动作，看着两人："……"

是的，他们都不知道要说什么！

众人愣了几秒，宫远涵的脸色变化快得出奇，先是僵硬，然后又有些羞红，然后煞白，然后铁青，最后他瞪着于盛优道："你就不能忍一忍？"

于盛优愣了一下，然后满脸崩溃地哭叫："啊——杀手大哥！你们抓我走吧！求你们了！"

忍！忍！她何尝没忍！她和宫远修成亲都一年了啊！已经忍了够久了啊！好不容易想来一次，还发生这种事！

苍天啊！为什么这么对她？！为什么要被这么多男人看见？！为什么啊？！她不要活了！不要活了！让她被抓走吧！让她消失吧！看见没！看见没！远涵那又嫌弃又鄙视的眼神！啊啊啊！她不要活了！

其中一个黑衣杀手愣了一下，傻傻地点头："好哇，我们就是来抓你的。"

宫远涵瞪去！

众杀手抖了抖，退了两步，想，抓不到于盛优回去也是死，还会死得很惨，还不如现在战死沙场！他们想完不再犹豫，举着刀子就砍过来！

宫远涵动作利索地一手扯起床帘一把将于盛优和宫远修掩盖在床帘之后，一手抽出腰间的软剑，与敌对战！

床外打得热火朝天，床内，找衣服找得热火朝天！啊啊啊啊！

"远……远涵……"床内一个弱弱的声音道，"那个……把我的肚兜捡给我。"

床外打斗的男人们全部一僵，集体看向清雅如玉的宫远涵，以及被他们踩了 N 脚的红色肚兜……

啊！他脸红了！只见那宫家二公子，眉峰紧皱，薄唇轻抿，身姿僵直，一张如玉俊颜犹如染上一丝红霞，通红透明。

众杀手：江湖上无人能敌的宫家二公子脸红了！

宫远涵：杀他们灭口！

啧，这想法，居然和于盛优不谋而合！

宫远涵几个旋步，在刀风间翩翩起舞，一转身，探剑，挑起地上的肚兜，扔进床内！

战况又一次激烈了起来！这一次来的杀手，明显比上一次的武功高强十个段数！

于盛优在床上穿好自己的衣服，又帮着手脚无力的宫远修穿衣服！

早知道穿衣服这么麻烦，她就不脱了！

于盛优披着头发，握着匕首，光着脚，从床上下来。众男人转头看她……都在猜想，她穿的肚兜上，是否有自己的脚印。

宫远涵皱眉，不悦地瞪着于盛优低喝："进去！"

于盛优抬头看他，红着脸道："我想帮忙……"

"进去！"宫远涵的眼神更为凌厉！

"哦……"于盛优缩回脚，乖乖地坐在床上。宫远修也努力地想爬起来帮忙，可他却连爬起来都很吃力。

于盛优将帘子掀开一条缝，偷偷往外看去，只见小小的屋子内，宫远涵以一敌十，虽不落下风，可也占不到便宜。

十个杀手缠住他，另外两个杀手向床上飞扑而来。于盛优拿着匕首，挡开一人的攻击，又躲过一人，只是两人招数不断，她只撑了一小会儿，就败下阵来。

被数十人缠住的宫远涵脱不开身，只好从腰里掏出折扇，旋开，对着于盛优面前的两个杀手射去，扇子像一把旋转的飞刀，以极快的速度割伤两人！

"带我哥先走！"宫远涵高声叫道。

于盛优下床穿好鞋子，还穿反了！她用力扶起病床上的宫远修，让他的右臂绕过自己的脖颈，将他搀扶起来，就着被杀手们破开的窗户跳出去。

几个杀手互看一眼，分出四人前去追赶，宫远涵飞身挡在窗户前，轻笑地看着他们，想过去，还得问问他！

只是他没想到的是，一直在外面督导作战的杀手老大，带着身边的三个小弟，追了上去。

于盛优扶着宫远修，转头望去，就见后面追来四个黑衣人。

"啊！"于盛优尖叫一声，一把推倒刚进客栈想住店的路人，抢了他的马匹，先扶着宫远修上去，自己也一跃而上。

于盛优猛地挥鞭，马蹄如飞，急速奔走！

路人高喊："我的马！来人啊！有人抢马！"

"抢你的马是看得起你！"马上隐约有一个女人的声音如此回复。

"啊！我的马……我的马啊！"路人捶地大哭！

于盛优骑马奔逃，后面的四个杀手紧追不舍！

房内的宫远涵和数十位杀手斗得难分难解！

于盛优骑着马匹一路奔到城外，杀手的轻功很是厉害，紧跟着马匹之后，眼见着就要追上来了，于盛优从药兜里掏出一把药粉对着杀手们撒去。

杀手们纷纷屏气散开，眼见于盛优趁机就要逃走，领头的杀手一甩手，几十枚夺命飞镖带着凌厉的杀气铺天盖地向于盛优掷去。

于盛优回头一看，吓得慌忙压着宫远修趴在马上，却仍有几枚飞镖从他们的胳膊旁、腿旁擦过，顷刻，两人薄衫上到处是血痕。

胯下坐骑被暗器击中，突如其来的疼痛使它癫狂起来，抬着前蹄嘶吼着。于盛优再也控制不住马匹，为了不被甩下来，只得松开缰绳，抱着宫远修，跳了下来。刚一落地，四个杀手就围攻而来，于盛优伸手入怀又是一把毒药撒去，杀手们急急后退，于盛优架起宫远修就跑。

于盛优一边扶着宫远修跑一边放毒药，迫使后面的杀手不敢轻易接近他们。可杀手们也不笨，使着追杀技巧将他们赶到凡城江边。于盛优看着滚滚江水，往后退了两步，居然跑到死路上来了？

于盛优转过脸问："远修，你会游泳吗？"

宫远修脸色惨白，本就病重的身体，经过一路奔逃早已不堪重负了，他额头上滴着冷汗，喘着气摇头："我不会游泳。"

呃！我也不会！

于盛优回身望着一步一步逼近的四个杀手，紧张地咽了一口口水，手脚发抖地往后退着。

死了死了，前有追兵后无去路啊！

于盛优根本不相信自己能赢，她现在只有两个选择，一个就是背着宫远修一起跳江！两个秤砣下去，不用说也知道什么结局；一个是被抓，被抓的话……也许还有活路！

于是，于盛优对着步步逼近，已经将他们围起来的四个杀手笑，一副有话好商量的表情道："各位大哥，一路上来抓小妹我，实在是辛苦了。小妹我劳烦大哥们这么久，实在是不好意思得紧，小妹想了想，这就随各位大哥去吧。呵呵呵。"

杀手老大得意地哼了一声："哼，算你识相。"

"呵呵呵，识相、识相，当今最识相的人就是我了。"于盛优使劲儿地点点头，然后又讨好地笑，"众位大哥只要抓我就可以了吧，我家这个傻相公，这么大块头，身体不好也就算了，脑子还不灵，路上带着多不方便啊，就丢在这里好了。哈哈哈哈。"

"哼，你说得对，带着确实不方便。"杀手老大阴笑了一下，"杀掉不就好了。"

于盛优脸上的笑容渐渐冷了下来，阴沉地瞪着他："你敢！他可是宫家的人。"

"哼！就是因为他是宫家的人，才要杀他！他们两兄弟一路上打伤我们多少人！这次定要报这个仇！"杀手老大抬手一挥，其余几个杀手便一起攻上。于盛优拿着匕首，挡开两把长剑，宫远修使尽全力拍出一

掌，一杀手被打飞出去。宫远修早就因为高烧而全身无力，刚才那一击已尽全力，一掌过后，便虚脱地半跪下来。

正在这时，杀手老大的剑对着他直直砍去！

头脑在刹那间变得一片空白，于盛优转身，不顾身后的攻击，甚至连手中本来紧紧攥着的匕首也放开了，直扑到宫远修面前，脑海里来来回回转悠的竟只有一个念头：至少……至少，他不能有事！

一把剑自身后疾驰而来，穿透她的肩膀。

"噗"的一声，是利器割开血肉的声音。

"啊！"于盛优仰头惨叫一声。持剑的人却没有丝毫犹疑，转瞬便把剑拔了出来。

鲜血争先恐后地涌出，几个呼吸之间就染红了于盛优的衣服。

于盛优疼得全身战栗，她的鲜血喷溅在半跪在她怀中的宫远修身上。他仰着头看她，她的脸因为疼痛变得扭曲，眼前也有些模糊，但她还是能看见，看见他英俊的脸上溅着自己的血，看见他紧紧握着的拳头，看见他死死睁着的眼睛，还看见……

于盛优的视线越发模糊了，从身体中流出的血已经由热转冷，一如她心中此刻的感觉。但她还是扯动嘴角，露出一抹颤抖的笑。她想叫一叫，叫一叫宫远修的名字，只是叫一叫。

然而，杀手们已经围了过来。

身子重重地颤抖一下，于盛优转身，声音不自觉地尖厉："别过来！"

杀手们置若罔闻。

于盛优将宫远修护在身后，明亮的眼睛终于蓄满了泪水。

她在哭，是因为怕，害怕他们会让他尝到这种由心底而生的恐惧滋味。

她在哭，是因为恨，恨他们会让他尝到这种让灵魂战栗的痛苦感觉。

她在哭，因为软弱，是因为——她终究软弱得无法保护他！

于盛优张开双臂。她的双臂一点儿都不强壮，甚至还在不太冷的风中颤抖，然而，她却始终张着，不曾移动半分。

眼泪爬满了于盛优的脸，她的眼睛很酸很疼，可却不敢眨哪怕一下。

"别过来！"她说，眼中竟渐渐泛起了一丝狠厉。

杀手们被她的眼神瞪得愣了一下，杀手老大冷哼一声，下令道："上。"

于盛优动作迅速地捡起匕首横在脖子上，对着他们吼："来呀！要死一起死！"

于盛优脸颊上的泪痕还没有干，她冲着他们使劲儿吼："除非我死了！不然谁也别想碰他！来啊！有种过来！"

于盛优的身体一直颤抖着，她的血一直在流，也一直在骂着。

然而，说着说着，她终于哽咽了，声音里也渐渐有了绝望。

杀手老大冷冷地看着她，并不急着行动，他们都知道，她失血太多，撑不了多久就会倒下。

于盛优的声音渐渐低了，她的喉咙开始火辣辣地痛着。

"不要过来……"于盛优微动嘴唇，喃喃地说了一句。

没人听见。

"娘子……不哭。"身后，一双温暖的手臂轻柔地抱住她的腿，"娘子不哭……远修保护你。"

宫远修半跪在地上，双手抱住于盛优，仰着脸，他俊俏的脸上满是她的鲜血。他的眼里也有泪水，一滴泪珠滚落，合着脸上的血，变成红

色的泪水，他哭泣着只重复着同样的一句话："娘子，不哭……远修保护你！保护你！"他使劲儿地撑着地，想要爬起来，却一次一次失败，"不哭……远修把他们都打走！"他喃喃着，双手用力地抠着地上的泥土，头撑着地，膝盖颤抖着想爬起来，"我保护你……娘子不哭……"

"坏人……"他奋力地挺直身体。

"都打走！"他咬牙，握拳，吃力地站起来。

"远修都打走。"宫远修瞪着眼睛吃力地往前走一步，却无力地跌倒在地，灰尘扬起，发出很大的声音，可他又握起拳，颤抖着挣扎着想站起来……

于盛优失声痛哭，早已没有力气的双手再也握不住匕首，她跌跪在地上，泪水如决堤的洪水，冲下她的脸颊！她一把抱住宫远修，像是用生命里所有的力气抱住他，哭着骂："笨蛋！笨蛋！笨蛋……"

"娘子……"宫远修的手指很温柔地将她的泪拭去，看着她一直流血的伤口问，"疼不疼？"

于盛优哭着扯动嘴角，用力地露出一个笑容，带着泪水的笑容是那么苦涩，她轻声道："……有点儿疼，就一点点。"

"远修给你呼呼。"宫远修轻碰她的伤口，低头，轻轻在上面落下一个吻，他的嘴唇一如既往的滚烫，碰在她刺痛火辣的伤口上，就像是被打了一个烙印，火热地疼！她的心痛成一片。

于盛优咬牙，嘴唇已被咬得出血，她紧紧地抱着他，看着一步一步地走近的黑衣杀手。于盛优满脸泪水，再顾不得什么，只知道用力抱着宫远修，反反复复地哀求着："求求你们，别杀他。求你们了……"

没有人听从她的乞求。

一个杀手拉开她的双臂，她哭喊着挣扎："远修！远修！"

另一个杀手一把抓起宫远修，宫远修连挣扎的机会都没有，便被投入滚滚的江水之中！

宫远修的身影渐渐沉下去，青色的衣衫在水面上漂浮着，黑缎般的长发在江面上如水草一般荡着。他睁大眼，江水温柔而冰冷，不可阻挡地没过他的四肢、口鼻。身体慢慢地往江底沉去，他试着抓住些什么，却只是徒劳，四肢渐渐麻痹，耳朵也只能听见哗啦啦的水声，只有眼睛，还能看见江面。

江面上的女孩儿满脸泪水，奋力地往前爬着，两个黑衣人压住她的双手将她捆着，她望着江水痛哭，她的泪水像是珍珠一样，一滴一滴地落入江中，落在他的心上。

他抬手，想抓住她，想让她不哭……可他却……那么无力……为什么，他这么弱？！为什么他不能保护她？

宫远修在水中浮浮沉沉，意识开始逐渐消失……

浪花在岸边拍打了几下，便再也没有了动静……

于盛优僵住，远修曾对她说："我不会游泳……"

她的眼睛惊恐地睁大，水中，再也寻不到他的身影……

她的眼泪终于停住，她的身子，终于冰冷。

第十八章

幕后黑手出现

LIANLIAN
JIANGHU

七月的暴雨，像是没有尽头似的，一下就下了三天。

明明是下午，天色却阴暗得像是在黑夜里一般。山路边的树叶被雨水冲刷得翠绿，树枝上的花被暴雨无情地打落。这场雨一过，夏日的风顿时变得冰凉，穿得薄了，甚至有些冷意。

干燥的土地吸收了太多雨水，变得泥泞不堪，一辆马车驶过，马蹄踏在路面上溅出泥水，鲜嫩的落花被踩进泥里，转瞬便零落成泥。

雨，还在不停地下着。

那之后，没有奇迹……

他落水，她被抓。不管她如何挣扎，如何乞求，如何期盼，没有奇迹……

没有人来救他们，就连远涵也没有出现。

于盛优靠着车壁躺着，她的双手被反绑着，一身狼狈，肩胛骨的伤口也无人包扎，几缕头发合着血块沾在脸颊上。她安静地闭着眼睛，脸色苍白，呼吸微弱得让人以为她已经死去，只有她自己知道，她从来没有这么清醒过。

这三天，她无数次后悔，没有一开始就带着远修跳下去，那样的话，就算死，他们至少也能死在一起，至少也能相拥着沉入江底。不会像现在这样，丢下他一个人，在冰冷的江水里独自挣扎……他是那么害怕寂寞，他是那么害怕一个人，他是那么怕黑。

车外忽然一阵雷鸣……

啊……他还那么怕打雷，她记得他第一次抱住她，是在洞房花烛夜那晚，她不愿嫁他为妻，指天发誓，引来一阵响雷。他是那么害怕，猛地扑过来，哆哆嗦嗦地、紧紧地抱住她，从此便黏上了她，怎么甩也甩不掉，像是一个甜蜜的包袱一样压在她身上。

可是……可当他张开双臂抱住她的时候，当他用清澈透明的双眸眼巴巴地瞅着她，当他一笑起来，干净纯洁得像一个遗落人间的天使时……她是多么的心甘情愿啊！

心甘情愿地背上他这个包袱，甜蜜的包袱，不再是包袱的包袱……

远修……

远修……

天啊，你从来没有答应过我任何乞求，这一次，求求你！只要你答

应我这一次，这辈子我将不会再有其他的乞求……

不要死……不要让他死掉……谁都好，救救他……一滴泪水从她的眼角滑落，滑过她苍白的脸颊，滴落在木制的车板上。

车外倾盆大雨。

黑衣人甲抬手，手心在她的额头上轻触，滚烫的触感让他的手猛地缩回。

"老大。"他向另外一个黑衣人报告，"她快不行了。"

被称为老大的黑衣人冷漠地瞥了她一眼道："给她喂点儿药，留着一口气回去交差。"

"是。"黑衣人甲从怀里掏出一颗药丸，捏着她的下巴，强硬地喂了进去。

马车又行了半日，居然到了雾山！

驾车的人七拐八绕来到雾山顶上，雾山顶上只有一棵巨大的榕树和一块光滑的岩石。

这个地方对于盛优来说，简直无比熟悉！

就是这个山顶，就是这块岩石。树上飘落的树叶，就是这棵榕树的叶子！

这棵榕树的树干至少要十几人张开双臂才能合抱起来，它有无数的分枝，粗的至少有一人身粗，细的也有胳膊这么粗。

她从小到大不知道在这树上睡了多少次午觉，乘了多少次凉，眺望了多少次风景。

记得十二岁那年，四师兄见她很喜欢这棵树，特地在树上给她做了一个小木屋，可惜她没来玩几次，就被经常迷路的二师兄霸占了去。

二师兄结婚那年，她一怒之下，就把木屋给拆了。

再后来，二师兄每次迷路被找回来，都会对着她念叨："你为什么要拆了木屋啊？害我没地方睡觉。"

于盛优哼了一声道："木屋是四师兄给我建的，我爱拆就拆，你管不着。"

二师兄无奈浅笑，倾国倾城："小姑娘家家，越大越不可爱了。"

而她只是嘟着嘴巴转过脸不理他，当他转身的时候，她才回身望着他的背影，以及他身旁美得像女神一样的妻子。

于盛优迷迷糊糊地望着眼前的大榕树，记忆铺天盖地而来。

怪不得，怪不得幕后黑手能在一夜之间烧了圣医派，怪不得有人能神不知鬼不觉地抓走师兄弟！怪不得胖子和远涵找了这么久一点儿线索也找不到！

原来！原来他们就在这儿！找了这么久的爹爹和师兄弟们居然被人藏在雾山！藏在自家后院里！

大榕树后是高高的悬崖，只是悬崖中间，赫然有一个隐秘的山洞。

原来，幕后黑手的基地，居然在这里！

杀手老大一手夹着于盛优，一手拉着悬崖边的绳子，轻松地下到洞口。

洞口有四个守卫看守，杀手老大望着其中一个守卫道："去禀报主人，于盛优带到。"

"是。"山洞有一人半高，杀手老大改夹为扛，将于盛优扛在肩上，大步地往前走着。山洞内，每隔十米便有一盏油灯，昏暗的光芒映着冷硬的岩壁。

没一会儿，洞内豁然开朗，杀手将于盛优丢在地上，站在一边安静地等着。

也不知道过了多久，才有一个脚步声姗姗来迟。

于盛优这时已经清醒了不少，她缓缓睁开眼睛，看着四周，阴暗的岩洞内笔直地站着两排侍卫。当脚步声的主人坐上岩洞最高的位置时，侍卫们齐声道："恭迎教主！"

于盛优吃力地抬头，看着坐在上首的男人。男人戴着银色的面具，看不清样貌。

"别以为你戴了一个狗屁面具我就认不出你来！四师兄！"

面具后面的男人轻笑："你怎么知道我是你四师兄？"

"哼！日防夜防家贼难防！爹爹和师兄弟本事这么高，怎会轻易被一网打尽，定是家里出了内奸！这个内奸是谁，我本来想了好久也想不出来，可是山崖下这个山洞，除了我就只有你知道！四师兄！别忘了，这个山洞是我第一个发现的，那时我指给你看，你下去走了一圈上来，告诉我这山洞很浅，叫我不要下去，不要告诉任何人。"于盛优冷笑了一下，狠狠地瞪着他，"想当初我是那么相信你！你说鸟在水里游，我眉头都不皱一下相信那是鸟鱼！可是！居然是你！"

"呵呵呵，你倒也不笨。"男人抬手拿掉脸上的面具，露出淡雅的面容。面具下的人正是一张和四师兄于盛文相似的脸，只是，看着比四师兄还年少些，他的脸上带着一丝邪气，与四师兄温柔的气质相差甚远。

"你是谁？"于盛优皱眉问。

"我？"男子挑眉轻笑，很是妖媚，"我是你四师兄的爹爹。"

"弟弟？"

"爹爹。"

"哥哥？"

"爹爹。"

"外甥？"

"我说了是他爹爹！"男子怒了，第一次有人让他将一句话重复了四遍！

"骗人，你看着明明才十几岁！"于盛优张大嘴，一脸不相信。

"真的吗？真的？你真的这么觉得？"四师兄的爹爹唰地从怀里掏出镜子左照右照上看下看，好一会儿后，才满足地说，"啊，最近又变得年轻了！看来，少女的血果然是美容圣药啊。"

于盛优嘴角抽搐了下，这家伙，不会是个变态吧？于盛优瞪着眼睛看他，这家伙就是成玉剑庄的现任门主成华卿，听胖子说他和爹爹是生死之交，圣医派出事后，此人在江湖上发誓定要为圣医派报仇，不但如此还组织了一个反鬼联盟，专门讨伐胖子？

这家伙，真是会装啊，好人坏人都是他，她最讨厌这种无耻的伪君子了！

成华卿又对着镜子照了好半天，还特地对着眼角仔细地看了看："呀！连鱼尾纹都没了。哈哈，真是太完美了。"

成华卿满意地收了镜子，对着身边的侍从说："今晚再杀个少女，用她的鲜血好好地泡个澡。"他又补充了一句，"啊，再在澡盆里放些玫瑰花瓣，这样效果更好一些。"

"这个……教主。"侍从低着头，有些为难。

"怎么？"成华卿冷眼望去。

侍从跪下身来急忙道："最后一个少女，昨天已经被杀掉了。教里已经没有少女了。"

成华卿拍桌子暴怒："什么？居然没有了？再去给我抓。"

"这个……这个……因为雾山最近连续失踪少女，导致方圆百里的未婚女子疯狂嫁人，属下……属下很难找到……"

"什么？找不到？找不到你是干什么吃的？"成华卿气得一掌打去。

侍从被打得口吐鲜血，忽然瞄见躺在地上的于盛优。

两人眼神相对，于盛优慌忙摇头道："我不是，我嫁人了！"

成华卿瞪她一眼道："别紧张，我只要美貌的女子，你啊，想给我泡澡我还怕弄皱我细腻的皮肤呢。"

于盛优在心里骂了他千百遍死变态、老人妖后，问："你到底想怎么样？"

"哼！我就是想拿你治治你的师兄弟！"

说完，成华卿大手一挥，黑衣杀手将她一拎而起，跟在他的身后往前走。

七拐啊八绕啊，一个洞接着一个洞啊，就在于盛优快转晕了的时候，终于到达了一个大洞。这个洞的内部结构被人为破坏，山洞的中心，被人挖了一个三米多高、两百多平方米的坑，坑上站了十几个守卫，坑里住了于盛优的众位师兄弟和爹爹。

于盛优撑头看了一眼，她一直以为师兄弟在这儿会吃很多苦，可是……

左上方坑房：

"这是什么人参乌鸡汤啊？啊？汤要鲜美，不能盖了药味，鸡肉要不老不嫩，不大不小，汤的温度要不冷不热。这是什么？这是什么？这能吃吗？"六师弟于小小"唰"地掀了盘子，一钵高档的人参乌鸡汤就喂了泥地，地上的人参和鸡堆得和小山一样高。

坑房的仆人跪在地上，一个劲地磕头："小的知错了，小的这就去重新做。"

于小小指着仆人毫不客气地奚落道："白痴，笨，没长脑子，做了一百多遍还没做出一锅能吃的！你说是不是猪脑啊？"

如此这般这般如此，于小小骂的那人非常后悔自己为什么被生出来，为什么要遇见这个魔障！

左下方坑房：

"大人……您饶了小的吧……小的……不要过来！啊啊啊啊啊！"一阵惨叫声后，仆人疼死过去。

三师兄一脸无辜地摸着他家的宠物旺财："旺财乖，这人的肉这么臭，你怎么能咬他呢？脏死了。"

旺财："嗷嗷嗷嗷嗯——"

看来于盛优的狼叫声如此惟妙惟肖，敢情是跟着旺财这匹真狼学的！

右上方坑房：

二师兄点着香炉，侧躺在石床上，闭着眼睛，正睡得香甜。他身边站了两个仆人给他打扇，两个给他捏腿，两个给他捶背。乖乖，不要太享受！

原来……吃苦受罪倒霉奔波的人从来只有自己一个！吼！她怒了！她一路奔波，被追被抓被砍，最重要的啊！她还失去了远修！可他们居然在这里享受！

太不公平了！太过分了！她张大嘴刚准备大吼出声，却听有人比她

更先一步!

"你们!你们太过分了!"成华卿怒指坑下众人。

众人抬头瞄了他一眼,目光只在他身上停留了 0.01 秒,又开始各干各事,完全不搭理他。

"你们能不能有点儿被抓的自觉啊?"成华卿气得跳脚,"我抓你们来是让你们享受的吗?"

还是没人搭理他,二师兄翻了个身,继续睡。

三师兄摸着旺财,只有于小小鄙视地看了他一眼,灵动的大眼好像在说:"有人求你抓我们吗?"

"啊!不能生气,不能生气,生气会长皱纹的。"成华卿捂着胸口,平静了下自己的情绪,瞥了眼一群无视他的男人,挥了下手,"来呀,把她丢下去!"

"是。"黑衣杀手毫不客气地一把将于盛优丢进三米深的坑洞里。于盛优双手被绑,无法也无力施展轻功,只能直直地栽进坑里,啃了一嘴泥,本来就疼的伤口,更是疼得她龇牙咧嘴。

可恶!为什么吃亏倒霉的永远都是她?!

"优儿。"

"师妹。"

"五师姐。"

悠闲的圣医派众人围了上去,一脸担心的样子。

于盛优郁闷地抬头瞪着,抱怨道:"你们这么多人,怎么也没个人伸手接我一下啊?"

三师兄轻笑:"抱歉啊,我们没看清是你。"

　　众人点头，确实没看清，旺财走过来，伸出舌头在于盛优脸上舔舔，表示它也没看清。

　　于盛优气闷得想骂人，可是却没力气，只能瞪着他们。

　　于小小手脚麻利地解开绑在她手上的绳子，长久被捆绑的手忽然被松开，手臂酸麻不已，她咬着牙一脸痛苦。

　　"小师妹，你身上这刀是谁砍的？"疼痛火辣的伤口被一只冰凉的手轻轻触碰着，一阵刺痛的感觉让她全身颤抖了下。

　　于盛优抬眼，只见二师兄阴沉着一张脸，声音低沉地问："来，告诉师兄，是谁伤了你？"

　　于盛优撇撇嘴巴，鼻子酸酸的，眼睛酸酸的，露出特柔软的表情，指着成华卿身边的黑衣杀手告状道："是他，就是他打我，打了我好多下，还拿剑刺我，他还把我相公丢江里了！"

　　"哦，是他啊。"于盛白的语调云淡风轻，他扬起脸，细长的丹凤眼望向黑衣男子，然后忽然一笑，对着成华卿道，"我有一个良方，可以让你的秀发变得乌黑亮丽，如丝绸一般光滑。"

　　"哦？真的？快告诉我。"成华卿两眼放光地看着他。

　　"你剁了他两只大拇指，我就告诉你。"于盛白歪头轻笑。

　　成华卿眉头都不皱一下地吩咐道："剁掉。"

　　黑衣杀手慌忙下跪求饶："教主，教主开恩啊！啊——"话没说完就被刺了一剑。

　　成华卿甩了甩剑刃上的鲜血，瞅着于盛白道："现在能告诉我了吧。"

　　于盛白轻笑，从怀里拿出一张药方交给身边的仆人，仆人拿着药方快步地跑到成华卿面前。成华卿拿着药方快速地扫视了一遍，交给身边

的侍从："按药方去做。"

"是。"侍从退下。

成华卿甩甩衣袖，望着坑底的人冷笑："你们几个，别再给我耍花招，现在，你们的妻子、孩子、师妹，都在我手上，若是不想让他们的血给我泡澡，就乖乖按我说的话做，不然别怪我下手狠！"

望着从坑顶离开的变态男人，于盛优不由得开口问道："这个死变态到底想干什么？"

"他？"于盛白牵动嘴角讥讽地一笑，"他想容颜常驻，长生不老。"

"哦，这事每个人都想啊。"于盛优皱眉，"那和我们家有什么关系？"

"和我们家关系很大啊。"

"嗯？"

"这件事说来话长……"

原来，江湖传言并非空穴来风，圣医派的《圣医宝典》确实记载着几百年前消失的长生不老药方，可身为神医世家，当然知道这药的好处与危害。圣医派第十三代掌门本想毁掉此书，但一来，这书确实是宝物；二来，一个东西既然存在，必然有它的价值和使命；三来，身为神医确实也舍不得毁掉这样的绝世药方。

他思来想去，最后决定将记载长生不老药的药方从医书上撕下来，放在信封里封印在密室之中，并嘱咐后人，圣医派不到灭门之灾定不可打开信封。

这一晃就是几百年，人们早已淡忘了长生不老药，就连圣医派的掌门都不知道药方就在自己家密室里。

一直到十二年前，于盛优他爹于豪强受好友成华卿之托，收了其八公子为自己的第四个徒弟，事情忽然发生了转机。

话说，这于豪强收徒弟那绝对是挑剔得很，第一要相貌标致水灵，第二要脑子聪明伶俐，第三要好学刻苦。

于豪强凭着这三个条件，收到的前三个徒弟堪称人中龙凤，要才有才要貌有貌，可就是性格实在太过诡异，大徒弟于盛世冷漠生硬，从不与人多说一句话；二徒弟于盛白话是多了，可却狂放不羁，完全一副祸水样；三徒弟于盛夏确实低调，可却又太过孤僻阴冷。

徒弟个个好，但是个个都不够贴心。

而四徒弟于盛文却从小便温柔善良，恭顺体贴，惹人喜欢，所以于豪强对他简直是喜欢得不得了，所有的医术都对他倾囊相授，圣医派的任何地方对他都是大门敞开，密室也一样！

于老爹几乎将他当上门女婿培养，于老爹想啊，他家优儿和盛文门当户对，郎才女貌，两小无猜，青梅竹马，多好啊，多般配，多让人放心啊！日后他就是闭眼了也不担心女儿被欺负。

也不知道为什么，于老爹就是时时刻刻在操心着女儿嫁不出去，或是嫁出去了又给人休回来。

可是后来……不说大家也知道。

话说，于盛文十二岁的那年夏天，独自一人来到圣医派的密室翻阅密室医书，研习药理，就是在这么机缘巧合之下，他发现了装有长生不老药的信封，打开阅读之后，知道自己打开了不得了的东西，闯了大祸。就在他不知道怎么办的时候，于盛白从外面进来找他，说他父亲来门里探望他，让他赶快过去。

他支支吾吾地答应，一慌之下便将信封塞进衣服口袋，就这样长生

药方通过于盛文落入了成华卿之手。

成华卿得到药方后，开心不已，可却也烦恼无数，这药方虽然是宝贝，可他配不出药来，就像是偷了一台精密的计算机，得不到密码进不了系统一样。他拿着药方上看下看前看后看就是搞不明白！即使问了普通的大夫，他们也是迷迷糊糊的搞不明白。

问了于盛文他也是一知半解，功夫没学到家，看来，专业知识还是需要专业人士解答，他知道以于豪强的脾气，定不会为他配出长生不老药。

所以，他花了十年时间，精心布下这个局，将圣医派一网打尽！

"提问！"乖宝宝于盛优举手发问，"就他那种智商低下的变态到底布下了什么局啊？"

"就他那种智商也布不下什么局。"三师兄不屑地冷哼。

于盛优皱眉："那你们还被抓？！"

于小小一听这话就爆发了，满脸怨恨地诅咒道："还不是他耍阴招！那个死不要脸的要是和我明着来，我非废掉他不可，我一定要拔光他的头发，撕破他的脸皮，掏出他的心肝脾肺肾，拉出他的肠子在他眼前使劲儿地打结打结打结……"

于盛优听着都忍不住抖了抖，拉了拉于盛白的衣袖小声问："小小怎么了？怎么变得这么暴力啊？记得他以前不是这样的啊。"

于盛白摇头道："唉，还不是你四师兄做的好事。"

"哦？"于盛优一脸八卦地看着他，眼神催促着他，快说啊！

于盛白摇头，开始说起事情的始末。

原来众师兄弟中，第一个被抓的就是于小小，被抓的过程很简单，四师兄做了好吃的，邀他去后山品尝，他一时不察，再醒来就已经在这个大坑里了。

啧啧……于盛优皱眉，瞪着于盛白问："那二师兄你是怎么被抓的？"

于盛白抬手敲了她一下，揉着鼻子轻笑道："你也知道，这个嘛，老虎也有打盹的时候，人总有疏忽的时候啊，明枪易躲暗箭难防……"

于盛夏鄙视地看了他一眼，讽刺道："说这么多干吗？最后还不是待在这个坑里。"

"某人好像比我还先进来。"于盛白不爽地瞪他。

"哼，先进后进不都是进，反正结果一样，过程谁在乎。"

"也是。"二师兄笑得坦荡，"我们这次都输给了老四，啧！还真没看出来，我一直以为奸细是你呢。"

"我也以为是你。"

两个人同时叹气，棋差一着也就算了，还互相猜疑。可也不能怪于盛夏怀疑老二于盛白，毕竟当老四拿出证据说出于盛白是鬼域门大公子的时候，他无法不怀疑于盛白是奸细。

而于盛白自然知道不是自己，在本门中最低调阴森、行为诡异、脾气古怪的人就是老三，而且他还如此针对他，他居然一不小心就中了老四的挑拨离间计！

内斗才是导致他们最终被一网打尽的罪魁祸首啊。

两人对看一眼，同时摇头，谁能想到……内奸居然是老四呢？！

"你们两个真笨！我要是在家，我就知道内奸是四师兄。"于盛优摇着手指一脸你们都没我厉害的样子。

"哦？为什么？"

"因为笑得越温柔的人，就越是一肚子坏水！"于盛优肯定地点点头，

这是她在宫家这段日子体会最深的事情。

"小师妹倒是了解我。"一个温柔而低沉的声音从坑顶传来。

众人抬头望去，只见他们讨论的正主正带着温和的笑容，柔柔地看着他们。

于小小瞪着他一脸愤怒，指着他，张嘴就往外蹦脏话。

四师兄轻轻皱起俊秀的眉毛，从上面飞了下来，衣袍翻飞黑发飘扬，一如从前般俊美无双。他落在于小小面前，低头轻笑着看于小小，抬起手指，用很暧昧的动作按在于小小的唇上道："小小乖，不要说脏话哦，这样我不喜欢呢。"

于小小愣了一下，唰地满脸通红，猛地退后一步，使劲儿地用手擦着嘴唇，眼睛恨恨地瞪着他，张开嘴想骂却又满脸怒气地闭上嘴，气哼哼地走到一边，一脚踹翻又一次递上人参乌鸡汤的仆人。

四师兄摇摇头，眼里带着满意的笑容。他走到于盛优面前，蹲下，拿出一瓶药膏，瓶子刚一打开就散发出好闻的青梅味，他望着她轻声说："听爹爹说你受了伤，我便过来看看。"

"需要你假好心？"于盛优瞪着他，"你居然一脸什么事都没发生的样子跑来看我！我变成这样还不都是你害的？都是你！"

"我并不想伤害你们。"

"可是伤害已经造成了。"

他低下头，轻声道："抱歉。"

"不需要道歉，我永远不会原谅你，我会报复的！"

四师兄脸上温柔的笑容僵了一下，慢慢变得阴沉了下来，那种表情是于盛优没见过的，也许，这才是他的真面目。这才是！

四师兄微微眯眼，眼角瞥了一下四周众人，缓缓道："也许你们觉得我错了，我对不起你们，可是你们难道不想吗？不想长生不老，与天地齐晖，与日月同寿……师兄、小师妹，你们都是我的亲人，我不想和你们分开；小小，我们一起看日出日落，看春夏秋冬，走遍天涯海角……难道不好吗？"

四周一阵沉寂，长生不老药啊……如果有人说他不想要的话，那就是世界上最虚伪的人了。

突然，一阵讽刺的轻笑声从二师兄嘴里发出，他凤眼微眯，冷声道："你说得倒是好听，可你我都知道，凭当世尽有的奇珍药材只够做两颗药丸，敢问，这两颗药丸是给你和小小吃了比翼双飞呢？还是你和你爹爹吃了寿与天齐呢？"

四师兄挑眉扫了一眼于盛白，双眼霎时狠光四射："于盛白，知道吗？我最讨厌你这副自以为聪明的样子。"

"彼此彼此。"

"哼。手下败将。"

于盛白耸肩，一点儿也不生气，确实是自己疏忽了，可是……输一次不代表输一辈子，只要他还活着就有机会翻盘。

"我给你们一个月时间，做出长生不老药，多过一日，我便杀一人。"四师兄一脸阴狠，"对了，小师妹，你知道吗？我和爹爹已经决定了，两颗药丸里，有一颗给你吃。"

"给……给我？"于盛优瞪大眼睛。

此言一出，众人皆是面露惊色。

"当然要给你吃，不然你家师兄弟，给我一颗毒药可怎么办呢？"

原来……是拿她来试药，让她先吃，要是失败了，死也是她死！可是……要是成功了呢？

"啊！我不要吃！"于盛优瞪着他的背影吼道，"如果我和你们一起长生不老，我还不如现在就死了算了！"

"这可由不得你。"四师兄说完，挥了下手道，"来人，将她带去四楼牢房。"

"我不走！我不走！我要和师兄弟在一起。"于盛优使劲儿地挣扎。

"师妹乖。"四师兄走过去，像从前一样温柔地揉了揉她的头发，轻声道，"你在这儿他们没心思做事。"

啧！这家伙简直和他爹爹一样变态，一会儿温柔如水，一会儿又阴冷得吓人！变态啊！

两个黑衣人架着于盛优来到于盛文所说的四楼牢房，四楼牢房居然是镂空的，从岩顶用绳子吊着一截木头做的牢房，这个牢房很特殊，除了底板全是用一臂粗的木头扎成的围栏，简直就是一个鸟笼！楼顶上除了她住的鸟笼，居然还分别挂着三位嫂嫂和大师兄的一对四岁大的双胞胎儿子！

"优儿。"众嫂嫂担心地齐声叫她。

"五姑姑。"两个侄子开心地叫她。

"大嫂，二嫂，三嫂，小宝贝们。"于盛优也很激动地敲着围栏。

亲人相见，分外热闹啊。

而他们的下面是一个大型的炼药场，场地里放满了药材，场地的中间，大师兄于盛世和她父亲于豪强正忙碌着什么。

没一会儿，二师兄、三师兄和六师弟也被带进来。

四师兄于盛文走出来，眯着眼睛很开心地道："太好了，大家都到齐了，我们开始配药吧。"他的语气，轻松欢快得像大年夜让大家和他一起包饺子一样。

众人冷冷地看着他，一副这家伙怎么还不去死的表情。

可于盛文却笑得越发温和，指着他们头顶上的巨大鸟笼道："不要惹我生气哦，不然美丽的鸟儿会遭殃哦。"

于盛文！你这个恶趣味的家伙！

深夜，岩洞里忙碌了一日的人们都已休息，一个人影坐在鸟笼里的秋千上，轻轻地荡着，她的影子随着她的晃荡投射在昏暗的岩壁上，黑色的影子轻轻地荡着，荡着。寂静的黑夜中只能听见秋千发出的吱吱声，慢慢地、慢慢地，影子不动了，声音停下了，昏暗的岩洞里又变得寂静可怕。

秋千上的人儿发着呆，怔怔地看着前方，忽然一阵揪心的痛爬上心头。她捂着胸口，紧皱着眉头，眼里全是疼痛，她用力地闭上眼睛，两道银色的水痕从她面颊上滑落。

不管何时想起他，她都是一阵心如刀绞的痛。

她还能记起那天他即使全身是伤，还固执地一次一次地站起来，一次一次地抱紧她，一次次地说："娘子……不要哭，不要哭……娘子……我来保护你。"

咬唇，她用力地压抑住自己细碎的哭泣声……

"优儿，你在哭吗？"一道如春风般的声音轻轻响起。

于盛优睁开眼，对面笼子里的二嫂嫂杨春晴一脸担心地望着她。

"我没有哭。"于盛优睁着眼睛，眼泪不停地流下来。

　　二嫂嫂春晴轻轻一笑，笑弯了眉眼，温和迷人，她柔声道："好，你没有哭，那你能陪嫂子聊聊天吗？"

　　"嗯。"于盛优轻轻地点了下头。

　　春晴仰起柔美的脸轻声问："优儿，在宫家的日子过得好吗？"

　　"好。"几乎没有犹豫的回答。想起宫家的人，于盛优嘴角扬起微微的笑容，她想起婆婆满脸通红地和她要某种"药"的样子，想起公公给婆婆夹菜时那一刹那的温柔，想起远夏斗不过她时生气的表情，想起远涵摇扇轻笑使坏的样子，想起远修在冰冷的湖水里给她捞起的两块透明鹅卵石……想起远修灿烂的笑脸，干净的眼睛……每次他一脸无辜，可怜巴巴地瞅着她的时候，她就会一阵心软，兽性大发地扑上去……

　　想到这儿，于盛优忍不住笑了出来。

　　"想到什么开心的事了吗？"春晴也坐上秋千，有一下没一下地荡着。

　　"想到我相公了。"

　　"呵呵，他是什么样的人呢？"春晴歪着头好奇地问。

　　"他是很可爱的人。"于盛优说起宫远修的时候，眼神亮亮的，和天上的星星一样，"他有些傻，不过傻得很可爱。他很帅哦，他每次一对我笑啊，我就觉得整个世界的花都开了，特灿烂的感觉。他说话的时候总是喜欢盯着我的眼睛看。二嫂嫂，你不知道，他的眼睛有多干净，就像我们雾山后面的山泉一样，清澈得都能见底了。"

　　春晴微笑地看着她，于盛优不知道，当她说到他的时候，她自己的眼睛又何尝不是清澈得如同那山间最纯净的泉水呢？

　　"还有，还有，他的武功也很厉害哦。我觉得吧，我们家大师兄都不一定能打过他，可是这傻子却从来不打人，每次自己被欺负了就只会很无辜很可怜地四处看，可若是有人敢欺负我……若有人敢欺负我……"
她说着说着忽然没声了。

春晴等了一会儿，疑惑地抬头问："欺负你他会怎样？"

只见于盛优低下头，长久沉默后，抬头，一脸甜蜜地轻声道："他
会拼了命来保护我。"

"啊……真是个好相公。"春晴笑眯了眼。

"是啊……是啊……真是个好相公呢……"泪水，又一次滑落，"二
嫂嫂，我很怕……"

"怎么？"

于盛优抬起头来，满脸泪水："我怕守寡。"

春晴怔了一下，宽慰地笑道："……傻孩子，老天不会这么不开眼，
别胡思乱想了，知道吗？"

于盛优握紧秋千绳，望着春晴温暖的笑容，轻轻地点了一下头。

接下来的日子，过得很慢，岩洞里时时刻刻都点着火把，昏黄阴暗，
分不清是白天还是黑夜，也不知道自己到底被抓来多久。

于盛优每天坐在鸟笼的秋千上往下看，看师兄弟炼药。有的时候爹
爹会抽空抬头望她一眼，眼里的慈爱和担心显而易见，师兄弟也经常抬
头看他们，就连淡漠冰冷的大师兄，在偶尔听到他的宝贝们的哭闹声时，
眼里都会闪过强烈的愤怒和恨意。

四师兄却一点儿也不把这种恨意放在眼里，他已经掌握了全局，圣
医派所有的人都在他手里，几个高手的武功也全被他封了，现在除非有
外援，不然……谁也别想逃出他的手心！如此隐秘的地方，是不会有人
找得到的！

不会有人找到吗？

真的不会有人找到吗？

"启禀二少爷，鬼域门末一求见。"一个仆人恭敬地禀报。

阳光明媚的荷花池里，碧绿的荷叶，满池的荷花，轻风送来点点花香。

一位白衣公子站在岸边，停住采摘的动作，缓缓直起上身，翩然转身，动作优雅到极致。他的嘴角带着温雅的笑容，全身散发着淡淡的迷人气息，他点头道："终于来了，请他进来。"

"是。"

白衣公子转头看着池中静静绽放的粉红色荷花，弯腰，抬手轻摘一朵放在鼻尖轻嗅，微微笑吟："花开堪折直须折，莫待无花空折枝。"

"宫二少。"冷硬的声音，不需回头，都知是谁。

"末一，好久不见。"宫远涵转身，捻花轻笑，倾国倾城。

"圣医派的人被成华卿扣在雾山。"

宫远涵挑眉："雾山，原来他们被关在自家后院了。"

"是。"

"你们门主怎么说？"

"门主已经调配人手，成玉剑庄的人一个也别想跑掉。"

"爱德御书的意思是全部杀掉？"

"是。"

"太残忍了吧。"

末一淡淡地看着他，从不认为他是一个善良的人。

宫远涵叹气，一副正义的样子道："比起全部杀掉，我更喜欢让人生不如死。"

果然!

末一冷淡地道："二少爷负责剿灭的八大分部，就随便你收拾吧，比起留下后患，门主更喜欢一步到位。"

"呵呵……"宫远涵刚想再说些什么，忽然一阵猛烈的杀气扑面而来，一道白光从他眼前闪过直直砍向末一!

末一冷着脸，拔剑的动作快得几乎只有一眨眼的时间，"铛"的一声，兵器的碰撞发出刺耳的声音，荷花池的荷叶被剑气掀得翻飞起来，荷花被震得乱战。

宫远涵微微皱眉，抬手将手中的荷花护在袖中。

"末一! 你还敢来宫家! 我说过，下次让我见着你，一定要你的命。"

"就凭你? 哼。"语气里的不屑是任何人都能听出来的。

"今天不杀了你，我就不叫宫远夏! "宫远夏抬剑，剑法凌厉，招式步步紧逼，非要置他于死地。

而末一身为鬼域门第一杀手，武艺自然不弱，不管是攻是守都拿捏得非常到位，两人在花园里斗得难分难解，一时间难分高下。

宫远涵摇摇头道："住手。"

宫远夏一脸杀意未退，双眼被恨意烧得通红，手中的剑握得更紧，剑招使得更快，他要杀了他! 一定要!

一只修长的手探进战圈，避过刀锋一把抓住宫远夏持剑的手。宫远涵静静地望着他道："我说了，住手。"

他的话语还是那么温和，却带着不容拒绝的气势。

宫远夏的手紧了紧，胸口剧烈起伏，双眼通红地瞪着宫远涵："二哥!

你明明知道他对大哥见死不救！你还护着他！"

"远夏，不要闹。"宫远涵柔声道，"这事错的不是末一。"

对，这事不是末一的错，而是他自己疏忽了，是他太自满，他让宫远夏和末一跟在暗处，是为了在于盛优被抓走后，跟着杀手们找到巢穴！

他一直以为，那些杀手只是想抓于盛优，不敢伤害他们，所以才故意露出破绽让他们轻易地抓走于盛优，可是他没想到，他们居然连宫家的人都敢动，他绝对不会放过成华卿，绝对不会！

"不是他的错是谁的错！就是他眼看着大哥被丢下江也不去救！"宫远夏怒瞪着末一，一副想冲上去掐死他的模样。

末一收剑，淡漠地回道："我是杀手不是保镖，救人不在我的工作范围内。"

"好！你自己不救！你为什么拦着我不让我去救？"

"因为你救了，就会破坏我的任务。"

"你！"宫远夏举剑又要上去砍，却被宫远涵瞪了一眼，只好收手，咬牙，握拳。

末一从衣襟里摸出一封信，递给宫远涵道："门主给你的信，二少爷若没有其他吩咐，末一告辞。"

宫远涵轻点一下头，末一身形一晃，便消失无踪。

"浑蛋！不许走！我要杀了你。"宫远夏对着空中狂吼着。

宫远涵拆开信封简单地看了看信，嘴角扬起一丝了然的笑容，啊啊，爱德御书啊……真是一只肥狐狸！

宫远涵望着正满脸愤恨的宫远夏道："远夏，想为大哥报仇吗？"

宫远夏满眼通红地瞪着他！废话，当然想！那天，就是大哥被丢下江的那天，他远远地看着，却被末一这个浑蛋拦着不许去救，当那些杀手抓着于盛优走远之后，末一才放开他，当他跳下江去的时候，他多怕！多怕救不回他……

多怕他就这样消失了……

一想到他那天在江水里一次又一次地潜下去打捞，一次又一次地空手而归，他就全身冰冷，痛彻心扉！

还好……还好，老天保佑，他终于在江水的底部碰到了大哥冰冷的手指，当他将全身僵硬的大哥捞上岸的时候……

他简直要疯了，没有呼吸，没有心跳，没有……什么也没有！大哥冷得像一块冰块，他英俊的脸变得青紫，他干净的眼睛再也不会睁开。

宫远夏跪在岸边，哭泣着，绝望着，抱着宫远修冰冷僵硬的身体崩溃得几乎疯狂……

大哥……他的大哥，他最敬爱的大哥……

"我要报仇！"宫远夏双眼燃起浓浓的仇恨，直直地望着宫远涵沉声道，"伤害大哥的人，我一个也不会放过。"

宫远涵对他招招手温柔地道："你过来。"

宫远夏靠近，将耳朵凑近他的唇边。

宫远涵抬手挡住嘴唇，在他耳边轻轻地吩咐了几句，只见宫远夏先是狠狠点头，然后忽然挑眉，最后眼角抽搐了几下，然后转脸望着宫远涵道："二哥，这样也太不厚道了吧。"

宫远涵又是挑眉一笑："怕什么，我们师出有名，到时候将责任全推到鬼域门身上就行了。"

宫远夏皱眉道："可……爱德御书不会愿意吃这闷亏吧？"

宫远涵转着手上的荷花，歪头轻笑："不愿又如何，我还怕他来找我不成？"

"二哥说的是，远夏这就去准备。"宫远夏点头，转身走了两步，回身看了一眼自家二哥，看来二哥对末一见死不救，也很是恼火啊。不过比起他冲动行事，二哥却心思缜密、城府极深，从小就有人说宫家二公子有一颗玲珑心肝，说得极是啊。

宫远夏深深感叹：得罪谁都不能得罪狡猾奸诈的二哥啊，不然说不定什么时候他就笑着在你背后捅你一刀。

宫远夏走后，宫远涵又独自一人在荷花池边站了一会儿，温柔的双眸定定地看着池中娇艳的荷花。一直到日落西山，他才转身离去，他一路走向宫家堡南苑，一路上无数的仆人恭敬地低头行礼，用仰慕的眼神偷偷地望着他，他温笑点头，对待每个下人都如此亲切。

推开南苑主卧的房门，一个清秀的婢女转身，微微一福："二少爷好。"

两个年迈的老人也起身，对他抱拳行礼："二少爷。"

他抬了一下手，柔声道："两位太医不必多礼，我大哥如今情况如何？"

"回二少爷。"宫家现任御用太医赵太医捻着胡须道，"大少爷如今高烧不退，昏迷不醒，情况不容乐观啊。"

宫远涵走到里屋床前，望着雕花木床上的英俊男子，原本饱满的双颊因久病已深深地陷了下去，脸色苍白得可怕，双唇因为干燥已经有些起皮，眼睛紧紧地闭着，就连眉头也紧紧地皱在一起。

落燕坐在床边，一手捧着药汁，一手用棉棒沾着药水，一点一点地给他喂进去。

宫远涵垂下眼，将手中的荷花轻轻放在他的床头，轻声道："我来。"

"是。"落燕柔柔地站起来，将药汁和棉棒递给他。宫远涵坐下，学着落燕的动作一边轻柔地喂着他吃药，一边沉声问："赵太医可有他法？"

"老身惭愧，大少爷溺水太久，能活下来本就是奇迹，况且溺水之前已有重症在身，老身已尽全力而为了，能不能醒实在是要看大公子造化了……"

"啪"的一声轻响，宫远涵手里的药碗忽然摔在地上，他垂着头背对着众人，无人可以窥视他现在的表情。

满屋的人全吓得心中一颤，婢女们慌忙跪下，颤声道："二少爷息怒。"

两位太医也吓得冷汗直流，全身微颤地望着他。

宫远涵的手紧了紧，缓缓转头，展开笑颜，还是那一如既往的温柔："抱歉，手滑了一下。"转眼看着落燕道，"再去煎一碗药来。"

"是。"落燕慌忙爬起身来退下。

"有劳两位太医再想想可行的办法，远涵在此谢过。"

"不敢，不敢，老身定竭尽全力。"

宫远涵点点头，眼神有些暗淡，轻挥一下手道："都下去吧。"

"是。"屋里的仆人们齐声答应，然后有次序地退出房间，将房门轻轻带上。

房间里陷入一片寂静，过了好久，一直到天色看不见一丝光亮，宫远涵忽然缓缓抬头，望着窗外。今夜，没有星星，就连树梢上的鸟儿们也没有了精神，垂着脑袋，蜷成一个个小点。

漆黑的房间里，宫远涵收回目光，望着床上的人，床上的人还是无声无息地躺着，紧蹙的眉头，说明了他睡得并不安稳。

宫远涵轻声道："大哥，你最喜欢的荷花开了。"他拿起床头的荷花，轻轻把玩着，幽幽地道，"你不该躺在这儿，你应该和优儿一起，站在

荷塘边，看粉红的荷花，摘碧绿的荷叶，一起笑得如七月的阳光一样灿烂耀眼……"

他的嘴角带笑，眼神柔和："我知道大嫂不在，你不想醒。没关系，我现在就去接她回来，算算日子，等她回来了，莲子就熟了。"

他起身，将荷花放到他的颊边，浅笑道："到时……咱们一起去摘吧。"

一阵晚风从窗外吹入，带着夏日特有的味道，一群萤火虫在窗前飞舞着，一闪一闪的，特别漂亮。

窗前的梳妆台上还放着于盛优零碎的首饰，一想到她，宫远涵的眼神微微一暗。

他记得，那天天很蓝，热得连一丝风也没有。

当他打败十几个杀手追踪到现场的时候，江岸上满是被鲜血染成褐色的泥土，他的心猛地一沉，只见远夏抱着大哥哭得撕心裂肺，当他看见脸色青紫的大哥时，忽地全身僵硬，手脚冰凉……

就连他也不知所措地站在一边，无力靠近，不敢靠近……

后来，要不是被他甩在后面的胡老太医及时赶到，用一颗回命丹救了宫远修的话，后果真是不堪设想。

可那之后，大哥的病情又加重了，一直昏迷不醒。

"大哥……"宫远涵轻轻叫了一声，却什么也没说，只是眼里的内疚和疼痛已将他的感情出卖得一干二净。

门外传来落燕的敲门声："二少爷，药煎好了。"

"嗯，进来吧。"宫远涵淡淡应道。

落燕推门而入，款款地走到床边，将药递过去，宫远涵没接，淡淡地道："你来吧。"

"是。"落燕乖巧地应声。

看着落燕一点点地喂完药，他才转身离开房间，带上门的一刹那，他并没有注意宫远修的手指微微动了动。

当他走出宫家堡，已是深夜，只见堡外，密密麻麻，全是一身黑衣的宫家堡护卫，众人骑在马上，杀气纵横，威风凛凛。

部队的正中央，一匹汗血宝马，昂首挺胸，马背上端坐一人，正是宫家三少宫远夏。

宫远涵挑眉一笑，一个侍从牵来一匹珍珠宝马，在他面前站定。宫远涵翻身上马，动作优雅却又不失利落，坐定后抬手下令道："出发！"马鞭猛地挥下，宝马像箭一样冲了出去！

身后的部队也井然有序地跟在后面，刹那间，寂静的夜被声声不绝的马蹄声惊扰，沉睡在枝头的鸟儿们也扑腾地拍起翅膀，飞向天空。

另一边，一支不少于宫家部队的部队，在山下整装待发，部队的中央有一个硕大的黄色帐篷。

帐篷里一个清冷的声音道："门主，宫家的人已经出发了。"

"嗯，我们也出发！"好听的声音里，带着一丝邪恶的语气。

"是。"清冷的声音回答道。

"哼哼哼，老婆大人，我来了我来了，我来救你了！等着我！"黄色帐篷的布面上，一个人影手舞足蹈地欢呼着。

第十九章

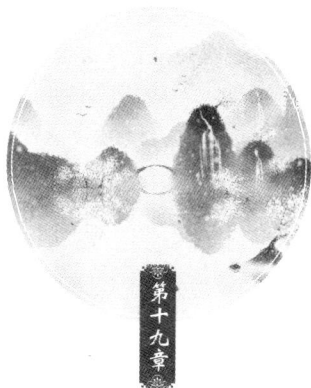

她的王子真的来了

LIANLIAN
JIANGHU

"阿嚏！阿嚏！"被关在笼子里的于盛优打了两个喷嚏，揉揉鼻子，又打了一个冷战……

打一个喷嚏是有人骂，两个是有人想，可是谁在想我？

啊！一定是远修，一定是远修想我了！除了他不会有人会这么强烈地思恋她的，就算有，她也感应不到啊，这就是爱的力量啊！

"二嫂嫂，二嫂嫂。"于盛优拍着栏杆叫。

春晴抬眼："嗯？"

"我刚才打了两个喷嚏！"

"然后？"

"嘿嘿……"于盛优傻傻地笑，"一定是我相公想我了！他没死！我感觉到了。"

春晴眯眼微笑："那就好。"

"二嫂嫂，我家相公一定会来救我的。"于盛优微眯着眼睛，一脸梦幻地说，"他一定会骑着白马来救我，就像王子一样。"

春晴看着于盛优，眼睛笑得更弯了："那公主要好好等待哦。"

于盛优使劲儿点头："嗯！我等着！嘻嘻。"她忍不住又傻傻地笑了。

远修亲爱的！我等你来救我哦！

就在这时，坑下传来四师兄惊喜的叫声："炼好了！药炼好了！"平日的温雅早就不见了，脸上只剩下狂热的笑容。

"真的？我看看。"成华卿一脸贪婪地飞奔而来，一把抢过四师兄手里的两颗药丸，不可置信地将它举起来看，金黄色的小指头般大的药丸散发着淡淡的光芒，"啊……这就是长生不老药啊！"

他将药丸凑近鼻子闻了闻，一脸迷醉地抬起眼："等不及了！等不及了！"他用阴狠的眼神看着于盛优，咧开嘴邪恶地笑道，"来人，把于盛优带过来。"

"是！"

于盛优有些害怕地后退，缩在笼子的最深处，不想被抓出来！开玩笑，她也等不及了！王子啊！快来救她呀！她可不想陪着这个变态长生不老！

于盛优被人从笼子里抓出来，丢到炼药的房间，成华卿拿着药丸对着她笑得诡异。

于盛优咽了下口水，冷汗从额角缓缓滑下，眼角抽搐两下，突然想

到一个很严重的问题："那个，等下，我有几个问题要问。"

成华卿皱眉道："说。"

"第一，这个药只有两颗，我吃一颗你吃一颗，那四师兄怎么办呢？第二，我吃了以后你怎么知道这药有没有效果呢？"

成华卿哈哈大笑，瞅着于盛优，神气地道："这你就不知道了吧！这个药不但有长生不老的功效，还可以起死回生，待会儿我找人砍你十几刀，等你死了，我就给你喂药，你若活过来，这药自然是真的，若死了，自然是假的。"

"什么？不是直接吃药，是要把我先砍死了再吃？"于盛优张大嘴问。

"嗯。"成华卿很认真地点点头，"而你刚刚复活的那一个时辰中，你的血肉就是最好的长生不老药，到时候我只要将你的喉咙割开，就会有源源不断的鲜血流出来，将你的肉一片一片地割下来，生生吃掉，这样我自然就能得到长生不老的力量。哈哈哈！"

于盛优睁大眼不敢相信地听着，一边听一边颤抖地后退，敢情吃药只是最简单最轻松的第一步，后面等着她的是凌迟和尸骨无存！

她刚才居然如此乐观，以为大不了就变成一个不老不死的老妖怪罢了！没想到啊，她不但要被人折磨而死，最后还得眼睁睁地看着别人把自己一口一口吃掉！

于豪强气得掀翻面前的药桌，怒道："成华卿，你这卑鄙小人，你答应我药做成以后会放我们一条生路！你不守信用！"

"信用？那是什么？于兄，这么多年来你还是如此迂腐。呵呵呵呵呵！"成华卿将一颗药丸交给四师兄道，"去，杀了她。"

"是，爹爹。"四师兄淡笑着一步一步地向于盛优走过去。

于盛优后退，后退，后退！已退无可退！

于盛优抵着岩壁，惊恐地睁大眼睛盯着于盛文，声音微微颤抖着问："四师兄，你真要这么对我吗？"

"小师妹乖，扎一针就好了。"于盛文手中的银针，闪着青色的光芒，那上面有着见血封喉的毒药，可他的声音还是那么温柔，就像小时候于盛优生病时不愿意扎针，他拿着针轻声哄着她的时候一个语调，那么温暖充满着淡淡的宠爱。

于盛优握拳，全身像是掉进冰窖一样寒得彻底。她仰起脸，望着眼前熟悉的男人："四师兄，我们笑笑闹闹一起过了十几年，你对我宠爱，对爹爹尊敬，每年我过生日你必定送我礼物，我一个眼神你就知道我想要什么，你明明是这么好的人，难道这些都是你装的吗？这十几年的时间，十几年的感情，在你心里，难道真的什么也不是吗？"

四周一片安静，圣医派所有人都安静地等他的回答。

于盛文愣了一下，站在原地不动，想了想道："一开始有的。"

"后来呢？"

"后来，那都是爹爹交代给我的任务啊。"他的语气是那么理所当然。

于盛优的拳头攥紧了又放松，特失望特难受地闭了下眼睛。

"来，不怕哦，一点儿也不疼的。"于盛文揽过她，对着她的颈动脉就要下针。

"不要，不要！四师兄，你换一个人吧！不要杀我啦！求你了！"于盛优挡着他的手，吓得哇哇大叫，那分贝大得整个山洞都微微一震。

二师兄于盛白微微皱眉："小师妹，做人要有气节，宁死也不能低头求饶。"

于盛优满脸泪水地瞪他："废话，杀的又不是你！要是让我做药，最后杀你试药，我也不怕啊。"

二师兄摊手摇头："小师妹，所有人都知道你做的药不能吃，吃下去肯定会死的，这药若是你做的，又何来试药一说呢？"

成华卿怒："闭嘴！都什么时候了，你们还有心情聊天。"

于盛优双眼含泪地望着成华卿："不如，你们杀二师兄吧。他是妖孽，杀不死，我运气不好，一杀就死的。"

于盛白嘴角抽搐了下："小师妹对我可真好啊。"

成华卿不理她，大手一挥道："就杀你！动手。"

"是，爹爹。"于盛文修长的手指猛地扬起，银针闪着清寒的光芒。

"不要啊！"于盛优惨叫着绝望地闭上眼睛。

救命啊！她不想死啊！

可她等啊等啊，等了半天也没觉得有一点点疼痛的感觉，难道真的如四师兄说的一点儿也不疼就死了。

于盛优小心翼翼地睁开眼睛，只见于盛文的手上缠着一根红色的绶带，绶带很长，一直拖到洞顶。于盛优抬头望去，只见洞顶上一片漆黑，看不清人影。

于盛优的心怦怦跳起来，哦哦，他来了！来了来了！她的王子真的来了！

于盛优满脸惊喜与甜蜜，期待地看着绶带的另一头，心情极度雀跃着。

就连春晴嫂嫂也忍不住往上看着，想在第一时间看到于盛优一直期待的男人！

　　忽地，洞里居然刮起一阵旋风，一个肥大得像是皮球一样的身影"砰"地从上面砸下来，还大叫道："老婆大人——我来接你啦啦啦啦！"

　　"砰"的一声，正好砸在四师兄所站的地方，四师兄敏捷地一闪，躲开一击，肥大的身影"唰"地接住于盛优软倒的身体，一手抱着她，一手伸向天空，经典的英雄救美动作！

　　"老婆别怕哦！"胖子爱德御书的眼神是那么深情款款，他眼角的黑痣抖动着，黑痣上的毛飘荡着，被肥肉挤得跟绿豆一样大小的眼睛一眨一眨的。

　　于盛优全身僵硬地被接住，满脸泪水，是的！她是在等待她的王子，是的！她是在等待她的桃花来救她！

　　可是！她等的不是这朵啊啊啊啊啊！

　　转眼，于盛优瞟到春晴嫂子诧异的眼神，那眼神是说：没想到，优儿的品位如此独特啊！

　　于盛优飙泪：春晴嫂！你听我解释啊！

　　"你是谁？"成华卿怒指着眼前的男人问。

　　"我？"胖子耍帅地一把搂起于盛优，唰地甩了一下头发，"我就是世界上最英俊、最潇洒、最美丽、最强大、最有钱、最充满智慧、最无与伦比的男人——爱德御书是也！"

　　四周一阵呕吐的声音，于盛优被胖子抱在怀里，装死。

　　成华卿沉默了一下，忽然风情万种，做了一个妖媚的动作道："哦呵呵，开玩笑，谁有我美丽？"

　　胖子鄙视地看着他："啧啧，瘦得和竹竿一样，还有什么好说的，丑人就是喜欢多作怪啊！"

"居然说我是丑人！"成华卿额头冒出十字，挥手大喊，"来人啊！给我砍死这个胖子！"

"你是在找人吗？"一道轻柔的声音带着淡淡的笑意，从上方传来。

于盛优一听这声音立马活了过来！"唰"地跳出胖子的怀抱，对着洞顶吼："远涵！救命啊！"

算了！远修不来，远涵来也行啊！

宫远涵听到于盛优的求救，并未回应，只是轻笑着从洞顶翩翩飞下，白衣拂动，青丝飘逸，俊逸的面容宛若温玉，嘴角的笑容让人仿若春风拂过。

他轻巧地落在于盛优身边，于盛优上前很自然地伸手拉住他洁白的衣袖，手上的污垢瞬间晕染他的白衣，她却不在意，他也不在意。她仰头看他，满脸喜悦，眼睛闪亮，他低头细细打量她，一脸温柔。

被关在笼中的春晴嫂，一副了然的样子默默地点头！原来这个才是王子，不错不错，好一个俊雅的少年郎。

于盛优瞟了一眼一脸欣慰的春晴嫂，无力地叹气：春晴嫂，你又误会了！

"大嫂。"宫远涵轻轻皱眉，认真地看着她。

"嗯？"于盛优回过神来，警惕地后退一步，这家伙每次露出这种表情就一定不会说好话。

"你为什么胖了这么多？"

"啊！"果然！他的话犹如一把利剑插入她的胸口。

于盛优深受打击地捂着自己圆圆的脸，不敢相信地问："我胖了？"

宫远涵默默点头。

　　爱德御书凑近，一副果然如此的样子道："是啊，老婆大人，我就说这次看你怎么又变漂亮许多，原来是变胖了，啊啊，老婆的脸好可爱，好像一个包子。"爱德御书一边说，还一边用他肥肥的手扯她的圆脸。

　　"我不是你老婆！"久违的对话啊！于盛优拍开他的手，气道："你才像包子！你的脸像一笼包子！"于盛优瞪着他。

　　嗯！她真的长胖了吗？也难怪，天天被关在鸟笼里，动都不能动，因为受伤的关系，四师兄每天好吃好喝地伺候着，没事师兄弟还会从下面扔名贵的补药上来给她吃，她吃着吃着就……长胖了！

　　啊啊啊！她已经被师兄弟喂成一只肥鸟了吗？

　　呃，不对！这不是重点啊，重点是——

　　"远修他……你……找到远修了吗？"于盛优紧张地瞅着宫远涵问。

　　宫远涵静默了一秒，然后展开笑容温言道："大哥没事，受了一些小伤，现在在宫家堡修养。"

　　"没事！我就知道他没事！"于盛优简直喜极而泣了，她抬手使劲儿地擦了把眼泪，抬眼，望着宫远涵道，"远涵，我也要回宫家堡。"

　　"好，我带你回去。"宫远涵会心一笑，望着她的眼神又柔和了几分，轻轻点头答应。

　　"老婆大人，你不跟我回鬼域门吗？"爱德御书凑过头来问。

　　于盛优斜他一眼："我不是你老婆！"

　　爱德御书笑，他就喜欢她说这话时的语气，气鼓鼓又很无奈的样子特别可爱！

　　这时的于盛优心情大好，得知宫远修平安无事，身后又有两个绝世高手助阵，她一下子复活了！

转身，她神气活现地双手叉腰，指着成华卿父子道："喂！你们两个白痴，看到没！我的救兵来了！知道他们是谁吗？不是我说的，你们啊，和他们打就一个死字！死知道怎么写吗？死！"于盛优用手指在空中画了一个大大的死字，"识相的就快跪下，向姑奶奶我求饶，不然……哼哼。"

于盛优痛快地仰头大笑，爽啊！太爽了，她于盛优终于逆袭了！单挑她搞不定他们，群殴的话，她是不会输的！哇哈哈哈哈哈！

宫远涵和爱德御书无奈又好笑地站在她身后，给她充当打手靠山。

圣医派众师兄弟对看一眼，纷纷无奈地摇头，刚才还吓得大声求饶，出卖师兄弟，哭得和花猫一样的某人，现在一有靠山就嚣张成这样……

真是……典型的小人得志时的嘴脸啊！

四师兄倒是不紧不慢地望着于盛优温文一笑："小师妹，你以为他们来了你就能翻身了？"

"哎哟！我好怕你哦，来啊来啊！"于盛优对着他吐舌头做鬼脸，一脸挑衅，得意地仰着头，说话特别大声，特别有底气，特别嚣张，特别让人想抽她！

当然，四师兄也一样，他脸上的笑脸渐渐变冷，一直到眼神都变得阴暗狠绝。他抬手，做了一个很帅的手势，忽地，岩洞的墙壁上，忽然推出十几道密室的暗门，密室里水涌一般地冲出近百名黑衣杀手，个个身彪体壮、满面杀气，手中的钢刀更是发出闪闪光芒。众黑衣杀手齐刷刷地将于盛优他们围在中心，刀锋对内，像是随时都会扑上来砍死她这个小人一样！

于盛优呆滞地收回舌头，放下眼皮，缓缓后退，后退，躲到宫远涵身后，露出一只眼睛，默默地看着密密麻麻的黑衣杀手，小声地、不确定地、讨好地问："你们……你们以二敌百，没……没问题吧？"

宫远涵和爱德御书居然非常整齐一致地点头答道："我们打不过。"

啊啊啊啊！于盛优捧着她的包子脸，由惊悚状到崩溃状到呆滞状最后到瑟瑟发抖状！

二师兄摇头："看她那没用的样子。"

大师兄、三师兄：默默鄙视。

于老爹老泪纵横，仰头望天："夫人，我对不起你啊。"

成华卿仰天长笑："哈哈哈哈哈，你们进来了，就别想再出去！来呀，给我乱刀砍死！"

可奇怪的是……黑衣杀手们居然一个也没动。

成华卿愣了一下，转头命令道："你们干什么？我叫你们去砍死他们！"

黑衣杀手们还是一动不动。

于盛文眼神一紧，察觉情况不对，悄声后退几步。

宫远涵笑："成庄主真有意思，居然对我的手下下令。"

爱德御书摸摸他的黑毛，笑得更是得意，得意的神色中还透出一丝狡诈。

"你们什么意思？"成华卿皱眉问。

宫远涵手一挥，有一半的黑衣杀手们纷纷把面罩去掉。于盛优一眼就认出了人群中英气十足的宫远夏，爱德御书再一挥手，另一半黑衣人也摘了面罩，末一那张万年不变的冰山酷哥脸也露了出来。

"啊！"某包子脸又一脸惊喜地跳出来复活了，"是你们！"

人生啊！为什么如此跌宕起伏？！

几分钟内，从快死到复活，又从复活到快死，现在又从快死到复活！

老天啊！别耍我了！快让我从这个鬼地方出去吧！

成华卿震惊地后退，不敢相信地看着眼前这颠覆性的变化，一夜之间，自己的属下居然全部被人换掉！

"不可能！不可能！"他惊恐地喃喃自语，"这不可能，这个山洞是我花费了十年时间建造的！这是最固若金汤的地方，你们不可能在一夜之间就无声无息地攻下来！"

宫远涵笑："并非是一夜之间哦。"

爱德御书笑："三天前，我们就已经潜入了。"

简单地说，就是潜入间谍，慢慢渗透，宫家堡的拿手好戏；毒药加暗杀，鬼域门的看家绝活。这两两结合，别说洞里只有一百多号人，就算有一千一万，也能不动声色地把你一点一点地吃掉！

"不可能……不可能……"成华卿还是不愿相信自己的宏图霸业、千秋万世之梦就此毁灭了！

宫远涵挥了挥手，宫远夏带着手下又全部退回密室里待命，末一也在爱德御书的命令下带人退回密室。

坑洞里一下又变得空旷了，于盛优长长地呼了一口气出来。

"啊，对了。"宫远涵忽然想起什么似的，微微笑道，"成玉剑庄的八大分部，已经被宫家招揽了。"

爱德御书点点头接口："总部的人我全杀了，那地方不错，山清水秀的，就留给我老婆建别墅。"

"死了这么多人的地方谁要住啊！"于盛优吼。

无人搭理她，宫远涵笑："爱德门主，这次合作真愉快啊。"

"是啊，就是有些不过瘾，对手除了会藏之外，比想象中的弱多了。"

"弱没关系，他们家的宝贝倒是不少。"

"宫二少，成玉剑庄的十八把镇庄宝剑，你一个人独吞了去，有些不太厚道啊。"爱德御书挑眉道。

"呵呵，爱德门主家的宝贝这么多，几把破铜烂铁何必和我计较。"宫远涵摇扇轻笑，慢悠悠地道，"密室的那些珠宝，门主不也是一点儿也没给在下留。"

爱德御书挑眉一笑："呵呵呵，如此小事想必宫二少不会计较。"

宫远涵同笑："呵呵呵，自然如同爱德门主一样毫不计较。"

两人相对而立，持着相似的笑容，笑得一片和谐。

"喂，你们两个，能不能不要在别人面前如此光明正大地瓜分别人的财产啊！要体谅一下当事人的心情啊！你们啊……太过分了！太恶毒了！"于盛优一脸正义地指责二人。

"啊，抱歉。"宫远涵一脸认真地道歉，只是语气是如此的轻蔑。

"嗯……"爱德御书的绿豆眼眨了眨，"喊"了一声。

"你们！你们不要太小看我！"成华卿被彻底激怒了！啊！他们成玉剑庄三百年基业就被这两个毛头小子毁了！毁了也就算了，还一副云淡风轻，一副你们根本不够瞧，我伸一个小拇指就能碾死你的样子！

欺人太甚！欺人太甚！

成华卿怒火冲天，已经失去了理智，忽然蹦向岩洞边的一角，抓住一块突起的石头，疯狂地喊："我要和你们同归于尽！"

于盛优一见他那动作就知道不好，大吼："你干什么？"

"爹爹！住手。"于盛文惊叫。

人生啊！为什么总是波折不断呢？

只见成华卿猛地转动手中的石头，密室的门和各路洞口全部被关上。忽然，上方传来"轰隆"一声巨响，瞬间开了一个大洞，水像瀑布一样从洞口喷下来。

"这……这是怎么回事？"于盛优诧异地看着。

"这是爹爹做的机关，本来打算我们出去后，才开启这个机关，这个机关一旦开启，所有的出口全部封死，只剩最上方的一个洞口，那里是后山泉水经过之地，一旦打开，水就会填满坑洞。"

"你打算淹死我们？"

"原来是的，现在，我们得一起死在这里。"

"没有别的出口了吗？"于盛优眼见泉水已经蓄到小腿，紧张地问。

"这是死穴，除非有人从外面打开。"

"末一和远夏都在外面。"于盛优惊喜地拍手。

"没用的，除了爹爹，没人知道外面的机关在哪里，现在他也在这儿，我死定了。"于盛文淡淡地说。

"怎么办？"于盛优着急地望着宫远涵。

"先到高的地方再说。"宫远涵拉着于盛优，飞身上了二层。

此时，其他师兄已经上到洞顶，将自己的妻子解救下来。

水上涨得很快，一下子就漫上一层。

宫远涵和爱德御书都试着用内功震破墙壁，可都无济于事，洞口的门居然是用一米厚的花岗岩做的！

变态啊！

于盛优紧张地握拳，天啊，水已经漫到二层了，原来这个洞里，鸟笼是最安全的地方啊！

坑洞里的水越来越高，已经快要漫顶……

"远涵……你会游泳吗？"于盛优抓着鸟笼的绳子，头顶着岩壁，全身浸在冰冷的泉水里，声音里带着哭意。

宫远涵想了想道："不太会。"

于盛优怒道："会就是会，不会就是不会，什么叫不太会？"

"就是一个人的话能游，加一个人的话一定沉。"宫远涵呵呵笑。

"胖子，你会游泳吗？"于盛优又问。

爱德御书笑："我？我是标准的秤砣！哈哈哈……"

"你们还笑。"于盛优瞪着他们俩，都什么时候了，他们还有心情笑。

水又漫上来一些，已经到了下巴。

"完了，死定了。"这是于盛优说的最后一句话……

因为说完这句话后，水已经不可阻挡地没过她的口鼻，身体慢慢地往坑底沉去，她只觉得泉水冰冷彻骨，口鼻酸涩难过，无法呼吸的痛苦迫使她拼命挣扎，可……不管她如何挣扎，身体还是不断地下沉，下沉……于盛优的挣扎慢慢减弱，意识开始消失，她茫然地睁着眼，恍恍惚惚的，居然看见宫远修向她游来……他如墨的长发在水中散开，俊俏的脸还是那么迷人，一双星眸剔透清澈直直地望向她，他周身闪着点点星光，竟美得出奇……

原来人死之前，真能见一眼自己最想见的人啊……她茫然地想着。

忽地，幻想中的远修一把扣住她的手，抓得很紧，带着她往上游去……

第二十章

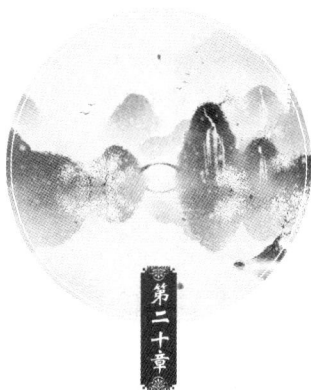

她还不习惯重新开始

LIANLIAN
JIANGHU

已是深夜，雾山客栈中，于盛优正躺在一间厢房之中，紧闭的双眼，苍白的脸色，看上去很是娇弱。

"优儿怎么还不醒？莫不是受伤了？"

"没有，师父说只是吓晕了。"

"怎么晕这么久？我们这些毫无武功的妇道人家都醒了，她还好意思睡呢。"

"呵呵，小师妹老鼠胆，你又不是不知道。"

于盛优被对话声吵醒，迷迷糊糊地睁开眼睛，聚焦到正站在自己面前嘀嘀咕咕的两人，条件反射地轻声叫道："大嫂……二嫂。"

"哟，醒了？"春晴浅笑地望着她问，"可有什么地方不舒服？"

于盛优迷茫地摇摇头，思绪慢慢回笼，呆了一瞬，忽然睁大眼睛坐起来道："远修！远修！"

大嫂、二嫂两个美人儿对看一眼，望着她掩唇轻笑，瞬间满室光华，美不胜收。

"小师妹真是的，一起来就找妹夫，羞也不羞。"大嫂伸出玉指点了她的脑袋一下。

二嫂春晴含笑道："这也难怪，如此一位温文尔雅，淑人君子，小师妹又怎么能不时刻记挂在心里呢？"

于盛优抓了抓头，心想终于有机会和二嫂解释了："二嫂嫂，你说的那人是宫家老二宫远涵，他不是我相公。我相公是宫家老大宫远修。"

二嫂皱眉："我知道哇，我说的可不就是最后打破密室，放出泉水，救我们一命的当世第一高手宫远修吗？"

"啊！这么说，那天当真是他来救我们了？"于盛优睁大眼望着她，原来那天不是幻觉啊。

二嫂点头："那是自然，那道密室之门，当世能凭内力震开之人也许只有你家相公。"

"呵呵呵呵，我家相公武功可不是盖的，那是一等一的高手。"于盛优得意地扬起脸，好像嫂子们夸的人是她一样。

两位嫂嫂对看，大嫂轻笑："你看她得意的，不过宫远修确有逸群之才，雅人深致。"

二嫂也点头："是啊，才貌双绝，雍容闲雅。"

　　于盛优眨眨眼，抓抓头，其实她蛮喜欢她家两位嫂嫂的，唯一不喜欢的一点就是太文雅，没事就喜欢说成语。

　　"那个，逸群之才？雅人深致？才貌双绝？雍容闲雅？你们形容的是谁啊？"

　　"自然是你相公。"

　　"他？他是一个傻子耶！"

　　"小师妹不可胡闹，如此良人你可不能随便骂人家是傻子。"

　　"可他本来就是傻子啊！很傻很傻的那种！"

　　两位嫂嫂奇怪地看着于盛优，于盛优奇怪地看着她们，互相不能理解对方说的那个人到底是谁。

　　"啊！"于盛优忽然惊叫一声，"难道！"

　　二嫂问："怎么了？"

　　"我相公在哪儿？"于盛优抓着她问。

　　"在大堂和……"

　　二嫂话音未落，于盛优就已冲了出去。

　　难道，远修病好了？

　　于盛优直直地冲到大堂门口时，却忽然有些胆怯了，他的病好了，会不会忘记自己啊？

　　大堂的门敞开着，远远地就看见满室烛光下，有三个男人，宫远涵正对着门坐着，嘴角带着惯有的轻笑，细致的侧脸更显温雅清俊，宫远夏靠在一边的墙上，偷偷地打着哈欠，英气的脸上显出一丝孩子气。

　　最后一个男人背对着门口站着，背影身形如松。

　　于盛优的脚步声不大，跑得有些急，呼吸变得杂乱起来，这样的动静无法隐瞒住屋里的任何一位，远涵、远夏纷纷转头看她。她对着他们展颜一笑。

这时，背对她的男人也缓缓转身，一轮清月拨开云雾照亮夜空，阵阵轻风吹动烛火。

他在烛火中翩然转身，清风漫影，飘逸如云，一袭紫袍，万缕乌丝，都随这身影而动，烛光点点，万籁无声。

他剑眉微挑，双眸剔透，华美的俊颜犹如天神降临……

于盛优忽然止住步子，不再前进，笑容凝固在脸上，只是睁着眼睛呆呆地望着他，他眼里散发着智慧的光彩，浑身上下充满沉稳自信的气息，闪耀得简直让人睁不开眼。

这个男人是谁？他……还是她的远修吗？

"你还要在那里傻站多久啊？"宫远夏看着她和呆子一样痴迷地看着宫远修，不禁出声叫她。真是的，女孩子家的矜持她到底懂不懂啊！怎么能这么直勾勾地看着他大哥呢？！

"啊！"于盛优慌忙回神，脸上居然烧红一片，有些不知所措地望着屋里的人，脸上带着尴尬的笑。

宫远涵轻笑，对着她招手，柔声道："进来呀。"

于盛优的脑子一直呈现死机状态，对着宫远涵的召唤就直直走过去，走到他身边站着，低着头，全身僵硬到手脚都不知往哪里放好。

怎么办？她有些胆怯了，他会不会忘记他？

不会吧！不会吧！自己不会这么倒霉的！

宫远修低头望着她说："我……"

于盛优猛地抬头打断他："不许说你失忆！"

宫远修："你……"

于盛优："不许说你不认识我！"

宫远修："其实……"

于盛优："啊啊！不许说，不许说！我不听不听！哇呜呜！他不记得我了！"

于盛优捂着她的包子脸，泪洒，狂奔而去。

饶是宫远修这样的高手，居然也没能抓住激动中不管不顾飞奔而去的于盛优。

宫远修尴尬地缩回伸长的手："我……我还什么都没说啊。"

宫远涵忍不住哈哈大笑："哈哈哈，大嫂真是太可爱了！哈哈哈！"

宫远修转眸看他，抬手理理衣袖，淡然道："二弟，这六年辛苦你了。"

"大哥严重了。"宫远涵收回笑容，一脸认真，"这是小弟该做的。"

宫远修沉稳地点头："我一向奖罚分明，该奖的自然会奖，该罚的，你也别想跑掉。"

"哈哈，大哥……远涵不知你说的是什么。"宫远涵的笑容还是那么温柔与诚恳。

宫远修表情未变："你年纪也不小了，回去以后让娘亲为你选个才德兼备的妻子才好。"

宫远涵挑眉笑："……大哥待小弟真是不薄啊。"

宫远修同样挑挑眉，转身离开："应该的。"

宫远夏默默地走出大堂，喃喃自语地嘀咕："最近一年我不要回家。家里不安全！我去外面躲躲。"

于盛优跑回房间，关上门，扑倒在床上，忍不住失声大哭。不见了！她的远修不见了！呆呆傻傻的远修，一脸单纯、眼神干净的远修！

他不见了，站在大堂里的那个男人是谁？他有着和远修一样的容貌、一样的声音，甚至他们是一个人，可是……他不是远修！不是她的远修！不是她的相公！

他没有在见到她的时候第一秒就扑上来，他没有用好听的声音叫她娘子，他好陌生，真的好陌生。

于盛优趴在被子上哭得伤心，眼泪不停地滑落，她完全没有注意到房门已经被推开。宫远修走了进来，默默地坐在床边，安静地看着她哭了一会儿，轻轻叹了一口气，伸手，一把将她抱了起来，放在腿上，轻柔地抬手，用衣袖将她的眼泪拭去，他的声音带着无奈和宠溺："我没有忘记你。"

于盛优抬起哭得通红的眼睛，望着他英俊的面容，抽泣了两下，哭得可怜兮兮地问："真的？"

宫远修柔声宽慰："别哭了。"

对于女人的眼泪，不管是以前的远修还是现在的远修，他总是没辙的。

于盛优这时才发现，自己居然坐在他的腿上，她红着脸，垂下头，眼神左瞟右闪，就是不敢看他。她自己也不知道为什么，对于现在的远修，她总是有一种手足无措，默默心痛的感觉。

就好像，一个从来都乖巧听话的孩子，忽然一夜之间长大了，长成一个顶天立地、出色无比的男子汉，他不再听你的话，不再依赖着你、仰望着你……

他的相公不再是那个赖在她怀里撒娇的大男孩儿了，她的相公，已经变成了天下人敬仰的当世第一高手！

她的相公在那个安静的夏夜对她说："别哭，我会对你好的，像以前一样好。"

可是……她不相信……

她觉得，她失去他了，那个笑起来像天使的宫远修，那个一声一声叫着她娘子的宫远修，她失去了……

原来，远夏从凡城江里捞上来的人，是他最敬仰的大哥，而不是她傻傻的相公……有什么感情，似乎在今夜慢慢遗失……

遗失在凡城外的滚滚江水之中。

雾山泉边，细细的微风，枝叶轻轻晃动，鸟儿们在拍着翅膀飞过，森林中知了正叫得热闹。阳光透过枝叶缝隙斑驳地洒在草地上，一个白衣男子，静静地坐在泉边，淡笑地看着远处的风景。

一个影子遮住他头顶的阳光，他缓缓仰头望去，一张清秀可爱的包子脸，从上方低着头看他。

他嘴角的笑容加深了一个弧度。

她见他笑着，她也眯眼微笑，特别灿烂。

于盛优歪头问："你在看什么？"

他低下头，看着前方回道："风景。"

于盛优看着眼前熟悉到不能再熟悉的青山绿水问："好看吗？"

"还不错。"宫远涵淡笑着回。

于盛优走到他身边坐下，陪着他看风景，两人静静地坐着，都没再说话。过了一会儿，于盛优捡起草地上的石子，一个个地丢进水里，平静的水面上一圈圈涟漪点点漾开。

没一会儿，身边的石子被丢光了，草地上，只剩下一个个石头形状的坑洞，她泄气地将头埋在膝盖里。

"不习惯是吗？"宫远涵轻声问。

"嗯。"于盛优闷声点头，过了一会儿，又问，"你呢？"

宫远涵轻笑，垂下眼没回答，就在于盛优以为他不会回答的时候，他悠悠地道："我也有些不习惯。可是……"宫远涵浅笑，"那才是大哥，六年前的大哥就是那样，惊才风逸，足智多谋，武艺高强，让人敬佩不已。"

宫远涵用好听的声音轻轻地说着，于盛优静静地看着他的侧脸，温文的笑脸，云淡风轻的语调。

远涵说："那才是一个男人该有的样子。"

远涵还说："你应该为他高兴，我也应该。"

于盛优轻轻握拳，没说话。是啊，她应该为他高兴啊，没人愿意当傻子，何况是从前如此出色的远修呢？她为什么因为自己的感受，一点儿也不为他的回归而感到开心，反而恨不得拿"药"再把他毒傻呢？

为什么……她如此自私呢？

于盛优紧紧咬唇，忽然想到昨天晚上自己推开他的怀抱，找了一个蹩脚的借口跑去二嫂房间睡觉的时候，宫远修眼里那一丝受伤，可即使这样，他还是微笑地放她离开。

于盛优的鼻子忽然一阵酸意，仰头，使劲儿地瞪着蓝天，然后转头用力地望着宫远涵道："你说得对，我们应该为他开心，其实本来就该开心的，我是女人嘛，当然应该让相公保护，你是弟弟嘛，当然应该让

哥哥疼爱，本来就应该这样啊！对吧？"

宫远涵静静地望着她，忽然轻轻抬手，揉了下她软软的头发道："傻瓜，你是女人嘛，想哭就哭吧。"

于盛优瘪瘪嘴，低头，泪水瞬间从眼角滑落："可是我真的好难过……"

宫远涵抬头，望着树丫上的鸟巢，轻声道："雏鸟长大了，总是要展翅高飞的。"

"可我家这只鸟也长得太快了吧。"于盛优嘟着嘴巴抱怨。

宫远涵笑："不管是快是慢，鸟妈妈总是失落的。"

"那鸟爸爸呢？"于盛优望着他问。

宫远涵避开问题，轻声反问："看着他在广阔的蓝天飞翔，不也很好吗？"

"我更喜欢折断他的翅膀，打断他的腿，毒傻他的脑子，把他绑在身边，不让他飞！"于盛优擦干眼睛赌气地说。

"呵呵。"宫远涵没有答话，只是仰着头，浅笑着望向天边振翅高飞的鸟儿，久久，不能回神。

也许……失落的人，并不止于盛优一个吧……

傍晚，于盛优独自往客栈走着，远涵在一个时辰前被远夏叫走，似乎有什么重要的事。山间的小路总是带着特有的青草香味，远远的火红的夕阳慢慢下沉，忽然一个大球像是从太阳中滚出来一样，唰唰唰地就滚到她面前一步远的地方道："老婆大人，原来你在这儿啊？"

于盛优扶额，抬手，做了一个无力的动作："这句话我都说腻了，我不是你老婆啊。"

爱德御书像是没听见一样，堆着满脸的笑容道："我找你一天了。"

"找我干吗？"于盛优好奇地问。

爱德御书笑："带你回鬼域门。"

"带我回鬼域门？"

胖子很干脆地点头。

于盛优好笑地看着他："我为什么要跟你回去啊？"

"因为我喜欢你呀。"胖子理所当然地说。

于盛优沉默了一会儿，像是很认真地想了想说："可是我不喜欢你。"

胖子一点儿也没被打击到，点点头道："所以我要带你回去啊，感情是要培养的啊，天天在一起你就会发现我的好了。"

于盛优望着他，她知道他是一个执着的人，她知道他对她好，她也知道他的感情是真挚的。所以她要拒绝，狠狠地，不留余地，绝不暧昧，这是于盛优一贯的原则。

"爱德御书，我这么和你说吧。我永远也不可能喜欢你，别浪费时间了。"于盛优一脸平静地说完，转身想走，却被他一把拉住。

"我知道。"爱德御书直直地望着她，"我知道你不喜欢我胖，不喜欢我脸上的这根黑毛，你不喜欢我自以为是，现在的我，没有一样你喜欢的。对不对？"

"不……不是的……"于盛优抬头，很认真地看着他，"以前，我也以为，我不喜欢你，是因为你的外表，可是现在我才知道，我不喜欢你，不是因为你不好，而是，这辈子，我只会爱一个人。而那个人，不是你。"

"那么……你爱的是谁？"

于盛优低头不语，是啊，是谁呢？如果是以前的话，她一定会立刻

说出远修的名字……可是，现在，她却犹豫了……

晚风轻轻吹过，树叶哗哗作响，有一个人隐在树后，静静地等着，和爱德御书一样，等着她的答案。

"没有吗？"爱德御书追问。

于盛优皱眉，像是下定决心一样张嘴，刚准备说话，爱德御书却打断她道："不要说谎，很多人都在听呢。"

"呃？"于盛优诧异地睁大眼睛，很多人？她慌张地四处看，却一个人也没看见，哪儿有人？哪儿有？哪儿有？

爱德御书松开抓住她的手道："哈哈哈，你果然没有爱的人啊。这样的话，我还是有追求资格的吧！那么，下次再见吧，老婆大人！"话音刚落，人就消失无踪了。

这家伙明明这么胖，轻功却是一等一的好哇！

于盛优对着空中扬着拳头，大声吼："讨厌的胖子！谁要和你再见啊！别再回来了！可恶！"

于盛优气得对着路边的小树踹了一脚，又踹了一脚，树上有什么东西纷纷落下，她忽然感觉脖子上有什么东西在蠕动，伸手一抓："哇！毛毛虫啊！"

于盛优恶心得大叫起来，她最怕毛毛虫了，一看肩上居然还有两条，抬头一看，天哪，这棵树长虫了，树干上居然全是黑色的毛茸茸的虫子。

"妈呀！"于盛优吓得又叫又跳，东拍拍西拍拍，身上不时有虫子被抖落下来。于盛优抖落虫子以后，对着被虫子爬过的地方使劲儿地抓起来，好痒，全身都痒！

"别抓。"一只修长的大手，一把抓住她到处乱抓的手，沉稳的声音在耳边响起。

于盛优含泪望去，宫远修居然不声不响地站在离她一步远的地方，她睁大眼问："你……你怎么在这儿？啊！"

于盛优忽然想到胖子说好多人在偷听，难道是他？

于盛优脸有些红，她低着头瞟了他一眼问："你什么时候来的？"

宫远修笑意温煦，轻轻伸出手，将她头发上的毛毛虫抓掉："来了一会儿了。"

"那……那……"于盛优支支吾吾，还是没问，问他听到了什么吗？有必要吗？自己又没说他坏话，为什么和做了贼一样的心虚呢？

宫远修抓掉最后一条毛毛虫，丢在地上，微笑地望着于盛优道："回去吧。"

"呃？回去？"回客栈吗？

"我们回宫家去，重新开始吧。"他的话不是疑问句，而是肯定句，他不要问她好不好，愿不愿意，他不想给她回答的权利，因为……他也害怕拒绝。

当她眼神微抬，看着他，他的眼睛还是那么明亮、清澈，只是眼里多了淡淡的期盼和轻轻的伤痛。于盛优的心忽然一紧，她伤害到他了吧，明明变聪明是一件这么值得高兴的事啊。

她浅笑着轻轻点头。他上前紧紧地抱住了她……

重新开始吧，一切的一切都重新开始……

只要爱她的这颗心不变，总能唤回她的那颗吧……

她抬眼，望着远方火红的夕阳，愣愣地想，是啊，她应该为他高兴啊！就像远涵说的一样，看着他在广阔的蓝天飞翔，不好吗？她抬手，轻轻

地抱住了他，闭上眼睛。

随后的几日，于盛优陆续得知了事情的后续发展，那天宫远修打开石门之后，众人相继获救。四师兄被救后第一时间劫持了于小小，威胁众人让出一条生路，那之后，小小再也没有回来。

只希望，四师兄不要伤害他吧。

爱德御书被生气中的宫远涵陷害得惨啊，某人在消灭成玉剑庄的时候打的是鬼域门的名号，又在江湖上散播谣言，说鬼域门先灭圣医派，后灭成玉剑庄，野心奇大，隐隐有入侵中原一统武林的架势。一时间武林各派人人自危，齐聚一堂，开始商量着如何对鬼域门进行围剿。爱德御书在成为武林公敌的情况下，无暇再进行他的追妻计划，只想快马加鞭地赶回鬼域门处理这些让人头疼的杂事。那天他满山找于盛优也是想在临走前顺便拐走她，可哪料到宫远修防得紧紧的，难有下手的机会，只得拍拍屁股，先回家去再做打算。

这次事件的罪魁祸首，成华卿很幸运地淹死洞中，说他幸运是因为他死了，他若不死，光圣医派几千几万种让人生不如死的毒药就够他受的了。

而他手中的两颗长生不老丸也在激流的泉水中消失无踪，化为乌有。

随着这一事件的全盘落幕，众人也各归各位。

宫家和鬼域门分别留下了宫远夏和末一帮忙重建圣医派，用的银子自然是从成玉剑庄宝库里搬来的。

于盛优在圣医派赖了几天后，便跟着自家相公回了宫家，在离家还有一条街的时候，远远地就听到了爆竹的响声，她掀开车帘向前看去，只见宫家张灯结彩，鞭炮从街头一路铺进宫家，炸得整条街都沸腾起来。

这阵仗，和自己嫁过来的时候有得一拼啊。

刚进宫家大院，就见婆婆优雅地走过来，激动地拉起于盛优的手，细细地打量道："……这孩子怎么长胖这么多？在外面吃什么好的了？"

"……"于盛优默默扭头瞪着宫远涵，不愧是母子。

婆婆忽然想到什么似的，笑得一脸暧昧来回打量着宫远修和于盛优道："胖点儿好，胖点儿好，现在啊，就是要胖。呵呵呵。"

于盛优嘴角抽搐一下，现在又不是唐朝，胖有什么好的。

"修儿，你们一路也辛苦了，快带优儿回房休息吧，呵呵呵。"婆婆笑着对远修说完，又对远涵笑道，"涵儿，陪为娘说说话去，出去好些日子，娘亲可想你想得紧。"

"劳娘亲记挂。"宫远涵孝顺地上前，扶着湘云公主，缓缓前行，只是走到回廊的时候，忍不住，还是回头望了一眼。

院子里伟岸英俊的男子伸手牵住身边娇小女子，女子低下头，脸上有微微的红晕，很是好看。

"他们两人很配吧？"湘云公主也回身望着他们，然后笑着问他。

宫远涵垂下眼，再抬起时，已变得和平时一样，他浅浅微笑答："是的，娘亲。"

湘云公主得到如此答案，很是开心："说不定明年就能抱上孙子了，呵呵。"

"娘亲终于要如愿了。"

夜晚，宫家南苑。

于盛优洗净一身疲倦，穿上丝绸制的上等睡衣，一边往内室走，一

边用毛巾擦着头发，推开房门，只见宫远修半躺在床上静静地看书，烛火下，他的衣袍轻轻敞开，露出健康结实的皮肤，他双眸微垂，神情淡然，不经意间露出一丝诱惑的味道。他听见门声转眼望去，淡漠的俊颜上绽放出一丝温和的笑容。

"洗好了？"

"嗯。"于盛优轻轻点头。被他这么一问，她居然有丝紧张，擦着头发的手微微停了一下，怔了怔也对他憨憨一笑。

他望着她云淡风轻地道："那睡吧。"

"睡……睡啊？"于盛优红着脸看他，使劲儿地擦着头发道，"我头发还没干，我擦擦再睡。"

她不知道，她那扭捏到手足无措的样子在宫远修眼里是多么可爱。宫远修也不急，垂眼看着手上的书，半个时辰后，于盛优的头发干了。

宫远修挑眉看她，于盛优紧张地拿了一块桌子上的桂花糕，使劲儿地往嘴里塞："晚上没吃饱，我吃点儿东西再睡。"

宫远修温言淡笑："你慢慢吃。"

于盛优小口小口地将盘子里的糕点全部吃完后，又喝了一茶壶水，东摸摸西摸摸，磨蹭到能磨蹭的事情都磨蹭完了，才抓着头，走到床边，从宫远修身上爬过去，滚进床里面，盖好被子，闭上眼睛，假装睡觉。

过了一会儿，她听到宫远修合上书，床摇晃了几下，烛光熄灭，被子的一角被掀了起来。她顿时身子僵硬，紧张得手心微微冒汗，他的身体带着一丝凉意躺了进来。

她安静地等了一会儿，身边的人没有任何多余的动作，只是笔直地躺在她身边，像是睡着了一般。

于盛优松了一口气，身体渐渐放松，这才慢慢睡去。

一直到她的呼吸平稳了，她身边的人才轻轻地伸出手，将她揽进怀中，静静地拥她入眠。

清晨，当鸟儿将沉睡中的于盛优叫醒的时候，她睁开眼，发现身边的人已经离开，他睡过的地方还留有淡淡的温度。

于盛优眯着眼睛看窗外，清晨的天色是深蓝色的，这个时间，应该是去练武了吧。已经不用我陪了吗？心里又是那种淡淡的失落。

不过，不用我陪多好啊，这样我早上就可以睡懒觉了。嗯！谁都别阻止我，我要睡到中午。于盛优默默地想着，翻身，蒙上被子，想继续睡。

可闭上眼睛却怎么也睡不着，最后她终于放弃地爬起身来想：对了，我也要练武啊！我这次出去吃这么多亏就是因为武艺不好啊，现在有时间应该多充实自己，多练练武艺啊！

嗯嗯！点头，起身，她穿上一身劲装，将头发随意地扎起来，洗漱过后，便循着熟悉的小路，走到竹林。

晨光闪动，携着丝丝凉风，拂过竹叶，发出好听的响声，竹林里一个白衣男子手持宝剑随风而动，他的身形并不快，说是练剑不如说是在舞剑，随意得有些懒散，那剑法如行云流水、轻风拂过一般却好看得出奇。

于盛优眼也不眨地看着，男子舞完一套剑法，收剑转身，望着她温柔地微笑："大嫂，早。"

于盛优真觉得世间上不会再有比宫远涵更加俊美的男子了，真不知日后什么样的女子才能配得上他啊。

"早。"于盛优笑笑，四处张望了一下问，"远修呢？"

"大哥进宫面圣了。"

于盛优惊讶地睁大眼："面圣？见皇上？"

"是啊。"宫远涵点头。

"啊……见皇帝啊！"于盛优这才想起，婆婆好歹是公主，那他们兄弟三个，不也是王爷？啊！原来自己也是一个王妃啊！王妃啊！知道王妃是什么吗？是贵族！贵族啊！有钱人！哦哈哈哈哈哈。

宫远涵淡淡瞟了一眼一脸开心的于盛优，不明白她又兴奋个什么劲，抬起剑又舞了起来。

于盛优从美美的王妃梦中回神，看着宫远涵飘逸的剑法，忽然心生羡慕："哎！远涵。你教我练武吧。"

"练武？"

"嗯！就这套剑法，你耍起来超漂亮耶。"

宫远涵想也没想地拒绝："不要。"

"为什么不要？！"

"我不想浪费力气啊。"宫远涵说得非常理所当然。

于盛优鼓着脸气啊，他就这么看不起她，就这么注定她学不会："你就是不想教我！"

"你要这么想也行。"宫远涵挑眉，无所谓地笑笑，云淡风轻地继续耍剑。

"……"于盛优嘴角抽搐了一下，这家伙真是诚实啊，不爽！她转身，抽起一根长棍就敲了过去，"不教我！我让你也练不成。"

宫远涵抬手一挡，转身，剑锋一带，右手一捞，于盛优一招之内就被他缴了械。宫远涵拿着棍子轻敲了下她的头顶，柔声道："坏丫头。"

于盛优捂着脑袋，不依不饶地瞪着他，拉着他的衣袖使劲儿扯着："教我嘛！教我教我！"

宫远涵摇头，扯回袖子，微微笑道："好，教你教你。"

"嘿嘿。"于盛优眯着眼睛，笑得很开心地退到一边。

"看仔细了。"

"嗯。"于盛优使劲儿点点头。

他拉开架势唰地刚做一个动作，于盛优就大叫道："停。"

宫远涵停住，于盛优学着他的动作摆开姿势："走。"

宫远涵嘴角抽搐了一下，又做了一个动作，这次不用于盛优叫，他自觉地停住，等于盛优摆出相同的造型的时候，他才开始下一个动作。

他持剑下劈，她也持剑下劈，他潇洒转身，她晃晃悠悠转身，他的剑锋飘逸犀利，她的剑锋颤抖无力。

晨风轻轻拂过，竹林的两个人，一个教得认真，一个学得仔细，白衣男子用这辈子都没有做过的缓慢动作，演示着一套熟记于心的剑法。

半个时辰后一套剑法教了一半，收式，他回身望她。

于盛优眨眨眼问："没了？"

宫远涵笑："我想问一下，你以前的武功是谁教的？"

于盛优想了想道："爹爹和几位师兄轮流教啊，一般只有爹爹和大师兄教的时候会很严厉，教的功夫一定要我学会，其他师兄们，我懒得练，他们也不会强迫我的。"

"一般对自己好的人都不会强迫你的。"宫远涵笑得诚恳。

"你是在嫌弃我笨吗？"于盛优嘟着嘴瞪他。

"嗯。"宫远涵仔细地想了想，很认真地点头。

"哼。"于盛优生气地撇过头，就知道他会点头。

宫远涵笑道："徒儿，将为师刚才教你的几招练练。"

"哦。"于盛优自信满满地拉开架势，比画了两下，然后停下来问，"向下？"

"向上。"

"哦。"

没两招又问："向左？"

"向右。"

"哦……"于盛优做好动作，长时间的沉默以后，回头问，"然后呢？"

"抱歉，大嫂，我刚才不该叫你徒儿的。"宫远涵睁着眼撇清关系，绝对不能让人知道她的剑法是他教的，会名誉扫地的。

于盛优抓抓头，抱怨地瞪他："我稀罕你当我师父，自己教得不好，倒怪起我来了！"

宫远涵失笑："我教得不好？"

"就是你教得不好！就是就是！"于盛优不讲道理地大叫。

"教什么？"

就在这时，一道声音从竹林传过来，宫远修信步走来，今天的他穿了一身紫金色的正式袍子，头发一丝不苟地用发簪盘好，头顶戴着金冠，更显朗眉星目，丰神俊朗。

"大哥来得正好。"宫远涵拱手道，"嫂子要学飘云剑法，小弟不才实在是教不会她，大哥还是亲自教吧。"

说完，他抱拳行礼，转身而去。

于盛优拿着剑瞪着他转身离开的背影，可恶，他就这么不想教她吗？！

"想学剑？"宫远修靠近她，低头轻问。

于盛优抓抓头："呵呵，我是看远涵耍起来漂亮，就想学学。"

"我教你啊。"

"我……我很笨的。"于盛优尴尬地拿着剑，小心地瞅着他，"你不能鄙视我哦。"

"不会。"宫远修沉声而笑，"我看看你练到哪儿了？"

"哦。"于盛优绞尽脑汁才将宫远涵教她的半套剑法断断续续地耍了出来。

耍完后，某人自己都很惭愧地摸摸鼻子笑："学得不好。"

宫远修笑："不会啊，是远涵教得不好。"

"啊？"于盛优诧异地看着他，他居然也和她一样不讲道理！

"我来教你，定让你三天就能学会。"

"真的？"于盛优激动地拉着他的衣袖，眼睛晶亮地看着他。

宫远修看着她的手，没有像宫远涵那样抽回衣袖，只是低下头，扬唇浅笑，柔声承诺："自然。"

哇——天下第一高手果然不是吹的！人家一定有秘诀！有捷径！哇咔咔！挖到宝了！

竹林里，宫远修手握宝剑，信手舞来，招式比宫远涵的那套更加犀利，剑气更甚，杀伤力更强。

一套剑法耍完，于盛优皱眉，歪头："这个，和刚才远涵的那套好像有些不一样。"

宫远修点头道："飘云剑法，招式太多，步法复杂，对你来说，学起来有些困难，我去掉剑法里复杂无用的花招，留下一些简单有力的招

式,按你的理解程度,将其分为三段,每天早上学一段,三天后就能学会。"

"可是,招式精简了,威力会不会减小?"

"不会,这套剑法以防守为主,我按你的理解程度加了几招进去,威力不会变小,反而会变大。"

"哇!好厉害!"于盛优双眼崇拜地望着他。

"要学吗?"宫远修好笑地问。

"绝对要!"于盛优大声吼了一声,拖着长剑屁颠屁颠跑过去。

宫远修教得很慢,也很有耐心,每一招每一式他都重复做三四遍,一直到于盛优学会记牢,连贯起来,才开始教下一招。

于盛优居然出奇地配合,完全没有啥花花肠子,一板一眼地学着。

"这里不对,手再下来一点儿。"宫远修走过去,站在她身后,右手从后面绕过去握住她的右手,左手握住她的左手,两个人靠得很近,她娇小的身子,整个被他抱在怀里。他拉着她的手道,"来,先向下,右弓步,剑上挑。对,绕过来,转身……"

于盛优的步伐一下子出了错,被宫远修的脚绊了一下,身子向前倒去。宫远修大手一捞就将她牢牢扶稳,他的手捞在了不该捞的地方,柔软的触感,使他慌忙缩回手。

于盛优有些脸红,不自在地挠挠脸颊,悄悄转头瞅他,宫远修的脸上也有些尴尬和不自在。

"抱歉。"

"呃……"于盛优脸又是一红,可恶,他说抱歉,她能不能说,我不要你道歉!于盛优有这个贼想没这个贼胆,只能闷声道,"算了。"

说完,她转身就要走,可不知是不是老天和她作对,她竟不知又被什么绊了一跤，直直地往地上跌去。宫远修一惊，又是伸手一捞……

然后，两个人都定住了。

他……又捞在了不该捞的地方，他大大的手掌正好一手掌握住她柔软的浑圆。

于盛优的脸已经变成了血红色。

"抱……抱歉。"宫远修有些结巴。

于盛优咬牙，握拳！抱歉！抱歉你个鬼啊！抱歉你的手还不拿开！

于盛优气呼呼地看着他！这家伙，说什么重新开始，可是每天和木头一样一点儿也不开窍！这种时候他就不会幽默点，借机发挥下，表达一下爱意啊，迷恋啊什么的！他这样叫什么重新开始啊！他根本就是智商高了情商低了！

她"唰"地转身指着他的鼻子道："你是故意的。"

宫远修摇手："怎么会？绝对不是。"

"你就是就是就是！你以前就喜欢摸我这里！"于盛优气得大叫。

此话一出，连宫远修的脸也微微红了起来，他干咳了一下道："咳，那个……以前是以前……"

"什么？！"于盛优打断他，"也就是说，你以前喜欢现在不喜欢？"

"呃，不是。"

"骗人！你就是不喜欢！我是你老婆耶！你干吗一副圣人的死样子？！你说你说！你是不是故意的！"

"好吧，我是故意的。"宫远修闭眼，认下了这个猥琐的罪名。

"哼！我就知道你是故意的！"于盛优得意地扬起头，一副我很有魅力就知道你已经拜倒在我的石榴裙下的样子，"算了，这次就不和你

计较了，我饿了！去吃饭吧。"

宫远修好脾气地点头："好。"

两人一前一后来到宫家饭厅，饭桌上宫远涵已经到了，正坐着喝茶，他看见两人进来，有礼地站起身来点头道："大哥，大嫂。"

宫远修轻点了一下头，于盛优却一脸笑嘻嘻地走过去，仰着头娇笑地看着他："喂！远涵，我就说你教得不好吧！那套剑法我过两天就能学会了。"

宫远涵一副不相信的样子："说大话谁不会啊。"

"我真的可以学会啊！"于盛优指着宫远修道，"不信你问他。"

宫远涵抬眼望去，宫远修点头。

宫远涵笑："大嫂跟大哥学个一年，说不定也能成为一代高手。"

"啊！"于盛优鼓掌开心地道，"你也这么想的？和我想的一样呢。"

"呵呵。"宫远涵持扇轻笑，眼里一片温柔。

宫远修悄然打量了一眼宫远涵，垂下眼，默默出神。

没一会儿，宫夫人和宫老爷携手走了出来，宫老爷手一抬道："起菜。"

声音刚落，婢女们端着精致的碟子，翩翩走来，没一会儿，桌上就布满了几十种美味佳肴。

宫老爷抬起筷子，夹起一个虾仁轻轻放在宫夫人碟子里，宫夫人轻笑着点头，一脸幸福。

于盛优有的时候真觉得，宫夫人就是这个世界上最幸福的女人了，高贵的身份，绝美的容颜，英俊痴情的丈夫，孝顺优秀的儿子，一切老天爷可以给的恩赐，她全都得到了。

"你这孩子，怎么不吃饭，反倒看着本宫发呆啊？"宫夫人望着于盛优轻笑着问，她的笑容很亲切，很温柔，和远涵的笑容有些像。

于盛优一时没回过神来，诚实地道："啊，我觉得娘亲好幸福。"

宫夫人微微挑眉，先是一愣，然后扬唇而笑，那明亮温暖的笑容中带着点点羞涩，楚楚动人，

宫夫人轻轻抿嘴，望了一眼自己的相公，笑道："你看这丫头，羡慕我呢。"

宫老爷冷峻的嘴角也微微扬起，这个男人，听惯了世界上所有奉承的话，可没有一句像于盛优刚才说的那句一样让他开心不已。

宫夫人掩唇轻笑，望着宫远修道："远修啊！你看你家娘子羡慕的，还不快给人家夹个菜。"

宫远修看了眼于盛优，她的脸有些微微红，见她尴尬地摇着手："我不是这个意思。"

宫远修抬手，拿起筷子，夹了一片青菜放进她的碗里。

于盛优郁闷。

宫远涵忍不住轻笑出声。

"二弟笑什么？"宫远修转头问。

"呵呵，大哥，嫂子最讨厌吃青菜的。"

宫远修挑眉，淡笑道："是吗？二弟倒是清楚。"

"呃？"宫远涵微微一愣，脸上的笑容微顿。

宫远修撇过头，手微微握了起来。

餐桌上的气氛沉默了起来，于盛优奇怪地看着两个沉默不语的兄弟。

宫夫人轻轻皱着眉道："优儿，好久没见你，也怪想的，吃完饭来陪本宫道道家常。"

于盛优一边将青菜从碗里挑出来，丢在桌上一边点头答应："好。"

这顿饭，宫远涵没吃什么，就起身离席了，于盛优看着他的背影，突如其来地有些难受。

宫远修看着桌面上被于盛优挑出来的青菜，懊恼地微微皱眉。

吃完饭，进屋，宫夫人优雅地坐在华贵的卧榻上，于盛优站在一边望着宫夫人傻笑。

宫夫人浅笑着招手，让于盛优和她坐在一个塌上，亲切地拉住她的手问："优儿最近和修儿的感情如何呀？"

于盛优眼珠转了转，点头道："挺好的。"

宫夫人拍拍她的手，亲切地笑："好不好我还能看不出来？"

"呵呵。是挺好的，就是有些不习惯。"于盛优低头。

宫夫人轻笑："不习惯哪儿？"

"嗯，我也说不上来。"于盛优晃着脑袋苦恼道。

宫夫人笑："哎，你这孩子，我一直当你是爽快人呢！你怎么也变得这么磨叽啊？我记得你以前经常对着我儿子流鼻血的啊。"

"我哪有？"于盛优脸红。

"还不承认，整个宫家堡都记得牢牢的。你觉得不习惯他哪里你就说，你想要他怎么做你也说，这些个木讷的男人哪能猜中女人的心思呢。"

"直说？"于盛优皱眉。

"当然得直说。"宫夫人鼓励地看着她。

"可是……我希望他和以前一样，这样的话也能说吗？"

"傻孩子，他傻的时候都能做到的事，聪明的时候怎么可能做不到呢？你不说他又怎么懂呢？你别看远修一副少年老成的样子，其实木讷着呢。"

"确实很木讷。"于盛优点点头。

"呵呵,木讷的男人温柔起来也是可以醉死人的。"宫夫人掩唇轻笑。

"就像公公一样?"于盛优笑着看她。

"去,小娃娃不可以取笑大人。"

于盛优扭头,心里默默地想,她也算大人,呵呵。

不过,娘亲说得对,直说!两个人有什么问题都摊开来谈比较好,不然这么扭捏下去可真是难受死了!她自己都快受不了了!她明明是个爽快人啊!

"婆婆!我忽然豁然开朗了!"于盛优双手握拳,两眼冒光!

"媳妇!努力吧!"为了我的孙子!

于盛优从宫夫人那里回来以后,就在房间到处翻找着,过了好久,终于在一个木箱里翻出一本本子,她拿着本子笑得贼贼的,哦呵呵呵!我还有法宝呢。

她将本子塞在衣袖里,就跑出去找宫远修。

这时的宫远修正在书房看着自家六年来的账簿,程管家将六年来发生的大事一一向他汇报,宫远修沉默地听着。

他微笑地点头道:"二弟做得很好。"

"二少爷确实厉害。少爷,当初您一下子……底下几乎闹翻了天,更有其他势力虎视眈眈地觊觎我们宫家堡。皇宫里那些早就看我们宫家如眼中刺的人,居然请旨让我们宫家去剿匪,当年老爷已经准备出山了,却没想到当时年仅十五岁的二少爷只带十八名护卫,一路挑了二十四个山寨,每战每捷,让以凶残闻名的寇匪都闻风丧胆,望风而逃,这才让世人得知，我们宫家有的是高手。二少爷掌权后对宫家堡内部，更是手腕高明，或打压或安抚，没过多久就让人心浮动的宫家堡安生下来……少爷，宫家堡当年能不损一毫，多亏二少爷啊！"

宫远修望着窗外，淡淡微笑，想起六年前的远涵，那时，他还是一个只知风月，不问世事的清秀少年，却没想，现今已能独当一面了。

"大少爷？"程管家轻声叫着陷入回忆的宫远修。

"嗯。你先下去吧。"

"是，大少爷。"程管家垂下眼，暗暗心想，现在大少爷回来了，宫家到底是谁掌权呢？他倒退着走出书房，却不想和冲过来的于盛优撞成一团。

"哎哟。"于盛优捂着脑袋叫痛。

"大少奶奶恕罪，小的……"

"没事没事。"于盛优不耐烦地挥手让他走人。

程管家行礼弯腰，慌忙退下。

宫远修挑眉看着她问："你怎么来了？"

"来找你。"于盛优将袖中的本子往桌子上一扔，"这个家规是你写的，你不会不承认吧？"

宫远修俊眼一抬，笑道："不会。"

于盛优撑着桧木桌轻巧一跳，坐在桌子上翻看第一页指给他看："那就好！家规第一条：一切以娘子的话为准则！你写的哦。"

宫远修单手撑着下巴点头："你想要我做什么？"

于盛优咳了两声："很简单，从今天开始，每天早上叫我起床，教我练剑，每天喊我三声娘子，见到我要第一时间扑过来抱住，对着我的时候要笑得很可爱，晚上睡觉之前要说：娘子晚安，睡觉的时候要抱着我睡，两个人独处的时候不许看书，要陪着我，夹菜的时候我也要虾仁，简单地说，就是以前你做的事现在一件也不能少！"说完，她使劲儿地点了下头。

"就这些？"

"就这些！"于盛优凑头过去问，"做得到吗？"

"嗯。做得到。"宫远修点头。

"那……你叫声娘子来听听。"于盛优低头瞅着他，期盼地望着他。

"咳……"他眼神瞟了一下，俊脸有些微微的红，他用食指抵着鼻尖揉了一下，然后轻声叫，"娘子。"

于盛优看着他脸上两片红晕，心情大好！她果然像宫夫人说的那样，不善言辞，木讷得很，但骨子里其实是一个很容易害羞的男人。

"再叫一声。"于盛优望着他，眼睛亮如星辰，嘴角有藏不住的笑意。

"娘子。"这次叫得比较顺口。

"嘿嘿。"于盛优满面笑容，眼角笑得微微眯起，不知道为什么，他一叫她娘子她就好开心。她果然是一个容易满足的女人。

宫远修看着她的笑容，像是着了迷一样，慢慢凑过去，在她嘴角上亲了一下，很轻的吻，像以前的吻一样，轻盈的，带着无限的欢喜。

于盛优愣了一下，红着脸，捂着嘴唇怔怔地看他。

宫远修不自在地咳了一声，撇过头道："咳，你不是说以前的我对你做的事一件也不能少吗？"瞟她一眼，嘴角勾出一丝笑意，"那……这个也算吧。"

于盛优抿着嘴巴，转过头，不让他看见自己使劲儿忍着的笑容，哼！

讨厌讨厌讨厌!

夏天的晚风带着温温的热气，轻轻地吹着荷花池里的荷叶。

荷花已谢，无景可赏，可那白衣男子，却依旧站在池边，望着荷叶中的点点莲蓬，淡淡轻笑，长久沉默。

"二少爷。"一道温柔的声音在他身后轻轻响起。

宫远涵没有回头。

"二少爷，这是落燕刚采的莲子，少爷要尝尝吗？"

一个碧绿的莲蓬递到他的眼前，他垂下眼，抬手接过，放在手中把玩着。

过了好一会儿，他抬头温柔地望着她微笑道："谢谢。"

"二少爷……"落燕抬头，仰望着这个俊美非凡的男子道，"不开心的时候可以不要笑啊。"

"落燕啊。"宫远涵笑得越发温柔，"我没有不开心啊。我只是可惜这好景不在了而已。"

落燕转头，看着一片绿色的荷叶，轻道："少爷不必可惜，这景，明年还会再来，这花明年还会再开。"

风，吹起荷叶，荡起一片绿色的波浪，空气中有着淡淡的荷叶香，他望着池塘，轻声道："是啊，明年还会开的。"

他低下头，用修长白皙的手指剥开莲蓬，捻出一粒白色的莲子，放入口中，轻轻嚼着。

"甜吗？"

"嗯。"他缓缓点头，转身离开，云淡风轻。

落燕拎着采莲的篮子，微风吹起她的罗衫，像壁画里最美貌的仕女。她站在荷花池边望着他的背影，一直到他远去，然后低下头，从篮子里拿出一个莲蓬，剥开，尝了一粒莲子，轻皱眉头。

很苦啊……

于盛优现在的心情是愉悦的，甚至有些莫名兴奋，宫远修在书房里做事，她特别想和他待在一起，于是就拿了一本小说坐在书房窗边的椅子上翻看着，可小说总有些生涩难懂，毫无吸引力，没两个时辰，她受不了了，无聊得想到处打滚，窗外蝴蝶轻舞，鲜花盛开，真是一个外出游玩的好天气啊。

于盛优转头看宫远修，他还如数个时辰前一样，笔直地坐在桧木椅上，细细翻阅账册。这都一天了，他也该累了吧？怎么工作起来就这么投入呢？一天之内除了翻页写字就没见他动过。

于盛优转转圆溜溜的大眼，捻起茶几上的一颗开心果，趁他不注意"唰"地当作暗器丢了过去。

宫远修眼未抬，身未动，果子居然从他的后脑勺儿飞过。

于盛优眨眼，呃，没想到，自己现在的暗器功夫如此不行，居然连目标都打不中，不行！她得再试试。

如此想着，她又抓起两颗开心果"咻咻"对着他的脑袋丢过去，可奇怪的事再次发生，开心果连宫远修的头发都没碰到。

于盛优还真不信邪了，抓起一把果子一起砸了过去，她就不信，十几颗果子还能一颗也砸不中？

可是，她真的连一颗果子都没砸中……

于盛优呆住，她已经如此废材了吗？

这时宫远修终于抬起头，望着她深受打击的表情，扬唇轻笑。

"你！你耍了什么花招？"于盛优嘟着嘴问。

宫远修摇头："没有啊，我动都没动一下。"

"那我为什么一颗也砸不中？"

"我怎么知道。"宫远修说完，瞟了她一眼道，"笨呗。"

"你说我笨？"于盛优"唰"地站起来，扑到宫远修面前，两只手使劲儿挠他，"讨厌讨厌，你才笨。"

宫远修呵呵直笑，大手轻易地抓住她到处扑腾的两只小手，将她拉到腿上侧坐着，握起她的手，放在嘴边疼爱地亲了亲："小猫一样的。"他轻笑的话语里净是宠爱。

于盛优脸红了红，靠着他宽厚的胸膛，嘿嘿傻笑。

好吧，她承认，她就是想引起他注意，让他亲亲抱抱她，不行啊？

"无聊了？"宫远修抱着她，把玩她的手指，柔声问。

"嗯，有那么一点儿。"于盛优点点头。

"无聊就出去转转，不用在这儿陪我。"

"我想等你一起出去玩。"

宫远修轻笑："我还有一会儿，这些今天都得做完。"

"啊，还有一会儿啊，那我出去玩了。"都在房间里闷一下午了，她早就想出去玩了。

"嗯，去吧。"宫远修点点头，大手将她鬓角边的碎发拨到耳后，忍不住又在她的脸蛋儿上亲了一下。

于盛优抿着嘴笑："你的手不放开我怎么走？"原来他的大手，一直牢牢地抱着她的腰，别说走了，她连站都站不起来。

宫远修稍稍愣了下，有些尴尬地用食指摸摸鼻子，可他的手却还是没放开。

这个口是心非的男人！

于盛优抬手，圈住他宽厚的背，将头靠在他的胸膛，闭上眼睛道："我又不想出去玩了，我要在这儿睡觉，可以吗？"

宫远修立刻点头答应："好哇。"

于盛优心想，这家伙，要是能像以前一样撒撒娇就好了。

于是，宫远修就这样抱着于盛优看账本，他的表情还是那么认真，他的眼神还是那么专注，只是……他怀里的人，哪里又能睡着呢？

于盛优靠在他怀里，不时地蹭蹭他，仰头亲亲他的下巴，摸摸他胸膛，用手指在他的胸口画画圈，又画画叉……

她可以发誓，她不是要调戏他哟，也不是要引诱他哟，她只是有小儿多动症而已。

就在于盛优又一次在他胸口画的时候，某人忽然猛地低下头，对准她的嘴唇，一个火辣辣的热吻就下来了。

他的手紧紧地抱住她，她柔软的胸膛紧紧地贴着他的，火热的温度烫得她全身轻战，起初他的吻是轻柔的，仿佛怕将她碰坏一样，而后，他越吻越深，他的嘴唇越来越热烈，呼吸越来越急促。于盛优睁大的眼睛慢慢闭上，双手攀附着他的肩膀，仰着头，任他轻吻，她的双颊一片红晕。他一边吻着她一边抬手将她抱起，让她由侧坐在他腿上改成跨坐在他腿上。于盛优满脸通红，两人都有些控制不住了。

"啊……"于盛优被他吻得全身无力，一脸迷醉地任他摆布着，她

看着他英俊的脸，是那么迷人，那么令人心醉。

可是，她仅存的一丝理智告诉她，不能在这儿……会有人进来！

于盛优躲开他的嘴唇，喘息地道："远修……别……"

宫远修对她的抵抗充耳不闻，再次找到她的嘴唇，又疯狂地吻上去。于盛优哪里受过这样的刺激，那酥麻的感觉，简直让她有些狂乱了："会……有人……进来啊。"

她的话音还未落，就听见门"砰"的一声被猛地推开。

"大少爷……呃！啊？"年过五十的程管家老脸通红地望着书桌后紧紧抱着、姿势暧昧的两人……

于盛优将脸埋在宫远修怀里，默默流泪……我就知道！我就知道会有人进来！每次自己一和自己的相公亲热就会有人进来！每次都这样！

"出去！"宫远修声音低沉，压抑着很大的怒气。

"呃……是是！"程管家掉头就跑，出了书房两步后，又满脸通红地跑回来，将门关上！紧紧地关上！

两人还维持着刚才的姿势，默默无语。

宫远修深呼吸了一下，低头温柔地亲亲她的脸颊，很疼爱的那种亲吻，然后体贴地为她穿好衣服，将衣服上的褶皱理平，抱着她又坐了一会儿，然后"扑哧"一声笑了。

于盛优瞪了他一眼，娇嗔道："讨厌！"

"回房间等我好不好？"

"不要，我要出去玩。"于盛优怄气地撇过脸。

"娘子，乖。"

"不要不要不要！"于盛优站起来，瞪他一眼，凶巴巴地道，"你快点儿回来！"说完红着脸"噔噔噔"跑走了。

宫远修挑眉，望着她的背影笑了，很是灿烂。

于盛优跑回房间，开始翻箱倒柜找衣服，

嗯……这件不行，太保守！

这件也不好！太结实！

这件吧……啧啧，不够飘逸！

这件呢？颜色太暗不够暧昧！

选完衣服，她又让婢女送来一桶洗澡水，在水里撒上玫瑰花瓣，哦呵呵呵，滑嫩嫩，香喷喷！

于盛优动作缓慢地、撩人地洗着身体，她巴不得宫远修现在进来，欣赏她的美人沐浴图！

可惜，一直到水都冷了宫远修还是没回来……

好吧，机会有的是，她一定要让这次洞房充满乐趣！

于盛优从水里站起来，穿上自己找了半天的性感睡衣，现在万事俱备，只欠东风啦！

就在这时，门口传来敲门声！

"进来。"讨厌！还敲什么门啊！于盛优"唰"地飞扑到床上，做出半躺着的撩人姿态，天知道她做这个动作是多么不到位，多么畸形！

门被推开，于盛优低着头，半垂眼帘，抬起光滑的玉腿，对着门口的人勾了勾，用娇滴滴的声音道："回来了？"

进来的人无声无息……

于盛优皱眉，奇怪，这样勾引他，他都不扑上来？难道她的功力不到家，还是她太主动吓到他了？她抬起眼帘望向门口，门口站着的男人

温文儒雅，白衣盛雪，俊美的容颜上有三分尴尬，七分红晕。

两人默默无语地对看着，于盛优僵硬地保持着抬腿勾人的动作，嘴角不停地抽搐。宫远涵的双眸里满是尴尬与好笑。

过了两秒——

"啊——怎么是你？怎么是你？"于盛优震惊地大喊，整个身体瘫倒在床上，一脸崩溃使劲儿捶着床。

"大嫂，冷静。"宫远涵无辜地扭头，她想把宫家堡的人都叫来参观吗？

于盛优瞪他一眼，伸手捞被子，可捞来捞去捞不到，这才想到，她刚才嫌被子太丑，影响效果，将它丢进柜子里了。

啊啊啊！这下连找个遮掩的东西都没有！啊啊啊！不要活了！她不要活了！又是他，为什么，为什么？为什么每次都被他看见？！

于盛优抓起身下的床单将自己裹住，滚了几圈，躲进床里面，羞愤地蠕动着，蠕动着蠕动着。

"我先走了。"宫远涵镇定地转身想走，却正好撞上刚进门的宫远修。

两人撞在一起，宫远涵向后退了一步，宫远修伸手扶住他："二弟，你怎么来了？"

"呃，一时忘了什么事了。"宫远涵的声音里带着尴尬，"大哥，我先走了……嫂子，还在等你。"

说完，他的脸更加红上了几分，转身离开房间。

宫远修奇怪地看着他匆忙离去的背影，又转眼望了望床上那个熟悉的、蠕动着的虫子优。

忽然……有些明白了。

掀开被子一看，果然——某人穿得可真火辣啊，若隐若现，娇小玲珑的身体在黑发的衬托下更显白皙诱人。

宫远修忍不住"扑哧"一下笑出来，于盛优被彻底刺激了，满脸泪水地抬头，哭喊道："我要当尼姑，当一辈子尼姑！"

她这回是彻底——不行了！

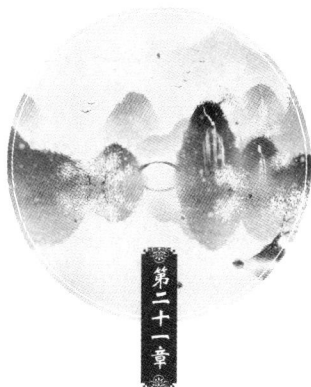

第二十一章

君 离 我 天 涯

LIANLIAN
JIANGHU

清晨，于盛优顶着两只哭得又肿又红的眼睛起身。

宫远修好笑地望着她："眼睛哭得这么肿，今天就别练剑了。"

于盛优乌着眼睛瞪他，嘟着嘴道："我要去。"

说完便从床上爬起，她身上的衣服并没有换，还是昨天那套透明装，也因为她这个起身的动作，不经意间就挑逗了宫远修。

宫远修眼神一紧，在于盛优爬过他身上下床的时候，他的腿向上一抬，于盛优被绊着，"唰"地扑倒在他身上。

宫远修扶住他，柔声道："小心点儿。"

他的眼神深深地望着她，他的大手扶在她的细腰上，火热的温度烫着她的皮肤，他低下头轻轻闭上眼睛，去寻找她的嘴唇，可没想"啪"的一声。

"住手。"于盛优手里的纸扇毫不客气地敲在他头上。

宫远修睁开眼，无奈地摸摸鼻子叹气。他一个晚上被她敲了无数次了，想他天下第一高手，居然被一个小女子敲头，而且说不定以后会天天被敲……

"你别靠近我，我从今天开始吃斋念佛，清心寡欲。"

宫远修挑挑眉，很是郁闷，自己的妻子要当尼姑，那他不是要当和尚？瞧了眼一脸坚定在床下穿衣服的某人，他挑眉笑，算了，给她点儿时间好了，他相信她坚持不了多久的。

两人洗漱过后，一起往竹林走，于盛优一路上都在想等下见到宫远涵会不会有些尴尬呢？抓头，尴尬啥，又不是第一次了，何况这次自己还穿着衣服呢，虽然很露……

小路的尽头，就是青翠的竹林，竹叶在晨风中发出悦耳的沙沙声。于盛优抬眼望去，竹林里空无一人，他还没来吗？

"先把昨天教你的招式练一遍。"宫远修拔出宝剑，递给于盛优。

于盛优上前，拿起剑耍了开来，不得不说，宫远修的教学方法非常好，一套剑法中只要有难度的动作，或者是于盛优总是学不会的动作，他都有办法在下一秒转换成最简单而又有力的招数，原本飘逸华丽的剑法，在他的改编下，简直就是留其精华去其糟粕。

一套剑法洋洋洒洒地练下来，居然没有出错的地方，于盛优自己都很吃惊，以前不管是哪位师兄教她武功，都郁闷得直摇头一副你不是这

块料的表情看她。

再转头看宫远修，只见他浅笑着对她点头："这不是很聪明吗。"

于盛优扬起笑脸，简直有些手舞足蹈了："哈哈哈！原来这剑法这么简单！"她兴奋地对宫远修招手，"快快！教我下面的。"

"好，看好了。"

"嗯嗯！"哇！她马上就能学会了，回去向远涵炫耀去，哈哈哈，明明是他笨，教得不好，反倒怪她笨。她明明就很聪明嘛！

这个早上，于盛优学得格外起劲，人啊，一旦认真地想学什么，但凡不要太笨，总能学会的。某人在极度兴奋中，一个早上就将剩下的剑法全学了下来，虽然还不是很熟练，但终究求了一个形似，日后再加强练习，总能掌握剑法的精髓。

吃早饭的时候，于盛优极其兴奋，等不及要和宫远涵说这事，然后拉着他去竹林练给他看。

远远地，就见那熟悉的白色身影走进饭厅，于盛优扬起灿烂的笑脸望着他道："远涵，远涵，猜我学会多少了？"

宫远涵温笑着落座，接过下人奉上的香茗，轻轻吹了一下，香气四溢，优雅地浅抿了一口，抬头，望着她道："都学会了。"

于盛优得意地点头："是啊是啊！哈哈哈，没想到吧，才两天我就学会了！"

"恭喜大嫂。"宫远涵温柔地望着她笑，就像以前的笑容一样，可还没等于盛优再说些什么，他便转头望着宫远修道，"大哥，昨日我遇见谭夫子，谭夫子听闻你的病好了，很是开心呢。"

宫远修点头："我正想着去拜访恩师。"

谭夫子是宫家三个兄弟的授业老师，宫家三兄弟对他都极其尊敬。

"那找个时间一道去吧。"宫远涵轻笑。

"我也去我也去。"于盛优举手，一脸傻笑。

宫远修宠爱地望着她点头："好，带你去。"

于盛优眯着眼望着宫远涵道："远……"

"大哥可曾记得谭夫子家的三公子？"

"自然记得。"

"呵呵，那人当真有趣……"宫远涵温笑地望着宫远修谈着一些趣事。那些事，于盛优一句也插不上嘴，每次于盛优和宫远涵说话，总是能被他三两句就打发掉。

于盛优微愣，抓抓头，有些奇怪，但又不知道怪在哪儿。

随后的几天，早间的练武时间再也见不到宫远涵，吃饭的时间也少有话题，平日里想见他一面更是难上加难，有的时候明明远远地看见他在院子里赏花，待她一脸兴奋地跑过去的时候，他却又不见了。

只留下她一人在院子里失望地东张西望。

有的时候，明明见他在同下人说话，等她一蹦一跳走过去喊他的时候，他却只是微笑点头，有礼地招呼她一句便离开了，都不给她开口说话的机会。

只留下她和那个即将承受她怒气的无辜仆人。

有的时候，她好不容易抓住他，不让他走，他却总是不动声色地和她保持着三步远的距离，一副有礼又生疏的样子望着她温柔浅笑。

弄得她即使有一肚子话想和他说，最后也只能作罢。

于盛优烦躁啊！特烦躁，你说一个好好的人，一个你把他当最好的

朋友，当最可爱的亲人的人，忽然对你爱答不理的，这简直是要命，难受得要命！

于盛优是一个直接的人，她一有疑问总是会睁着大眼问你，绝对不会藏着掖着。

所以对于宫远涵忽然的转变，她在百思不得其解后，决定抓住他，问个清楚。

一天吃早饭的时候，于盛优在众目睽睽之下，一把抓着宫远涵的袖子，望着他道："你！给我出来！"

宫远涵眨眨眼，好像没想到她会做出这样的举动，餐桌上的人反应各不相同，宫老爷还是一脸冷静，宫夫人一副很感兴趣的样子，宫远修低头轻笑，好像早就料到一样。

于盛优一路将宫远涵拉到餐厅外的花园，皱着眉头问："远涵，我身上很脏吗？"

"没有啊。"

"很臭？"

"怎么会？"

"你是不是因为那天看到啊……嗯……"于盛优脸红地继续问，"看到我穿成那样所以觉得很尴尬？"

"不是啊。"

"那你最近怎么回事啊？老是不理我，还离我这么远？"于盛优嘟着嘴巴，不爽地瞪他。

"没有不理你啊，只是回家了有很多事情要忙，不能经常陪你玩儿。"

"真的吗？"

"嗯。"他温笑地看着她，像以前一样美好。

于盛优相信了，相信了这样的远涵……

可接下来，事情的发展却是令人失望的，他还是不理她，还是离她远远的，从三步防线变成了五步防线。

久而久之，于盛优就算是再笨再白痴，也明白了一件事，宫远涵不想搭理她，别看他笑得一脸温柔的样子，其实狠着呢，让你生气都没办法打他，憋屈都不能骂他，你骂他什么呀，人家明明对你很礼貌啊，不理你？人家又不是没和你说话，人家和你说话的时候还笑呢！笑得好温柔呢。

就这样，一直过了半个月，宫远涵的冷淡彻底浇熄了于盛优的热情，原先她见了他都会像只欢快的小雀一样迎上去。

原先她远远地看见他，都会远涵远涵地大声叫。

原先，他不理她她会缠上去问，为什么为什么？

可现在，他即使从她面前走过，她也只是默默扭头不看他。

不理就不理，难道只有你会不理人吗？

她也会受伤的，她也有自尊的，她干吗一而再再而三地拿她的热脸贴别人的冷屁股？！他不想理她那就算了！稀罕！很稀罕吗？

于盛优就连晚上睡觉的时候都会瞪着床顶，气鼓鼓地想，我不稀罕你！不理我算了！我也不理你！

就这样，又过了半个月。

一天傍晚，于盛优独自一人在荷花池边坐着，看着满池残败的荷叶，心中抑郁，一个月了，整整一个月了。

她双拳紧握，心里有种说不清道不明的难受感，像是细针扎在心口

上一样，明明很疼，却不知道伤口在哪儿。

她失神地在池边坐到太阳落山，才起身，拍拍屁股上的泥土转身离开。

小路上，她低着头走得很慢，手里拿着路边扯来的狗尾草在手中来回晃悠着，前方传来脚步声，她抬头望，迎面一个白衣公子信步走来。于盛优停住，水灵灵的大眼紧紧地瞅着他，他还是那么高贵儒雅，俊美非凡，他还那一脸温柔的笑颜，可他不会再为她停留一秒。

"大嫂。"温笑，点头，轻柔的声音。他总是这样，打个招呼就走，好像多说一句话就会被什么病毒传染一样。

于盛优握紧双手，撇过头去不看他，静静地听着他的脚步声从她身边消失，感觉着他带风的衣尾从她手边划过，忽地，她鼻子一酸，眼泪就落了下来……

其实，她想叫住他，想大声问他——

为什么，你不理我了？

为什么，你要离我这么远？

我到底做错了什么？

可她喉咙里无法发出任何声音，只能僵硬地站着，将手里的狗尾草揉得稀烂。

风轻柔地吹过，纯白的栀子花在风中摇摆，花香宜人，俊美的白衣男子嘴角带笑，头也不回地从紫衣女孩儿身边走过，风吹起他们的衣摆，像是最后一点关联一样，轻轻地碰在一起。

女孩儿身形未动，僵硬地撇着头，清秀的脸上满是委屈，珍珠般的泪水不断地从眼角滑落。

其实，伤人最深的，不是敌人的拳打脚踢，而是亲人的淡漠疏离……寂静的夜。

她垂着头，低声抽泣着，不远处的白衣男子微微顿住，双手紧紧握拳，像是在挣扎着一样。

最后，他还是没回头，没转身，只是淡淡地望着前方，一步一步地离开。

这一日，正是农历七月七日，前几日的一场暴雨将气温降下，天气已不像原先一样热。

宫家主厅里，众人沉默地吃着各自手中的饭，宫夫人抬头，望了望自家的三个孩子，轻轻摇头，这些日子她算是看出来了，远涵和优儿貌似闹了什么别扭，两人互不搭理。本来小孩子家家的事她也无意插手，只是这别扭的时间太长，怕是要伤了感情，连带着家里的气氛也不如平常和睦。

放下手中的雕龙银筷，宫夫人轻笑问："优儿，你可知今天是何节日？"

于盛优抬头，笑答："今天是七夕啊。"

宫夫人点头："呵呵，我以为你不知道。"

于盛优笑："本来确实是不知道，但早间来的时候已经听丫鬟们提起了。"

"那你一定知道今晚在辰武街的七夕灯会了？"

"嗯，听说了。"

听说这灯会，是江南人为了让牛郎织女相会时有灯照亮，便将彩灯

挂满整条街。天上的人相会，地上的人自然也不能闲着，灯会上男女也各自寻找着自己的姻缘。

"呵呵，那灯会可有意思了，年轻的时候啊，我每年都偷偷溜出宫去玩。"宫夫人轻笑，像是在回忆什么，过了一会儿，又问，"优儿，你一定要去看看。"

于盛优笑，一副感兴趣的样子点头："好哇，娘亲也一起去吧。"

宫夫人笑："我倒是想去。可今日太后娘娘命我入宫陪伴，无暇于此。"

"哦。"于盛优将眼神瞟向宫远修，娘亲不去没关系，远修陪她去不就行了。

宫夫人笑："本宫不能陪你，不如……"双眸一转，"就叫远涵陪你去吧。"

"啊？"于盛优愣，搞错了吧？她抬起眼皮，瞅了瞅宫远修，又望了望宫远涵。

宫远修的手微微一顿，垂下眼继续将勺子里的松仁玉米放进于盛优碗里。

宫远涵抬眼，温温浅笑："娘亲倒是奇怪，不叫大哥陪大嫂，倒叫我这个二叔陪，这倒有趣了。"

"有什么有趣不有趣的？你大哥今晚要陪本宫一起去看太后娘娘，优儿一个人去本宫总是不放心的，你又无事，陪你嫂子去逛逛有什么不好？"

"娘亲怎知我今晚无事？"宫远涵温笑摇头，"我今晚早就有约了。"

"有什么约？约了谁？推掉。"宫夫人皱眉。这孩子怎么回事？以前没见他这么不乖过。

"娘亲,这可不妥……"宫远涵的话还没说完,于盛优便打断他:"娘亲,二叔有事就让他去吧,我哪里需要人陪?何况我又不想去灯会了。"

宫夫人来回看了看这两个人,一个一脸淡漠,一个一脸倔强,摇头,叹气:"唉,你们这两个孩子,随便你们吧。远修,陪为娘进宫。"

"是,娘亲。"宫远修起身,走过去扶住宫夫人,两人缓缓往客厅外走去。

餐桌上,只剩下了于盛优和宫远涵,于盛优偷偷地抬头看了宫远涵一眼,他正优雅地用饭,他像是没注意她偷看他一样,即使她偷看得如此光明正大,他都没有抬眼看她一眼。

没一会儿,他也放下碗筷,柔声道:"大嫂慢用。"

于盛优低着头吃饭,假装没听到。

宫远涵也不在意,抬脚便走出饭厅。于盛优抬起头,看着他的背影,抿了下嘴唇,低头继续吃饭。

你不理我,我也是要吃饭的。

书房里,宫夫人皱着眉头问:"他们两人是怎么回事?以前关系不是很好吗?"

宫远修看着手里的茶盏默默出神,茶水的热气腾腾地往上飘着。

宫夫人望着如此冷静的宫远修,脸色越加阴沉:"你也是,涵儿这样对待优儿你也不说说他,优儿现在天天闷闷不乐,如此伤心你看了不心疼,本宫倒是心疼得很。"

宫远修抬眼,淡淡地道:"娘亲何必心疼,应该高兴才是。"

"我该高兴？我高兴什么？"宫夫人面色疑惑。

宫远修望着宫夫人，微微苦笑："优儿伤心一时，总比二弟伤心一世要好。"

"你这说的什么话？"宫夫人诧异地看着他，"远涵为何要一世伤心？"

宫远修抚着杯身，眼神淡淡地望着远方，轻声叹息道："我又何尝希望他们伤心……"

也许，这个世界上最了解宫远涵的人，就是他这个大哥了吧，他知道他现在退回去还来得及，现在退回去还能守住自己的心。所以，远涵在往回退，努力地、拼命地往回退，即使这个过程会让优儿伤心，他也无暇顾及，不敢顾及，无力顾及了……

他也是为了他啊……

他又如何能不知？

"娘亲。"宫远修转头，望着宫夫人道，"我和优儿还未同房。"

"啊？你……你……你不喜欢她？"宫夫人瞪着眼睛看他，简直不敢相信，成亲一年了，若说他傻的时候不会也就算了，现在他病好了三个多月了，居然还没碰过自己的妻子？

"不，我爱她。"这句话，宫远修说得非常肯定。

因为爱，所以才在刚恢复神智的时候总是想要抱抱她，碰碰她，想和她多多亲近，他想紧紧地守着她，抓着她，不想让任何人抢了去。

可是，还是因为爱，所以只能对她不管不问，不去安慰，不去提醒，不去拉回，只想给她一个机会，让她看清楚自己的心，他不愿意她日后后悔，委屈地和他度过一生，他能给她的也只有这一次机会。

她和远涵都是他最爱的人，是他无法伤害哪怕一点一滴的人。

若之后，一个退不回去，一个真的看透，那就……

想到这儿，心一阵刀绞一般的疼痛，痛得他几乎连呼吸也无法顺畅。

那就这样吧……

宫夫人看着眼前这个早已成长为顶天立地的男子汉的男人，他的眉头深锁，深邃的目光中闪过一丝无人察觉的痛，忽然什么都明白了，都说母子连心啊，她怎么会感觉不到呢？

远修啊，不管你是傻了，还是聪明了，你啊，永远是最善良的孩子，可为娘又怎么舍得让你伤心呢？

"不管你们有没有同房，于盛优是本宫给你明媒正娶的妻子，修儿，你莫做他想。"宫夫人的声音渐渐严厉，"也不可做他想！"

宫远修并不答话，放下茶盏，望着宫夫人，轻声道："娘亲不必为我担心，孩儿的事，孩儿心中有数。"

"有数？你都是为他人盘算的，你何时能多为自己想想？今晚你不必陪我进宫了，陪优儿去灯会吧。"宫夫人挥挥手让他下去，已不想多谈。

"娘亲，我病好之后还未见过太后。"宫远修低头淡笑，"今日趁此机会去见见也好。"

"你你！"宫夫人看着他一脸坚决，知道自己说不动他，只能摇头叹气道，"唉！随你，随你。"手心手背都是肉，委屈了哪一个她都舍不得。这……这叫什么事啊！

夜色，深邃幽暗；冷月，清亮照人。

于盛优独自一人抱着膝盖，坐在房内的软榻上，一本小说放在手上，

一个下午都没有翻动过，房间里除了远修不会有人来，没有人打扰她，她连时间都忘了，就这么傻傻地坐了一下午。

又过了好一会儿，她才将书往桌子上一甩，心中又烦闷又抑郁，啊啊啊啊！为什么会觉得这么压抑啊？！远修真是的！一个老太后有什么好看的！去什么啊去！老太后有她漂亮吗？有吗？

还有讨厌的宫远涵，她学着他的样子说："我今晚早就有约了。"

看那样子也没约什么好人！

可恶啊，没人陪就算，没人陪我还不能自己去吗？

对！自己去！自娱自乐也很好啊！

如此一想，于盛优便从柜子里拿了一些银子放在钱袋里，转身出了宫家大门！

吼吼吼！今天要去夜市狂吃一顿！

于盛优一人直奔灯会街而去，灯会的地点在城中一条主河河畔，河畔边，楼阁众多，临河而立，楼阁被装点上各式彩灯，映在河面上，交相呼应煞是好看，河的两岸也都被五彩宫灯装点一新，临岸垂柳披红挂绿，整个灯会一派喜庆，热闹非凡。

于盛优走进这灯火通明中，站在这人来人往的闹市，却一点儿也未感觉到喜悦，未能清除一丝烦闷。

抬头，望着不停地从身边擦肩而过的人，有一大半的人脸上居然戴着面具，于盛优奇怪地问身边的小贩："他们为什么要戴面具呢？"

小贩大叔抬头笑："呵呵，姑娘是外地人吧？我们这儿的七夕节，是给我们这儿年轻男女相亲用的，原先很多男女都看中已婚或有心上人的人，后来大家为了避免这样的尴尬，那些无意寻找姻缘的人都会戴上面具。"

"哦！这样啊。"于盛优掏出银子道，"给我一张面具。"

"呵呵，姑娘有心上人了？"

"我成婚了。"于盛优低头在他的小摊上挑拣着面具。

小贩大叔夸赞道："哦，那是该戴，姑娘这么好的相貌，不戴面具定要引起误会。"

于盛优轻笑了一下，选中一张简单素雅的白色面具戴在脸上："谢谢大叔。"

"姑娘慢走。"

于盛优戴着面具，慢慢悠悠地逛着灯会，不喜不忧，没什么感觉，她走到河岸边，坐在河堤上吹着夜风，杨柳枝在她头上轻轻晃动。于盛优看着这灯会里的男男女女，他们的热闹，也与她无关。

可说是无关，却偏偏有人来招惹她，两个风流公子带着十几个家丁，脸上挂着流里流气的笑容，靠近她，笑得猥琐。

"小娘子，面具摘掉给爷看看。"穿着蓝色衣服的公子说道。

于盛优愣愣地看着他，总觉得他有些面熟。

在哪儿见过呢？于盛优皱着眉头认真地想。

"小娘子，别害羞，本公子不会对你怎么样的。"

于盛优抬眼，这个语气，真流氓！呃……等下，难道自己正在被调戏？居然有人会调戏她？哦，不对，居然有人敢调戏她！

"小娘子，别害怕啊，让大爷看看你的容貌。呵呵呵……"

"赵兄，我说这个定长得不美。"另一个穿黄衣的公子摇着扇子说。

"程兄，我们一路揭了十几个丑女的面具，要是这个再不美，我这

辈子都不来这破灯会了。"蓝衣公子摇头晃脑地道。

黄衣公子道："我赌一百两，是个丑女！"

蓝衣公子道："我赌一百两，是个美女！"

原来不是调戏她，是在打赌呢！这两个人无聊没事干，跑来揭人家面具，打赌她的容貌玩儿。

"小娘子，快将面具摘下来给本少爷看看。"蓝衣公子催促道。

于盛优皱眉，啊！是他！终于想到他是谁了！

她歪头失笑："看了你可别后悔。"

"本公子从来不做后悔的事。"蓝衣公子自信满满地道。

于盛优抬手，摘下面具，沁凉的月色下一张清秀可人的脸带着盈盈笑意露了出来。

黄衣公子抬扇轻拍手掌道："好一个清秀佳人。赵兄，这一百两在下输了。"

可蓝衣公子却没有一丝开心，瞪着大眼，指着她道："是你！"

"可不就是我，怎么，后悔看到我？"于盛优望着他笑。

"你个恶婆娘，本公子今天定要你好看！"

"哈哈，我好怕你哦，也不知上次是谁在地上打滚求饶，那声音，我现在还记得呢。"于盛优本来心情就不好，有人送上门来给她欺负，她自然不会客气，只见她眼角尽是鄙视之色，语言也充满攻击，嘚瑟得让人想抽她。

"赵兄，她是谁？"

"她就是宫远修的那个毒婆娘！"

"她就是上次当街使毒害你之人？"

"就是她！今日不报此仇誓不为人！来人，给我抓住她！"

原来！此人就是当初当街欺负宫远修，被于盛优使毒毒得满地打滚的十三皇子！

于盛优看着怒气冲冲的他，忽然觉得那是在上辈子发生的事一样，可其实，只过了一年而已。

淡然地望着蜂拥而上的众家丁，于盛优伸手入怀。

"小心她的毒药！"十三皇子大叫。

众人猛地停住不敢靠近，全惊恐地望着她，上次的深刻教训还在心中，这次不知这毒婆娘又弄出什么东西！

十三皇子躲在家丁身后还不够，还退后了十几步远，生怕被毒药波及。

于盛优在怀里摸了一会儿，又摸了一会儿，抓抓头，眨眨眼，一脸认真地望着他们道："让你们失望了，今天上街没带药。"

十三皇子嘴角抽搐了一下，握着折扇的手"吧嗒"一响，沉声道："给我抓！"

"是！"众爪牙一哄而上。

于盛优转身就跑，好在她身手灵活，众爪牙武艺并不高强，只见十几个彪形大汉追着一个娇小的女子在灯会上到处跑着。

她在人群中灵活地穿插着，上蹿下跳，左蹦右翻："哈哈哈，你抓不到，抓不到！"

于盛优一边跑，一边还刺激着他们。她在夜风中仰着头大笑着奔跑，忽然觉得畅快淋漓，心中所有烦闷一时间被风吹散。

十三皇子气得脸都成了猪肝色，又累得直喘气，指着于盛优骂：

"你乖乖给我站住，本皇子就和你算了！不然我灭你九族，必叫你哭着求饶……"

狠话还未放完，十三皇子就被于盛优顺手抓的一个大苹果砸在脸上。

"啊！疼。"十三皇子捂着脸看着笑得好不开心的于盛优怒道，"你们死人啊！还不给我抓！"

"是！"众爪牙围追堵截，跟着她上蹿下跳，过了好久好久，终于将她堵在一条巷弄里，望着她狰狞笑，死丫头！终于抓到了！

十三皇子从众爪牙身后走出来，得意地望着她道："看你往哪儿跑，这次不打得你求饶……"

话还没说完，某人就一脸狗腿地望着他笑："呵呵，十三皇子，我错了。求求你了，放过我吧。"

"……爷，她求饶了，还要打吗？"

"打！给我往死里打！"她那是求饶吗？她眼里的鄙视要是能少上一分也许他就放过她了！

于盛优看着渐渐向她逼近的十几个打手，心中不禁暗暗叫苦，天哪！早知道会碰到这个瘟神，她今天就乖乖待在家里不出来了。

十几个打手一哄而上，于盛优摆好架势防卫，可她毕竟是花拳绣腿，手上又没有武器防身，没一刻钟便落了下风。于盛优险险侧身躲过一记飞腿，却被迎面而来的虎拳生生击中下巴，身子顿时飞了出去，跌在地上狼狈地滚了两个圈，嘴里一阵血腥的味道，抬手擦了一下，鲜血在手背上晕染一片。

她还未起身，两个男人抬脚踹过来，于盛优本能地抱住头等着被狠揍一顿，可是……等了一会儿，意料之中的拳脚并没有像雨点一般地落下来。

她疑惑地抬眼，望去，只见眼前站了三个男子，两个像是护卫一样的男子，穿着深蓝色的布衣挡在前面，一个穿着华服的男子蹲在她身边，轻笑地望着她："姑娘，你没事吧？"

于盛优转回目光望向他，呼吸瞬间停住，天哪！多么美丽多么妖孽多么只应天上有的美男子啊！此男子面容邪美，身形瘦削，媚眸沉墨，锋眉若剑，右眼角那颗泪痣更添慵懒之色，真是说不尽的风情，道不尽的邪气，让人心中不由得赞叹不已。

"姑娘？"男子轻皱眉头担心地望着她。

"没……没事。"于盛优有些结巴，天哪！他皱眉的样子好性感！好漂亮！怎么会有这么漂亮的男人，她也算是见过无数的美男了，最美的两个就是二师兄和宫远涵，可这个男人，比起他们二人的美貌，真是有过之而无不及。

他的眼睛就像是浩瀚的星海那么美丽，让你一望进去就忘了言语。

男子伸出手去扶于盛优，于盛优的眼神又集中在他的手上，真是手如柔荑，肤如凝脂。

于盛优呆愣愣地让他扶起来。

男子对面前十三皇子的叫嚣不理不睬，好像压根儿没把他放在眼里一样，扶着于盛优淡定地走出包围圈，啊？你说他们为什么要让？

没有人让啊！上来阻止他们走的人全被男子的两名护卫一刀干掉！那刀法快恨准！一见就知是武林高手。

此男子身份定不单纯！

于盛优呆愣着让他扶着走进花灯街，那里还是灯火通明，人潮攒动，

热闹非凡。

鼎沸的人声将于盛优拉回神来，她挣开他的手臂，望着他的绝世容颜轻声道谢。

"谢谢你救了我。"

"举手之劳而已。"男子望着她微微一笑，在五彩的花灯下，更显倾城，周围的人，不论是男女老少都被他的笑容吸引住，久久无法回神。

于盛优被他望得有些莫名地不好意思，抓抓头，将挂在腰上的面具解了下来："这个给你戴。"

男子挑眉问："为何要我戴面具？我并未娶妻。"

此话一出，周围传来一阵激动的抽气声，路边原本因为害羞而戴上面具的女子，纷纷偷偷地摘下脸上的面具，红着脸庞望着他，一副看我看我快看我的样子。

于盛优红着脸笑："戴上吧，你快引起交通堵塞了。"

"你不喜欢别人看我？"男子接过面具，放在手上把玩着，轻瞅着她问。

"不是，我是怕引起骚动。"

"如果是这样的话我不戴。"

"那面具还我。"

"不还，你已送我了。"他笑，眼里闪过一丝狡黠。

"不还就戴着。"于盛优无力地看着周围越来越多的女子被他的笑容吸引着走不动路。

男子邪魅一笑，眉眼弯弯，眼角的泪痣就像发着光芒一样，他轻声道："你还是不喜欢别人看我？对吗？"

"好，好！就算是吧。"于盛优避开他的眼神，胡乱地点头。这家伙，笑起来就是一个迷惑人心的妖孽！

"那我戴了，你得为我负责。"男子眼角闪过一丝精光，轻笑地将面具戴在脸上，将他的绝世容颜遮住。

负责？这话听着怎么这么暧昧啊？

"你想要我怎么负责？"于盛优摸着下巴奇怪地看着他。

"本来我未娶妻，原本想在这灯会之上找一个温柔贤淑的女子。"说完，他望了四周一圈，四周的女孩儿都红了脸，一副那个人就是我就是我的样子。

男子继续道："可是，你让我戴上面具，阻我姻缘，自然得嫁我为妻，以示负责。"

四周的女子那羞涩柔软的眼神，忽然变得如刀子一般射向于盛优，好像若是她答应，她们就立刻扑上去将她撕扯掉一样。

"啊？嫁你为妻？"于盛优的脑子打结，天哪！她的好运来了吗？一个美男，还是一个看着就有钱有势，有品有貌的美男当街向她求婚！若是以前，于盛优一定将头点断掉地答应了！

若是以前，于盛优一定二话不说就拉他去拜堂洞房！若是以前——

啊啊啊！

"可是我已经嫁人了！"于盛优说道。原来恨不相逢未嫁时是这种心情哇！嫁了人，就不能和老公以外的男人搞情况了！眼泪！

男子笑："我不介意。"

"可我相公介意啊。"于盛优叹气。

"不说你相公，你可愿意？"

于盛优毫不犹豫地摇头："不要。"

她早就不是以前那种见到美男就走不动路、帅哥对她放电她就全身发软的花痴于盛优了，她现在见到美男变得极其淡定，好像他们都是路边的花朵，她却一点儿也不想去采摘。

"为什么不要？"男子脱下面具露出他的俊颜，沉声问，"难道你见过比我更俊美的男子吗？你见过比我更风雅的男子吗？你见过比我更不凡的男子吗？"

男子每问一句，周围的人就摇一下头。

于盛优摸着下巴紧紧皱眉。

"你怎么不说话？"男子瞪着她。

"我在想，我是不是认识你？"于盛优疑惑地看着他，凑近他仔细瞅着。

"是否认识似乎不该问我，应该问问你自己的心，你若将我放心上，那自然想得起我是谁，若没有，那我告诉你又如何？"男子说完，转身离开，挥挥手道，"我们还会再见的。"

"哎！我还没问你名字呢。"于盛优对着他的背影喊。

男子转身，回眸一笑，一片惊叹声此起彼伏地响起。

他垂眸，轻声道："我的名字，你知道的啊。"

于盛优盯着他的背影，皱眉，这家伙的感觉好熟悉！她一定认识他！一定！可为什么一时又想不起来呢？

离灯会不远的正街酒楼上，一个白衣男子独自浅酌着，酒楼里因为灯会的关系，没有什么生意，整个二楼就他一人而已。他抬手倒酒，酒倒了一半便没有了。他放下酒壶，目光眺望着灯火通明的街道默默无语，抬手将酒杯最后一点儿酒倒入口中，优雅起身，付钱走人。

宫家堡竹林内，一个青衣男子在月色下独自舞着剑，他的步子缓慢，剑法凌乱，他的眼神有些暗淡，他的招式没有平日一半凌厉。过了一会儿，他收了剑，转身出了宫家堡。

白衣男子不知不觉地走到灯会东街，像是被热闹的氛围牵引过去似的，他在街口的一个小贩手上买了一张面具戴上，缓步走入灯会。

青衣男子从灯会西街进去，也随手买了一张面具，戴在脸上，缓步走近那灯火通明中。

于盛优在灯会的中心地段，独自逛着，有些无聊，却也有些有趣，她坐在小摊上吃着小吃，背对着街道，一个人吃得兴起，没注意她身后有一个优雅的白衣男子缓步走过。

她吃完小吃，又被前方的锣鼓声吸引，兴冲冲地跑去看人耍猴，她没看见一个青衣男子弯着腰，拿着小摊上一支秀气又不失可爱的簪子浅浅微笑，他觉得，她戴起来一定好看，他付了钱将它收入怀中。

她就在他身边三步远的地方看戏耍，可当他直起身，她的身影已经被人群淹没。青衣男子看了一眼人群中上蹿下跳的猴子，微微一笑，转身离开。

她看了一会儿，觉得无趣，又从人群中挤了出来，决定回家。

转身，向前走，忽然一阵夜风吹来，不知道谁家的栀子花开得那么好，香味那么浓，花香飘散在空气里，让人心旷神怡。

于盛优顺着花香转头望去，街角有一名男子，背对着她而立，像也被花香吸引住了，他手中提着一盏美丽的水晶灯，静静地望着香味飘出的地方，他的背影挺直如松，如此熟悉。于盛优眼神一紧，心念一动，

她自己也不知道为什么，就冲了过去，一把拉住他，让他面对着自己，抬手揭下他的面具。

夜风下，花香中，面具下的白衣男子俊美非凡，他微微一怔，随后低眉浅笑："大嫂，是你。"

他的声音有些强力压制着的疏离，就像是走在她的心尖上一样微微颤动。于盛优的心忽然漏跳一拍，放开抓住他的手，双手紧紧握拳，睁大眼睛退后两步。

那么一个明眸皓齿，温润如玉让人着迷的男子……

于盛优似乎感觉到了什么，连忙又退后两步。

"你的脸？"宫远涵忽然上前一把抓住她，抬起她的下巴，眼里满是怒气地问，"是谁打了你？"

"没事。"于盛优像是被烫到一样，拍开他的手，使劲儿摇头，慌张地转身飞奔而去，像是身后有毒蛇猛兽追着她一样。

宫远涵双手握拳，在原地挣扎了半晌，还是追了上去。

离他们不远的地方，一个青衣男子默默地闭上眼睛，当她看见远涵的那一秒，他也看见了她，当她飞奔过去抓住远涵的时候，他却呆呆地站住了。

若……一个退不回去……一个真的看清……那……

那句话，那个决定，明明呼之欲出，他却死死不肯开口……

是夜，于盛优飞快地从灯会街冲出来，她手中紧紧握着一张面具，长发在夜空中飞扬，她跑得很急。忽然，她一个趔趄，直直地向地上扑去，身后一只大手一把抓住她的胳膊，将她向上一提，她险险站住。

"你跑什么？"宫远涵皱眉问。

"呃……"于盛优喘着气。对啊，她跑什么？只是刚才的一瞬间，她好像是害怕了什么一样，忽然就想逃离他，可现在想想，自己也不知道害怕什么。

转头，她无辜地望着他傻笑："呵呵，我也不知道我跑什么。"

宫远涵望着她傻笑的脸，哂笑："整天傻乎乎的。"

"哎，你笑了。"于盛优有些惊喜地望着他的笑颜。

宫远涵挑眉道："我笑不是很正常吗？"

"我是说你很久都没对我这么笑了，你每次都是皮笑肉不笑的。像这样！"于盛优学了一个宫远涵平时望着她温文有礼，却又有些疏离的笑容。

宫远涵轻瞪她一眼："我笑起来有这么丑吗？"

"比我也好看不到哪里去。"于盛优有些兴奋，很久没有像这样和他轻松自如地交谈了，也许是月色太美，也许是灯会街外的荷花池的景色太美，今夜，就连宫远涵都变得和以前一样美好了。

"那个，你跟我说话了，是不是代表，我们已经和好了？"于盛优小心地瞅着宫远涵，满眼期盼地轻声问。

宫远涵一听这话，脸上的笑颜忽然僵了一下，于盛优紧张地望着他。

只见他退开三步，温笑道："大嫂，我想你误会了，我并没有和你吵架啊。"

于盛优握紧手上的面具，仰着脸问："那你为什么不理我？"

宫远涵转身看着眼前的荷花池，轻声道："我也没有不理你。"

"骗人！你看你又开始不理我了。"于盛优有些生气地上前两步。

“这么和你解释吧。”宫远涵望着眼前的荷花池淡淡地道，"大哥病的时候，宫家的大小事务都交给我打理，宫家的老小都交给我保护，你是宫家的人，我当然会好好照顾你，保护你。而现在大哥病好了，那些恼人的事，烦心的人，沉重的包袱，该还的还，该交的交，该丢的也就丢了。不闻不问，一身轻松，活得像以前一样逍遥自在。"

于盛优紧紧地盯着他的背影，双手紧紧握拳，沉声问："那我算什么？恼人的事？烦心的人？还是沉重的包袱？"

夜风下，宫远涵的长发被吹得飘起，他缓缓转头，望着她问："大嫂觉得呢？"

他不答反问："你自己觉得，你在我心里是怎样的存在呢？"

于盛优垂下眼睛，轻轻地想，她在他心里是什么样的存在？她以为，他至少和她一样，将她当作亲人、朋友……是很重要的人，那么她对他而言又是什么样的存在呢？

“我觉得，我至少是你的亲人吧？”于盛优抬头，轻声道。

“亲人？”

“难道不算吗？”

宫远涵沉默不语，于盛优有些着急地上前问："真的不算吗？那好歹是朋友吧？"

宫远涵忽然轻笑一下："想知道？"

“嗯。”于盛优点头，当然想知道啦。

“过来。”宫远涵招招手。于盛优走近他，宫远涵弯腰，低下头来，用自己的额头抵着她的额头，屏住呼吸，轻轻地闭上眼睛，他轻声叫，“于盛优。”

这是他第一次叫她的名字，他总是大嫂大嫂地叫她。

"嗯？"她有些莫名紧张，静静地等着他说话，可是他却不再言语。

他们离得很近，她忽然闻到了他的身上的味道，淡淡的，像茶一样，清淡而悠远的香味……

过了一会儿，他轻轻睁开眼睛，直起上身，轻声道："好了，我已经告诉你了。"

"呃？可是我什么也没听到！"于盛优睁大眼睛道，郁闷！他又在耍她吗？！

宫远涵垂下眼，轻笑，宁静而悠远："傻瓜。"

没听到是因为你没有和我相同的心意啊……

"可恶，你不说出来我怎么可能听得到，我又不是你肚子里的蛔虫。"于盛优气鼓鼓地看着他。

宫远涵笑："你没听到？"

"没听到！没听到！"

"大哥却听到了，你可以去问问他呀。"宫远涵抬手一指。

于盛优朝着他指的方向望去，只见几步远的地方，宫远修站在那里，深深地望着她。他的神色有些慌乱，呼吸很是急促，额头上还有点点汗水，像是刚才跑得很急一样。

于盛优挑眉，几步跑上前去："远修，你怎么也来了？"

宫远修沉默着，细细地打量她，然后忽然抱住她，很用力地紧紧抱住。

于盛优皱了下眉头，有些奇怪，却又有些甜蜜，干吗忽然这么使劲儿抱她啊？好像害怕她要跑掉一样？

于盛优将头埋在他的胸口，仔细地听着，他的心脏跳得好快啊，声音也好大，他抱着她的双臂甚至有些微微发颤。

她抬起头，担心地问："怎么了？"

"没事。"宫远修又用力地抱了她一下，才放开她，望向对着他浅笑的白衣男子道，"二弟……"

宫远涵拢拢衣袖，笑容温雅："大哥不必多说。如此良辰美景别浪费了才好，小弟先告辞了。"

说完，他作了一个揖，转身就走，身姿潇洒优雅，毫不拖泥带水。

于盛优抓抓头，望望宫远修又望望宫远涵，然后还是忍不住好奇地问："你刚才听到他对我说什么了吗？"

宫远修望着她，她也望着宫远修。

他的神色让她有一丝迷惑，这个问题很难回答吗？

"我爱你。"宫远修忽然低下头说，他的声音低低哑哑的非常好听。

于盛优眨眨眼睛，愣了一下，羞红了脸，娇嗔道："你、你干吗忽然和我说这个？"真的，她是问他远涵刚才说了什么耶！他忽然说这个……讨厌。

"不喜欢听吗？"他眼中的认真带着一丝紧张的神情忽然打动了她的心。

她有一种心跳加速，全身发烫，心里满满都是蜜意的感觉。

于盛优抿抿嘴巴，红着脸笑："也不是不喜欢，呵呵。"

晚风将她的发丝吹乱，黏在她的唇上，他为她拢好发丝，指尖微微触到她的唇，然后很自然的，他垂下了头，在她的唇边偷了一个香吻。

她的脸色更红了一些。

　　他的嘴角也轻轻地上扬，他紧紧地拥住她，轻声道："娘子，我们要好好地过。"

　　于盛优笑得满是甜蜜，她很用力地点点头道："嗯。"

第二十二章

于老爹驾到

LIANLIAN
JIANGHU

清晨，窗外的天空还未亮，周围一片宁静，早起的鸟儿的鸣叫声显得特别清脆。

于盛优习惯性地在宫远修舒适的怀抱中醒来，慢慢地睁开眼睛，眼前是一双对着她轻笑的俊眼，他的双眸晶莹剔透，沁人心扉，乌黑的长发洋洋洒洒地散在枕头上，慵懒迷人。

这样的美色，不管看多少遍，于盛优都会一如初见时那般惊叹，她家相公真是太俊了！

她忍不住扑上去抱住蹭蹭，嗯，他身上还有一种好闻的味道，而且在夏天抱着他一点儿也不觉得热，反而凉凉的，又安全又舒服。于盛优闭着眼睛，享受地在他怀里蹭了蹭，嘻嘻，记得以前远修也喜欢这么蹭她，那时他一定也是因为喜欢她，才会这么蹭的吧。

蹭，蹭，蹭！感觉好幸福呢！

"早，娘子。"宫远修笑着抬手，揉揉她的头发，温和地道。

"嗯，早安。"于盛优笑仰着头望他，笑得可爱。

宫远修低下头来，疼爱地在她额头轻轻吻了一下："起来吧。"

"嗯。"于盛优抱着他点头，身子却动也不动，她将头在他胸膛蹭蹭，柔声问，"今天你要干什么？"

"今天？"宫远修想了想道，"今天呢，待会儿先教你一套拳法，然后去和父亲一起去拜访韩丞相，下午的话，看看家里的账目。"

"都不陪我！"于盛优撒娇地蹭着他。

宫远修忽然笑得暧昧："我晚上陪你啊。"

"咳咳……起床起床了。"于盛优红着脸，咳了两下，放开抱着他的手，翻身下床。晚上陪她？还是算了吧，她现在还有阴影呢，只要他稍微对她做一些亲密的动作，她就觉得有很多人从不同的地方进来，然后将她的丑态看光光。

一次是巧合，两次是运气不好，三次是倒了八辈子霉了，这要是四次就是老天在恶整你！

于盛优一边胡思乱想，一边坐在梳妆镜前梳头。晨光照在梳妆台前，忽然一道光亮一闪，将她的视线吸引过去。于盛优抬眼一看，只见首饰盒上放了一支白玉簪子，簪身纤长，细白，款型简单又不失秀丽，晨光下莹洁得毫无瑕疵。

于盛优惊喜地一把抓起簪子，爱不释手地看着。

"喜欢吗？"宫远修在她身后轻声问。

于盛优使劲儿地点头："你在哪儿买的？好漂亮。"

宫远修拿起梳妆台上的梳子，拢拢她的长发，一边细细为她梳理一边答道："昨晚在灯会上买的。"

"啧啧，真漂亮，我怎么就买不到这么好看的呢？"

"我买到不是一样吗？"宫远修轻笑着放下梳子，伸手拿过她手中的簪子，在她还未回过神的时候，就已经给她盘好了长发，将玉簪子插了进去。他望着镜子里的清秀佳人，轻笑着赞道，"果然合适。"

"呀！你什么时候帮我梳好的？"于盛优呆怔片刻，睁大眼睛望着镜子里的宫远修道，"不行不行，我都没感觉到，你再给我梳一个。"

"别闹，时间不早了。"

"再梳一次吧！"

"真是……"

他浅笑地摇头，拿起桌子上的红木梳子，抬手，轻轻地抽掉玉簪，她的长发如瀑布一样倾泻下来。她睁大眼睛，在镜子里紧紧地盯着他，他的嘴角轻轻扬起，眼神带着柔柔的爱意，眉宇间有淡淡的光华，他修长的手指在她的发间穿梭，晨光在他的身上打上一层金色的光芒。

她微微地眯着眼，温笑地看着他，女人，果然是需要人宠爱呵护的，那种被人捧在手心的感觉，温暖得连她的心尖尖都发软了。

他抬眼，眼神在镜中与她相遇，两人静静凝视，浅浅微笑。

有一种叫幸福的花朵，在他们心尖上灿烂地绽放着。

就在这时，宫家堡大门外，三匹骏马停了下来，领头的青年男子飞身下马，上前敲门。

堡内的小厮打开门看了一眼，立刻开心地说道："三少爷回来了。"

宫远夏一脸笑意，看样子心情很好，他将手上的包袱丢给小厮："嗯，快去禀告爹爹娘亲，于神医携二弟子于盛白前来拜访。"

"是，三少爷。"

"两位，请。"宫远夏抬手，做了一个邀请的动作。

他身后的两个人，露出脸来，正是于盛优的父亲于豪强和二师兄于盛白，两人同时拱手。

宫远夏领着他们到了主厅，请客入座，婢女奉上上好的香茗。

三位没坐一刻，一个身影已经奔了进来，扑到于豪强面前欢快地叫："爹、二师兄，你们怎么来了？"

"呵呵呵，我们自然是来看看你过得好不好。"于豪强看着眼前的女儿，嗯，白白胖胖的，神色也很是愉快，看样子她在宫家，过得不错。

"我过得自然好呢。"于盛优喜滋滋地望着他笑，"对了，我们圣医派重建得怎么样了？"

于豪强摸摸胡子道："已经建好了，比原来的气派多了，呵呵，这次就是特地来道谢的。"

"于神医客气，这等小事何须言谢。"一个豪迈的声音传进大厅，只见宫老爷和宫夫人走了出来，身后还跟着宫远修和宫远涵两兄弟。

"宫堡主，湘云公主。老夫有礼了，这谢自然要道，若这次没有宫家相救，我们圣医派就毁在奸人之手了。"

"于神医何必客气，我妻子和三个儿子的命都是您救的，无因哪有果，宫家可不居功。"

"不，宫堡主你听我说，这次真要谢谢你们……"

宫堡主摆摆手道："于神医，优儿是我们宫家的媳妇，我们两家是亲家，亲人之间何来谢字一说。再谢下去可显得生疏得紧啊。"

于盛优也在一旁附和："爹，公公说得对呢，我们是亲人嘛，互相帮忙是应该的啊，下次宫家倒霉了，你让师兄们过来帮忙就是了。"

"你这丫头，口没遮拦地胡说些什么？"于豪强抬手就是一个栗暴下去，这丫头，怎么嫁人了也没见长进，说话还是不经过大脑，没见过这么笨的丫头！

于盛优按住被敲的地方，郁闷地想，老爹见她就打的习惯，什么时候才能改改啊？没见过这么喜欢打人的爹！

两人互瞪一眼，当然于老爹的目光更加凶狠一点儿，于盛优委屈地瞪了一下就收回目光，一副我错了的样子。

宫家的人看着这父女俩忍不住笑了起来，宫远修上前道："父亲一路辛苦，远修已命人在南苑准备好厢房让您休息。"

"好！好！"于豪强看着自己的女婿忍不住点头。哎，自己这个女婿真是没选错，想当年救他的时候，他还是一个八岁的小娃娃，一个八岁的孩子，就拿着宝剑挡在母亲和两个弟弟面前，不慌不乱，不怕不退，眼神锐利地瞪着眼前几十个黑衣杀手，企图用他的一双小手保护自己的亲人。当时自己就对这个小娃娃喜欢得紧，想要收为弟子，可惜他乃宫家长子，不能拜入他人门下。

不过也还好，要是他当了自己的弟子，看清了优儿的本性，定不肯当他的女婿了。

缘分哪！缘分！

一阵寒暄过后，宫夫人亲自送于豪强去南苑休息，入了室内，几人又谈笑了一会儿，于盛优忽然觉得一阵反胃，忽然就想吐，忍了几次没忍住，只得捂着嘴巴跑到室外，吐了出来。

宫远修站起身来，大步走出去。

门外传来于盛优呕吐的声音和宫远修关切的问候声。

于豪强眼睛晶亮地看着门外，难道——女儿有喜了？

于盛白摸摸下巴望着门外，难道——小师妹有喜了？

宫夫人瞥了一眼门外，暗暗地想，定是昨夜去夜市吃坏了肚子，转头望了眼一脸期盼的于家二人，忽然眼珠一转，轻笑道："亲家多心了，优儿只是吃坏了肚子。"

"公主如何这么肯定？"于豪强奇怪地问。

"唉！"宫夫人失望地摇摇头，"我又何尝不希望呢，只是，他们两人至今还未圆房，何来有喜呢？"

"什么？！"于豪强和于盛白都吃惊地瞪大眼！没圆房？于盛优都嫁人一年多了，还是一姑娘？

于豪强谨慎地问："这……这是为何？"

难道那宫远修有隐疾？

宫夫人摆摆手道："不是不是，他们两个害羞。"

"害羞？"于盛白嘴角抽搐了一下，这位公主确定她说的是他家师妹吗？

于氏师徒对看一眼，一定是宫家的那位公子太过害羞，武艺又高强，于盛优强要多次未遂，最后失去兴趣。一定是这样。

"原来如此。"于豪强点点头，害羞嘛！不就是害羞嘛！给他来一颗

颠三倒四翻江倒海丸！呵呵，你就是个圣人也让你变浪荡子！

"原来如此。"于盛白挑眉笑，害羞嘛！不就是害羞嘛！给他来颗搞七捻八欲火焚身丹！呵呵，看你还如何害羞！

宫夫人奇怪地看着他们，为啥于家的人没有反应？难道真的只能本宫亲自下手？算了！本宫珍藏三十年的雪莲春酒，为了她的孙子！就贡献出来吧！

当宫远修扶着于盛优回屋的时候，抬头望了众人一眼，忽然打了一个寒战？奇怪，为什么大家看他的眼神如此……如此……

午后，宫家南苑。

于老爹守在窗口，看见刚从书房回来的宫远修，他立刻笑容满面地对他招手："女婿啊，来，陪老夫下一盘围棋。"

宫远修抬眼望来，浅浅微笑，有礼地点头答应："好的，岳父大人。"两人对坐着，中间放着棋盘，窗台上放着精致的香炉，炉子里飘散出淡而悠远的花香。宫远修静心一闻，总觉得这香味似曾相识，却又一时想不起在何处闻过。

选子过后，于老爹持黑子先下，宫远修持白子，两人你来我往地认真对战起来。

半晌过后，两人棋力不分上下，斗得难解难分。于老爹一脸笑容，老神在在，宫远修镇定自若，目光悠远。

三局终了，宫远修分别以一目、一目半、两目之差败给于老爹。

于老爹摸着胡子哈哈大笑："女婿棋艺不错啊，不像我家优儿，不管我如何教导她都下不来围棋，还自己用围棋发明了一个什么五子连棋。"

宫远修挑眉问："五子连棋？"

"是啊，你不知道？"

"没听她提起过。"

"哦，那你快回房去问问她，这五子连棋倒是有趣得紧。"于老爹狡猾地一笑，挥挥衣袖赶他出门。于豪强，江湖人称于神医，除能治百病之外，下药的功夫更是毫不含糊！

"好。"宫远修起身，虽然有些不解岳父为什么忽然赶他离开，可也没有多问。他只是恭敬地行礼，然后缓步出了房间。

屋外，阳光耀眼，照在身上有些微微发热，宫远修轻轻抬手，拂去额角的汗水，缓步向前走着，才走没多久，就在长廊上碰见了二师兄于盛白，于盛白温文浅笑："妹夫好啊。"

"二师兄好。"宫远修笑着打招呼。

"咦？"于盛白忽然一脸惊奇地望向他身后。

宫远修抬了下眼，被他的表情吸引往后望去，可身后的花园一片平静，什么也没有，他不解地回头问："怎么了？"

"呵呵，没事，我看错了。"于盛白弹弹衣袖，将手中的某样东西藏了起来，微笑着点头走开。

于盛白江湖人称千千白，除了骗人的功夫了得之外，下药的手法更是快到让人毫不察觉！

宫远修有些奇怪地看了一眼他的背影，歪了一下头，却没多想。

只是……这天气怎么更热了？

宫远修回到房中，房里居然空无一人，想来于盛优又跑出去玩了。

刚在房间里坐了一会儿，宫远修觉得全身发热不止，口干舌燥，他抬手擦了一下额头上的汗，将衣领稍稍解开了一些，拧了一条冷毛巾擦了下脸。

就在这时，房门轻轻被敲响，宫远修打开门，只见落燕柔顺地站在屋外，手中端着托盘，上面放着一个精致的酒壶。

"大少爷，夫人让我给您送一些雪莲酒来。"

"放桌上吧。"

"是。"落燕款款地将托盘上的酒壶放在桌子上，柔声道，"这酒是刚从冰窖中起出来的，里面还有些碎冰，公子趁着凉意喝了才好。"

宫远修点头，有些口渴地看着酒壶。

落燕低眉浅笑，转身退出房间，顺手带上房门。

宫远修脸色已经有了淡淡的红晕，额头不时地冒出细密的汗水，全身微微发热，看了眼桌上的冰酒，嘴里干渴难耐，拿起酒杯，倒了满满一杯，吞入口中，冰凉的感觉瞬间从喉咙传到了心底，却还是无法浇熄心中的火焰。

他又倒了一杯，喝下，酒中有淡淡的雪莲香味，很是香醇，却不知为什么他越喝越觉得热，好像喝下去的不是冰酒，而是油！

在他本就燃烧出大火的身体上又猛烈地浇上一壶油！

当落燕走到花园时，就碰到了焦急等待中的宫夫人，宫夫人低声问："送去了吗？"

"送了。"

"喝了吗？"

"奴婢在门外偷偷看了会儿，大少爷喝了。"

"太好了！"宫夫人非常激动地传令，"来人！把南苑围上！不许放任何人进去。"

宫夫人：江湖人称湘云公主，为抱孙子不择手段！当然这下药的功夫也不可小看！

"是！"身旁的程管家得令而去。

"可是……夫人。"

"嗯？"

落燕偷偷瞧她一眼，玲珑剔透的她看宫夫人这副激动的样子，猜测那绝对不是什么青梅酒，说不定是……想到这儿，她的脸微微羞红，小声道："大少奶奶不在房内啊。"

"什么？！"宫夫人差点儿没站稳，"那……那她去哪儿了？"

"奴婢不知。"

"来人！快去找大少奶奶回来，就说大少爷病了！让她赶快回房！"

"是！夫人。"手下的奴仆们连忙得令奔走。

那么，在宫远修被三大"药"围攻，欲火焚身之时，于盛优又在哪儿呢？

热闹的街头，于盛优挤在一家金华烧饼店门口等着下一炉出锅的烧饼，这家的烧饼是本城的第一大特色小吃，远近驰名，就连身在雾山的于老爹在十几年前吃过后，还念念不忘，有时还会对小辈们提起这家烧饼店的烧饼。

记得二师兄这个马屁精，有一次路过此地特地买了一些带回雾山，虽然到雾山后烧饼早就没有刚出炉时新鲜好吃，可还是把老爹感动得要死，说什么自己随便念叨的小东西他都能记得给他买回来，直夸二师

兄孝顺，将自己和二师兄一比较，然后直摇头直叹气！

一想到这事于盛优还郁闷了很久呢，这爹爹来了，她一定要趁二师兄还没来买之前买回去！呵呵呵，也得让老爹享受一下自己的孝心。

没一会儿，烧饼出炉了。

于盛优给了钱，将一炉烧饼都买走了，这金华烧饼只有拳头半大小，用面饼和着梅干菜、五花肉，放在炉子里烘烤过后，吃起来很是香脆可口。

这炉烧饼她可等了一个时辰呢，于盛优眯着眼睛笑，捻起一个烧饼放在嘴里幸福地吃着，然后将剩下的一大袋烧饼紧紧地抱在怀中，快步往宫家堡走去。

回家孝顺老爹去！这一大袋烧饼给他吃掉之后，以后也会少打她几下，就算打下手也会轻点儿吧。

嘿嘿，于盛优眯着眼，一路小跑着，经过一家酒楼时，忽然从楼上掉下来一个精美的银杯砸在她的头上，于盛优捂着脑袋低叫一声："噢！"

她生气地抬头望着楼上："谁啊？谁砸我？"

"呵呵。"一声轻笑从酒楼的窗台上传下来，一个身穿红色华服的男子从楼上向下望着，轻风吹起他乌黑的长发，阳光为他镀上了耀眼的光芒，灿烂而又明亮。

于盛优微微眯起眼睛才看清他的面容，俊秀妖艳，美貌非凡的男子。

"是你。"于盛优脱口而出。

此人正是那晚救了于盛优的美貌男子。

男子扬唇一笑，对她轻轻招手，让她上去。

于盛优眼珠转了转，捡起银杯，没有犹豫地走了上去，她总觉得这个男子身上有她熟悉的感觉。

于盛优上了二层，楼上居然一个人也没有，只有他一人独自坐在靠窗的位置，对着她上楼的方向浅浅而笑，白净无瑕的脸上，那颗惹眼的泪痣透出邪魅的味道。

于盛优走过去，将酒杯放在他面前道："哪，给你杯子。"

男子笑，拿起酒杯，银色的酒杯在苍白的指尖闪闪发亮，异常美丽。

于盛优呆呆地看着他手里的酒杯，自己刚才拿起来的时候没觉得好看啊，怎么一到他手里立刻就美丽三分呢？！

他做了一个邀请的手势道："坐啊。"

"哦。"于盛优回神，坐在他对面的位置上，酒桌上只有一壶酒和几样精致的小菜，她抬头问，"你还没告诉我你的名字呢？"

男子笑，望着于盛优怀里的布包问："金华烧饼，东街的，对吧？"

"哎！你怎么知道？"她连布包都没打开呢。

"我一闻这味我就知道。"

"你也喜欢吃这个吗？"

"嗯！特别喜欢。"男子歪着头笑。

"那……那我请你吃吧。"于盛优大方地拿出布包，解开放在桌上，反正她买的多，足足买了一炉，二十人份的呢，请他吃一点儿没事，再说，看他这么瘦也吃不了几个。

"真的请我吃？"男子眼睛一亮，很是开心。

"嗯。"于盛优笑着点头。

男子笑着捻起一个烧饼吃了起来，动作很是优雅，吃得也很慢，细嚼慢咽的。

啊，身为美男连吃东西都这么赏心悦目，真好啊！于盛优笑着看他。

可是……可是……

一刻钟后，于盛优开始笑不出来了，这家伙已经吃掉了她打算分给仆人的烧饼。

又过了一刻钟，完了……分给远夏的份也给吃了。

啊啊啊！婆婆的份也给吃了……

别！别再吃了！那是远涵的份了！

于盛优双手紧握，两眼瞪大——不要啊！看着最后一个烧饼落入他的口中，于盛优已经彻底石化了。

他……他一个人……居然吃了她排队排了一下午才买到的烧饼！

他一个人……在半个时辰内就吃了二十人分量的烧饼！而且还是动作斯文，吃相极其好看地吃掉了！他……他……他也太能吃了吧！

"啊！抱歉，我一吃金华烧饼就停不下来。呵呵呵，真好吃。"男子笑得一脸满足。

于盛优嘴角抽搐地看着他："你喜欢吃就好。呵呵，喜欢吃就好。"

这么能吃的人她只见过一个……

不，不可能，那个人就是塞回娘胎重新出来，也长不成这样。

那个人，就算把全身的肉都割掉，骨架也是他的三倍大！

那个人脸上也有痣，可是那个人的痣上还有一根看着就恶心的毛！

可是……"胖子！"于盛优忽然这样叫了出来！

男子愣住，抬眼望她，有些惊讶。

于盛优也回望着他，眼底都是探寻。

真的是他吗？

男子低头轻笑，刚要说话。

"大少奶奶！"一个声音从楼下传来。

于盛优转头望去。

只见宫家的小厮在楼下大叫："大少爷病重，夫人叫你马上回堡！"

"什么？"于盛优猛地站起来，"远修病了？"

"是啊！大少奶奶，你快回去吧。"

于盛优一脚踏上板凳，一个翻身就飞下二楼，施展轻功向宫家飞奔而去。

酒楼上的男子，慢慢地垂下眼，紧紧握住手中的酒杯，忽然抬起头来，猛地将桌子掀翻，怒吼一声："可恶！"

当于盛优气喘吁吁地回到宫家，打开房门后，房间里居然乱成一团。

"远修？"于盛优直奔里屋，只见宫远修躺在床上，口中发出痛苦的呻吟声。

"远修！"于盛优快步走近他，站在床边一看，只见床上的男子满脸通红，衣领被拉至胸口，胸前的肌肤泛着粉红色的光泽，额头上布满了点点汗珠，那样子简直性感得要死！

那样子！简直在邀请你赶快扑倒他！扑倒他！

天哪！这哪里是生病！这分明是被人下了药！

闻一闻这味道，还不止中了一种！嗯，有颠三倒四翻江倒海这款应该是老爹下的，还有无色无味的搞七捻八欲火焚身！下手这么狠，一定是二师兄！还有淡淡的酒味，这味道至少是二十年的酒。得！她知道是谁送来的了。

搞什么啊！这些人，也不怕这么多"药"再把他吃傻了！

于盛优转身想去拿药箱，为他解毒，可刚走一步，手就被紧紧抓着。

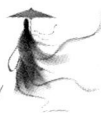

他手上的温度烫得吓人，于盛优回头望他，他的眼睛通红，用力地望进她的眼里，直达她的心底，让她微微颤抖。

"娘子……"他低哑的声音，迷醉的眼神，俊秀通红的脸庞。

天哪！于盛优的脑子瞬间死机！

这样的宫远修，对女人的电死率高达百分之百！

当于盛优脑部重启之后，她已经被他压在身下。于盛优舔舔嘴角，紧张地说："远修，冷静！我去给你拿解药！"

"解药？"

于盛优红着脸，望着他点头。

宫远修"扑哧"一笑，特别灿烂，那一瞬间于盛优似乎看见了原来的宫远修，闪亮清澈的眼睛，灿如朝阳的笑颜。于盛优愣愣地看着他，他抱住她，轻蹭她的脖颈，像以前一样地蹭得她全身火热。

"娘子，你变了。"

"呃……啊？我变了？"于盛优指着自己问。

宫远修点点头。

"怎么变了？"于盛优皱眉问。

宫远修好笑地瞅着她道："若是以前，我这样躺在床上，你一定会扑过来。"

于盛优的脸"唰"地和火山爆发一样红了起来，自己以前扑倒他的记忆唰唰地闯进脑子，啊啊啊啊！好丢人！

"以前、以前……以前你很……诱人……"于盛优扯起被子，挡住自己通红的脸颊，小声辩解。对！不是自己的错，任谁见到那样小白兔的宫远修都会冲过去扑倒的！

"那……我现在不诱人吗？"宫远修将额头顶着她的额头，声音里有一丝苦恼。

于盛优连耳朵尖都红了，她紧张地抓着被子，瞟他一眼道："当然也诱人。"而且是相当诱人！

"那你怎么不扑上来？你不爱我了吗？娘子？"他的额头抵着她的，他的脸离她只有一厘米，他说话的时候，他的气息温温地打在她的脸上，那语调，诱人心慌。

他像是吻不够一样，一次次地缠上来，热烈地吻着她。

过了好久，他才放开她，可他的嘴唇还是不愿离开她的，就这么轻轻靠在上面。

于盛优气喘吁吁地眯着眼看他，已经被吻得神魂颠倒了。

"娘子的嘴唇好甜。"宫远修轻声道。

"啊？"

"甜得我一直想吻你，我傻的时候就想这样吻你，想这样轻抚你，想这样宠爱你。"他一边说着，火热的双手也未闲着。

"啊……别……"于盛优喘息地抓住他的手。

"怎么？你不愿意？"宫远修抬头望着她，俊脸上微有怒色，他的眼里有极其压抑着的欲火。

于盛优红着脸，娇喘着道："不……不是，我怕……"

"怕什么？"

"我……"于盛优不安地瞟了眼门，又瞟了一眼窗，继续道，"我怕有人进来。"

宫远修抬起身，凑到她的耳边轻轻咬了下她的耳垂道："这次谁敢

进来，我灭他全家。"

嘴再次被封住，这一次，她终于成了真正的女人，成了他真正的妻子……

当于盛优再次醒来的时候，已经是一天后的下午，她动了动身体，全身就像是散架了一样，酸得她直皱眉。

"嗯……疼。"她忍不住低吟一声。

"娘子，你醒了？"欢快的声音在耳边响起，于盛优皱着眉头看去，讨厌，没见她全身疼吗，他还这么开心做什么？

"我……"一句话还没说，她就彻底愣住了……

面前躺着的男人，有一张好灿烂的笑脸，一双清澈得如山泉一般的眼睛……

"娘子！嘻嘻！"宫远修的笑脸纯真得犹如朝阳，他伸出双手，将于盛优紧紧抱在怀里，开心地使劲儿蹭着，"娘子抱抱！"

于盛优全身僵硬，满面痴呆，石化……石化……石化……

"娘子，娘子！娘子？"宫远修放开石化中的于盛优，睁着大眼睛，委屈地望着她，眼里的泪水在眼眶中打着转，轻轻歪头，吸吸鼻子，瘪着嘴巴，用软软的特委屈的声音问，"娘子……你怎么不理我？"

于盛优的眼珠僵硬地转动了一下，愣愣地望向宫远修，然后使劲儿地摇头，崩溃地大叫："啊——啊啊啊！"

如此可怕的尖叫声响彻整个宫家堡，南苑外面的人都纷纷奇怪地对望，是谁啊？叫得这么恐怖？

宫家南苑。

于氏师徒对望一眼。

于盛白望向窗外："师父，这是小师妹的声音。是不是发生什么事了？"

于老爹摸着胡子，皱着眉头道："不知道她又做了什么怪。"

"要不要过去看看？"

"人家夫妻二人在闺房之中，你我两个大男人如何能进去？"

"也是。"于盛白点点头，那就不管她了，反正师妹一向一惊一乍的，料想也不会是什么大事。

宫家北苑。

"二哥，你有没有听见什么声音？好像大嫂在叫？"宫远夏竖着耳朵凝神听着，"是不是发生什么事了？"

宫远涵望着眼前的棋盘，落下一颗白子，将白子中间围住的一片黑子全部提走，淡然道："三弟，你又输了。"

"啊！二哥！你刚才下了哪一步？"宫远夏望着棋盘叫，"我没看见！你是不是赖皮了？重来重来！"

宫远涵温笑地看他："重来一百遍，你的命运也是一样。"

"可恶！我今天一定要赢你一局！"宫远夏利落地收拾棋盘，一副再杀一场的模样。

宫远涵抬手，拿起茶杯，轻轻抿了一口香茗，望向窗外，眼神幽幽暗暗，看不真切。

这边厢房里，宫远修手足无措地望着陷入癫狂的于盛优，看着看着，像是明白了什么原因，眼里的泪水"吧嗒吧嗒"地掉了出来："娘子……你怎么了？你不要远修了吗？"

于盛优抬眼望他，那熟悉的眼神，怯生生的表情，让自己无法拒绝的声音，啊啊啊啊啊啊！混乱了！好可爱啊！好可爱的远修！

这个远修不就是自己心心念念想着的远修吗？这个远修不就是自己认为最爱的男子吗？

不要他？怎么会不要呢？可是……可是为什么？为什么感觉这么奇怪呢？

啊啊啊啊！自己真是一个矛盾的女人啊！傻的时候想他好！好的时候想他傻！傻了又想他好！啊啊啊！她有病吗？！她真是一个不知满足的矛盾女人！

"不是，我绝对不是不要你，我是一时不适应。"于盛优擦擦额头上的汗，强迫自己冷静下来，"对！我还没有适应！"

"适应什么？"宫远修眨着眼睛看他。

于盛优苦笑着道："当然是适应你的变化！"

宫远修挑挑眉，有些听不懂娘子说什么，不过："娘子！远修好想你哦！"

宫远修一把扑过去，抱住她使劲儿蹭蹭，娘子好香香，娘子好软软！

于盛优僵硬地躺在床上，被扑被蹭被亲亲！

晚饭时间，饭厅主位上宫老爷的酷脸依旧冷峻，只是眼里有一丝柔柔的光芒，顺着他的眼望向宫夫人，只见她满面笑容地举杯敬于老爹一杯。于老爹摸着胡子乐呵呵地举杯喝下，下手处宫远涵浅笑轻言地和于盛白聊着什么，宫远夏在一边不时地插上一句，三人相谈甚欢，举杯饮酒，其乐融融。

就在这时，饭厅的正门外两个身影缓步走来，从身形上一看便知道是宫远修和于盛优。

于盛白放下酒杯，调笑地道："终于出来了啊。"

宫远涵低头轻笑，很是温柔。

宫远夏放下碗筷，站起身来对着宫远修招手："大哥，坐这儿来。"

自从上次圣医派一别，他都好久没见到大哥了，正常的大哥啊，他还没来得及和他好好说一次话，喝一次酒，讨教一次武功呢！呵呵呵，他的大哥啊，他最崇拜的大哥。

"好哇！三弟。"宫远修也摇着手，乐呵呵地答应，拉着于盛优就往他的方向跑。

啊！大哥现在变得开朗了呢！宫远夏如此想着。可是……为什么？为什么他的笑脸这么灿烂？灿烂得让他有种不好的预感！

宫远涵轻轻皱眉，望向于盛优，于盛优也正巧望向他，两人目光相遇，只一眼，宫远涵便从她的眼中得到答案，他垂下眼，长长的睫毛盖住了他复杂的眼神，双手在宽大的衣袖下轻轻握起。

宫远修拉着于盛优坐在宫远夏和宫远涵的中间，乐呵呵地拿起筷子就吃了起来："呵呵，远修好饿哦，要吃好好多东西。"

餐桌上的人一阵窒息的沉默，宫夫人脸上的笑容慢慢退去，她转头望着于盛优，用颤抖的声音问："他……他……"

于盛优从容地拿起筷子，给宫远修夹了一个他最爱吃的鸡屁股，抬头望向宫夫人淡定地道："娘亲，他又傻了。"

"呃……"宫夫人一慌神，手中的酒杯"啪"地摔碎在地上，宫老爷冷峻如冰雕一般的脸上也出现一丝裂缝。

宫远夏"啊"地大叫一声，站了起来！他的大哥啊！他英俊潇洒威武不凡天下第一的大哥啊！他还一句话没来得及和他说，他就又傻了！

"于……于神医，快，快看看我儿，为何我儿又痴傻了？"宫夫人颤抖着指宫远修道。

"不用看了。"于盛优摆手，盯着于老爹、二师兄和宫夫人道，"我想，他是因为前天吃了三种强力'药'才变傻的吧。"

"三种？"三人同时出声。

然后对看一眼，互相用眼神问：难道你也下了？

互相用眼神回答：是啊……

于老爹首先撇开眼神道："还是让老夫先瞧瞧症状吧。"

"是啊是啊，于神医，快帮修儿看看。"宫夫人又急又内疚，眼睛都开始红了起来。

宫老爷安慰地拍拍她的手，她眼圈里的泪水一下就掉了出来，楚楚可怜的样子，任谁也不忍心责怪她。

"公主莫急，待老夫看看。"于老爹走到宫远修身边，拉起他的手，切脉诊断起来。

餐厅里的人都安静地等待着。

过了一会儿，于老爹摇着头道："奇怪。"

"于神医？"宫夫人紧张地问，"如何？"

"宫少爷的身体并无大碍啊。"

"那为何？为何又变成这般？"

于老爹摸着胡子道："这……也许是……他对那药过敏，一吃就习惯性变成这样。"

"可有恢复的可能？"

"这还得观察一阵子，才能定论。"

观察一阵子啊？众人同时转头，望着一个人吃得正开心的宫远修。

宫远修吃着吃着见大家都看着他发呆，于是放下手中的筷子，有些不好意思地抓抓头，满是羞涩一笑："大家不吃吗？那远修也不吃了。嘿嘿。"

众人纷纷扭头，拿起筷子低头吃饭，天哪，一个男人怎么能一夜之间变得这么可爱呢？

于盛优低头叹气！唉！要命啊。

夜幕下，宫家用人的休息室里，几个小厮围坐在一起聊着宫家刚发生的大事。

"哎，知道吗？大少爷又傻了。"小厮甲一脸八卦地问。

众人纷纷点头："知道，宫家上下谁不知道啊。"

"不知道大少爷这次又要傻多久。"

"谁能说得准呢，连于神医都没办法呢。"

"哎，你们说，是傻的大少爷好呢，还是聪明的好呢？"

不知道谁问了这么一句，众人都沉默了一会儿，然后有的说傻的好，傻的时候多可爱啊，还会对他笑，给他糖吃；有的说聪明的好，聪明的时候好酷，好男人，好让人崇拜！

几个人正讨论得不亦乐乎时。

"咳咳。"

一声轻微的咳嗽声让众人一愣，转头看去，只见程管家黑着一张脸望着他们，众小厮纷纷住嘴，有些怕怕地看着他。

"主子的事是让你们这些下人嚼舌根的吗？"程管家黑着脸教训，"不

管大少爷变成什么样，那都是你们的主子！"

众小厮低下头，大气也不敢喘一声。

"要是让上面的主子听到你们说出这种不敬之话，定有你们好看的！"程管家狠狠地瞪着他们教训道。

"小的们再也不敢了。"众小厮吓得跪下来求饶。

"每人罚一月俸禄！再有下次，直接逐出堡去。"程管家丢下一句狠话，甩着衣袖走了。

程管家皱着眉头走出下人房，心里暗暗想着，宫家的奴仆什么都好，手脚勤快，对主人忠诚，就是一点不好，嘴碎！一点儿小事不用一刻钟，整个宫家堡上下就没有一个不知道的！

他身为主管，一定要治治这歪风邪气！

只是，这大少爷到底是傻的好，还是聪明的好，这……这还真是一个难题。

不远处，大少爷和大少奶奶两人正坐在池塘边乘凉，夜风轻轻地吹着他们的发丝，大少奶奶皱着眉头用食指戳着大少爷的脑袋，大少爷抱着头一副很委屈的样子瞅着她，那双湿漉漉的眼睛，怯生生的表情，真是惹人心疼，果然，大少奶奶没凶一会儿就软了下来。大少爷一看大少奶奶不生气了，立刻换上可爱的笑容，扑过去抱住她，大少奶奶一下没接住他，被扑倒在地上，两人在草地上滚作一团，远远地就能听到两人笑闹的声音。

程管家看着在地上打滚的两人，笑眯了眼，转身，一边走一边想：唉，少爷傻不傻有什么关系呢，开开心心地过日子不就好了吗。

他刚走没两步，一个小厮跑过来禀报。

"程管家，鬼域门末一求见，找大少奶奶。"

"末一？"程管家皱眉，鬼域门末一那可是江湖上排名前十的高手，平日里神出鬼没的，想见他一面难于登天，今天居然主动上门拜访，定有什么大事，可他一个男人，不找宫家几位少爷却找大少奶奶，这又为何呢？

"他可说了何事来访？"

"他没说。"小厮摇头。

程管家想了想道："天色已晚，大少奶奶不便见客，你让他明日再来。"

"可是末一说……"小厮刚想说话，就被路过的宫远夏打断。

"末一？你说末一来了？"宫远夏有些激动。

"是的，三少爷。"

"那还不请他进来。"

"呃……是，少爷。"小厮得令，利索地跑走了。

程管家看了一眼宫远夏，只见他很是高兴的样子，还自言自语道："他不是说不来吗，呵呵。"

"啧啧。"于盛优牵着宫远修走过来，调笑地望着宫远夏道，"看你开心的，小情人来见你了？"

"你这女人！怎么还是没变，一天到晚胡说八道！"宫远夏板着脸，瞪着她道，"身为人妇，丈夫还没开口，你怎能出声说话？"

"啊啊。"于盛优瞟他一眼，"你管我，你身为小辈，居然这么教训嫂子！你难道没听过一句话叫长嫂如母吗？！"

"所以说你不配当我嫂子啊！"他上前一步狠狠瞪她。

"不配也当了，你就得尊敬我！"她也上前一步，瞪回去！

"娘子，三弟，别吵了，呵呵。"宫远修夹在他们中间，干笑着摆手，

为什么这两个人一见面就要吵架呢？和睦相处很难吗？

可惜两人谁也不给他面子，继续吵得天翻地覆，气喘吁吁。宫远修抓着脸，傻笑地站在一边看他们俩吵，不时地还给于盛优擦擦汗，扇扇风，气得宫远夏的脸更是黑上几分。

"三少爷，末一到了。"小厮领着一个年轻男子阔步走来。

两个人才停止争吵，纷纷转身看去。

只见那男子黑衣长衫，蓝色腰带，全身上下毫无累赘之物，只有一把宝剑在手。他面容冷峻，朗目锋眉，冰冷的双眸如一潭沉寂的死水一般毫无波澜。

于盛优挑眉暗暗赞叹，末一啊，真是冷酷得一如既往啊！不知道为什么，每次见到末一她都有一种莫名的狼血沸腾的冲动！

"末一兄，好久不见。"宫远夏原本黑着脸，见到熟人忽然就喜上眉梢，连声音都温柔上了几分。

于盛优看着这样的宫远夏，心里狂叫！为什么他这么激动？为什么？

末一冷冷地望了宫远夏一眼，淡淡地点了下头，酷酷地道："我不是来找你的。"

宫远夏的笑容僵在脸上，有些不爽地问："那你来干吗？"

末一冰冷的视线停在了于盛优的身上。

于盛优指指自己的鼻子，傻傻地问："找我？"

末一点头。

于盛优挑眉："找我干吗？"

末一问："我们门主最近可有找过你？"

"你说胖子？"于盛优想了想道，"没见过。"

"真的没有？"末一冷冷地看着她，"仔细想想。"

"嗯……"于盛优双手抱胸，闭着眼睛使劲儿地想，"你要是说原来的胖子的话，我真没见到，但是你要是说和胖子感觉比较像的人的话……倒是有一个！"

"他是什么样的？"末一眼神一紧，沉声问道。

"嗯，很瘦，很漂亮，这里有一颗痣。"于盛优指着脸颊如实答道。

"果然……该死！他果然做了！"末一原本冷酷的脸色更加阴霾，他看向于盛优的眼神变得极度复杂。

"怎么了？"于盛优歪头，奇怪地问。

末一没说话，垂下眼，全身绷得紧紧的，忽然他抬起头，拔起宝剑，直直地向于盛优刺来！

两人本就只有五步之距，末一又是用剑高手，这一剑不止宫远夏没有反应过来，就连宫远修都来不及做出反应！

于盛优更是连眨眼的工夫都没有，只觉得眼前银光一闪，心窝猛然一凉。一阵剧痛后，她呼吸顿时困难，咳嗽两声，嘴里有鲜血源源不断地流了出来。

她不敢相信地低下头，愣愣地望着那穿胸而过的宝剑，傻傻地抬起眼，看见的只有末一那双冰冷而又充满杀气的眼睛。

宫远修暴怒抬手，大吼一声，全力一掌，将末一打飞出去。于盛优失去支撑，直直地向后软倒……

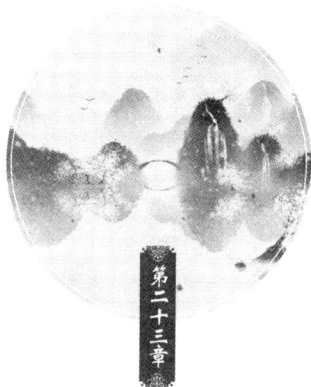

第二十三章

无法放弃的爱

LIANLIAN
JIANGHU

　　疼是于盛优现在唯一的感觉，全身像是装进一个箱子里，动也不能动，只有被刺伤的地方火辣辣地疼着。她不明白，自己怎么就得罪末一了，这家伙一声不响地就拿剑刺她，刺她也就算了，还给刺中了。

　　"娘子，娘子！醒醒！"一双有力的大手一把抓住她在空中乱舞的手，紧紧地握住，大声叫，"醒醒！"

　　于盛优猛地睁开眼睛，呆滞地看看房间，古老的雕花木床，轻纱床帐，香软的蚕丝棉被，抬眼，望向那张英俊又熟悉的容颜，长长地舒了一口气，鼻子忽然一酸，眼圈唰地红了，特可怜地望着他叫："远修……"

宫远修眼神一紧，心狠狠地抽痛了起来。他俯下身，将她抱起来，小心翼翼地抱在怀里，柔声道："没事了没事了，娘子不哭啊，不哭。"

"呜……呜……好可怕。"于盛优因为他的一句安慰，瞬间哭了出来。豆大的泪珠啪啦啪啦往下落，天哪，她刚才还以为自己要死了呢，太可怕了。

"不怕，不怕，远修在啊，远修给你打走坏人。"宫远修抱着她，一只手笨拙地拍着她的背，一只手为她拭去脸上的泪水，一脸心疼地哄着她。

"哎哎，你们两个，不能这么抱着。"一直站在床边的于盛白走过来，残忍地分开他们俩，"小师妹，注意你的伤口。"

"伤口？"于盛优愣了一下，然后捂着伤口，疼得整张脸都皱在一起，低声嚷，"好疼。"

可恶，他不说她都忘记了，一说就疼得不行。

"很疼吗？远修给你揉揉。"宫远修看她疼得不行，倾身上前，将手放在她的伤口上，轻轻地揉了一下。

于盛优疼得倒吸一口凉气，脸色瞬间惨白！拜托！这是被剑刺的！不是跌的耶！天哪！

她含泪狠狠瞪着他，疼得说不出话来。

宫远修被她一瞪，慌忙缩回手来，可怜兮兮地望着她，眼眶红红的，一副想接近又害怕被她咬的样子。

"啧啧！看你凶的。"于盛白抬手轻敲她的脑袋，好笑地道，"他要了你也是倒霉。"

"很倒霉吗？"于盛优瞪着宫远修问。

宫远修使劲儿摇头。

于盛优得意地望着于盛白，看！他说不倒霉。

于盛白看着她小人得志的嘴脸，好笑地摇头："师父的回魂丹真是神药，你受了这么重的伤，醒来还和没事一样的。"

"谁说没事，我心口疼着呢。"于盛优靠在床头，不爽地瞪着他问，"你说，末一为什么要杀我？"

"杀你？"于盛白笑着摇头，"他若想杀你，剑锋应该再上半寸，那样，即使是师父也救不了你。"

"那他干什么？"于盛优瞪着他问，"好玩吗？"

于盛白叹气："他只是一时生气，并非真心想要杀你……"

"不管是真心，还是无意，末一在宫家堡杀人行凶，那是众人亲眼所见的事实。"门外一人缓步走来，儒雅的容颜，温柔的笑容，他淡淡地道，"白兄不必为他多做解释。"

"二公子。"于盛白笑，"小师妹既然已经平安无事，为兄就和你讨个面子，放末一一马如何？"

"白兄客气了。"宫远涵笑，"杀人偿命，欠债还钱，此乃天经地义，不是我不放过他，是我国律法不能容忍他。"

"哈哈哈，二公子真会说笑。"

"你若认为这是笑话，那就笑笑吧。"

两人含笑对看着，谁也不让谁。

"那个……你们两个。"于盛优小心地打断对视中的两人道，"谁能告诉我这个当事人到底是怎么回事啊？"

"这种小事大嫂不用知道。"宫远涵收回视线，望着于盛优温柔一笑，

"你只要好好养伤就行了。"

于盛优看着他的笑容，艰难地吞了下口水，晕……他笑得好温柔。远涵笑得越是温柔的时候越是不能得罪他、逆反他，不然你就会死得很惨很惨很惨！

"她的事还轮不到你这个小叔子做主吧。"于盛白挑眉，望着于盛优眯眼笑道，"小师妹你一定很想知道的哦？"

二师兄眯着眼笑哦！天哪，要知道二师兄一旦对着你眯着眼睛笑，你要是敢不听他的你就死定了，死定了！

于盛优咬着手指，怕怕地看看左边的人，那人温柔地望着她，轻轻地微笑，善良的光辉从他身上散发出来，刺得人睁不开双目，可她深刻地了解他这张美丽脸下的恐怖因子！

再看右边，那人亲切地望着她，友好地微笑，俊美出尘，全身上下同样满是善良的光芒。于盛优默默地扭过头！这边这个也很恐怖的啊！一想到得罪他的后果，她就全身疼。

"大嫂？"

"小师妹？"

两人的笑容越发迷人。

于盛优咬着手指看看左边，看看右边，一个是相处十年就被他欺压了十年的二师兄，一个是相处一年就被他欺压一年，并且今后将要相处一辈子的小叔子！

"我觉得……嗯……既然远涵说是小事……那我……"

"嗯？"于盛白挑眉望她。

于盛优吞了一口口水，话锋一转："我是说，其实知道也……"

"哦？"宫远涵轻轻瞅着她。

于盛优慌忙撇过眼神，不敢与他对视，眼珠一转，灵光一闪："哎哟！我的伤口好疼啊！"

"娘子，你没事吧。"宫远修紧张地望着她。

于盛优偷偷地瞅了眼三人担心的表情，捂着伤口直嚷嚷："好疼，好疼，伤口裂开了。"

"很疼吗？"于盛白上前一步，"我看看。"

"不行，你是男人。"于盛优使劲儿摇头。

于盛白"扑哧"一声笑出来："哈哈哈，小师妹，你啊，还是没变，从小你只要一在我面前装病，就会用这个理由搪塞我。"

"我……我没有装，我真的很疼。"于盛优红着脸瞪他。

"小丫头。"于盛白宠爱地在她头上揉了两下，叹了口气道，"我知道你这次吃了苦，可是末一好歹是我家家奴，二师兄和你讨个面子，让他死个痛快可好？"

"啊？死个痛快？"于盛优惊道，"我又没要他死。"

"你确实没要他死。"于盛白瞟了一眼宫远涵道，"可二少爷那些手段，倒不如让他死了算了。"

"那个……远涵啊……"于盛优讨好地望着远涵，求情的话还未说出口，却见宫远涵扬唇一笑，温文尔雅："大嫂不必多言，远涵知你心软，不忍责罚于他，可末一胆敢在宫家行凶，就必须付出代价，若不能杀鸡儆猴，以儆效尤，我们宫家岂不是让人笑话？何况，对末一的处罚，不只是为了你，更是为了树立宫家堡的威严。"

"呃……"于盛优尴尬地望回于盛白，这事她可帮不上忙！人家远涵掐死末一又不是为了她，是为了宫家的威严！末一敢在宫家拔剑，本来就是找死的行为，远涵要是不收拾收拾他，确实说不过去。

于盛白理理衣袖，淡淡地望着宫远涵道："我并非要你放了他，只是想请二少爷给他一个痛快而已。"

宫远涵笑："没杀他已经是最大的仁慈。"

于盛优抓抓头，有些烦躁地问："远涵，末一到底为什么要杀我？"

宫远涵望着她道："只是迁怒。"

"迁怒？"

宫远涵点头："前些日子，鬼域门门主爱德御书练功之时，忽然走火入魔，现在武艺全失，命不久矣。"

"你……你是说胖子命不久矣？"于盛优心下一凉，激动地抓住他的衣袖问。

宫远涵轻轻点头。

原来，爱德御书的魔球功已经练到第七重，鬼域门历代门主最多也就练到第七重，因为第八重太过凶险，练过了自然天下无敌，可要练不过，不但之前练的全部白费，说不准还得搭上一条命。而爱德御书本就是一等一的高手，若说天下还有谁能打得赢他，那就只有一个宫远修了。

在他心里，输给谁都不能输给宫远修，所以他下定决心，不顾众人阻止，非要挑战这第八重神功。

而末一，一直被爱德御书留在圣医派帮忙，当他回到鬼域门的时候，爱德御书已经闭关一月有余，门众都担心门主出事，见末一回来，纷纷请末一进关内一探究竟，末一入关一看，里面却早已人去楼空。

末一心下一沉，料想事情不妙，若门主魔功大成绝对不会不声不响

地失踪，至于他去了哪儿，末一低头一想便知道。

当他到了宫家，见了于盛优，一问之下，就知道爱德御书练功失败，一想到爱德御书会死，他就控制不住自己，他自小便被父母抛弃，是爱德御书救他一命，留在身边，培养他成才，待他如兄弟一般。爱德御书对末一来说，是主子，是恩人，是他值得以命报答之人！

而眼前这个女人就是一切罪恶的根源，若门主不是喜欢上她，非要赢过宫远修，也不会去练那第八重，也就不会失去武功，失去生命！

当时的他想也没想，巨大的愤怒与怨恨冲击着他，他是杀手，解决障碍的办法就只有一个——杀掉她，为门主报仇！杀掉她，让她为门主陪葬！

"这是我的错？"于盛优沉声问，"这是我的错吗？我根本不知道，他为什么喜欢我！"

"小师妹，你忘了吗？"于盛白皱眉问，"小时候你很喜欢他的啊，还天天吵着要当他的老婆呢。"

"啊？"有这种事？

话说爱德御书小的时候是一个非常胆小而且很没自信的孩子。小的时候的爱德御书非常依赖哥哥爱德御寒，在整个鬼域门里，他只和爱德御寒玩，什么事也都只和爱德御寒说。他八岁那年，爱德御寒被传染上严重的瘟疫，鬼域门主不得已将爱德御寒丢进沙漠，任凭他自生自灭。

当时大家都认为爱德御寒死了，没有人再敢在鬼域门提爱德御寒的名字，因为那是门主心中最大的痛。

小爱德御书更是因为哥哥的离去，伤心了很久，人也变得更加沉默。

自此之后，他一个人在鬼域门古堡过了两年孤独的童年。爱德御书十岁开始练魔球功，从一个粉雕玉琢的漂亮小男孩儿，变成了一个圆圆的小球。

十一岁那年，父母相继去世，爱德御书继承了门主之位，成了鬼域门的小主人，他住在安静的古堡里，拥有无上的权力、忠诚的奴仆、无尽的财富，可他却开心不起来。他总是一个人坐在高高的城墙上，像孤独的小王子，望着无边无际的风沙戈壁，心中空荡荡，有一种强烈的想哭的欲望……

就这样又过了一年，忽然有一天，他听人说起自己哥哥爱德御寒居然没死，人就在雾山。这一消息像是流星一样，瞬间照亮了爱德御书一片漆黑的心灵，他什么也不想，什么也不管，本能地冲出古堡，寻找他的哥哥，他唯一的亲人。

十二岁的爱德御书，已经比同龄的孩子胖出三倍有余，这样的孩子一冲动之下，闯入江湖，没钱，没见过世面，不用多说也知道，他吃了很多苦。

当他千辛万苦走到雾山下的小村子的时候，已是傍晚，他疲惫不堪，浑身狼狈，像是一个移动着的黑蛋蛋。

村子里的孩子们吃过晚饭，聚集在村口玩耍，他们哪见过爱德御书这么胖的孩子啊，当他走进村的时候，孩子们都围着，稀奇地看着他。

"嘿！快看！快看！这人怎么这么胖啊？！"

"呀呀，他是猪八戒转世吗？"

"哈哈哈哈，猪八戒也没他胖呢。"

"好丑哦！你看他脸上还有毛！"

"哇——太恶心了！"

孩子的话是天真的，却也是伤人的。

爱德御书本来就饿得难受，还被这么多孩子笑话，骂他是胖子，骂他很丑，这话他一路上听过无数遍。他一直以胖是美，以胖为荣，现在忽然来到一个瘦人的世界，大家都这么排斥他，这让他的审美观渐渐崩溃，颠覆！

看着孩子们大笑的嘴脸，爱德御书生气地喊："你们才丑呢！你们丑！你们这么瘦！你们好丑！"

"他说我们丑。"一个小男孩儿生气地推他一把，"你长得和猪妖一样还敢说我们丑！"

"你们就是丑！你们长得和猴妖一样！"爱德御书不甘示弱地回推了一把。

爱德御书本就学武，力气比一般孩子大上好多倍，一推之下就把男孩儿推倒在地，跌得头破血流。

"他打我！他打我！猪妖打人了！"小男孩儿赖在地上使劲儿哭着。其他的孩子生气了，纷纷从地上捡起石头、木棍，对着他打。

"坏人！"

"打死你！"

"猪妖！"

"把他关进猪圈里，和二毛家的猪关一起！"

十几个孩子一起拿着棍子打他，爱德御书武功虽然比他们好很多倍，却因为好几天没吃东西，根本就没什么力气，抵抗了一下，就被他们打倒在地上，被孩子们恶作剧地用绳子捆起来，将他丢进猪圈里。

"哈哈哈！猪妖就要和猪在一起。"孩子们站在猪圈外哈哈大笑着。

爱德御书很可怜地缩着身体，默默地睁着眼睛，早就没有力气挣扎。

"你们在干什么？"

就在这时候，一个软软的声音传来。

"小优，你看你看，我们抓了一只猪妖。"男孩儿们像献宝一样地指着爱德御书给她看。

那时的爱德御书躺在满是猪粪的泥泞里，脸上鼻青脸肿血泪纵横，身上更是散发出恶心的臭味，真是说有多狼狈就有多狼狈。

那时的于盛优七岁，漂亮的瓜子脸，雪白的皮肤，灵动的大眼，晚霞的红光照耀在她的粉红色纱裙上，像是为她安上了一双精灵的翅膀，要有多漂亮就有多漂亮。

那是爱德御书第一次见到于盛优，他逆着光看她，就像是看见了世界上最漂亮的小公主，那个漂亮的人儿好奇地望着他，在她纯洁的眼神下，他自己也不知道为什么，偷偷地缩了缩手脚。

"你们真过分，怎么能这么多人欺负一个人呢？"小优轻轻皱眉，不高兴地望着男孩儿们。

男孩儿们不敢作声，在雾山，于盛优的父亲，是像神一样的存在，没有人敢不尊敬他们圣医派的人，何况是圣医派的大小姐呢。

"他是坏人，他把我的头都打破了。"一开始被推倒的男孩儿指着脑袋说。

小优瞥了一眼道："只是擦破皮而已，你们看你们把人家打成什么样。"

孩子们看了一眼被捆着丢在猪圈里的爱德御书，有些内疚地抓头反省，他们好像是有些太过分了。

小优推开人群，打开猪圈走进去。

"小优，里面脏。"孩子们纷纷叫道。

小优不在乎地走到爱德御书面前，蹲下身，干净漂亮的粉色纱裙铺在了地上，染上了腥臭的猪粪。她皱着眉头，水灵灵的大眼里满是关心，用软软的嗓音轻声问道："你没事吧？"

就是这一句话，让爱德御书鼻子一酸，眼泪流了出来，有多久了，有多久没有人用这么关心担忧的眼神看着他了？有多久，没有人这样轻声软语和自己说话了？

那次初见，那句话，那个瞬间，在小爱德御书心里默默地记了一辈子……

后来的事很自然，小优救了小胖子，给他好吃的食物，带他去后山的山泉洗澡，为他上药疗伤。

两个人很快地熟了起来，爱德御书告诉小优自己是来找哥哥的，他的哥哥叫爱德御寒，小优想了想，自己不认识这个人，不过很热心地答应帮他找哥哥，当时的她不知道他口中的爱德御寒就是自己的二师兄于盛白。

小优将小爱德御书藏在后山，每天都会去找他玩耍，一起上山抓鸟采药，下水摸鱼抓虾。爱德御书从小就很能干，什么事情都能做得很好，他每次都能抓最多的鸟，采最好的药，而小优总是满面笑容地站在一边望着他，欢快地叫他御书哥哥。

和小优在一起的小爱德御书是快乐的，是幸福的，他对小优的感情越来越浓烈，空中飞的蝴蝶，地上跑的兔子，水中游的小鱼，只要是让她稍稍露出欢喜之色的，他就会立刻去抓给她。只要小优一句话，他什么事都能去做。

小优也很喜欢和胖爱德御书玩，每次看见这个胖胖的、走起路来像滚动着一样的男孩儿，她就心情愉快，大笑不止。

当于盛白找到胖子的时候，已经是半年以后的事了，而小优和小爱德御书早已好到难舍难分了，那种小孩子的爱情，纯真得闪闪发光，动人得让人忍不住微笑。

但是，离别也是痛苦的！当鬼域门的人带走爱德御书的时候，两人哭得不可开交。爱德御书握着小优的手，和她约定，以后他一定要成为最好的男人来娶她，小优使劲儿地点头答应，并写下字据，交给胖子，承诺她一定等他来。

那之后……就是离别，当爱德御书被马车带走，小优哭着在后面追着，却怎么也追不上。爱德御书坐在马车里，将头探出窗外，哭着对她摆手，让她不要追了，他一定会回来，一定会回来娶她。

小优哭泣着，看着马车越来越远，越来越远，最后完全消失在视线里。

那之后，小优总是缠着于盛白问：

"御书哥哥什么时候回来？"

"御书哥哥什么时候来娶我？"

"师兄不回家吗？"

"师兄回家也带我去吧。"

小优八岁的那年夏天，她像往年一样，去后山的泉水里摸菱角吃，可惜天意弄人，小优潜水时不慎被水草缠到脚踝，无法挣脱，溺在水中。

可小优被打捞上来后，却忽然睁开眼，醒来后的她失去记忆，性情大变，变得不像以前那样温柔善良，娇柔纯洁。

　　说到这儿，于盛白瞟了于盛优一眼，于盛优心虚地低下头。

　　于盛白叹气："你虽然什么都不记得了，但是我弟弟却记得一清二楚，总是想着来娶你，我自小和你一起，知道你看男人的眼光，弟弟那样的，你是绝对不会喜欢的，所以当时师父要将你嫁入宫家，我并未阻止，我想也许你嫁了人，他就会死心，却没想，他用情至深，总不肯放弃。"

　　于盛白说完，整个屋子静悄悄的。过了一会儿，于盛优轻声问："那现在怎么办？"

　　于盛白道："不管怎么样，要先把他找出来。"

　　"好！我去找他。"于盛优撑着身体就想起来。

　　"何必去找。"宫远涵温笑，云淡风轻地道，"我已经将昨天的事传了出去，末一是他最得力的下属，他岂能不管，不用三天，他定会自己送上门来。"

　　于盛优听了宫远涵的话，满眼崇拜地望着他，忍不住感叹道："远涵！你真的好厉害哦！"

　　宫远涵瞥她一眼，并未说话，俊美的脸上却是满眼笑意，轻轻柔柔。

　　于盛白望了一眼宫远涵，挑眉道："既然有宫二少这句话，那我也放心了。"宫远涵既然用末一引爱德御书出来，就说明他心里盘算着拿末一到爱德御书那里换些好处。

　　想到这儿，他便放下心来，从怀中掏出一盒药膏递给她道："小师妹，你好生休息，这白玉膏是给你用，每日多涂几次，伤口便不会留下疤痕。"

　　"嗯，谢谢师兄。"于盛优接过药膏，笑着道谢。

　　于盛白又对宫家兄弟拱拱手，说了声告辞，便转身走出房间。

　　于盛白走后，于盛优和宫家两兄弟待在房间里。

　　于盛优半靠在床头，脸色还是有些苍白，她望着床边的宫远涵道："远涵，你别太为难末一。"

　　宫远涵望着她笑："他刺了你一剑，你居然不吵着去毒死他，反而要我饶了他？你什么时候变得这么大方了？"

　　于盛优扬起下巴，挑眉道："我不是大方，我是可怜他。你想啊，要是我亲自去报仇，最多也就毒死他，可他落在你手里，啧啧……唉，死了都投不了胎。"

　　宫远涵皱着眉头看她："在你眼里，我就是以折磨人为乐的人吗？"

　　"呃？"难道不是吗？

　　宫远涵的笑脸慢慢冷下来："在你眼里，我是这么残忍的人吗？"

　　"呃……"残忍好像不能拿来形容远涵吧。

　　"大嫂……"宫远涵失望地看着她，耀眼的俊容中带着一丝脆弱，"原来，你就是这么看我的。"

　　"不是，不是！"于盛优怔住，慌忙摆手，辩解道，"我就随便说说的，我不是这个意思。"

　　"二弟不难受。"宫远修睁着大眼，一脸单纯地抬手摸摸宫远涵的头发。

　　"我真不是这个意思。"于盛优怔怔地说。

　　"那你是什么意思？"他的声音压抑着，变得有些低沉。

　　"我的意思是，我残忍，我居然想毒死他，末一交给你是对他最大的仁慈，是他最好的结局！"于盛优说完还使劲儿地点点头，"我就是这个意思。"

　　宫远涵垂下头，轻声问："那么大嫂，不管我如何处置末一你都不

会有意见吧？"

"完全没有意见！"于盛优使劲儿点头，只要他别再用那种忧伤的眼神看她，他说什么都行。

"太好了。"宫远涵抬头，满面笑容，哪里还有刚才一丝一毫的难过和委屈？

"呃？"于盛优眨眨眼，有些不适应他的变化。

"大哥，你好好照顾嫂子，我还有些事情要去处理。"宫远涵笑着拍拍宫远修的肩膀，然后转头望着于盛优道，"大嫂，我明日再来看你。"

"哦。"于盛优傻傻地点头。

一直到宫远涵走后很久，她才反应过来，可恶，又被那小子骗了，他哪有那么脆弱，他就是残忍就是以折磨人为乐，他只是装着伤心的样子对自己说了几句话，自己就把末一的生杀大权交到他手中，而且不能对他的做法有任何异议！

天哪！于盛优悲愤地想，宫远涵！你就是一个妖孽！末一啊！你就自求多福吧！

"娘子，娘子。"宫远修伸手推了推于盛优。

于盛优转头望他："嗯？"

"我给你上药啊。"宫远修举着于盛白刚才送给她的药膏，笑得可爱。

"你会吗？"于盛优有些担心地问，别到时候把她的伤口搞裂了。

"嗯嗯！"他使劲儿地点头。

"那来吧。"于盛优大义凛然地将被子掀开，一副任君蹂躏的样子。

宫远修嘟着嘴巴，一脸认真地伸出手，将于盛优的衣服解开，胸前裹着白色的纱布，纱布的中间晕染着红褐色的血液。宫远修低着头，小心地揭开裹在她胸前的纱布，当揭到最后一层的时候，没有完全愈合的伤口黏着纱布，一揭之下，疼得于盛优脸色煞白，惊叫一声，吓得宫远修手一抖，纱布整个被揭了下来，伤口瞬间被撕裂了开来，鲜血不住地往外流。

"啊——"火辣辣的疼痛促使于盛优大叫一声。

"娘子，好多血。怎么办？怎么办？"宫远修慌乱地望着她，吓得不知所措。

"快上药！"于盛优疼得咬牙切齿，流着眼泪对他吼。

"哦。"宫远修打开药瓶，抹出药膏，涂在她的伤口上，然后拿起干净的纱布，又将伤口裹好，动作很是利落。

"很疼吗？"宫远修望着于盛优苍白、满是冷汗的脸，心疼地问。

"废话，当然疼。"于盛优有气无力地靠在床头嘀咕。

"远修给你呼呼。"宫远修眨着眼睛，低下头来，将嘴唇轻轻地触碰在她的伤口上，柔柔地吹了吹，"不疼不疼哦。"

"哈哈，别吹别吹，痒死了。"他一吹，她的伤口又疼又痒，推开他的脑袋，看着他认真又担心的模样，忍不住笑起来，抬手揉揉他软软的头发。宫远修幸福地眯眯眼。

"远修，上来抱抱我。"于盛优抓着他衣服，柔声说道。

宫远修欢快地脱了鞋子，上床掀开被子，轻轻地将她抱在怀里。于盛优安静地靠在他怀中，默默地睁着眼睛，听着他的心跳，闻着他的味道。

两人静静地相拥，过了一会儿，于盛优忽然出声问："远修，如果有一天，我不爱你了，你会希望是因为我死了，还是因为我失忆了？"

"嗯……"宫远修认真地想了想道，"都不希望。"

“不行，你得选一个。”

“那失忆吧。”

“我不但失忆了还嫁给别人，两个人恩恩爱爱幸福得要死，对你不理不睬，外加万分嫌弃！”于盛优仰头望着他继续问，“这样，你也希望我是失忆了吗？”

宫远修张张嘴巴，想象着于盛优说的场景，越想越难受越想越害怕，瘪瘪嘴，一副快要哭出来的样子，用力地抱住于盛优道：“不行不行，不行！不能这样。”

“我只是打个比方。”于盛优哄着他。

“打比方也不行。”宫远修孩子气地将脸埋在她的脖间使劲儿地蹭着。

“所以说，还是会希望我死了好吧。”于盛优轻声道，“与其心爱的人忘记，看她与别人恩爱，还不如认为她死了好。”

“不是哦……”宫远修埋在她的脖间，说话时的气息温温地吹着她的头发，“如果真爱的话，还是会希望你失忆的。”

“呃？”

“因为那样……至少可以看着你幸福。”

“你是这样想的吗？”于盛优抬头望他。

“嗯。”

于盛优烦恼地轻声叹气。

“娘子，我困了。”宫远修亲了亲于盛优的脸蛋儿，有些困倦地说。

“困了就睡吧。”于盛优爱怜地抚摩着他。

“嗯，一起睡嘛。”宫远修抱着于盛优摇晃着。

“好好，一起睡。”

对于这样可爱的远修，于盛优总是没办法拒绝的，宫远修扶着她躺倒下来，然后自己也躺在她身边，大手习惯地握着她的手，搭在她的腰上。

房间里安安静静的，于盛优听着他平稳的呼吸声，自己也渐渐地困了起来，她向他的怀中更靠近了一些，也闭上眼睛，缓缓进入梦乡。

在梦中，她梦见了雾山的山泉，还是那么清澈，从上面可以看见水底的鱼儿欢乐地游着，阳光照在泉面上，波光粼粼，刺得人一阵炫目。

于盛优站在熟悉的泉边，分不清是在梦中，还是在现实……

当于盛优再次醒来的时候，已经是第二天清晨，她睁开眼睛，就看见一个人影坐在床边，纤瘦的身体，美丽的侧脸，眼角一颗泪痣魅人夺目。

于盛优不敢相信地眨了眨眼睛，人还在，又眨了眨，还在！

"你！你怎么在这儿？"于盛优指着他大声问。

爱德御书眨眨眼睛，调皮地笑："我为什么不能在这里？"

她的声音吵醒了宫远修，他揉揉眼睛坐起来，看看床边的爱德御书，好奇地问："娘子，他是谁呀？"

于盛优坐了起来，对宫远修道："远修，你帮我去厨房拿点桂花糕来好吗？"

宫远修看看于盛优又看看爱德御书，想了一秒钟，然后很乖地点头道："好，我去拿。"

说完，他下床穿了鞋子就跑了出去。

宫远修出去以后，于盛优仔细地打量着爱德御书，他真的变得好漂亮，清俊的眉宇和二师兄很相似，深邃的双眸却比二师兄更为闪亮，白皙的皮肤比女人更细致几分，在晨光下绽放出珍珠般莹润的光泽，微笑在他唇边轻轻晕染开，他的声音本就好听，他看人的目光带着一丝调皮，

一丝邪魅，他望着你的时候好似可以一直看入你的心底。

"看够了吗？"爱德御书好笑地任她打量着，好似很享受她如此着迷的目光。

"呵呵。"于盛优尴尬地扭扭手指，"你变化好大。"

爱德御书望着她问："你喜欢我现在的容貌吗？"

于盛优握了握双手，望着他绝世的容颜道："你变得很漂亮。"

"我就知道你会喜欢！"爱德御书眯着眼笑。

于盛优望着他开心的笑颜，心中微微作痛，她不愿意伤害他，真的不愿意！

可是……他的爱，她真的承受不起，也无法回报！

于盛优深吸一口气，望着他道："小时候的事，我已经不记得了。我八岁的时候失足落水，和你的约定完全不记得……"

"我知道。"爱德御书望着她笑道，"你的事，我怎么会不知道呢？"

原来，爱德御书一直通过于盛白得知小优的消息，知道她失忆，忘记了以前的事情，他非常担心，又一次不管不顾地偷偷跑出鬼域门来看她。

那是那年最冷的一天，天空洋洋洒洒地下着白雪，地上的积雪有一尺多厚，十四岁的爱德御书再一次来到熟悉的雾山，雾山脚下的小村庄因为冬天的关系，变得格外安静，到处都是白茫茫的一片。爱德御书走进村庄，将近半个月的路程让他又饿又累，一身风尘，他想等一会儿将自己收拾干净了，再去见小优。

他找了一家酒楼，上了二楼，点了些饭菜吃了起来，这时大雪还在下着，北风一吹，雪花狂乱地舞者。

　　爱德御书抬眼望向窗外，只见酒楼对面坐着一个小乞丐，衣不遮体，全身颤抖地蜷缩在一起，面前放着一个破碗，渴望又绝望地望着从他面前走过的人，然而，在这个冬季，人们的善心好像也被冻住了一样，所有的人默然地打着伞从他面前走过。

　　爱德御书看了他一眼，转头又吃了两口菜，看了眼桌上的食物，端起一盘薄饼，站起身来，缓步下楼。他刚走出门口，刺骨的寒风，飞扬的雪花吹得他微微眯了眯眼。

　　当他再睁开眼的时候，就见远方有一高一矮两个人影走近，一个十六岁左右的少年，面容英俊，神色冰冷，稳稳撑着一把伞，他的右手牵着一个小女孩儿，那女孩儿身穿雪裘，外面罩着紫色的披风，她一只手撑着油伞，一手紧紧地牵着少年。

　　爱德御书愣愣地望着女孩儿，一个名字硬生生地卡在喉咙里。两人一步一步走近，女孩儿水灵的大眼望着前方，看见了那个小乞丐，她的眼神一闪，松开少年的手，小步地跑到小乞丐面前，从披风下的包包里拿出两个雪白包子微笑着递给小乞丐，小乞丐慌忙接过包子，狼吞虎咽起来，小女孩儿微笑地看着他。

　　女孩儿转头睁着大眼望着少年问："大师兄，他好可怜，我们把他带回家吧。"

　　少年冷淡地望着乞丐，抬脚就走，完全不搭理女孩儿。

　　女孩儿为难地看看少年又看看小乞丐，最后解下自己的披风盖在他身上，附在他耳边悄声道："我家在雾山顶上，你自己来吧。"

　　说完，她转身向少年追去："大师兄，等我，"

　　少年有些不耐烦地停住脚步，女孩儿跑到一半脚一滑，直直地向少

年扑去，少年稳住身形，接住女孩儿。女孩儿很不好意思地笑笑，然后牵起少年的手，两人渐渐消失在风雪之中。

回忆到这里的时候，爱德御书转头，轻轻地望着于盛优道："当时我就想，即使你失忆，可也还是世界上最善良的天使，是我最喜欢的人，所以再见面，你还是会和以前一样喜欢我的。原来不是啊……"

他低下头，眼里有着深沉的伤痛。

于盛优望着这样的爱德御书忽然有些想哭的冲动！这件事要怎么跟他解释呢？

他太美化她了！他简直把她美化成了天使！其实，真实的情况是这样的！

于盛优当时是冰山控！那时，她天天缠着于盛世，于盛世到哪儿她到哪儿。记得那天下雪，还下很大，于盛世奉父之命下山去给村子里的一户人家看病。于盛优觉得好啊，是单独相处的好机会啊，而且天黑路滑，是个揩油的好时候！反正她就找了很多理由，跟着大师兄下山，一路上借着路滑的理由使劲儿地牵人家的手，有的时候还假装走累了，要人家背她抱她！反正是花招耍尽，揩油无数。

于盛优异常满足，一边奸笑着牵着于盛世的手，一边盘算着等下如何继续揩油时，路边出现了一个小乞丐！

最重要的是，还是个可怜的长得很水灵的小男孩儿乞丐！

于盛优"唰"地装着很善良很天使很圣母的样子，冲了上去！为的只是一个目的——从小就开始培养自己的后宫。

于盛优尴尬地抓抓脸，呵呵呵……这真是天大的误会啊！

再看爱德御书，他还陷在那片白茫茫的大雪中，继续回忆着温柔、美丽、可爱、善良的于盛优。

可事实……于盛优擦擦额头上的冷汗，还是不要告诉他事实吧！不然，他一定会先杀了她，再自杀的！

爱德御书继续回忆，那之后，他经常偷偷溜出来，跑到圣医派去偷看于盛优，他越看越喜欢，越看越喜欢，喜欢到不可自拔的地步。于盛优可爱也好，猥琐也好，他通通接受了！他就是喜欢！可是于盛优根本不记得他，他只能隐藏在树后偷偷看着她。于是，那时的雾山经常能看到这样一个场景，一个胖胖的球或者躲在树后，或者躲在石头后面，偷窥着一个可爱的小女孩儿，小女孩儿笑球球也笑，小女孩儿生气，球球在下一秒就将惹她生气的东西摧毁！

爱德御书想到这里，忽然笑了，望着于盛优，很深情地道："我小的时候真的很喜欢你。"

于盛优紧紧地抓着手上的被子，默默地低着头，说不感动，是不可能的，可她却不知道该和他说什么。

"即使到现在，我还是很喜欢你，每天都想着你。"

"我嫁人了……"于盛优咬唇，抬起头，紧紧地盯着他一字一字地说，"我已经嫁人了！"

"我知道你嫁人了……"爱德御书美丽的眼睛满是忧伤，眉宇间有无奈，有自嘲，他用低哑的声音继续说，"可我放弃不了……"

于盛优撇过头，她无法看他的眼睛："别说了。"

爱德御书却不理她，自顾自地说着，像是要将自己多年来的爱恋全部倾诉出来："我知道你嫁人了，知道你不可能和我在一起，可是……我就是喜欢你。你对我生气也好，拿石头砸我也好，骂我也好，不管你

怎么样，在我眼里都那么可爱，我一直很怀疑，你是不是打小就在我心里下了蛊……"

"我叫你别说了！"于盛优忽然崩溃地大声吼，"你别说了，我不配的。我真的不配你这么爱我。而且，你想我怎么办呢？和远修分开和你在一起吗？我告诉你！那不可能！"

她不想伤害他，可是她一直在伤害他！她也想对他好，可是她办不到！

爱德御书沉默地看着她，然后他说："我快死了。"

他的声音总是这么的低低哑哑，透着凉凉的寂寞，撩得人想轻轻哭泣。

于盛优回望他，固执地望着他："你骗人。"

"你知道的，我永远也不会骗你。"

于盛优瞪着他，眼泪流了出来。

"看，你还是哭了。"爱德御书望着她，眼中有那么多深深的感情，他温柔地抬手，轻轻地将她的眼泪擦去，"你不用内疚，爱你是我自己的事，和你没关系。"

"我才不内疚！我一点儿也不内疚。"于盛优瞪着他吼，眼泪唰唰地往下掉。

"陪陪我吧。"胖子轻声道，"陪我一天，我就原谅你。原谅你忘记我，原谅你不爱我。"

已入秋天，空气中透着淡淡的萧瑟与凉意。天空很蓝，云很淡，风很轻，阳光很是灿烂，却温柔得毫不刺眼。

于盛优独自一个人坐在城外相山的八角亭里，她今日，头梳高髻，簪花带摇，浅色袍袖上衣，翠绿烟纱散花裙，腰间用金丝软烟罗系紧，挂上通透的白玉玉佩，这一身明显用心装扮了一番，细细看去，还真有些素净清雅，温柔娴静的味道。

微风拂过，火红的枫叶微微晃动，亭下的小路上，一名红衣男子缓步走来，他抬起头，在火红的枫叶后，遥遥地望着她，浅浅地一笑，迎着风，迎着阳光，温柔而灿烂，美丽而妖娆……

于盛优双手轻轻握住衣裙，望着他，轻轻展开笑颜，也许是因为红叶的关系，她的双颊晕染上了丝丝红晕。

他走近她，她轻轻抬头，他望着她，他的眼神深沉，她的眼神有些躲闪，不敢与他的相碰。他抬起手来，轻轻地向她伸去，她红了脸，垂下头，紧紧握拳，却没有躲闪。

他垂下眼，浅浅一笑，轻轻捻起飘落在她发髻上的红叶，放在手指间，轻轻搓着叶子，打趣地看着她道："来这么早？"

他约了她辰时相见，现在才卯时过半。

于盛优抬头道："我想等你。"

她能为他做的，只有这么微薄的一些，让他早一点儿见到自己，少一刻等待。

爱德御书听了她的话，轻轻笑出声来，低哑的声音里满是愉悦，枫叶轻轻攒动，重重叠叠，漫山火红，满心温柔。

于盛优望着他的笑颜，抬起头，扬起笑容，用轻快的声音问："哪！你今天想到哪儿玩呢？"

爱德御书扬唇一笑，忽然伸手，将她横抱了起来，于盛优惊叫一声，

爱德御书爽朗地笑道："你跟我来就是了。"

"那个，我自己能走。"于盛优红着脸嚷嚷道。

"你的伤没好，我抱着你走得快。"爱德御书不理她，抱着她大步往山里走。

"你自己不也有伤在身。"

"伤得再重，也不会连老婆大人都抱不动的。"

"我不是……"那句平时脱口而出的话，今天却硬生生地被于盛优咽了下去，她摸摸鼻子，小声地嘀咕道，"算了，就给你占一次便宜。"

爱德御书呵呵地笑，没走几步，一匹白色的骏马停在那里，马儿被拴在树上，踢着蹄子，喷着粗气，像是在催促着主人快来一样。

爱德御书将于盛优抱上马背，他自己也动作利索地上了马，双手握住缰绳，同时也将她圈在怀里。他扬唇一笑，挥动缰绳，轻喝一声，马儿如箭一般冲了出去。

马儿跑了将近半个时辰，在相山后面的小溪边停下来，爱德御书跳下马来，很轻柔地将于盛优抱了下来，指着前方的小溪道："你看这条小溪虽然没有雾山的山泉清澈，不过里面也有很多鱼呢。"

"鱼？"于盛优抓抓头，奇怪地看着他。

爱德御书眯着眼笑："老婆大人，我今天给你抓鱼吃吧。"

"你抓得到吗？"于盛优望着小溪里游来游去的鱼儿，有些不相信地问。

"哈，你看不起我？"爱德御书不乐意，撸了撸袖子和裤腿就走下小溪。于盛优也想下河帮他，可他却让她在岸边等着，自己一个人拿着河滩上的石头，在溪水中围成一个大圈。于盛优坐在岸边，抱着膝盖，撑着脑袋看他，看他在小溪里忙碌着，他抓鱼真的很厉害，空着手，只用了一刻钟就抓了三四条鱼，他抓起来后都会把鱼丢到她的脚边，笑得和孩子一样开心。

也许，很久以前，他就是这样在雾山后面的山泉里，给他的小优抓鱼，像现在一样，舍不得她做一点儿事，哪怕是走一步路，做一点儿粗活，碰一下凉水。

这样的男人，如果自己在遇到远修之前，遇到这个男人，她会心动吗？即使他胖到无话可说，即使他长相奇怪，即使他性格诡异。可是，在他眼里，在他心里，她就是一个放在手心怕摔了，含在口中怕化了的珍宝。

如果在遇到远修之前遇到他……

"老婆大人！接着！"

于盛优缓过神来，顺着声音看去，只见一条老大的鲢鱼，对着她飞过来，她"啊"地惊叫了一声，慌忙伸手去接，鱼在她手上猛地蹦了几下，鱼尾打在她的脸上。于盛优又叫了一声，用力地掐住鱼身，鱼奋力地挣扎着，鱼尾不停地拍在她脸上，她气恼地放手，鱼跌在草地上，翻跳着。

于盛优抬手，擦着脸上的水迹，气愤地指着地上的鱼道："可恶！你居然敢打我巴掌！我掐死你！"

于盛优捡起地上的石头对着鱼砸去，可鱼却又是一蹦，正好跳到半空中，又打在了于盛优的脸上，发出好大一声响声。

于盛优愣住，她……她居然被一条鱼欺负了！

"哈哈哈哈哈。"爱德御书站在水中，看着于盛优狼狈的样子，笑弯了腰，他漂亮的眼睛笑得眯了起来，笑声爽朗。

于盛优见他笑得那么开心，揉揉自己的脸颊，也跟着他笑了。

爱德御书从小溪里走上来，拎起鱼尾，笑着教育道："小鱼儿，小鱼儿，你居然敢欺负我家老婆！我一定要好好收拾你。老婆，你是想吃烤的呢？还是想吃炖的？"

于盛优皱了皱眉头，很认真地想了想道："不管是炖还是烤都给它留了全尸，不行！太便宜它了。"

爱德御书问："那切切红烧？"

于盛优挑眉，非常赞成地点头："这个主意好！"

"啊，红烧的话还有些难度。"爱德御书眯着眼笑，"不过难不倒我。"说完，他走到马边，拿下马背上的一个大包裹，里面有一个黑锅，有锅铲，有做菜的一些调料，还有几个地瓜和一些野味。

"哇！你都准备好了啊？好多吃的，哇！居然还有蛇，这个怎么吃啊？"于盛优望着包裹里的东西惊叹道。

"嘿嘿，你看我表现就是了，我早就想和你一起这样吃一次饭了。"爱德御书一边一脸兴奋地忙碌着，一边说，"以前，我躲在你们家后山的时候，都是这么吃饭的，你每天自己家好吃的好喝的不想吃，天天跑到山里吃我做的饭，那时我做得不好，我自己都嫌弃，你吃起来却像吃山珍海味一样，不过我现在能做得很好了。我一直想再给你做一顿……"

"你真的很喜欢我。"于盛优轻声道。

爱德御书看她，然后反应过来，点头承认："是啊，我真的很喜欢你啊。"

于盛优拿起一棵青菜，一叶一叶地摘着，望着又是搭炉灶又是杀鱼的爱德御书，轻声叹气。

这一天，他们两个配合得非常好，那些不想谈的话题全都不谈，那些不敢问的问题，全都不问。

中午，他在溪边生火做饭，菜色简单，只有几碟，她却吃得高兴，一脸称赞，他端着饭碗满面笑意，扬扬得意。

下午，他在溪边舞起剑，光影浮动，衣尾飘飘，他舞得尽兴，她看得惊艳。他收了剑，用溪边采来的野花摆满她的裙摆，将开得最灿烂的一朵，戴在她的头发上，看她美丽的笑颜。

傍晚，他和她并肩坐在小溪边，看着天边的火烧云，看着太阳渐渐落下，他满是惆怅，默默无语……

夜，有些凉。月光，皎洁而又明亮……

于盛优轻轻地握起拳头，将裙摆上有些蔫了的鲜花轻轻拂去，她低着头，轻声道："我要回去了。"

已经很晚了，再不回去，远修会着急的，说不定还会哭呢。

爱德御书望着天上的明月，俊美的脸上满是茫然："你看，天上的月亮多美，可是不管我怎么伸手，都碰不到它。"

于盛优顺着他的话，抬头望着月亮，轻声道："它在天上，你在地上，自然够不到。"

"是啊，天上的月亮，因为在天上，我碰不到，水里的月亮，因为在水中，我也碰不到。"爱德御书说完，轻轻垂下眼，不再说话，过了好久，他才站起身来道，"我送你回去吧。"

和来的时候不一样，这次，爱德御书先上了马，让于盛优坐在他身后。策马前行的时候，冰冷的夜风直直地往他衣服里面灌，可他却丝毫不减速，一路策马，行驶到宫家堡后门才停了下来。

于盛优翻身下马，站在马下望着他，爱德御书笑道："进去吧。"

于盛优转身，走了两步，停住，转身回头望着他道："你……你去雾山找我爹爹，说不定，他能治好你的。"

爱德御书望着她笑，不点头，也不摇头。

于盛优往回走了两步，站在马下，仰头望着他，着急地嘱咐道："你一定要去啊，不然……不然我会很担心的。"

爱德御书一直清朗的眼里，有了淡淡的笑意，他扬唇一笑："骗你的！呵呵。"

"呃？"于盛优一惊，奇怪地望着他。

"你看。"爱德御书指着前方宫家堡后门的石狮子，气运丹田，突然发出一掌，石狮子瞬间碎裂！

"呃！！"于盛优睁大眼睛看着满地碎掉的石头。

"哈哈哈，我练成了第八重哦！"爱德御书一脸得意地笑。

"什么？真的！"于盛优惊喜地望着他。

"那当然，像我这种玉树临风，潇洒不凡，天下第一聪明的人，怎么可能会失败呢？！哈哈哈。"

爱德御书一副自恋的样子。

于盛优问："那末一为什么说你失败了？"

"他傻呗。"

于盛优双手叉腰地大声吼："那你说你要死了！"

"哪！我不这么说，你会好好陪我吗？"爱德御书无奈地摊摊双手。

"你！你！你去死！"于盛优气得一拳打过去，却没想，爱德御书没有坐稳，一下从马上摔了下来。

于盛优吓得慌忙跑过去问："没事吧？我不是故意的。"

"哈哈哈哈，老婆大人，你这么关心我是不是喜欢我啊？我就知道，我这么英俊潇洒，又比你家傻相公强一百倍有余，你怎么会不喜欢我呢？"他捂着被于盛优打的地方，坐在地上哈哈地笑着调侃她。

"笨蛋！我再也不理你了！"于盛优气得直跺脚，丢下这句话，转身就往宫家跑，再也没有回头望他。

当她走远了以后，爱德御书的笑脸慢慢沉下来，眼里满是寂寞。于盛白从树后走出来，低声轻叹："你又何苦骗她。"

爱德御书苦笑了一下："这样她才会对我无牵无挂啊。"

"这样真的好吗？"

"嗯。"

"你明明为她做了这么多，为什么不告诉她？"他明明是为了她在练功最关键的时刻，忽然想到，自己若是瘦了，若是变成于盛优喜欢的那种美男，他却说是他自己不小心。

明明因为练武失败，武功尽失，生命垂危，他却要他帮他打碎石狮，骗她自己武功还在。

明明为她什么都愿意放弃，什么都愿意改变，什么都为了她着想，却什么也不说！

"为什么不说？！"如果他将这些都说出来，世界上没有任何一个女人会不为他感动，不记他一辈子。

"我说了呀。"爱德御书轻声道。

"说了？"

"我说了我爱她。"千言万语化成一句话，便是这句我爱你……

于盛白摇头叹气，上前扶起他："你真的是我弟弟吗？既然这么喜欢就去抢啊！抢不到心，就把人抢来！我们鬼域门还拼不过宫家堡吗？"

爱德御书望着于盛优消失的地方轻声地说："哥，我没有办法。"

"嗯？"

"没办法看她受一点儿伤，看她有一丝为难。"

于盛白摇摇头："你比宫家那个傻子还傻！怎么有这么傻的弟弟呢？！真是。"

爱德御书低下头，轻声道："哥，我难受。"

于盛白心中一痛，抬手将自己的弟弟揽入怀中，轻轻地拍着他的背道："乖，不想了，跟哥回圣医山，哥一定会治好你的，哥不会让你死的。"

爱德御书在于盛白温暖的怀抱里，轻轻垂下眼睛，晶莹的泪珠从眼角缓缓滑落……心沉沉的，满是说不出来的惆怅与疼痛。

第二十四章

幸 福 的 定 义

LIANLIAN
JIANGHU

　　于盛优直直地冲回宫家堡，她从后门一路跑到中庭，因为激烈的奔跑，她的伤口微微发痛。她捂着胸口的位置，缓缓地在荷花池边蹲下，冷汗细密地冒出，她皱着眉头，望着前方，紧紧地握着自己的左手，心下越发疼痛，一想到胖子，就悲从心来。她咬着牙，忍着那阵痛，死死地咬着牙，却还是忍不住，忽然对着池水大喊："笨蛋！胖子！你这个笨蛋！你个笨蛋！呜呜……"

　　叫着叫着，她自己也没意识到，眼泪早已泪湿面颊，他以为她真的是白痴吗？他若真的练成了，末一又何必这么生气，他若真的练成，又

怎么会被自己一拳打倒。

这么重的情，让她如何承受得起。

这么深的爱，让她怎么回馈得起。

她没有资格，也没有能力，所以她只能装作不知道，所以她只能这样掉头走掉，只能这样绝情绝意。

她也不想这样，可她不得不这样做！

她不能给他一点儿希望，不能对他有一丝好，因为他的爱不属于她，她不能亵渎，他的爱是那么美好，那么纯粹，不掺杂任何杂念，一心一意，一眸一笑，一分一秒，想的，只是如何对她好，如何更爱她而已。

他的爱，就像是清晨荷叶上的那滴露珠，纤尘不染，晶莹透亮。

这么美好的感情，属于她吗？

当然不属于，这份美好的感情是属于小优的，那个停留在七岁，像天使一样的女孩儿。她轻轻闭上眼睛，紧紧地握紧双拳，泪水慢慢滑落。

"你在哭吗？"身后，温柔而熟悉的声音轻轻传来。

于盛优一听声音就知道是谁，她慌忙低下头去，伸手胡乱地擦擦眼泪。

"你在为爱德御书哭吗？"他笑意盈盈地坐到她身边，毫不介意地上的泥土将他的白衣染脏。他歪着头望她，她低头使劲儿用袖子擦着怎么也擦不干净的眼泪。

月色下，两人肩并肩坐在荷花池边，荷花池里，只有几片泛黄了的荷叶，在夜风中轻轻摇曳。

荷花池边的香樟树，淡淡地吐着青丝的芬芳，皎洁的月光照向轻摇的叶子，温柔地洒在他和她的身上。

"你在为他哭吗？"他又问了一遍。

于盛优揉揉鼻子，垂着脑袋，轻轻点了点头。

宫远涵笑了一下，发出好听的声音："完全没有必要啊。"

"呃？"

"你不用为他哭啊。"宫远涵微笑着歪头看她，很认真地说，"他已经很幸福了。"

于盛优奇怪地望着他："幸福？"

"身为男人，他为爱倾其所有，全力追逐，即使失败，他也已经完全将自己的心意传达给你，让你知道……"宫远涵深深地望着她道，"他爱你，很爱你，然后，让你为他烦心，为他难过，最后，还为他流泪。"

他的手指忍不住伸上前，轻轻地触碰了她面颊上晶莹的泪水，只一下，便缩回手，转过头，望着清冷的池水，幽幽地问："这不就是幸福吗？"

于盛优愣住，眼泪挂在脸上，望着他，呆呆地问："这也算幸福？"

"那，大嫂认为什么是幸福呢？和你在一起，朝朝暮暮，白头到老，就是幸福了吗？"宫远涵轻轻看着池水，清俊出尘的容颜，在月光的晕染下，恍若蒙着淡淡的忧愁。

于盛优低下头，没有说话。

和她在一起？朝朝暮暮，白头到老？真是幸福吗？

是啊，不管她是否爱他，都注定给不了他幸福。

想到这儿，于盛优长长地叹气，轻轻皱眉，又一次低低地哭了起来："呜呜，胖子真的好可怜……为什么他要爱这么深呢？为什么他要爱这么认真呢？"

"大嫂，有的时候，爱情，其实是一个人的事情。"宫远涵轻轻地说

着，伸手入怀，掏出一块洁白的手帕递给她，"你这一生已经选择了大哥，就不该为其他的男人流泪。不然……有的人该伤心了。"

于盛优看着他手中的手帕，轻轻接过，顺着他的眼神浅浅望去，只见不远处宫远修正慌慌忙忙地向她跑来。

"娘子，你回来了？"他一边跑一边摇手叫道。

于盛优抓起手中的手帕，胡乱地擦了擦脸上的眼泪，然后将手帕还给宫远涵，对着远修的方向，努力地笑着点头："嗯！"

宫远修习惯性地扑上来，于盛优扎好马步，稳稳接住！

宫远修使劲儿地抱住她蹭蹭，委屈地抱怨："都出去一天啦，远修想死了。"

"嘿嘿，我这不是回来了吗。"于盛优好笑地哄着他，"下次也带你出去玩。"

"真的？"宫远修的眼神闪亮闪亮的。

"嗯。"于盛优望着他单纯的样子，微笑着，狠狠点头。别的人，她不想管了，也无力去管，可属于她自己的幸福，自己的男人，她一定会很努力地去给他幸福！

就像远涵说的一样，她这一生已经选择了他，没有退路，也不想后退。

"娘子最好了！"宫远修很开心地抱住她，蹭啊蹭啊使劲儿蹭，蹭得她一颗心满满的都是柔情。

"好了好了，别蹭了，回去睡觉了啦。"于盛优笑着拍拍他的头。

"好！"宫远修点头，然后转头对着宫远涵道，"二弟，娘子回来了，我要回去睡觉了哦。"

宫远涵微笑着，轻轻拍了拍他的肩膀，柔声道："去吧。"

"好嘞！"宫远修撸了一下衣袖，一把将于盛优抱起来，开心地笑道，"走喽。"

"啊，我自己走啦。"于盛优在他怀里挣扎着要下地。

可宫远修却摇头，使劲儿地抱着她，一边大步往前走，一边笑道："不行，不行，娘子的伤还没好呢。"

"嗯——不要啦，好丢脸。"这一路走回去有多少仆人在看啊，回头不用到天亮，宫家堡的最新八卦就要出炉了，到时候不知道又会传成什么样！

"哈哈哈，不丢不丢，丢了远修给你捡起来。"

"笨——脸丢了怎么能捡得起来？"

"哈哈哈……"

两个人一边笑，一边闹，缓缓消失在夜幕之中，慢慢看不见踪影，偶尔能听到女子的娇笑声从远处传来，过了一会儿，就连这细碎的声音也听不见了。

月色下，宫远涵独自一人站在荷花池边，静静地看着池塘，轻轻微笑，温文尔雅，夜风吹过，白衣飘向天际，俊美得犹如谪仙一般绝世出尘，不染尘埃。

宫远修抱着于盛优一路蹦蹦跳跳回了房间，抱着自己家娘子，唰地往床上一倒，两人双双跌在床上。

宫远修压在于盛优身上，喜滋滋地望着她，他怎么就这么喜欢他家娘子呢？真的好喜欢。

宫远修垂下头就在于盛优的脸上亲了亲，痒得她扶住他的脑袋，呵呵直笑地问："干吗啦？"

"亲亲啊。"宫远修抬起头，眼巴巴地望着她，"不行吗？"

"也不是不行啦。"于盛优脸一红，她最受不了他这种小狗一样的眼神了，每次，他一这么望着她，她就全身酥软，心跳加速，他说什么她都不会拒绝。

就在于盛优失神的一瞬间，宫远修一边亲吻着她的脸颊，一边拉开她的衣襟，她火红色的丝绸肚兜很快地暴露在凉凉的空气中。

于盛优愣了一下，咽了一下口水，小声问："远修，你在干吗啦？"

宫远修笑得很灿烂，眼神也很清澈，他举起手中的一个药瓶道："给你上药啊。"

"哦……"于盛优乌着眼睛，说不清是高兴还是失落。上药就上药，真是的，白痴，尽干惹人误会的事！

唉，傻子就是傻子，她居然还指望他会干吗！真是，想太多。

于盛优躺好，双手枕着头，一动不动地任宫远修给她上药，她的伤口也已经结痂，每天涂上二师兄给的药膏，更是加快了伤口愈合的速度，只几天的时间，几乎已经痊愈。

宫远修打开药瓶，好闻的药香味飘散在空气中，他修长的手指在药瓶里抹了一点儿药膏出来，药膏是粉红色的，轻轻地涂在她的伤口上。他的手指在她已经结痂的伤口上慢慢地涂抹着，一圈一圈地轻抚着。于盛优一开始感觉到药膏的凉意，她微微轻战了一下，没一会儿，因为他的轻抚，伤口渐渐发热，还有一丝痒痒的感觉。

"娘子，还疼吗？"宫远修也躺倒下来，在她的耳边轻声问着。他的气息吹在她的耳垂上，带着一丝挑逗，他的手还在她的伤口上慢慢地游走着，由手指变成手。

于盛优觉得全身发热，嘴巴干涩，她舔舔嘴角，干巴巴地道："呃，还好，不是很疼。"

"远修给你呼呼。"宫远修说完，没等她回答，径自直起身来，将嘴唇轻柔地贴在她的伤口上，对着上面吹了两口热气，然后伸出舌头轻轻舔了舔。

于盛优的身子轻战了一下，伤口又痒又麻，她红着脸出声道："可以了可以了，不疼了。"

宫远修听到她的声音，停止动作，于盛优缓缓地舒了一口气，可另一口气还没吸进来，却又是浑身一颤。

"啊……远修你。"于盛优扶着他的脑袋，轻战着惊叫道。

"娘子，远修想亲亲你，不行吗？"宫远修抬起眼来，一脸乞求难忍的样子望着她。

于盛优的心脏微微一抖，连指尖都酥软了，她红着脸点头："咳，也不是不行啦。"

宫远修像是得了特赦令一般，于盛优全身紧绷着，双手紧紧地抓着他的肩膀，僵直地挺着身体，闭上眼睛，体会着那种又酥又麻的感觉。

"啊……"她忍不住呻吟出声，"远修，可以了。"可恶，他到底想要亲多久啊。

宫远修抬眼，他的眼里还有一丝清明，他望着一脸迷乱的她，心下欢喜，他就喜欢她这样的表情，只在他一个人面前露出的表情，那烧红的双颊，狂乱的眼神，细软的声音，这些都是他的，他一个人的，不管别的男人如何爱她，那都没用，她是他一个人的，这表情，也只有他一人能看见。

他温柔地吻着她，一点一点地吻着，温柔得像是融化在她的口中

一样。

　　娘子，不要看其他男人，不要为别人哭泣，只为我，只看我。

　　做我一个人的女人。

　　这样就好了。

　　我会让你很幸福……

第二十五章

相 忘 于 江 湖

LIANLIAN
JIANGHU

　　清晨，天色未亮，宫家堡的仆人们便早早地起来，砍柴的，做饭的，清扫院落的，忙得不亦乐乎。

　　宫夫人房里的婢女落燕，早早就起了身，她出了房门，往厨房走去。宫夫人每日早起都喜欢用温热的盐水合着新鲜的海南珍珠粉漱口，而她每日都会亲自去厨房取来。

　　其实这种小事，本不用她这种高级侍女去做，只是……

　　每天，她都会特地从竹林边绕过，当她走过竹林的时候，总是轻轻地望向里面，竹林深处，细细密密，明明什么也看不见，明明她一次也

没见那人使剑的模样，可她却也能想象出，那人在翠绿的竹子中，轻轻拔剑，剑光挥洒，白衣翻动，剑气如虹，那是何等的潇洒，何等的迷人。

她总是慢慢地走过竹林，转头望着，其实不只是她，宫家的哪个仆人经过这里的时候不是像她一样，侧着头，仰望着竹林深处呢？

哪怕只有一次也好，能让她看看，看看二少爷舞剑的样子，那该有多好……

她转过头，拐进长廊，款款地向前走着，这么短的路途不用二十步便能走完，她不敢，也不能，在这里多停一秒。

落燕走到院落中庭的时候，缓缓地放慢脚步，望向那个已经枯萎的荷花池，清晨的天色黑沉沉的，完全看不见池面，可她却走到池边，站在香樟树下，遥遥地望着那片池水。

他啊，就喜欢站在这个位置，像这样望着前方，好像远处有世界上最美的风景一样。

他总是这样望着……望着……

他的嘴角总是带着温柔的微笑，浅浅的，温暖又淡漠，迷人且伤人。

她总偷偷地在远处望他，他看风景，她看他，他迷风景，她迷他。

这里的风景，她望了无数次，学着他的样子，站在同一个地方，可……她看不见，看不见他眼里的风景，他……到底在看什么呢？

为何，如此惆怅？为何，那么寂寞？

落燕轻轻地握紧双手，啊，她越界了，她只是一个婢女。而他，却是世间最完美的男人，是她的主子，她不该想，不该的，只是想一下，都是亵渎了仙人一般的他。

落燕轻轻转身，却发现，一个温文儒雅的男人不声不响地站在她不远处。落燕轻轻一惊，却很快地恢复过来，优雅得体地款款福身道："二少爷。"

宫远涵温柔地笑着点头："不必多礼。"

落燕起身，半垂着头，退开三步，将他经常站的位置让了出来。

宫远涵缓步上前，站在荷花池边，浅笑着望着前方，晨风，吹着香樟树的叶子，几片泛黄的树叶轻轻落下，从他们的身边旋转着飘落在地，发出细碎的响声。

"落燕，你老家是哪里的？"宫远涵忽然出声问。

"奴婢老家是花清城的。"

"花清城……"宫远涵轻轻默念道，"倒是个不错的地方。"

落燕柔柔一笑，面容又艳丽了几分："是啊，我们老家四季如春，二少爷不是喜欢看荷花吗？花清城即使到了这个时候，城外的湖面上荷花也是开着的。"

"是吗？"宫远涵含笑而立，不再接话。

落燕知他不想被人打扰，轻柔福身，便转身告退。她走到远处，还忍不住回首，遥遥地望了眼他的背影。

最后，她垂下眼，转头离开。

宫家南苑。

宫远修习惯性地早早醒来，这个时间他早就该去竹林练武，可望着身边沉沉睡去的娇妻，他却不想起身，就想这样抱着她柔软的身子，一直望着她的睡脸，直到天荒地老。

怀里的人在他胸口蹭了蹭，他轻柔一笑，低下头来，在她额头爱怜地一吻，他本来只想轻轻疼爱她一下，可他一碰到她就收不住，吻了一下又一下，脸颊、嘴角、眼睛、鼻梁。

于盛优皱皱眉头，迷迷糊糊地蹭了蹭他，在他怀里找了个舒服的位置，继续睡着。

宫远修笑了一下，看了看外面的天色，已是吃早饭的时间，他想叫醒她，可想想昨日夜里的疯狂，又忍了下来。

再让她睡一会儿吧，等会儿叫丫头们送些热水和食物在房里，等她醒了，就喂她吃一些，不醒，就让她继续睡。

抬手，他将她放在他身上的手拿开，起身下床，轻轻地为她盖好被子，穿戴好衣物，悄悄地走出房间。一系列动作轻柔纾缓，每个动作都带着醉人的温柔。

屋外，天色刚亮，鸟儿在树上欢快地鸣叫着，宫远修阔步向饭厅走去，脸上带着浅浅的笑容。

不远处，金桂开得正旺，桂花香飘香四溢。宫远修抬头望去，忽然想到，若娘子起来的时候，房间里有一丝花香，她一定会很开心吧？

想到她开心的笑颜，他忍不住疾步上前，走到桂花树下，拉下树枝，摘下一串开得最旺的桂花，他站在树下细细寻找着，想多采摘一些。

这时，一道温柔的声音在他身后响起："大哥。"

"二弟。"宫远修回头，笑容灿烂，一如从前傻傻的时候。

宫远涵抬步走来，望着他，微笑道："大哥还要装多久？"

宫远修停下采花的动作，毫不惊讶地道："被你发现了？"

"早发现了，大哥你就只有前几天是真的傻吧？"

"啊！这你都看出来了？"宫远修笑，当时他吃了那药，思维确实有些混乱，可是没过几天就清醒过来了，可他并没有马上对外宣布，而是继续装傻。

"那天你打末一的时候我就知道了。"那掌力控制得恰到好处，正好重伤他，却不致死，那绝对不是傻子修能使出来的！

而且，他是他弟弟，这个世界上没有人会比宫远涵更了解宫远修，就像，没有人比宫远修更了解宫远涵一样。

"大哥为何要装傻呢？"宫远涵望着他，轻声问。他不懂，大哥身为宫家长子，从小便被母亲按照皇族皇子的标准教育，他永远严谨、沉稳、低调却让人无法忽视。

这样出色完美的他，为什么会愿意装一个傻子？一个智商只有十岁的孩子？

宫远修转了转手里的花束，轻声道："没有办法啊，那个傻丫头，总是想着以前的我，我若不这样装一次，她能惦记一辈子，我不想，她一辈子跟着我，却开心不起来。"

是啊，于盛优爱傻傻的宫远修，她对聪明的远修虽然也接受了，却总是无法亲近，她内心深处想着的，记着的，真正深爱着的，还是那个天真可爱的宫远修。

他，不想，也不愿意她受到一点点委屈，留有一丝丝遗憾。

所以，他只能装傻，按着记忆中的样子，表现出她喜欢的远修，她喜欢的表情，她喜欢的声音，她喜欢的眼神。

这些事，对于他来说，并不难，却也不易。

宫远涵轻声问："大哥不会因为她喜欢傻子，就装一辈子傻子吧。"

"自然不会，这次我会慢慢来，慢慢变回来，让她一点一点地适应现在的我。"宫远修笑，"总有一天，她会完全接受现在的我。"

"大哥，不累吗？"宫远涵轻声问。

"不，其实我和她一样，刚变回来的时候，我不知道怎么去爱她，怎么去守护她，后来装成傻子，却能很轻松地抱着她，亲吻她，爱着她，宠着她。"宫远修的侧脸很是温柔，浓浓的，都是情意，"远涵，我一点儿也不累，真的。"

宫远涵望着眼前轻笑着的男人，微微怔住，然后扬起笑脸道："哥，你当傻子太久，果然傻了。"

"呵呵，也许吧。"宫远修抬头望着天空，浅浅微笑。

天空，有飞鸟滑翔而过，自由，畅快。

宫远涵也抬头，望着那只滑翔而过的飞鸟，忽然说："哥，我想出去闯闯。"

宫远修一怔，慢慢地转头，长久地看着他，他的脸上表情未变，嘴角带笑，温文尔雅，只是，他的眼中，却早已一片迷茫。

宫远修低下头，然后说："去吧，只要你觉得这样好。"

"当然，"宫远涵笑，"当然很好。"

真正的亲人，谁不能知晓谁的爱，谁不能体会谁的苦，有些话，不用说清楚，有些事，不用弄明白，他和他终究什么也没说，因为他们是兄弟，最好的兄弟。

于盛优起来的时候，已是下午。

她在床上翻了个身，打了一个滚："哎呀呀，全身酸痛啊！"

叫唤了一阵，身边居然没有人搭理她，她睁开眼，睡在边上的宫远修早就不在了。

"这家伙太不体贴了！"于盛优抱怨，在床上滚了两圈，自觉无趣，擦擦口水，起床。

刚打开房门，她就见宫远夏站在门外，一副别扭的模样。

"你站我门口干吗？"于盛优奇怪地问。

"你这女人，都下午了才起床，怎么能这么懒！"宫远夏鄙视道。

于盛优斜他一眼："你站我门口，就是为了看我什么时候起床？"

"不是。"宫远夏撇过脸，一脸尴尬。

"那你来干吗？"于盛优挑眉问。

"大嫂。"

"什么什么什么？你叫我什么？"

"……大嫂。"

于盛优惊奇地看着他，他叫她大嫂耶！不是叫她死女人！笨女人！你这个女人！而是叫她大嫂耶！

于盛优怕怕地后退，防备地看着他："你……你有什么企图？"

"你这女人！"宫远夏瞪她，教训她的话刚到嘴边，又忍了下去，他深吸一口气，望着于盛优，温和地问，"大嫂，你的伤都好了吧？"

于盛优搓搓肩膀，为什么，为什么他叫她大嫂，她全身都起鸡皮疙瘩？！

"你有什么事就直说吧！求求你！别恶心我了！"

"你……你！"宫远夏紧紧握拳！跟这个女人说话太费劲了！要费好大劲才能控制住自己不去教训她！

"到底什么事？说啊！"于盛优不耐烦地看着他，跟这家伙说话真费劲！要费好大力气才能控制住自己不去抽他！

这两人就是典型的八字不合啊！

宫远夏正了正神色道："大嫂，你的伤要是没什么大碍的话，可不可以请你求求二哥，放了末一？"

"末一还没放出来啊？"她一直以为胖子走的那天，已经把末一带走了。

"没有，他一直被关在地牢里。"宫远夏皱紧俊眉，一脸担忧。

于盛优挑眉看宫远夏，忽然抿着嘴巴贼笑："咦嘻嘻，你很担心他！"

"末一和我情同手足。"

"哦哦情同手足！"

"是我生死之交！"

"哦哦哦，生死之交！"

"我自然为他担心！"

"哦哦哦为他担心哪！"于盛优一把拉住宫远夏的手，一脸认真地道，"我们去救他吧！救你的生死之交，手足兄弟！我一定会帮助你的！帮你排除万难！"

"哎？"宫远夏猛地抽回手，嘴角抽搐了一下，提防地看着她，这女人这么激动干什么？还有还有！为什么她的眼睛这么闪亮闪亮地望着自己？

"对了，地牢怎么走啊？"

她来宫家一年了，还不知道有地牢这个地方呢。

宫远夏问："去地牢干什么？"

"劫狱啊！"于盛优理所当然地回答。

"凭我们俩？"宫远夏指指她，又指指自己。

"不够吗？"

宫远夏抚额道："我只是来让你去找二哥说说情。劫狱！我要是劫狱找你干吗？帮不了忙还碍事的女人。"

于盛优怒道："要求情你自己不会去说啊！"

"我都说了八百遍了，二哥根本不理我。"

"我说八百遍就有用了？"于盛优摊手。

宫远夏不说话。

"我和你说，远涵这家伙，想放，他早就放了，不想放，我们把嘴挂在他身上说都没用。"于盛优一副我很了解他的样子点头道，"所以，我们现在唯一的办法就是去劫狱，然后，你带着重伤的末一一起逃亡，我会掩护你们的！不用担心我，你们用力地逃吧！"

宫远夏皱眉想了想，末一再不救出来，也许就死在里面了，他熬不了几天了："也只有这一个办法了，我们要筹划一下……"

"筹划什么！择日不如撞日，就今天吧！走！我们去救末一！"于盛优激动地拉着宫远夏就往前冲，一边冲一边高喊着，"打倒远涵！救出末一！吼吼！"

宫远夏冲上前去捂住她的嘴："别叫！给二哥听到，我们就死定了！"

于盛优拉下他的手，贼兮兮地笑："你放心！他住北苑，我们在南苑，他就是长了一百只耳朵也听不见。"

宫远夏鄙视地望了她一眼，她是不了解二哥的恐怖啊！别说一个小小的宫家堡，就是整个江湖，只要有人说二哥一句坏话，那家伙马上就能知道。

"不管了啦，救末一去。"于盛优扯他一把，两人疾步往宫家地牢走去。

宫家地牢，说是地牢也就是坐落在北苑的一个地窖，平日储藏一些食物和冰块在里面。

于盛优跟着宫远夏下了地窖，只见地窖足足有五六百平方米那么大，在地窖的最里面，用铁链锁着一个男子，他的双手被吊在墙上，双膝跪在地上，他听到有声音，便缓缓抬起头来，面容憔悴，脸色青紫，只是

冰冷的脸上还是没有表情，淡漠得无欲无求。

于盛优瞧了瞧他，衣服完好，身上没有严重的外伤，半个月的时间也就瘦了点儿，憔悴了一点儿而已："没有怎么折磨嘛！我还以为会满身伤痕，血淋淋的。"

"你懂什么！二哥喂他吃了食武蛊虫，那种虫子，以武者的内力为食，每天六餐，每次它们吃寄生者的内力之时，寄生者就会全身如百蚁钻心，疼痛难忍，生不如死！而最惨的是，当武者内力被吃光的时候，食武蛊虫就会开始吸人骨髓，吃人皮肉！"宫远夏看着眼前憔悴到已经神志不清的男人，紧紧握起拳头。

记得第一次见到他的时候，是在鬼域门，那时自己在于盛优房间里偷吃食物，忽然感到身后一阵杀气，当他转过身来的时候，就看见了这个男人！冰冷得如刀锋一样的男人！

那一次，他们交手，他仅仅在他手下走了十招便败了，那次他先中了食物中的迷药，即使输了，也算不得数。

那之后，他一直被关在鬼域门的地牢里，这个男人经常会出现在地牢，板着脸，冷酷地对地牢里的囚犯执行一个又一个的酷刑！

不管囚犯怎么哭喊，求饶，叫骂，他都没有表情，冷酷得不像是一个真人。

后来，二哥来了鬼域门，他被放了出来，不得不说，那时的宫远夏是松了一口气的，他潜意识里不愿意自己落在末一手上。

二哥留给他一封信，让他和末一一起跟在于盛优和宫远修后面，找出幕后黑手。可当大哥被人丢入江的时候，他再也隐藏不住，想冲出去救大哥，可末一却拦在了他面前，那是第二次交手！他们平手，没有输赢。

那时，他是恨他的，恨不得杀了他！他宫远夏只输给过一个人，那个人就是他大哥！就连二哥在武艺上，也不一定能胜得了他！

可，他却赢不了他？

他不服气！绝对的不服气！

所以在帮助圣医派重建的期间，他日日找他比武，可日日都决不出胜负。渐渐地，两人熟了起来，每日比完武，总会坐在房顶上喝酒，偶尔会聊聊天，当然，他聊，末一听，末一是个很好的听众，他总是安静地听着，闷闷喝酒，一言不发。

可即使末一总是冰冰冷冷的，但宫远夏觉得，末一不讨厌他，不然，他不会同他比武，不会同他共饮一壶酒，不会整夜整夜地听他说一些琐碎而无聊的事。

他宫远夏，从小就是天之骄子，一向自命清高，活了十八年，还未承认过谁是他的朋友。末一，是他第一个真心相交的知己，是他除两个哥哥之外唯一佩服的男人！

宫远夏半跪到末一面前，轻声叫他的名字："末一。"

末一抬头望他，眼神空洞，恍恍惚惚，声音干涩："远夏？"

于盛优捧着脸颊使劲儿地扭动，啊哦哦哦哦他叫他远夏！叫他远夏！叫他远夏哎！好萌！好萌！

"快救他！快救他！"受不了了！快救他啊啊啊！

"嗯。"宫远夏此时也下定了决心，即使会惹二哥生气，他也要救他。拔出长剑，砍断铁链，末一一下子软倒下来，宫远夏倾身上前，将他扶住。

末一无力地倒在他怀里，两人的姿势，在于盛优眼里，就和紧紧相拥没有区别！

"快！快！快把他抱起来！"于盛优激动得手舞足蹈地指挥道。

宫远夏将末一的一只胳膊绕过自己的脖颈拽住，一只手扶着他的腰，将他半拉半抱了起来："走吧。"

两人刚走一步，忽然发现，原本空荡无人的地牢忽然多出十几个宫家护卫。

带头的护卫先是有礼地对宫远夏和于盛优行了个礼，然后道："三少爷，大少奶奶，你们不能将他带走。"

"给我滚开！我的路你们也敢拦？"宫远夏冷冷地瞪他们。

"小的不敢！小的只求三少爷和二少爷说一声，二少爷点头答应，小的立刻让路。"护卫首领不卑不亢地答道。

"那个，远涵已经答应了！我刚才去找他，他说，好啊！放就放吧。"于盛优笑得眼也不眨。

"是吗？"温柔的声音中带着一丝笑意，宫远涵从楼梯上走下来，望着于盛优道，"我怎么不记得我说过这话？"

"远涵！"于盛优退后一步，干笑地看着他道，"哈哈哈，哈哈，你怎么会在这儿？"

宫远涵甩开扇子，轻笑道："有人大叫着要打倒我，我当然要出来瞅瞅，是谁，这么勇敢。"

"不是我！"否认的话脱口而出，一秒也没有停顿！

"大嫂否认得真快啊。"

"绝对不是我！"打死不承认，坚决否认到底！

宫远涵挑眉看她，宫远夏鄙视地瞟她一眼，然后正色地恳求道："二哥，大嫂的伤都好了，末一也受过处罚了，难道你真的要他的命吗？请你放了他吧。"

"远夏。"宫远涵笑眯眯地望着他道，"把末一放下。"

于盛优颤抖地望着宫远涵的笑脸，哦哦哦远涵生气了！

"不！"宫远夏坚决地摇摇头，"他是我朋友！我不会让你杀他。"

哇！宫远夏反抗了！为了末一反抗了他从小到大最害怕的二哥！远夏！我精神上支持你！加油！

宫远涵微微吃惊，他也没有料到，宫远夏会不听他的话，他淡淡地问："末一是你朋友？那大嫂就不是你亲人吗？"

"大嫂她都好了，况且她自己都不介意了。"

"对！我不介意！算了吧！"那一剑她忍了！

宫远涵瞟她一眼道："这事和你有关系吗？"

"我知道这是宫家的尊严问题，绝对不能就这么算了！"于盛优啊，她应该改名叫墙头草！

宫远涵望着宫远夏道："大嫂都能明白的道理，你居然不懂？"

宫远夏抿抿嘴唇，不说话，可是扶着末一的手却一点儿也没有松动。

就在这时，一直昏迷的末一醒来，哑着声音道："远夏，算了。"一条烂命而已，早就该交代的。死之前，能知道有一个人会为自己如此拼命，倒也安慰得紧。

宫远夏不说话，只是固执地扶着他。

宫远涵摇扇道："末一，我本给你留了一条生路，可惜你家主子不愿意救你。你怪不得我。"

末一眼也没抬，淡然道："宫二少太看得起末一，末一只是门主十二年前在雪地里捡的乞丐而已，怎值得门主用鬼门冰魄来换？"

宫远涵继续道："你若发誓效忠于宫家，我也能放你一条生路。"

"我若发誓，就不值得你放我一条生路。"

"你这人，死了还真是可惜。"

"远涵！你不能杀他！"一直沉默着的于盛优忽然出声，眼神认真地看着宫远涵道，"你要杀他，就先杀远夏！再杀我！"

"为什么我要排最前面！"宫远夏忍不住吼！

"嗯？"宫远涵奇怪地望着她，这丫头怎么激动起来了？

于盛优转头，很严肃地问末一："你是被胖子在雪地里捡的？还是十二年前？是不是在雾山脚下，胖子捡你之前，是不是还有一个小女孩儿给过你肉包子？"

"你……你怎么知道？"

"果然！"于盛优合掌道，"我就是那个小女孩儿！"

末一有些不敢相信地看着于盛优，居然是她？

那个给他送包子的女孩儿，居然是她？

他还记得那女孩儿让他自己去她家，可是，冰雪早就冻坏了他的双腿，他在雪地里爬了很久，爬向她说的那个地方，可是，最后，他还是没能到达，在中途就被大雪结实地掩埋了起来。

雪是冰冷的，他知道，他要死了，可临死之前，他还是忍不住会想，女孩儿的家，到底是什么样子的呢？想着想着，他开始恨那个女孩儿，恨她给了他那么好吃的包子，恨她给了他那么大的一个希望，可最后，他只能在雪地里挣扎着死去……

那天，他以为他死定了。

可没想到，醒来的时候，他已经到了一个最温暖的地方。

一个胖胖的、长相奇怪的男孩儿，救了他。

从此，他就是他的主人，他的人生，他的命！

"远涵，算了吧，你就放了末一吧。"于盛优望着宫远涵，恳切的眼神中带着请求，她好声好气地道，"你该收拾的也都收拾了，该教育的也都教育了，就算是立威也够了。算了算了吧。"

末一，是她和胖子孽缘的开始，若可能，她希望他也会成为他们孽缘的结束。胖子，一想到这个名字，她就无比心痛，她欠他那么多，如果能救下末一，算不算是还了他一点儿情意呢？

"二哥！"宫远夏乞求地望着他。

"如果我今天一定要杀他呢？"宫远涵浅笑着问，眼神有丝冰冷。

"你若真杀他，我们也拦不住。"于盛优急红了眼，怒道，"可你就不怕我和远夏讨厌你吗？！讨厌你一辈子！"

宫远涵眼都没眨："呃，不怕。"

于盛优扭头，泪流满面，为什么他接口接得这么顺啊！太伤人自尊了！

"二哥！"宫远夏也被伤到了，沉痛地喊他。

宫远涵呵呵一笑，调皮地眨了下眼睛："骗你们的！我怎么可能为了一个外人，让我家可爱的弟弟和嫂子怨恨我一辈子呢，不值得不值得哦。"

"远涵……"于盛优两眼闪着泪花，感动地看着他！她就知道远涵疼她！

"二哥……"宫远夏紧紧握拳，他就知道二哥是爱他的！

"唉，我伤心了，你们刚才居然那样对我。"宫远涵难过地垂下头，"瞪

我，吼我，不听我的话，还说要讨厌我一辈子。"

"对不起！我们错了！我们有罪！"于盛优和宫远夏九十度鞠躬，道歉！

"以后要乖哦。"

"嗯！"两人使劲儿点头！

"不能再反抗我的话哦。"

"嗯！"两人又使劲儿点头！

宫远涵将一个小瓷瓶丢给宫远夏，点头轻笑道："这是解药，末一，你自由了。"

"远涵！你太好了！"

"哥！谢谢你。"

"好了好了，赶快带末一去疗伤吧。"宫远涵摇摇纸扇，笑得一脸温柔。

"嗯。"宫远夏着急地一把架起末一就要往外面走，却被于盛优一把拦住，"这内力大补丸给你，是我自制的，可以强身健体增长内力！很有用处的哦！"于盛优从腰包里掏出一个药瓶递给他。

"你也会做这种药？"宫远夏稀奇道，不是听说这家伙只会做毒药和那种"药"吗？

"那当然啦，其中最好的就是这瓶哦。"于盛优捂着嘴巴，笑得眼神晶亮晶亮的。

宫远夏握着药瓶有些感动地望着她："大嫂，我没想到你是这么好的人。"

于盛优一把握住他的手，感叹地望着他道："小弟！你要好好对末一，记住了啊！"

"呃……"这话听着有些奇怪，可宫远夏又听不出奇怪在哪里，只能点头笑道，"我会的。"

宫远涵走过来，微笑着抽走宫远夏手中的药："末一的伤，不宜乱吃补药，把解药吃了，休息几天就好。"

"好的！二哥，我先走了。"宫远夏说完，背起末一疾步而去。

宫远涵和于盛优跟在他们后面慢慢走着，几人出了地牢便到了北苑的花园里，宫远夏背着末一往自己住的西苑走去。宫远涵止步，站在原地望着宫远夏的背影轻轻微笑，自己的弟弟终于敢反抗他了，虽然有些小小的难受，不过身为男人，就应该有这种气魄，远夏啊，你终于开始长大了，再也不是那个他瞪一眼就说不出话来的少年了。

就在宫远涵欣慰的这空当，于盛优钻到他身后，偷偷地伸手去拿他手中的那瓶药，还差一点儿，嗯，就要到手了。就在她加速要抢的时候，宫远涵的手一收，潇洒地一个转身，衣角翻飞，一阵好闻的桂花香味，迷得她微微眯眼。

宫远涵将手背在身后，歪着头望着她笑："大嫂，你想干吗？"

"嗯？"于盛优站直身体，使劲儿摇头，"没有干吗啊。"

宫远涵晃晃手上的药瓶问："这是什么药啊？"

"内力大补丸。"说完，她还很肯定地点点头！

宫远涵挑眉，将药递到她面前："那大嫂吃一颗啊。"

于盛优一脸镇定地摆手："我不用补。"

宫远涵呵呵笑着收回手道："那我拿去给大哥吃！"

于盛优慌忙抓住他衣袖，讨好地笑："不用不用，这个我房里还有好多，你自己留着吧。"

宫远涵点点头，笑道："那我吃了。"

"哎！别！这个，你又没病，别乱吃药嘛。"于盛优大窘，慌忙上去抢，"还我还我。"

宫远涵晃了晃手，轻易地就躲掉于盛优的扑抢，他挑眉："送我的东西还想拿回去？"

于盛优抢不回来，只能着急道："你可不能吃这药啊！要出事的。"

开玩笑，给他吃了，万一那啥那啥之后，清醒过来，还不把自己杀了啊！而且，远涵这样像神仙一般的人物，万一被一些恶丑的女人占了便宜，那她就更罪过大了！

宫远涵看着她着急的样子，忽然呵呵地笑起来。金桂树下，白衣男子的笑容，仿佛蒙上了金色的光彩，闪耀得让人目眩。

于盛优有些诧异地望着他，看着他的笑颜，也跟着笑起来，眯着眼道："远涵，你今天心情很不错啊？"她好像有好久没见到他这样的笑容了，笑得像整个世界的花都开了一样美丽的笑容。

"是啊。"宫远涵笑着点头道，"我今天，做了一个很好的决定。"

于盛优望着他问："什么决定啊？"

宫远涵笑，缓缓道："我要出门游历。"

"游历？"于盛优皱眉，有些不解地问，"为什么忽然决定去游历呢？"

"不是突然啊。"宫远涵笑，抬头望着广阔的蓝天，轻声道，"六年前，我就想去了。"

于盛优眨了下眼，想了想，轻声问："远涵，你是不是在家里待烦了？"

宫远涵垂下眼，点头道："嗯，算是吧。"

"那去吧！"于盛优抬头望他，眼里一片明亮，"出门透透气！像你这样的人物，不去江湖上祸害一下，江湖都会寂寞呢！"

"呵呵，大嫂过奖。"宫远涵笑得温柔。

于盛优呵呵笑了一下，笑容有些勉强，她握起双拳轻声道："那我走了。"

她转身，慢慢地向前走，其实她想开口留他，其实她想叫他不要去，其实她想叫他带她和远修一起去，可是……

她有什么资格说这种话呢。

她应该长大了，她和远修都应该长大，他们不能再继续依赖远涵，不能……

依赖多了，依赖久了，远涵也会累的。他要走，他要去闯荡江湖，要去游历，很好啊……

虽然，她会有些寂寞，可是……只要他开心，不就好了吗？

"大嫂。"

她听见他在身后轻声叫她，她吸了吸有些微微发酸的鼻子，笑着回头问："嗯？"

"这个给你。"他走上前来，递给她一块玉一样的东西，她拿在手上，感觉冰冰凉凉的，像是握着一块冰，"这是什么？"

宫远涵笑："鬼门冰魄。"

"啊！胖子给你了！"于盛优大吼！吼完以后，心又一软，自己真傻，胖子这么重感情的人，怎么可能不管末一呢，远涵那么轻易地答应放了末一……

"可恶！你明明是去放末一走的，干吗还非得给我们装这一出？"装出一副非要杀人的样子！搞得自己和远夏一起低声下气地求他。

宫远涵笑："好玩呗。"

于盛优怒指："你个坏人！我要去告诉远夏！"

"去吧。"

"哼。"于盛优扭头道，"你既然想要这个，又为什么给我？"

"这是鬼域门最珍贵的宝贝，爱德御书拿这个换末一，我当然能放他，这样，也没有人会说什么。"宫远涵抬眼道，"至于我为什么给你，当然是因为，这东西只有在你手上，我才不用担心他回来抢。哈哈。"

"你……你……你个坏人！"于盛优慌忙将冰魄收到怀里，大声道，"我一定会还给胖子。"

"既然送你了，就随便你处置吧。"宫远涵望着她笑。

于盛优望着他无所谓的笑脸，忽然觉得，宫远涵并不稀罕这块宝贝，他要来，就是为了让自己还给胖子的。

他是在帮她吗？帮她还了那份情？

她低着头，听到他轻声道："大哥就交给你了，你要好好对他。"

"你放心去游历吧！有我在，没人敢欺负远修的！"于盛优使劲儿地点点头，一脸凶悍地道，"谁敢动他一根汗毛，我就毒死他全家！"

宫远涵轻笑着听着，没有插话，于盛优说了一会儿，顿了一下，瞅着他问："那你什么时候回来？"

宫远涵垂下眼，轻声道："等忘掉一些不该记的事，断掉一些不该想的念，就回来了。"

"那，什么是不该记的事，什么是不该想的念呢？"她在桂花树下轻声问他。

他怔了一会儿，然后说："再试一次吗？"

"嗯？"

宫远涵忽然靠近她，将额头抵着她的额头，闭上眼睛。

于盛优睁大眼睛望着他，还未体会这种感觉，他便已经退开身体，轻声问："哪，这次知道了吗？"

他的声音很轻，俊颜上带着浅浅的温笑，轻风吹起，满园的桂花香轻轻飘散。于盛优皱眉，使劲儿地想想，有些抱怨道："你干吗每次都玩这招啊？你就不能用嘴巴说吗？！"

宫远涵眯着眼睛，轻轻一笑，取笑道："笨哪，你不是一般的笨。"

"行行行，你聪明好了吧。"于盛优撇过头哼了一声，然后又道，"对了，你在外面看见好玩的好吃的，可不可以买点给我。"

"可以啊。"

"远涵……"于盛优感动地看着他，远涵真是好人哪！

宫远涵笑着伸手："拿钱来。"

"呃……"她就知道他要这么说，"算了算了，我才不指望你买给我，我走了。"

于盛优说完，转身挥挥手走了。

宫远涵望着她一蹦一跳跑走的背影告诉自己，不能触碰的感情，不要妄图伸出手，不属于他的女人，他不去奢望，不去撩拨，不去暧昧。

他只想，活得坦然，不去追逐，不去等待，也许有一天，他会遇见，属于自己的那份幸福。

于盛优跑出院子的石圆门，忍不住回身望了他一眼，那白衣男子，站在金桂树下，带着温柔的笑容，静静地望着她，他永远温文尔雅，永远不染风尘，永远飘逸如云，俊雅不凡，一如初见时那样惊艳得让人心跳不已。

这就是宫远涵，宫家的二公子，神仙一般的人物。

　　三天后，宫远涵走了。

　　没有人去送他，不是不想送，而是他没有给大家这个机会送。

　　那天清晨，下了一些细雨，他骑上黑色的骏马，缓缓地踱出宫家堡，远远地就见宫远修站在宫家堡门口，沉默地望着他。

　　他下了马，走到宫远修面前，扬唇一笑："大哥，你又何必送我。"

　　宫远修望着他，点点头，没说什么，只是忽然抬手，拥抱住他，拍拍他的背，他有很多话想和他说，可却又觉得没有必要说，他想，他知道，他都懂。

　　他有多感激他，在他傻的时候接下了他的担子，苦心经营，殚精竭虑。

　　他有多感激他，在他傻的时候对他如此细心呵护，尽力疼爱。

　　他有的时候会想，自己会傻这么多年，是因为他不愿意醒，那样傻傻的他，躲在远涵的羽翼之后，他觉得很安全，很幸福，什么都不用想，无忧无虑地过着一天又一天，一年又一年。

　　若不是，他想用自己的力量保护优儿，也许……他真的会一辈子不清醒。

　　秋天的细雨，有些凉，被风吹乱，细细密密地落在他们身上，湿了头发，湿了衣角。

　　宫远涵愣了一下，他有些吃惊，他没有想到宫远修会拥抱他，可是，就是这一个拥抱，他释怀了，他心甘情愿了，他不觉得委屈，也不觉得难过。

　　因为，他真的很爱他们……很爱。

　　他浅笑着抬手，用力地回抱住自己的哥哥。

　　他想说：好好对她。

　　可是他没说，因为他知道，他会，他会比任何人都疼爱她。

他想说：对不起，他不该喜欢上他的妻子。

可是他没说，因为他知道，他不会怪他，他只会怪自己。

他想说很多，却又觉得不必多说。

很多话，都在这一个拥抱中，默默地传递着。

这一个拥抱，有感激，有内疚，有歉意，有不舍，最后，他放开他，退开一步，轻笑着望着宫远修说："大哥，我走了。"

宫远修点点头，轻声道："去吧。"

去吧，去他想去的地方，他又何尝不知道，六年前，他没傻的时候，十六岁的他就吵着要去闯荡江湖。

是他拖住了他的步伐，是他的病阻碍了他的梦想。他想去，那就让他去吧，天涯海角，玩够了再回来吧。

他望着他潇洒地骑上马背，消失在街角的尽头，雨慢慢停了，天色还是阴阴沉沉的，他在门口站了很久，一直到宫家开门的下人起床，吃惊地叫他大少爷的时候，他才回过神来，转身离开。

到最后，他连一句早点儿回来，都没有说。因为，他知道，他不用说，远涵，他会回来，这里是他的家，是他最眷念的地方。

宫远涵走了之后，整个宫家显得有些安静，像是忽然之间失去了一道美丽的风景，变得暗淡了些。

就连宫家的婢女们，都觉得不习惯。晚饭后的休息时间，几个侍女聚在荷花池边，小声地聊着天。

"唉，二少爷这一走不知道要多久才能回来。"一个侍女随口说着。

"是啊，也许等他回来我们都出嫁了。"另一个侍女接口道，声音里有着无限的不舍和眷恋。

"一想到每天早上起来，看不见二少爷，我连做事都没劲。"一个年纪较小的侍女嘀咕道。

"哈哈，敢情你个小丫头还暗恋二少爷。"另一个侍女取笑道。

"我暗恋怎么了，我们宫家，有哪个女孩儿不喜欢二少爷？"小侍女轻推了她一下。

一直站在边上的落燕听了这话，微微一笑。

是啊，在宫家，有谁不喜欢二少爷呢？只是，她们这种身份又能奢望什么呢？

二少爷……你终于离开了吗？

其实，那天他问她家乡在哪儿的时候，她就隐约感觉到，他要走了。

真好，二少爷现在，会不会已经到她的家乡了呢？

花清城外湖边的那片荷花应该开得正好吧？

轻风拂过，落燕望着眼前这片残败的景象，轻轻地想：

二少爷，你要幸福，在江湖中找到你的幸福。

而她……她只是奢望，在自己有生之年，还能有机会，为他再奉一次茶，再行一个礼，为他摘一朵荷花，剥一颗莲子。

她只是悄悄地奢望，能有机会，再一次，站在他身后，远远地望着他望着的那道风景……

看它花开，到它花落，为它惆怅，为它忧伤……

第二十六章

最 好 的 结 局

LIANLIAN
JIANGHU

　　冬日的阳光暖洋洋的，于盛优躺在房门口的小院子里晒着太阳，枯黄的草地有些扎人，但是她皮厚，无所谓。

　　她仰头，看着蓝天白云，忽然有些想远涵。远涵这家伙，已经走了一个多月了，也不知道现在怎么样了？

　　其实她一点儿也不担心他，只是偶尔会想……

　　好吧，她承认，她不是偶尔会想到，而是经常会想到，想那家伙挂着一张笑脸，在哪里祸害人间，又欺骗了多少善良大众，俘获了多少少女的芳心。

呵呵，他小日子一定过得很滋润吧！羡慕啊羡慕！

"喂！你躺在这里，很挡路啊！"宫远夏走过来，伸脚踢了踢于盛优。

"路这么宽，你不能绕着走啊？"于盛优动也不动地继续躺着。

"哼。"宫远夏扭头，然后丢了一包东西给她，"这是末一让我给你的。"

"什么东西？"于盛优拿起包裹，打开一看，居然是一包裹的肉包子，"他干吗给我这么多肉包子？"

"他给你你就吃啦！啰唆这么多干什么？！"宫远夏气哼哼地说。

"你干吗这么生气啊？"于盛优眼珠转了转，哈哈笑道，"你不会是忌妒吧？"

"谁会忌妒你啊？！吃你的包子吧！"宫远夏瞪她一眼，转身就走。可恶，真是被她说中了，他照顾了末一一个多月，等他伤愈要走的时候，递给他一包东西，他以为是感谢他的礼物，还一脸不好意思地拒绝道："呵呵，大家都是兄弟，不用这么客气，送什么礼物啊！"

结果末一那死人面瘫脸，居然只是挑挑眉毛，很直接地来了一句："不是给你的，帮我给于盛优。"

可恶可恶！要送包子，自己不会来送啊！还要他转交！末一这个浑蛋！

于盛优看着气哼哼走掉的宫远夏，有些摸不着头脑，末一走的时候，她明明有去送啊，还将鬼门冰魄交给他，让他带去给胖子，为啥他不当面送她包子呢？

于盛优坐起来，点了点，一共二十个包子，包子包子……

难道他的意思是？自己当年给了他两个包子，所以他现在十倍奉还？

不……不会吧？自己的恩情，就这么容易还掉？末一这家伙，也太精明了吧！

"末一！你这个抠门鬼！"

"怎么？谁惹你生气了？"宫远修缓步走来，蹲下身来看她。

于盛优一把扑住他："相公，末一这家伙想赖账！"

宫远修嗤笑："他赖什么账了？"

于盛优一脸怒气地说："哼！我十二年前给他两个包子，他现在就还我二十个包子，如今物价飞涨，怎么算我都吃亏了！"

"那依娘子之见，他应该给你几个？"

于盛优想了想道："至少得给我五十个吧。"

宫远修看着她一脸认真的样子笑道："末一这种人，他若真想记着你的恩情，命都能给你，他若不想记，这二十个包子他都嫌给多了。"

于盛优一副不甘心的样子点头："所以我说，他想赖账！"

"娘子何必同他计较。"末一打定主意赖账，用二十个包子解决他们之间的恩怨，她计较只会庸人自扰而已。

于盛优瞟他一眼，忽然将包子一丢，扬唇坏坏地一笑："他赖账没关系，你别想赖！你说，你到底是从什么时候开始装傻的？"

这家伙，简直把她吓死了，那天清晨，就是远涵走的那天清晨。

她起得很晚，她睁开眼睛，就见他一声不响地坐在床前默默地看着她。那天一直在下雨，天色很暗，她看不见他的表情。

她眨眨眼睛，起身轻声叫他的名字："远修？"

宫远修睫毛动了动，却没有回答，她有些担心地上前抓住他，当她的手一碰到他，立刻被他手上的凉意冰得打了一个寒战，他的全身湿透，眼神有些茫然，于盛优担心地问："远修，怎么了？"

宫远修沉默了一会儿，然后说："远涵走了。"

于盛优一愣，远涵走了？啊，是了，他早就说了要走，却没想到，他会一声不吭地忽然走掉。

他是在为了远涵的离开而伤心吗？真是小孩子。

于盛优温柔地望着他，用温暖的双手紧紧地将他冰冷的手握住，细细地摩擦，她安慰道："远涵只是出去玩，很快就会回来的。"

宫远修的手慢慢地暖和了起来，他静了一会儿，然后重复她的话道："是啊，他很快就会回来。"

于盛优有些奇怪地看着他，这个远修这么安静啊，一点儿也不像傻瓜修，难道他？

"远修你……"

她的疑问还没有问出来，他却忽然紧紧地抱住她，俯在她的耳边，轻声说："娘子，我们要幸福，我会给你幸福。"

她在他这句誓言中，沉沉睡去，就连梦中，嘴角也微微上扬。

他说，他要给她幸福。真好，她终于找到了自己的归宿，温暖的归宿，幸福的归宿，一生的归宿。

当她再次醒来，就发现这家伙果然变成了聪明修！

于盛优虽然笨了点儿，但也不是白痴！她前后一想，这家伙傻得绝对诡异，说不定一直就在装傻！可她每次问他这个问题的时候，总是被他躲过。

今天，她终于又想起来问了！这次他别想再逃掉！于盛优退后两步盯着他看，不允许他躲避话题！

宫远修很镇定地摇摇头："我没有装啊，我只是那天一觉起来就忽然清醒了。"

于盛优完全不相信："你就骗我吧，你要是不好，远涵他敢下决心抛下一家老小出去玩？"

宫远修笑，她居然将宫家的人形容成一家老小？呵呵，就算他真是傻的，远涵出去玩个几年，宫家也不会倒的。

于盛优一脸凶悍地看着他，捏着拳头问："没话说了吧？哼哼，我该怎么惩罚你呢？居然敢骗我！"

宫远修沉默地低下头，看不见表情。于盛优眨了下眼睛，他怎么了？害怕了？

过了一秒，他又抬起头来，一副可怜兮兮单纯美好的样子，然后又歪头望着她问："娘子，你要惩罚远修吗？"

于盛优的怒火"唰"一下全都没了，连身子都软了几分，嗯，好可爱！

这样的远修好可爱！即使知道他是装的！即使知道他在诱惑她！可是还是好可爱！

于盛优两眼冒着萌光，使劲儿摇头："不会，不会，我怎么舍得惩罚你呢？！"

"那娘子亲亲啊。"宫远修将脸凑过去，笑得一脸纯真美好。

于盛优扑过去，捧着他的脸，使劲儿地啃了几口："么么么么么么！"

宫远修笑，伸手一把拉过她，紧紧地抱在怀里，翻身，将她压倒。

清朗的蓝天，暖暖的阳光，和煦的微风，他将她压在草地上，抬手，用漂亮的手指撩拨她的长发，俊美的脸上满是笑容，他用他充满磁性的声音道："娘子，你亲过了，现在轮到我了吧？"

都说女人真的爱上了就不要钱，男人真的爱上了就不要脸。这话绝对是真理，现在的宫远修就是绝对的典型，他已经不想管她喜欢的是可

爱修还是聪明修，反正都是他，她希望他可爱的时候，他就可爱，希望他聪明的时候，他就聪明。而且，偶尔装可爱撒撒娇，看她满眼闪光的样子，也很有趣啊。

当一个长长的吻结束，于盛优满脸羞红娇嗔地拍着他的肩膀道："嗯……你坏人！你一点儿都不可爱！"

"你不喜欢我这样？"宫远修望着她，眼里有一丝紧张。

"呃？"于盛优抓抓脸，"当然不是啦。"

"那是什么呢？你还是不希望我变得聪明吗？"

"不是啦。"于盛优皱着眉头，很认真地想了想说，"不管你聪明还是不聪明，都是我相公！都是我最喜欢的远修！"

如果说，远修第一次变聪明的时候，她确实有些不习惯，不适应，但是第二次变聪明的时候，她却没有这种感觉，而且还觉得他早该变回来，甚至有一种如释重负的感觉。

不是说她不爱可爱修，而是她……

好吧，她自己也说不清她的感觉，反正只要是远修就行！她都喜欢！都爱！

所以，她不去纠结了！好好过日子吧！在他给她幸福的同时，她也要给他幸福！

"只要是我你都喜欢？"宫远修忍不住扬着嘴唇笑了起来。

于盛优使劲儿地点点头。

"娘子，外面风大，我们回房吧。"

说完，不等于盛优点头，他一把抱起她，走进房内，关门！

雾山，是北方极寒之地，每到冬季便大雪纷飞，银装素裹，美到极致，却又冷到极致。

今年的雾山，和往常一样，一入冬便下起了大雪，山道上的积雪已经到了脚踝。

久无人路过的雪地上，被一个忽然闯入的男子踩出一串脚印，那男人只穿一件黑色布衣长衫，外面罩着一件黑色披风，寒风将他的风衣吹得鼓鼓地向后飘起。他低着头，鬓角边的碎发将他的脸挡住，他没打伞，一直未停的风雪在他的头发上和肩膀上落下厚厚一层，他的脚步未停，徒步向山上爬去，他的动作麻利，步伐轻快，一看就是一个武艺不俗之人。

没一会儿，他就爬上了顶峰，顶峰上，一座气派的庄园映入眼帘，他抬头望了一眼庄园大门上的"圣医派"三个字后，走上前去，轻叩房门。

年过五十的看门老伯打开房门，望着男人，礼貌地问："这位公子……啊！"当他看清他脸的时候，惊喜地叫出声，"是末一大侠！您怎么来了？"

"我来找于盛白。"

"末一大侠请进，白大夫正在偏院，我带您过去。"

"有劳。"

"末一大侠客气了，这是小的应该做的。"老伯望了一眼末一，他领着他走过两道长廊，过了好一会儿，他终于憋不住地问，"末一大侠，宫三公子没和您一起来吗？"

末一愣了一下，最后冷淡地回道："没有。"

"哦，可惜了。"老伯有些失望地"哦"了一声。

末一有些奇怪地看着他，不知道他为何如此失望。

其实他不知道，在圣医派重建的时候，末一和宫远夏的每日一战，

不只是圣医派人人爱看的节目，就连山下的老百姓，每天晚上吃过晚饭，没事就搬个凳子坐在不远处看着。

那架打得，精彩！比街头耍花枪的好看几百倍！

自从宫远夏和末一走了，雾山的老百姓失落了很久，天天都盼着他们回来呢。

千盼万盼总算是把末一盼回来了，可是宫远夏不回来，谁和他打呢？没人和他打，他们又怎么能看到呢？唉，失望失望啊！

"二公子，末一大侠求见。"

房门被打开，于盛白带着一副毫无意外的表情看着他道："现在才回来。"

末一抱拳行了个礼："大少爷，我们门主可好？"

"好不好，你自己来看看不就知道了。"于盛白轻轻一笑，拍拍他的肩膀道，"跟我来。"

末一垂下眼，跟着于盛白走着，外面的雪还在一直下，于盛白打着油伞，带着他在门里拐了几个弯，终于在一个山洞外面停下来，望着末一道："他在里面。"

末一抬头，眼神闪亮，他走进去，只见山洞里有八个火炉，火炉里呼呼地烧着什么药汁，山洞里比七月酷暑还热。末一一眼望去，山洞的中间，放着一张石床，床下面被掏空，做成炉子，里面的柴火烧得正旺。

石床上躺着一个男人，有着一张绝世的容颜，他轻轻闭着眼睛，像是睡着了一样，他穿着大红色的华服，如墨的长发和红色的衣服在身下铺散开来，散发着一种脆弱到极致的美丽。

"末一参见门主！"末一只看一眼，便不敢多看，他恭敬地半跪下来，低着头，眼神里有着一如既往的忠诚。

可石床上的人没有动静，没有像以前一样还没等他跪下，就笑得爽朗地拉他起来。末一静静跪着，他不说，他便不会起来。

于盛白望着床上的人，轻叹一声："你起来吧，他还在睡。"

末一双手握拳，有些紧张地问："门主他……他怎么样？"

"不用担心，已经没有生命危险了。"于盛白轻声安慰。

"那武功？"

"人活着，比什么都重要。"带回来的那天，他的经脉尽损，武功全失，能捡回一条性命，已经是大幸了。即使这样，他的体质还是很寒，这样的天气不放在如此炎热的地方，他就会活活冻死。

"没有别的办法了吗？"末一轻声问，声音有一丝干涩。他的门主，在他眼里是最强的男人，可现在，他居然失去了武功，末一忽然觉得难受，很难受，那种堵在心口闷闷的感觉，难受得让他紧紧握住手，指甲恨恨地掐进肉里。

于盛白点头道："会有的，我一定会治好他的。"

是啊，他的弟弟，他唯一的亲人，他会治好他，不管花多少时间，多少金钱，多少代价！

于盛白转头看着末一道："他还得一个时辰才醒，你在这儿守着吧。"

末一点头，目光紧紧地盯着床上的人，他瘦了，很瘦，变得很美，他在他眼里一直很美，就像爱德御书自己说的那样，英俊潇洒，威武不凡，聪明无敌，强大无双。他尊敬他，崇拜他，感恩于他。

所以，即使他没有武功，他不再强大，他也是他的下属，他的影子。他末一的忠诚，永远只给他一人！

永远……

他背过身去，守着石洞门口，像一尊守护雕像一样，直直地站立着，守护着他心目中永远的神祇！

于盛白打着油纸伞，慢慢地往回走，这时，一个仆人慌慌张张地跑过来道："二公子，门口有一个小女孩儿吵着要见你。"

"小女孩儿。"于盛白皱眉，"是谁？"

"她说她来找您弟弟，她是你弟妹。"

"呃？弟妹？"于盛白有些吃惊，走到接待室，望着坐在大厅里的小女孩儿，她看上去只有十二三岁，穿着纯白的虎皮棉袄，可爱的脸蛋儿上被冻得通红，她身后跟着十八个护卫，十个婢女。

她一见于盛白来了，站起身来，迎了上去，当她走路的时候她的右手发出好听的风铃音。于盛白看着她的手腕，一个漂亮的金镯子上，镶着两个晶莹剔透的水晶铃铛。

于盛白看着她问："小妹妹，你找我？"

小女孩儿使劲儿地点点头，然后从怀里拿出一个药瓶，递给他道："我叫路仁依，我听说胖哥哥病了，我拿药来给他吃。"

于盛白疑惑地打开药瓶，一闻，惊喜地看着她。

路仁依歪着头笑得可爱："哥哥，我能去见胖哥哥吗？"

"当然可以，小仙女。"于盛白有些迫不及待地牵起她的手，带她向后山走去。

他没想到，江湖上消失了一百多年的路家居然会忽然出现，几百年前，路家是和于家一样名声响亮的神医世家，都说南路北于，路家擅用药，于家擅用针，可就在一百多年前，这个家族忽然消失了，他们的医术药物都随着他们消失了。

刚才路仁依给的药膏，是最好的宝贝，它能让爱德御书的经脉恢复，只要他再请师父下针，为爱德御书疏通内力，那爱德御书的武功，至少能回来四成！

当于盛白再次来到山洞的时候，爱德御书已经醒了，爱德御书坐在床边和末一聊着什么，路仁依一看见爱德御书，就飞快甩开于盛白的手，扑过去抱住他叫道："胖哥哥！"

"哎，小依依！"爱德御书有些吃惊，"你怎么来了？"

"我来找你成婚啊！"

"呃？你才十二岁，怎么成婚？"

"我不管不管！"路仁依扑在他怀里使劲儿撒娇。

爱德御书一脸尴尬，于盛白笑着看他们，忽然灵光一闪，这个女孩儿十二岁？

距离小优失忆也是十二年……

有的时候他会想，失忆后的小优简直就是另外一个人。

会不会失忆前的小优已经死了？

会不会，这个女孩儿就是她的投胎转世呢？

他抬眼，认真地看着路仁依，真是越看越像小时候的小优……

于盛白摇摇头，啊……他在乱想什么，这世界上怎么会有这种事呢？小优明明还活着嘛。

夜晚，于盛白回到屋中，妻子温柔地上前，为他拍去身上的雪花，他拉起她的手，温柔地握在手中。

春晴望着他柔柔一笑道："小师妹来信了。"

"哦？我看看。"于盛白走到桌子边拿起信认真地读起来。

二师兄：

见信好！

你最近过得怎么样？我让末一把你们家的鬼门冰魄还回去了，开心吧？下次别再说我嫁人了就只向着宫家，不向着你了！师妹我对你可是一等一的好呢！

于盛白看到这里，忍不住扬起笑容，什么一等一的好，亏她说起来也不脸红。

师兄啊，告诉你一件事，我怀孕啦！已经三个月啦。真是的，我一点儿也不想这么早怀孕啊，我想多和相公过一会儿二人世界呢！不过，婆婆和相公都高兴死啦，每天把我当菩萨供着哦，我说什么就是什么，知道吗，现在宫家我最大哦！我最大最大哦！哈哈哈，不过我每天吃好多补品，已经胖得不能看啦！远夏这个坏蛋，天天叫我包子！师兄，你去帮我问问大嫂，她怀孕的时候怎么没有胖呢？生完后怎么恢复得这么好呢？问问她吃了什么，让大师兄也给我寄一份！

于盛白摇摇头，这孩子，这种话题，他一个男人家怎么好问大嫂，她自己怎么不去问啊？

师兄，你弟弟好吗？你要好好对他，我欠他的，我一辈子还不完。

师兄，你告诉爱德御书，如果他愿意等，我一定为他生个女儿，嫁给他
做老婆！

于盛白笑出声来，这丫头，胡说什么，等她女儿长大了，他家弟弟
都四十多了，就是他们都愿意，也不想自己女儿愿意不愿意！

二师兄，我不说了，等我孩子生下来，你一定要来喝酒！

爱你的小师妹：优

于盛白放下信，笑着道："那小丫头怀孕了。"
"嗯！真好。"春晴轻笑，"她应该很幸福。"
"是啊。"于盛白笑，"一定很幸福。"

七个月后，宫家南苑，两声嘹亮的啼哭打破寂静。
一个产婆跑出来，兴奋地对着屋外站着的宫夫人、宫远修道："恭喜
公主，恭喜大少爷，是两位公子！大少奶奶生了两位少爷，双胞胎啊！"
宫远修没听她把话说完，就冲了进去。
"啊啊！真的真的！太好了！"宫夫人激动得两眼发红，"两个，我
有两个孙子，快，快扶本宫进去看看。"
房内，宫远修一脸心疼地握着于盛优的手，眼中充满浓浓的爱意，
他望着自己爹娘手上抱着的两个孩子，他的眼睛有些红，抬手，轻轻地
将她脸上的汗水抹去。
于盛优望着他笑："怎么样，我厉害吧！一次生了两个！哈哈。"

"厉害，厉害，我们家娘子最厉害。"宫远修的声音有些哽咽。

"娘，给我抱抱，也给我抱抱。"宫远夏站在爹娘边上，着急地伸着手，"爹，你抱了好一会儿了，给我抱抱，给我抱抱。"

"你抱什么抱，你哥你嫂还没抱呢。"宫夫人开心地瞪他一眼，抱着孙子不撒手。她的孙子啊，她想了这么多年，终于想到了，还一天就多了两个！呵呵呵，她真是太幸福了，"看，我们家孙子，多可爱啊，多漂亮啊！"

"是啊是啊！呵呵呵。"就连宫堡主，今天也开心得笑出声来。

"对啊，我的侄子，当然漂亮啦！"宫远夏抱不到孩子，只能干巴巴地看着，虽然刚生出来的孩子根本看不出好看不好看，但是他就是觉得，他们真漂亮。

于盛优和宫远修看着床边幸福的家人，对看一眼，也幸福地笑了。

江南，禹城。

一个白衣青年悠闲地躺在一叶小舟上，望着美丽的蓝天，小舟随着水流慢慢漂着，他嘴角带着迷人又温柔的笑容。

一只白鸽在他上方盘旋了一下，停在他抬起的手边，青年抽出白鸽爪子上的信筒，看了白纸上的字，眼神一亮，笑容更加灿烂了。

"我有两个侄子了。"

青年闭上眼睛，轻轻笑着，过了一会儿，轻声道："是时候回去了。"

—正文完—

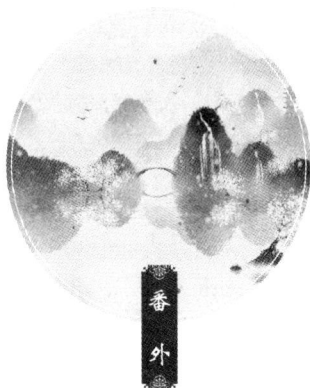

番外

幸 福 生 活

LIANLIAN
JIANGHU

于盛优笑眯眯地："宝贝们，知道今天是什么节日吗？"

双胞胎："中秋节！"

于盛优："小学你说，中秋节应该干什么呀？"

小学学（奶声奶气）："要压岁钱！"

于盛优（囧）："那是新年！小习你说！"

小习习（大眼闪闪）："要压岁钱！"

于盛优（无力扶额）："都说了那是新年！你们在想想到底应该干什么？"

双胞胎（同声）："要压岁钱！"

于盛优（掀桌）："都说了那是新年新年新年！你们听不懂啊！"这两孩子怎么回事，满脑子都是钱钱钱的！和他们家二叔学的吧！

双胞胎委屈地对望一眼，两双大眼里闪着水水的光辉，红扑扑的脸蛋上满是委屈，憋着嘴巴，可怜兮兮地抱成一团："呜呜呜呜呜……娘亲好可怕！"

于盛优："呃……我……我错了。"

小学学可爱的脸蛋上还带着泪痕，水水的大眼望着于盛优问："那中秋节应该要压岁钱吗？"

唔……好可爱！于盛优使劲点头："对，应该要。"

小习习歪着头，用同样一张让人萌到无敌的脸蛋，大眼睛眨巴眨巴的望着她："娘亲会给我们压岁钱吗？"

"会！当然会！"于盛优使劲点头，然后将口袋里的碎银子都给了她的两个宝贝。看着他们开心的样子，真的是可爱死了！好萌好萌好萌！于盛优再也忍不住了，她扑上去，一把双胞胎抱住，左边的啃几口，右边的啃几口！好可爱，好可爱！她的儿子们好可爱！

两个孩子摇头摆手地挣扎，娘亲好可怕，动不动就两眼放光地扑上来啃他们！

"好了，好了。别总亲他们。"一直坐在一边的宫元修笑着将两个孩子从于盛优的怀里拉出来，放在腿上，抬手用手帕将他们脸上的口水擦掉，孩子们开心地窝在他的肩头嘻嘻哈哈地笑闹着。

"谁叫他们这么可爱！"于盛优眯着眼睛看着自己的两个宝贝儿，好帅好可爱，就像两个糯米团子，总是吸引着她忍不住上去啃个两口才开心！

想着想着，她忍不住又凑上前去，在两个孩子脸上一人印了一个响吻，谈话心满意足地站在一边哈哈笑。宫元修轻笑着抬头，望着于盛优问："我的呢？"

于盛优眉眼一抬，粲笑着低下头来，在他的唇角使劲地亲了一下，还发出"么啊"的声音。

两人对看一眼，满心欢喜。

两个孩子在宫元修肩头不乐意地吵着："爹爹，亲亲。"

宫元修低头在他们脸颊上一人亲一下，两个孩子也搂住宫元修的脖子，一人亲一边，场面不要太温馨！

"发什么呆呢，去前厅吃饭啊。"宫元修一手抱一个孩子，回身对一脸崩溃的于盛优说。

某日中午，于盛优正闲着散步，忽然听到院子里传来清脆的笑闹声，走近一看，只见宫远修用黑布蒙着双眼，立在园中，清俊如云的脸上带着笑颜。

双胞胎儿子在他身边打着转，这边小学拍一下他的背，那边小习拍一下他的手，宫远修都装作抓不住的样子，逗得孩子们呵呵大笑，小学和小习一起笑着跑到他前面一人拍了一下他，慌忙跑走，跑的时候小学不小心拌了一下小习，眼见两孩子就要跌倒，于盛优一句小心卡在喉咙里还没叫出来，眼前黑影一飘，宫远修准确无误地接住两个顽皮的小家伙，因为孩子的个子太矮，他几乎是躺在地上接住他们的。两个孩子倒在他的怀里，三人叠成一团，小学笑着扯掉宫远涵蒙在眼睛上的黑色布条，宫远修唇角带笑，疼爱地抬手摸摸两个孩子的脑袋，两个孩子扑上

去，窝在自爹爹的怀里，凑着嘴巴在他的俊脸上一人亲了一下，奶声奶气地说：

"小学最喜欢爹爹了！"

"小习最喜欢爹爹了！"

某日晚上，于盛优和宫远修亲亲抱抱，正准备进入主题，房间的门被两个小鬼推开！

小学、小习："我们要和爹爹睡！"

宫远修丢开光溜溜的"虫子优"，带着慈父的笑容，伸出手臂欢迎着孩子们。某虫子从床里面蹭出来，露出一张晚娘脸吼道："回自己房间睡去！"

"我们害怕。"好委屈的声音啊。

"找你们二叔去！"

两个孩子连连摇头，他们才不要去找二叔，二叔虽然笑起来好温柔，但是不知道为什么，每次碰到他都没有好事！

于盛优躲在床边的一角，垂着泪日望着睡得很香的三父子画着圈圈！

骗人！都说儿子喜欢妈妈多，爸爸会吃醋地把孩子丢出去！为啥她家不一样！为啥，她的儿子喜欢爸爸多！一点都不喜欢她！

呜呜呜呜呜，她的老公被抢了啦，被儿子抢了！

就在她满心凄凉的时候，一只大手将她拦腰抱住。于盛优哀怨地瞪视过去，那人轻轻一笑，昏暗的烛火映着他的俊颜，简直帅得一塌糊涂！

　　于盛优脸红地撇过头去，那人凑过头来，在她耳边轻轻说了一句话，她愣了一下，嘿嘿地傻笑起来。

　　他在她脸上柔柔地亲吻了一下，于盛优终于心满意足地和他一起躺下，闭上眼睛，进入梦乡。

　　两人的手，搂着中间的两个孩子，紧紧地牵在一起。

　　哪，幸福是什么？

　　幸福就是于盛优！

　　因为她嫁了个会疼她爱她一辈子的好相公！

　　还有什么好说的呢？

　　羡慕吧！

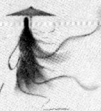

优远夫妇逗趣日常漫画

◎编辑/木鸣　◎图/浆糊海

选夫大会

娘子教导有方

主动出击1

主动出击2

娘子。

晕倒还怎么洞房！

大少奶奶请用。

告诉我婆婆，X药是我玩剩的！

娘亲，你这样做是不对的。

要不你给娘亲生一个？

默默飘走

快点儿给我生孙子！
快点儿给我生孙子吧！

针刺疗法，包治百病

你哥哥最近比较贪睡呀。

这……

经常白天晚上颠倒睡够24个小时。

唔……

这是病，得治。

治……

立刻采取针刺疗法。

NO！！！太可怕太危险！

主角幕后秘事
大拷问

诸位看官，准备好你们的小皮鞭，
用力挥起来哟~

拷问1

女一号于盛优——爱美男，爱记仇，爱事后打击报复的恶女！

木鸣：请问为什么关于你的介绍里没有爱相公？

于盛优：有啊，爱美男不就是爱相公吗，我相公就是最大的美男！呵呵呵——

宫远修：娘子，要低调。

木鸣：好吧……请用三句话描述下现在的生活。

于盛优：亲小学学，亲小习习，亲小修修！

籽月：给我一个亲亲！

于盛优：不给不给！都是我的！

籽月：小心我让你领盒饭哦，让你全家领盒饭哦。

于盛优：你身为作者怎么能这么不要脸？远修，她欺负我！

宫远修（呆萌版）：籽月大大，你要让我领盒饭？

籽月：哦！好萌好萌！我怎么舍得！

双胞胎兄弟：籽月姐姐，我们会死吗？（大眼睛闪啊闪）

籽月：当然不会！你们永远不会死！

宫远涵（持扇浅笑）：听说你要让我领盒饭。

籽月（跪下）：我错了，我有罪！

宫远涵：没关系，你写写试试。

木鸣：可怜的作者大人，女主果然是不能欺负的！

拷问2 男一号宫远修——爱亲亲，爱娘子，进可攻退可萌的天下第一高手＆绝世美男！

木鸣：请用三句话描述下现在的生活。

宫远修（傻萌版）：吃饭饭，和娘子亲亲，睡觉觉。

宫远修（正常版）：咳，练武，看账本，带娃。

于盛优：正常版的为什么没有我没有我！不开心嘤嘤嘤！

宫远修：傻瓜，因为你一直在我心里啊。

籽月：我什么时候允许你们这么秀恩爱了！

拷问3 男二号宫远涵——爱大嫂，爱算计，下手狠绝帅到没天理的腹黑宫二少！

木鸣：冷峻迷人的宫二少一直是读者们的最爱啊，也是我的男神（桃心眼），男神男神，关于小叔爱上大嫂这件事我肯定不会问你的哦，毕竟挺尴尬的，我关心的是，你真没有想过趁着大哥傻傻的时候把于盛优抢过来吗？

宫远涵：呵呵，我要真动这个心思还需要抢吗？动动手指那家伙就连滚带爬地贴过来了。

本鸣：您说得对！远涵大人万岁！对了，游历那么久有没有什么特别的事情发生？

宫远涵：没有什么特别的事吧，只是最近江湖组织了什么诛涵大会，好像不少人参加呢。（笑）好期待呀。

籽月：我就知道，把你放出去一定会引起公愤的！

宫远涵：不是你说的吗？我不去搅乱江湖，江湖都会寂寞吗？

籽月：远涵大人万岁，远涵大人加油！远涵大人碾压他们！

本鸣：要点儿脸！

💗拷问4 男四号宫远夏—爱大哥，爱鬼域门糕点，最爱和末一比武的宫三少！

本鸣：远夏人气也很高呢，很想扒一下你和末一，苦于没有机会，所以这次，嘻嘻嘻嘻……

宫远夏：@籽月 作者，你从哪里找的这样的编辑？

籽月：不关我的事啊，编辑问你就答呗，其实我也挺想扒的，呵呵呵呵呵……

宫远夏：你们这些女人，没有一个是正常的！我和末一是兄弟之情！过命之交！你们懂什么！

籽月：我知道，好兄弟一辈子嘛！

宫远夏：你！（开始拔剑！）

拷问5 **大师兄于盛世——爱扮酷，爱被小师妹揩油的圣医派大弟子！**

木鸣：大师兄，对于师妹小优的早期暗恋，别告诉我你没有察觉，当时的第一想法是？

大师兄：呵呵。

籽月：呵呵。

木鸣：呵呵。

于盛优：你们真是够了！为什么？为什么都嘲讽我的初恋？你们这样真的好吗？大师兄！你这样对我真的好吗？我讨厌你！

拷问6 **二师兄于盛白（爱德御寒）——一会流氓，一会文雅，祸水样，爱迷路，江湖人称千千白。**

木鸣：我觉得大师兄是为了躲于盛优才下山找老婆的，你怎么看？

于盛白：这个……当然了，大师兄的苦我感同身受……不然你觉得我为什么那么巧也下山治了趣病就找个老婆回来！

木鸣：……对于给宫远修下药把女主推向虎口这件事，你真的不觉得愧对你爱女主爱得不可救药的弟弟？

于盛白：我那弟弟太单纯，总是待在鬼域门里又没见过世面，一不小心误入歧途喜欢上了小优，我也是很苦恼啊，可是手心手背都是肉，师妹既然喜欢，那我总是要成全她的。

籽月：骗人吧，你就是怕于盛优嫁给你弟弟，两个傻瓜天天给你找麻烦罢了。

于盛白：这个……呵呵呵呵，不愧是我家作者大人，这都被你看出来了。

木鸣：真是够了！

❤ **拷问7** 三师兄于盛夏——爱旺财，爱低调，孤僻阴冷的养狼少年。

木鸣：三师兄，鉴于你出场不多，给你一个自由提问时间。

于盛夏：@籽月 能不能告诉我，我的戏份为什么那么少，陪我搭戏的还只有旺财！

籽月：实在抱歉，美男太多了，写不过来啊，要是销量好的话我开第2部，多给你点儿戏份。

❤ **拷问8** 男三号爱德御书——爱肥肉，爱老导大人，专业痴情十二年的萌胖子！

木鸣：不练成大胖子就不能保护她，不失去武功就变不了她喜欢的样子，我觉得这是籽月给你安排的最大虐点之一，那么门主，你觉得你是胖的时候好看还是瘦的时候好看？

爱德御书（水桶版）：当然是胖的时候好看！

爱德御书（美男版）：当然是胖的时候好看！

木鸣：尽管可以有倾城之貌，但仍然坚持自己的三观也是醉了，编辑跪求失去绝世武功……

籽月：首先你得有武功……

木鸣：求逆袭颜值呜呜……

籽月：首先你得有颜值……

木鸣：好吧，那对于把你忘得干干净净，最后还和别的男人卿卿我我的女主角，你有什么话要说吗？

爱德御书（水桶版）：我这么帅这么有钱这么英俊这么有才华这么武艺高强这么博学多才这么人见人爱这么痴情绝对这么……（此处省略

一万字）不选我简直是你的损失！

　　籽月（昏昏欲睡）：少自恋一点儿说不定她就会选你了。

　　木鸣：还有这么话痨吧。

　　籽月：没错，女孩们都不喜欢话痨。

　　爱德御书（美男版）抿唇轻笑，华光流转：嗯？说什么？不喜欢我吗？

　　籽月／木鸣（花痴状）：啊啊啊啊啊啊！御书大人我们爱你！爱你爱你爱你一万年！

　　众人：这看脸的世界……

拷问9　护卫末一——爱主人，爱远夏，爱用小皮鞭的冷酷型杀手！

　　木鸣（花痴状）：啊啊啊，冷酷杀手什么的最萌了，末一大侠，你愿意跳槽做我的护卫吗？

　　籽月：呵呵，首先你得请得起……

　　末一：在下毕生只追随门主。

　　木鸣：那那那……不做护卫做朋友也行，你愿意和我做朋友吗？

　　末一斜眼：滚。

　　木鸣：啊啊啊，好冷酷，好无情，好喜欢！

　　籽月：木鸣你怎么回事，全程都是花痴状态，完全没采访到要点嘛！让我来！末一，你是更喜欢你们门主还是更喜欢远夏？

　　末一：滚！

　　籽月：我是作者，作者你知道吗？让你全家都领盒饭哦！

　　木鸣：他全家不是早就被领盒饭了吗？

　　籽月：哦，对哦，忘记了。

　　末一拔剑，杀气外露：接招！

拷问10　宫夫人（湘云公主）和宫老爷

木鸣：公主和宫老爷相遇的故事一定很浪漫，可否透露一点点？

宫老爷：咳！

宫夫人（掩嘴娇羞状）：哦呵呵呵呵呵，讨厌，这种事怎么好意思说嘛。哎，那个籽月，你给本宫过来！哀家命令你把本宫和老爷的故事写本一百万字的长篇小说！

籽月：奴才遵公主殿下旨意，不过稿费能拿你家二儿抵吗？

宫夫人：哦呵呵呵呵，当然可以，只要写得让我满意了，你就是我家二媳妇！

籽月：谢娘亲！媳妇一定把你和爹爹的故事写得你是风儿我是沙，缠缠绵绵到天涯。

宫远涵：……

木鸣：……

拷问11　于老爹

木鸣：都说女儿是爸爸的心头宝，请问于掌门，小优嫁入宫家后你的心情如何？

于老爹：哈哈哈哈，简直是我这辈子最开心的事了，我好担心这个烫手山芋烂在手里，要知道我那么多徒弟啊，我对他们都有救命再造之恩啊，他们一个个都想尽办法不要我家小优，她能嫁出去，我真是……太不容易了！

木鸣：确实不容易，如果要给小优一句话忠告，你想说——

于老爹：优儿，医术烂不是你的错，装神医害人就是你的不对了，切莫给人开药啊！

籽月：呵呵。

木鸣：你又冷笑什么？你今晚为什么一直走高冷风？好讨厌！

籽月：没有啦，我是觉得于老爹的这个忠告完全没有用，女主角还是会一直一直给人看病开药的，你看她家的小习习和小学学，每次生病都躲着娘亲，就怕他娘给他们开药。

宫远夏：可不是吗，我们宫家堡的人现在最怕生病了，一生病她就自告奋勇，强迫着给我们看病。

宫远涵：三弟也不要总是这样责怪大嫂，她的药对我们宫家堡也是有贡献的。

宫远夏：哦？什么贡献？

宫远涵：宫家堡的生育率提高了很多。

宫远修（呆萌版）：我家娘子最棒了！

众人：……

拷问12 落燕

木鸣：听说因为你对远涵的感情被很多读者们骂，有想要为自己辩白一下吗？（其实有几次都好怕你抢走我男神啊默默……）

落燕（擦眼泪）：我不就上去和二少爷搭了两次话吗，她们就要骂我，她们这是忌妒，是羡慕，是恨！我知道二少爷是神仙一样的人物，我配不上，我有自知之明，用不着你们提醒。

籽月：啧啧，哭啥哭，我没把你写成坏女人你就偷笑吧！

落燕（擦眼泪）：你……你，连作者也不喜欢我！就因为我和二少爷多说了两句话，呜呜呜，我太冤枉了！

木鸣（同情）：以籽月大人为首的脑残粉真的太可怕了！

ZIYUE
ZHU

一轮清月拨开云雾照亮夜空，阵阵轻风吹动烛火。

他在烛火中翩然转身，清风漫影，飘逸如云，一袭紫袍，万缕乌丝，都随这身影而动，烛光点点，万籁无声。

他剑眉微挑，双眸剔透，华美的俊颜犹如天神降临……

于盛优忽然止住步子，不再前进，笑容凝固在脸上，只是睁着眼睛呆呆地望着他，他眼里散发着智慧的光彩，浑身上下充满沉稳自信的气息，闪耀得简直让人睁不开眼。

这个男人是谁？他……还是她的远修吗？

恋恋江湖

上架建议：古言 / 畅销

ISBN 978-7-5593-4580-6

9 787559 345806 >

定价：59.80元（全二册）